iWei
ag -GmbH

lagbild:
und Kristall fotografiert von Peter Beck
m Chakra-Kartenset Bild „Indigo“
lls erschienen im RiWei-Verlag

uflage 2003

iWei-Verlag
3055 Regensburg
igstr. 4
09 41/ 799 45 70
09 41/ 799 45 72
://www.RiWei-Verlag.de
il: Info@RiWei-Verlag.de

N 3-89758-030-6

Helge Russ

Der Gürtel des Ori

Zu diesem Buch

Das Besondere des Lebens wird heute kaum noch geseh
Dominanz der Technik und dem mechanischen Betracht
Gerätemedizin, Computer, Autos und Flugzeuge bestim
Wissenschaft ebenso wie die allgemeine Einstellung der
uns viel zu sehr ein lineares Denken und Handeln auf. Da
Gestaltung unseres Lebens. Im Gegenteil, es ver
angemessenes Leben.

Sie und ich sind Lebewesen und keine Maschinen. Unser
Wünsche und Sehnsüchte bestimmen nach wie vor unser
vielleicht zugeben mögen. Unser geringes Selbst-bewus
Blockaden, scheinbare Unfähigkeiten verhindern ein fröhli

Dieses Buch will Ihnen helfen, sich des Menschlichen a
wieder stärker bewusst zu werden - über den „Umweg“
Science Fiction Handlung. Aber sie führt nicht weg aus die
es Ihnen, leichter Ihre eigene Welt mit neuen Augen zu sehe
Distanz des Kosmos.

Verl

Umsc
Sonne
aus d
ebenf

1. A

D-9
Lieb
Tel.
Fax
http
eM

ISB

Inhalt

Vorwort

Ich mag Romane, gut geschriebene und frei erfundene Die erzählte Geschichte sollte dem wirklichen Leben entsprechen. Sie sollte auch autobiographische Züge aufweisen, denn das Leben schreibt immer noch die besten Geschichten.
Wie gute Geschichten oft so sind, fangen sie meist harmlos an, aber dann entwickeln sie ihre eigene Dramatik. Auch unsere Geschichte fing ganz harmlos an - aber dann veränderte sie unser Leben. Sie zerlegte es Stück um Stück, um es nach einem neuen Bauplan zusammenzubauen.
Was meine beiden Freunde, Karl und Robert und ich vor mehr als zehn Jahren erlebten, sollte eigentlich nicht bekannt werden. Wir gelobten Schweigen gegenüber jedermann: unseren Familien wie den Freunden, den Bekannten und der Öffentlichkeit. Wir hatten unsere guten Gründe. Sie werden sie nach der Lektüre verstehen. Unsere Erlebnisse gingen zu weit über das hinaus, was wir noch als menschliches Erleben allgemein akzeptieren konnten. Wir hatten genug damit zu tun, sie für uns selber zu verarbeiten. Wir wollten nicht auch noch einem größeren Publikum Rede und Antwort stehen müssen.
Vor drei Jahren erhielt ich die Botschaft, die Erlebnisse in ein Buch zu fassen und zu veröffentlichen. Die Zeit sei reif dafür. Es kostete mich und meine Freunde diese drei Jahre der Überwindung, ehe wir der Veröffentlichung wirklich zustimmen konnten.

Eine Feier, ein Plan

Wir haben uns 1958 kennengelernt, in Berlin, damals das Bollwerk des Westens. Es herrschte Aufbruchstimmung in Deutschland: Wir waren wieder wer. Die Tür zur Welt und zum Erfolg stand uns offen. Meine neuen Freunde und ich waren Erstsemester, schüchtern, angepasst, strebsam.
Dreißig Jahre später wollten wir das Ereignis, das uns zusammengebracht hatte, gebührend feiern. Jetzt waren wir gesetzte Herren, erfolgreich im Beruf, geachtet, selbstbewusst und gefragt. Wir fühlten uns auch körperlich (noch) fit, im Zenit des Lebens stehend. Das alles sollte gefeiert werden, standesgemäß.
Robert hat eine Hütte auf der Schwäbischen Alb, am Rande eines kleinen Dorfes auf der Hochebene gelegen, mit freiem Blick nach Westen auf Wiesen, Wacholderbüsche, Schafe und in der Ferne auf einen „Berg", eher einen Buckel, der nur vom Tal aus wie ein Berg aussieht.
Der Ort war gerade richtig für unsere Jubiläumsfeier. Wir schwelgten in der Vergangenheit, kramten große und kleine Geschichten heraus, kochten und brutzelten und genossen den Württemberger Wein aus Roberts gut gefülltem Keller.
So nebenbei meinte Robert, ich sei ja auch nicht mehr so fit wie früher?!? Ich würde ja ganz schön schnaufen, wenn ich wieder eine Flasche Wein aus dem Keller geholt hatte. Ich erinnerte ihn milde lächelnd an die letztjährige Skitour zum Weißfluhjoch, wo er es war, der nach Luft gejapst hatte.
„Aber heute?", kam es spöttisch von ihm, und Karl setzte eins obendrauf: „Als du vorhin die Weinflaschen aus dem Keller geholt hast, dachte ich, ein Wildschwein käme angeschnauft."
Das machte mich wütend.
Das Gespräch wurde hitziger. Wir kramten unsere - vergangenen - sportlichen Leistungen hervor. Wir hatten viele Berge in den Alpen bestiegen, hatten Skitouren über die Gletscher gemacht, ausgedehnte Wanderungen, viel geschwommen.
Schließlich meinte Robert:
„Das war einmal. Wir müssen einsehen, dass wir nicht mehr die fitten Jünglinge sind. Wir sollten mehr trainieren. Es würde sich lohnen, uns ein besonderes Ziel zu setzen: eine Erstbesteigung, wo noch niemand oben war und uns keine Coladose am Gipfel angrinst. Das wäre doch etwas als schöner Abschluss unserer sportlichen Laufbahn."
Wir lachten ihn aus.
„So fit können wir gar nicht mehr werden", war meine Meinung, und Karl ergänzte: „Alle Berge sind schon bestiegen."
Aber wir hatten die Rechnung ohne Robert gemacht:
„Ich denke da ja auch nicht an einen Achttausender oder andere spektakuläre Berge. Ich denke an einen Berg so um die 5000 Meter, der keine zu großen

bergsteigerischen Fähigkeiten erfordert, der leicht zugänglich ist und doch noch nicht bestiegen wurde. So was findet sich sicher in den Anden. Dort gibt es Berge genug und erreichbar sind sie auch."

Die Idee einer Erstbesteigung nistete sich ein. Warum eigentlich nicht?

Wir waren es gewohnt, die Dinge in die Hand zu nehmen und aus Ideen realisierbare Pläne zu machen. Es war uns ein Leichtes, während des letzten halben Tages auf der Hütte die Expedition zu konzipieren.

Robert übernahm die Auswahl der möglichen Berge und die Vorüberlegung der Reiserouten. Ich sollte mich um die Ausrüstung kümmern und Karl um die Logistik. Wir beschlossen ein Trainingsprogramm, um körperlich fit zu werden.

Drei Monate später wollten wir eine Woche im Allgäu das Training beim Bergwandern überprüfen und die Vorplanung abschließen. Für die Erstbesteigung hatten wir sechs Wochen Urlaub Ende Januar des kommenden Jahres vorgesehen.

Wir trafen uns in Oberstdorf. Robert zog eine Karte aus der Rolle und legte sie auf den Tisch in unserer Pension.

„Ich habe die in Frage kommenden Berge mit Höhen um 5000 Meter angekreuzt. Es gibt genug davon, die offenbar noch nicht bestiegen wurden - von denen der Alpenverein jedenfalls keine Erstbesteigung kennt. Das ist uns doch genügend Sicherheit, oder?" Robert deutete auf den Süden von Peru.

„Ich dachte an dieses Gebiet hier. Wir können nach Arequipa fliegen. Von dort fahren wir nach Tolacasa und dann weiter nach Cailloma. Dieser Ort hier wäre dann der Ausgangspunkt. Wie ihr seht, sind in der Gegend eine Reihe von Bergen um die 5000 Meter."

Er zog eine weitere Karte aus der Rolle. „80 DM hat sie gekostet und 3 Wochen Lieferzeit", meinte er. Es war eine Generalstabskarte des peruanischen Militärs - kein Wunder, dass sie schwierig zu beschaffen war. Er tippte leicht auf einen Punkt:

„Wir sollten uns den da vornehmen. Die Gipfelhöhe ist mit 5005 Metern angegeben. Einen eigenen Namen hat er nicht. Ich konnte auf keiner Karte einen finden. Ich vermute deshalb, dass er noch nicht bestiegen wurde, sonst hätte er einen eigenen Namen. Und so wie die Gegend auszusehen scheint, haben wir über dieses Tal hier einen leichten Anstieg. Der Gletscher liegt flach. Mit Skiern kommen wir über den Gletscher leicht bis zu dieser Flanke hier und von dort sind es noch etwa 200 Höhenmeter bis zum Gipfel. Es sollte eine für uns begehbare Tour werden. Ich denke, dass er deswegen noch nicht bestiegen wurde, weil er für die normalen Bergsteiger nicht spektakulär genug ist."

„Leichter Anstieg ist wichtig", sagte Karl. „Wenn ich an all die Ausrüstung denke, die Helge zusammengestellt hat, werden wir eine Lkw-Karawane von vielleicht fünf Wagen und mindestens 30 Helfern brauchen."

Ich protestierte. „Wer will denn nicht auf seine Bequemlichkeit verzichten?", funkelte ich ihn und Robert an.

„Ist ja gut", sagte Karl. „Wir sind nun mal nicht mehr die Jüngsten und wir wollen auch auf der sicheren Seite sein."
Wir waren schließlich einer Meinung: Der 5005er musste dran glauben.
„Danach machen wir einen Abstecher nach Machupicchu", rief ich begeistert, „da wollte ich schon immer hin."
Wir tanzten wie kleine Jungen durchs Zimmer.
Die Woche Bergwandern zeigte eine wesentlich verbesserte Kondition, aber einer Dauerbelastung hielten wir sicher noch nicht stand. Wir bestätigten uns aber, auf dem richtigen Weg zu sein. Das weitere Training würde die restliche Kondition bringen.
Beim letzten Treffen kurz vor Weihnachten konnten wir uns bei einem lockeren Dauerlauf den Schauinsland hinauf beweisen, dass wir jetzt körperlich fit waren. Trotz der umfangreichen Vorarbeiten war es uns gelungen, das eigentliche Ziel unserer Reise geheim zu halten. Offiziell wollten wir den Weg nach Machupicchu gehen. Wir wollten nicht belächelt werden, wenn wir ohne den Gipfel zurückkämen. Stolz musste sein.
Wir waren fit für unser Alter. Aber ob wir auch noch in der dünneren Höhenluft zurechtkommen würden, konnten wir in Deutschland nicht prüfen. Schließlich wollten wir auf 5000 Meter. Auch wenn es von der Beschaffenheit des Geländes her gesehen nur eine anspruchsvolle Bergwanderung werden würde, wussten wir nicht, wie unser Körper auf die Höhe mit ihrer dünnen Luft reagieren würde.
„Ich denke", meinte Karl abschließend, „wir können unser Abenteuer wagen, auch wenn ich schon recht kritische Stimmen von anderen Freunden zu unserem Abenteuer gehört habe. Wir sollten daheim bleiben und endlich den Jüngeren das Feld überlassen, habe ich öfters gehört."
„Was denken die denn eigentlich, wann das Alter anfängt?", fragte Robert. „Ich für mein Teil habe beschlossen, mich erst ab neunzig alt zu fühlen."
„Das ist ein herrlicher Gedanke", rief ich. „Eigentlich sind wir erst in der Mitte des Lebens, wenn wir unsere Babyjahre einmal nicht rechnen. In der Kindheit waren wir ja auch noch nicht bewusst dabei." Wir waren gut drauf. Es konnte los gehen.

Ein Erdbeben

Es ist für unsere Geschichte nicht wichtig zu erzählen, wie unsere Umgebung die Expedition aufnahm. Die spöttisch-schmunzelnden Hinweise auf graue Haare, Alter und mangelnde Regenerationsmöglichkeiten des Körpers im Hochgebirge, die von wohlmeinenden Freunden kamen, begann ich zu ignorieren. Wir hatten unseren Plan und wir würden ihn durchführen.
Wir waren gut vorbereitet, als wir in Lima ankamen und nach zwei Tagen Aufenthalt nach Arequipa weiterreisten. Roberts Spanisch war passabel, aber mit Quechua hatte er noch seine Mühe. Unsere Ausrüstung war mehr als vollständig, obwohl ich unsere Wünsche nach Bequemlichkeit immer wieder massiv zusammengestrichen hatte. Die restliche Menge passte gerade auf einen LKW - uns eingeschlossen. Wir brauchten erfreulicherweise keine weiteren Helfer.
Eine Woche später fuhren wir weiter nach Tolacasa. Von dort erkundeten wir die Umgebung mit dem LKW. Unser Plan, in das Hochtal des Rio Colca zu fahren und von dort den Aufstieg zu wagen, schien richtig zu sein. Wir wählten das Dorf Chocajinani als Basis. Es sollte Ausgangspunkt der Besteigung werden. Wir konnten bei einem Bauern in der Scheune unterkommen. Die Einwohner waren sehr erfreut, als sie merkten, dass wir uns mit Quechua zu verständigen suchten. Es öffnete ihre zunächst sehr kritisch blickenden Mienen.
Wir machten ausgedehnte Spaziergänge, um uns an die Höhe, das Klima und die Zeit zu gewöhnen. Wir waren immerhin schon fast auf 3.500 Metern Höhe. Dort spazieren zu gehen war mühsamer, als es im Ortlergebiet gewesen war. Wir brauchten nicht nur mehr Zeit zur Zeit-, Klima- und Höhenumstellung, als wir dachten. Wir brauchten auch mehr Zeit für das Gelände. Es gab keine Pfade, keine Orientierungstafeln und keine Markierungen des Alpenvereins, die ein schnelles Vorwärtskommen möglich gemacht hätten. Wir mussten unsere auf Farbkleckse eingestellten Augen auf die Landschaft umstellen und dort Markierungspunkte wählen.
Wir merkten, wie es uns schwerfiel, in dieser Landschaft die Entfernungen einigermaßen angemessen zu schätzen und die räumliche Zuordnung von Felsspitzen zu unserer Wanderroute bei der sich beim Vorwärtskommen ständig verändernden Landschaft sicher zu haben. Das waren zwingende Trainingselemente, denn wir wollten ja wieder sicher zurückfinden. Vorsorglich verlängerten wir unseren Urlaub auf acht Wochen.
„Eine gute Vorbereitung ist der halbe Erfolg", war Roberts Meinung und wir beiden anderen hatten nichts dagegen einzuwenden. Dort im Hochgebirge herzumzustreifen war alleine schon die Reise wert. Es ging recht schnell, sich aus stadtgewohnten Verhaltensmustern an die Landschaft anzupassen. Die Instinkte waren noch da, aber halt auch sehr verschüttet.

In Chocajinani, unserem Ausgangspunkt, waren die Kinder von uns begeistert. Sie hatten jetzt kuriose Fremde als Spielkameraden, die nicht den ganzen Tag über arbeiten mussten. Und nachdem wir uns mit ihnen auch immer besser verständigen konnten, zeigten sie uns bereitwillig die Umgebung und ihr Zuhause. Wir lernten viel von den Kindern, ganz besonders die Orientierung. Unser LKW bewies seine Geländetauglichkeit - will sagen, wir wurden kühner im Befahren von unebenem Gelände.
Wir wollten natürlich so weit wie möglich den Berg hochfahren und so wenig wie möglich Ausrüstung tragen. Bei diesen Erkundungstouren transportierten wir bereitwillig Heu und Steine für die Dorfbewohner, was die freundschaftlichen Verhältnisse verbesserte.
Wir hatten zwar gute Karten, aber der Augenschein zeigte, dass die Landschaft doch ganz anders war, als wir es aus den Karten herauslesen konnten. Die erste Route, die wir uns überlegt hatten, bot keinen so guten Anmarsch wie erhofft. Das Tal, in dem das Dorf lag, wurde kurz hinter dem Dorf sehr eng, und es ging steil nach oben. Pfade führten hinauf auf die Almhöhe darüber und zu den dort liegenden drei Seen, die vom Gletscher unseres 5005er gespeist wurden. Diese Pfade waren nicht mit dem LKW befahrbar.
Wir machten mit dem Lkw ausgedehntere Touren in die Umgebung und umrundeten das Bergmassiv mit unserem 5005er im Zentrum. Dabei fanden wir schließlich ein Hochtal, unbewohnt, das sanfter anstieg und uns, über einen einigermaßen befahrbaren Pass und einen Umweg von vielleicht 40 km, schließlich auch auf die gleiche Almhöhe brachte wie die Pfade vom Dorf aus.
So konnten wir per Lkw fast bis an den Gletscherfuß heranfahren. Es war eine weite Almfläche, die zum Gletscher führte. Die drei Seen schimmerten glatt und still. Die Wolken spiegelten sich in ihnen. In der Höhe von ca. 4000 Metern, die wir so per Lkw erreichen konnten, war die Stille der Landschaft atemberaubend. Das Basislager konnte aufge-schlagen werden. Wir transportierten unsere Ausrüstung mit dem Lkw auf die Hochfläche und schlugen unsere Zelte etwa 500 Meter vom Gletscher entfernt mitten im Tal neben einem großen Felsbrocken auf, der irgendwann einmal von den Hängen heruntergekommen war. Der LKW wurde direkt an dem Felsen geparkt, damit er von weitem kaum auszumachen war. Er sollte die Landschaft nicht stören.
In der späten Abendsonne saßen wir vor unserem Zelt und brutzelten die erste Mahlzeit als angehende Bezwinger des 5005er. Die Sonne ging unter. Sie schickte noch ein paar Strahlen über den Bergkamm, die Luft wurde blauviolett, die Kälte kroch in die Lungen und die Stille hüllte uns ein. Die Luft flimmerte von Eisstaub, der von der Sonne zu leichtem Funkeln gebracht wurde. Das Rauschen des Gletscherbachs verstärkte noch die Stille. Sie war greifbar wie Samt. Auch wir waren still geworden. Wir waren eingebettet in die Majestät des Gebirges.
Nach dem Abendessen konnte ich der Versuchung nicht widerstehen: ich badete im Bach. Es war wirklich eine Überwindung, in diese Kälte zu tauchen, aber es

war wie eine Taufe durch das Gebirge. Ich spürte mich wieder als Mensch, der auf dieser Erde zu Hause ist und nicht mehr nur als Macher, als egozentrierter Manager, der darauf aus ist, Gewinne zu machen. Uns wurde in dieser Taleinsamkeit deutlich, wie fern der Alltag in Deutschland vom eigentlichen Leben war. Wäre es möglich, dieses echte Leben hier mit dem Berufsalltag in Deutschland in Harmonie zu bringen?

Wir waren jetzt schon zwei Tage im Basislager, hatten die Ausrüstung sortiert und das Hochtal bis zum Gletscher erkundet. Unser Gipfel lag am Ende des Gletschers. Wir hatten eine Route ausgekundschaftet, die an der Bergflanke vor dem Gletscher hochführte, um dann hinter der steilen Abbruchkante auf das Gletscherplateau zu gelangen. Wir wollten über den Gletscher mit den Skiern bis zum Bergfuß marschieren, ehe die letzten 300 oder auch 500 Meter direkt im Fels zu bezwingen waren.

Von unserem höchsten Standort aus am Rande des Gletscherabbruchs schienen die letzten 500 Höhenmeter bis zum Gipfel relativ leicht machbar zu sein. Und der Gletscher selbst war zwar steil, aber er zeigte eine gleichmäßige Neigung, ein Zeichen, dass wir kaum Spalten zu befürchten hatten.

„Wenn wir dort sind, werden wir's sehen". Karl hatte immer solche lakonischen Sprüche auf Lager.

Wir planten, in den nächsten Tagen die Ausrüstung für das nächste Lager, das oberhalb des Gletscherbruchs sein sollte, hochzuschaffen mit Vorräten für gut eine Woche, dann nach dieser Plackerei einige Tage auszuruhen und schließlich, nach einer Nacht in diesem zweiten Lager, den Gipfel anzugehen. Eine stabile Dose für das Gipfelbuch, unsere kleine Fahne, ein Bleistift und ein Kreuz waren auch schon vorbereitet.

„Bedächtig, mit Maßen!", das war Robert. „Nur nicht ins Schwitzen kommen", meinte er, „der Gipfel läuft uns nicht davon, aber unsere Kraft. Und ich will ausgeruht und nicht ausgepumpt auf dem Gipfel stehen!" Das war seine Devise. Wir krochen früh in die Schlafsäcke. Am nächsten Tag kam harte Arbeit auf uns zu.

Ein ohrenbetäubendes Krachen, ein tiefes Grollen, ein Aufbäumen der Erde unter unseren Schlafsäcken riss uns wenige Stunden später aus dem Schlaf. Die Erde bebte, sie schaukelte, sie schwankte wie ein Schiff. Von Angst erfüllt wurden wir hin- und hergeworfen. Es brüllten die Berge und Felsen krachten von allen Seiten herab. Das Tal war zum Schlund der Hölle geworden. Wir klammerten uns aneinander und stemmten uns auf den Zeltboden, als ob wir so das Beben abstellen können hätten. Wir merkten gar nicht, wie wir schrien. Dumpf, heiser, kam es aus unseren Kehlen. Wir waren nass vor Angstschweiß. Das Brüllen der Berge wurde schwächer und nahm wieder zu. Neue Erdstöße erschütterten das Tal. Erneut donnerten Felsmassen hernieder. Was von den ersten Stößen nur gelockert worden war, wurde von den nächsten heruntergestoßen. Wir meinten, jeden Augenblick von den Felsen getroffen und zermalmt zu werden. Ich schloss mit dem Leben ab. „Das war's", dachte ich,

„aus, begraben unter Felsmassen. Irgendwann in hunderttausend Jahren wird ein kleiner Knochen von mir ans Tageslicht kommen und den Archäologen vielleicht als bedeutender Fund erscheinen. Aber sonst wird nichts von mir überdauern."

Es waren nur zwei oder drei Minuten vergangen, da war das Beben vorüber. Eine Ewigkeit kann so kurz sein. Der Boden unter uns fühlte sich wieder fest an. Wir lösten uns aus der gegenseitigen Umklammerung. Ängstlich hörten wir, wie weiter um uns herum die Felsen zu Tal krachten. Ein ständiges, anhaltendes Knirschen war zu hören. Ein Ächzen und Stöhnen schien von den Bergen zu kommen. Sie schrien ihre Qual in die Nacht.

Die Haare standen uns zu Berge. Solche Geräusche hatten wir noch nie gehört. Diese unmenschlichen, nicht der Natur entsprechenden Geräusche, kamen näher. Sie wurden lauter. Es war wie ein Ungetüm, das sich auf uns zubewegte, nicht zu schnell, aber unaufhaltsam. Die Erde zitterte wieder unter diesen Titanenfüßen. Es war ein tosender Wasserfall in Zeitlupentempo. Wir schauten uns an. Wir konnten nichts mehr sagen. Wir krächzten unverständliche Laute. Wir hasteten aus dem Zelt.

Es war dunkelste Nacht, zwar klar, aber ohne Mond. Im fahlen Sternenlicht waren diese Geräusche noch bedrohlicher, weil wir nicht viel sehen konnten. Schemenhaft war zu erkennen, dass das ganze, gestern noch leere Tal, von Felsen und Geröll überschüttet war. Irgendwie schien der Fels, an dem wir unseren LKW geparkt hatten und in dessen Schatten unser Zelt stand, die herangestürzten Felsmassen von uns abgehalten zu haben. Wir waren aber von ihnen so dicht umgeben, als ob wir eine Mauer um unser Zelt gebaut hätten.

Die Nacht war kalt. Sie war bedrohlich. Diese berstenden Geräusche hallten beständig weiter durch die Nacht und wurden als vielfältiges Echo von den Bergen zurückgeworfen. Wir standen in einem Kessel voll der ärgsten Bergschreie. Zitternd klammerten wir uns aneinander. Wir waren einem unbekannten, äußerst gefährlichen Geschehen ausgesetzt. Was sollten wir tun? Wir waren wie gelähmt. Robert hatte einen Stein in der Hand. Vielleicht wollte er sich verteidigen? Ich knüllte irgendein Tuch zusammen. Aber was ich wirklich tat, drang nicht in mein Bewusstsein. Karl stand steif und unbeweglich da.

Ich begann zu beten. Ich stammelte irgendwelche Worte in der Hoffnung, sie gäben den Mächten über uns einen Sinn. Langsam wurde ich klarer im Kopf. Meine Worte formten die Bitte, dass alles rasch und ohne Schmerzen vorbeisein sollte. Ich bat um einen schnellen Tod. Sollte die Erde sich auftun und uns verschlucken. Dann wäre alles vorbei. Dann wären wir nicht mehr diesem unmenschlichen Knirschen und unnatürlichen Poltern, Schmatzen, Fallen, Wabern ausgesetzt, das uns steif vor Angst machte.

Langsam nahm auch das Beben der Erde, das Zittern unter diesen Titanenfüßen ab. Die beständigen Geräusche gingen in einzelne Kaskaden von Geräuschen über. Es war schon auch einmal eine winzige Stille zu hören. Schließlich, es mag

eine halbe Stunde vergangen gewesen sein, wurde es immer ruhiger und dann war die Welt um uns wieder in der Stille der Nacht gefangen.
Wir waren völlig durchgefroren, aber wir lebten immer noch. Wir hatten außer dem unfassbaren Schrecken keinen Schaden genommen.
„Ich koche Kaffee", sagte Karl.
„Ich mach´ ein Feuer", sagte ich.
„Ich mach uns was zu essen", sagte Robert.
Wir kamen wieder in Gang. Der Drang nach Wärme, nach etwas zwischen den Zähnen, nach etwas zu tun bewegte unsere Lebensgeister. Ich zitterte am ganzen Körper. Kein ruhiges Faserchen Muskel war an mir. Alles war steif und doch vibrierte jeder Muskel.
Es war wie im Krieg nach einer Bombennacht. Eigentlich war nichts passiert, aber nichts war, wie es vorher war. Das Gefühl von Schutz in der Welt war verloren gegangen. Diesen Übermächten gegenüber waren wir nur noch um das Leben bangende Staubkörner. An schlafen war nicht zu denken. Atmen und trinken und essen und sich bewegen war das Beste. Wir wussten, dass wir nur so in der Lage waren, wieder vernünftig handelnde Menschen zu werden.
Der Magen rebellierte, das Herz raste immer noch und der Atem ging heftig und stoßweise. Wir brauchten dringend Beruhigung. Es dauerte lange, ehe ich das Feuerchen in Gang hatte. Karls Kaffee war auf dem Kerosinkocher schnell warm und Roberts Brot und Konservendosen waren auch rasch offen. Schließlich saßen wir in den Schlafsäcken vergraben am Feuer und tranken, immer noch zitternd, den Kaffee und aßen ein wenig. Sprechen konnten wir nicht.
Unsere Ausrüstungskisten hatten ein paar Beulen abbekommen, aber ansonsten schien alles noch da zu sein und auch brauchbar, soweit wir es in der Dunkelheit feststellen konnten. Nun war die Luft wieder samtweich-kalt. Sie roch so gut! Die Erde war wieder fest - welche Wonne! Die Sterne funkelten - welch ein Schauspiel! Wir waren so dankbar, davongekommen zu sein. Neue Lebensgeister machten uns bewusst, wie fragil und kostbar das Leben ist und wie gedankenverloren wir meistens damit umgingen.
Wir hatten zwar gewusst, dass in den Anden öfters Erdbeben zu verzeichnen sind, aber was ein solch gewaltiges Erdbeben eigentlich bedeutete, hatten wir uns überhaupt nicht vorstellen können. Aber dies alleine, obwohl schon schlimm, war ja nicht das Entsetzliche. Es waren diese jeder Beschreibung spottenden Geräusche, die uns immer noch tief in den Gliedern saßen. Was war das nur gewesen?
„Es wird Nachbeben geben", sagte ich. „Wir sollten versuchen, näher an den Felsen zu kommen, vielleicht bietet er mehr Schutz."
„Ich bleibe da", sagte Robert. „Wenn wir das hier überstanden haben, kann es nicht mehr schlimmer kommen."
Eigentlich hatte er Recht, und ich war auch gar nicht in der Lage, das Zelt abzubauen und die 50 Meter bis zu dem großen Felsen mit unserem LKW zu transportieren.

Wir hockten noch um das Feuer, als das erste Nachbeben kam. Es war ein heftigeres Bewegen der Erde. Wieder polterten Felsen von überall herunter, aber irgendwie schien es uns harmlos zu sein. Vielleicht waren wir auch nur abgestumpft. Wir fühlten uns schon wieder sicherer. Wir waren ja auch wach, hatten warmen Kaffee im Leib und etwas gegessen. Wir waren gefasster. Wir hatten ja mit einem Nachbeben gerechnet.
Übermüdet begrüßten wir die ersten Strahlen der Sonne, als sie den Kamm berührten. Die rasch zunehmende Helligkeit beleuchtete ein Trümmerfeld riesigen Ausmaßes. Der grüne Talboden war verschwunden. Eine mehr oder weniger dicke Schicht Felsen, Geröll und Erde bedeckte ihn. Immer noch gingen Steine ab. Die Felsen waren weich geklopft worden. Die Stille war lastend. Wir standen ungläubig staunend vor dem Vernichtungswerk des Erdbebens.
Als wir zum Gletscher blickten, waren wir fassungslos. Er war nicht mehr vorhanden. Sicher, das Eis war noch da, und der obere Gletscherhang leuchtete weiß in der Sonne, an den Seiten von Steinlawinen gesäumt. Aber der Gletscherbruch war verschwunden.
Jetzt konnten wir uns auch diese unbeschreiblichen Geräusche in der Nacht erklären. Das Erdbeben hatte den ganzen Gletscher in Bewegung gesetzt und zerstückelt. Die Eisbrocken waren, aneinander reibend, zu Tal gewälzt worden. Das Eis war zu einem flach ansteigenden Trümmermeer verteilt auf uns zugekommen. Die ersten Eisbrocken waren vielleicht nur noch 100 Meter von uns entfernt.
„Wenn uns das Eis erwischt hätte, wären wir wirklich zermalmt worden“, meinte Karl schließlich nach langem Schweigen sichtlich betroffen.
„Das hat mit Spass wirklich nichts mehr zu tun“, kam es von mir. Stumm betrachteten wir das Vernichtungswerk der Natur.
„Das Dorf ist wahrscheinlich auch nicht mehr da“, meinte Robert nach längerer Pause. „Hoffentlich haben sie sich aus den Trümmern retten können.“
Uns wurde langsam bewusst, dass wir am Berg gefangen waren. Dass das Dorf einen Suchtrupp nach uns ausschicken würde, war nicht zu erwarten. Sie hatten mit ihren eigenen Problemen genug zu tun, als dass sie sich auch noch um diese komischen Fremden kümmern konnten. Aber wir hatten ja noch Zeit. Wir waren gesund und wir hatten unsere nicht beschädigte Ausrüstung. Und das Wetter war immer noch gut.
Sollten wir die Zeit nutzen und uns doch noch an den Gipfel wagen? War es ein vertretbares Risiko, über die weichen Hänge aufzusteigen? Wir beschlossen, später am Tag das Tal nach oben zu erkunden.
Zunächst waren wir mit einer Neuordnung unseres Lagers beschäftigt. Wir richteten unseren Zeltplatz, reparierten ein paar Löcher in der Zeltplane und untersuchten unseren LKW. Er war ohne Schaden. Aber es gab keine Piste mehr, über die wir mit ihm hätten fahren können.
Das Bewusstsein, im Auge des Todes gewesen zu sein und das Leben zurückerhalten zu haben, machte uns dankbar. Es ließ uns das Lebendigsein in

einer Tiefe empfinden, die wir vorher nicht kannten. Unser Gespräch zeigte, dass wir drei ähnlich dachten: Diese Nacht war ein Wendepunkt in unserem Leben. Was immer das Leben noch bringen mochte, es würde uns nicht daran hindern, wach und voller Freude lebendig zu sein, dachten wir.

Erst am nächsten Tag machten wir uns mit leichtem Gepäck an die Erkundung Richtung Gipfel. Auf unserem Schutzfelsen hatten wir eine Fahne montiert, damit wir in diesem Trümmerfeld das Lager wieder finden konnten. Wir hatten von dort oben auch grob eine Richtung ausgeguckt, die vielleicht einen Aufstieg zuließ. Rasch merkten wir, dass es im Trümmerfeld von Felsbrocken und Geröll kein leichtes Vorwärtskommen gab.

Die weiße Fläche des oberen Gletschers, die scheinbar nicht zerstört worden war, gab uns die Richtung vor. Robert führte. Er hatte eine Sprühdose dabei und markierte unseren Weg. Langsam kamen wir dem rechten Hang näher und gingen im frischen Kar aufwärts. Es ging. Je höher wir kamen, um so mehr konnten wir das Ausmaß der Zerstörung erkennen. Der Gletscher war kein Gletscher mehr. Er war zum erstarrten Fluss aus Eisbrocken geworden, von Eistürmen, die bizarr ineinander und übereinander geschichtet waren. Wo wir vor ein paar Tagen die grünliche Front des Abbruchs gesehen hatten, waren nur noch Eistürme und Brocken Eis zu sehen, aber kein Abbruch mehr.

„Kein Wunder, dass es so geknirscht hat in der Nacht“, sagte Karl.

„Dieses krächzende Schreien müssen die Eisbrocken ausgelöst haben, als sie sich aneinander rieben“, sagte ich.

„Wer hätte gedacht, dass es einem Erdbeben möglich ist, dieses zähe Eis so zu zerwürfeln“, meinte Robert.

Die Berge um uns herum schienen um 200 Meter gewachsen zu sein. Die ehemalige Höhe des Gletschers hatte sie niederer erscheinen lassen, als sie jetzt, vom Gletscher befreit, ausschauten. Die Kämme stachen kahl und hell in den stahlblauen Himmel. Alles alte, verwitterte Gestein war abgegangen.

Auch wenn das Gehirn überwältigt ist und es die Eindrücke nicht mehr verarbeiten kann, der Magen erinnert an das Hier und Jetzt. Wir bekamen Hunger. Es war über die Mittagszeit hinaus. Wir machten Rast.

Wir kauten Speck und Brot, tranken unseren Tee und hingen den Gedanken nach. War der Gipfel im Beben verweht? Sollten wir uns weiter vorwagen? Sollten wir die Ausrüstung und den ganzen Gipfel bleiben lassen, sehen, dass wir heil ins Tal kamen und dann noch einen Abstecher nach Machupicchu machen? Eines war sicher: Aus der Expedition, die perfekt geplant war und eine sichere und bequeme Erstbesteigung bieten sollte, war ein Abenteuer mit ungewissem Ausgang geworden.

„Mach' mal ein paar Fotos“, sagte Karl zu Robert, „das glaubt uns sonst keiner: ein verflossener Gletscher.“ Er holte unsere Generalstabskarte aus der Tasche. „Ich will den neuen Gletscher und die sonstigen Änderungen in der Landschaft einzeichnen.“

Ich holte unseren Feldstecher und schaute mich um. Ich hatte schon immer einen Hang zur Geologie und einen heimlichen Jungentraum: einmal eine große Goldader finden! Hier konnte es doch sein, dass die Steinschläge eine Goldader freigelegt hatten.
Robert machte Fotos. Die Pastelltöne des Eises hoben sich eindrucksvoll von den kahlen, hellen Flanken der Felsen ab. Er entdeckte einen kleinen See: „Der Bach hat sich gestaut - da ist das Wasser wieder!“, rief er uns zu.
Karl war in seine Zeichnung vertieft. Robert war eine Zeit lang ganz still. Er stand da und hatte die Kamera vor den Augen. Mit einem großen Teleobjektiv wollte er offensichtlich den neuen See einfangen. Ich hatte immer noch kein Gold entdeckt.
„Bist du eingeschlafen?“, rief ich Robert zu. Er richtete sich auf und schaute mich mit einem großen Fragezeichen im Gesicht an.
„Kommt mal her und sagt mir, was das ist.“ Es war fast ein Gestammel, was wir hörten. Wir kletterten auf den Felsen, auf dem er stand.
„Da ist die vom Gletscher freigelegte Flanke“, sagte er, weiter von uns den Hang hinauf deutend. „Links ist der neue See zwischen dem Eis, gerade aus ist unser 5005er und rechts an der Felswand - was ist da?“
Ich schaute durch das Tele. Ich musste es auf einen Stein legen, weil ich nicht gewohnt war, es ruhig zu halten. Ich richtete es auf die von Robert genannte Stelle. Eis links, rechts die Flanke, Fels, das war, was ich sah.
„Ein wenig weiter nach oben“, meinte er, „da muss es sein.“
Langsam drehte ich den Fotoapparat mit dem Tele. Und dann sah ich es: Die Felswand ging übergangslos in eine große graue Masse über. Es war sicher kein Fels und sicher auch keine Wolke oder Ähnliches.
„Es ist doch auch kein Eis?“, fragte mich Robert. „Was ist das nur?“
Ich gab den Apparat an Karl weiter. Bedächtig, wie es seine Art war, richtete er das Teleobkjektiv aus, ohne den Blickwinkel zu ändern.
„Das ist...“, kam es von ihm, „also, ich weiß auch nicht. Es sieht nicht wie Fels aus und auch nicht wie Eis und auch nicht wie sonst etwas, was hierher gehört. Es sieht eher aus wie eine matte Metallfläche - aber hier?“
Er war so ebenso verwirrt wie wir anderen. Ich suchte die Stelle im Fernglas. Ich konnte sie deutlich sehen, nur nicht so groß wie mit dem viel stärkeren Teleobjektiv. Die Ränder waren uneben und folgten offensichtlich dem sie umgebenden Felsen. Aber dann kam diese seltsame graue Fläche.
„Der Gletscher muss bisher diese Stelle völlig zugedeckt haben“, sagte Robert. „Und jetzt ist sie durch den Abrutsch frei geworden. Wir müssen hin, das interessiert mich.“
Nach unserer Schätzung waren wir ca. einen Kilometer davon entfernt. Die Stelle war auf der gleichen Bergflanke wie wir. Sie war nicht wesentlich höher als unser jetziger Standpunkt. Es musste in ein bis zwei Stunden zu schaffen sein, dorthin zu kommen, trotz des schwierigen Geländes.
Wir waren eine Weile gegangen, als Karl stehen blieb.

„Es ist jetzt drei Uhr“, sagte er, „und wir brauchen ca. drei Stunden zum Zelt zurück. Weitergehen ist nicht sinnvoll. Wir markieren unsere Stelle hier und gehen zurück. Der Rückweg wird nicht leichter sein, aber wir haben genug Zeit, ihn besser zu markieren. Morgen brechen wir früh auf und nehmen das Biwak mit. Dann haben wir mehr Zeit und sind nicht auf eine frühe Umkehr angewiesen.“

Er hatte Recht. Wir kehrten um. Wir waren nach fast zwei Stunden schon wieder am Lager. Früh genug für ein ausgedehntes Abendessen. Wir krochen früh in die Schlafsäcke.Endlich konnten wir Schlaf nachholen und die Aufregung abgeben. Das Leben hatte sich wieder seine normalen Bahnen erobert.

Die Wand

Es war ein strahlender Morgen, wie wir ihn bisher hier immer erlebt hatten. In diesem trockenen Klima war gerade im Januar kaum mit Niederschlägen zu rechnen und an Nebel brauchten wir auch nicht zu denken. Irgendwie hatte diese seltsame Felswand unser eigentliches Ziel, den 5005er zu besteigen, in den Hintergrund gedrängt. Zwar würden wir heute ein gutes Stück in Richtung auf den 5005er zurücklegen und dabei die weiteren Aufstiegsmöglichkeiten prüfen, aber es schien doch, als ob wir das Ziel, das uns nach Peru gebracht hatte, nach diesem grandios-entsetzlichen Naturereignis des Erdbebens begraben mussten. Die Felsen waren nicht mehr sicher. Da kam uns ein neues Ziel gerade recht.

Die Rucksäcke waren schwer. Ausrüstung und Proviant für gut drei Tage hatten wir dabei, und gemäß unserer alten Devise, dass selbst am Berg der Komfort nicht fehlen darf, waren wir nicht gerade spartanisch ausgerüstet. Lieber schwer tragen als schwer Mangel leiden, war Roberts Devise und ihr folgten wir gerne.

Die gestern angebrachten Markierungen halfen, so dass wir schon nach 1 1/2 Stunden trotz der schweren Rucksäcke am gestrigen Schlusspunkt waren.

Robert holte sein Teleobjektiv heraus: „Diese Wand ist immer noch da. Die Sonne scheint direkt darauf, über den gegenüberliegenden Kamm hinweg, aber die Fläche blinkt nicht. Sie ist ganz matt“, sagte er.

Abwechselnd schauten wir und versuchten, weitere Details auszumachen, aber vergeblich. Schweigend gingen wir weiter. Der Hang war fester im Tritt, als wir befürchtet hatten. Je weiter wir den Berg hinaufkamen, um so weniger Geröll war auch abgegangen. Ganz anders beim Gletscher, er war bis weit über die Hälfte seiner ganzen Länge zerstört.

Die Landschaft schien wieder so zu sein, wie es sich gehörte: ein Gletscher, ein Berg, ein Hochtal, Felszinnen gegenüber, ein stahlblauer Himmel, kalte, dünne, trockene Luft, drei Bergwanderer, unter ihren sie weit überragenden Rucksäcken schwitzend, einer hinter dem anderen den Berg hochstapfend. Nur ein paar Kleinigkeiten waren anders: ein zerstörter Gletscher, ein von Felstrümmern übersätes Hochta und ein Gletscherbach, der sich geduldig seinen neuen Weg durch das Geröll suchte.

Gegen 11 Uhr erreichten wir diese graue Wand. Sie machte uns stumm, das Gehirn setzte aus, denn was wir da sahen, passte in kein Schema. Brotzeit war angesagt. Roberts Spruch: Wenn das Gehirn versagt, braucht der Magen Arbeit, war sehr zu beherzigen. Wir saßen auf ein paar Felsbrocken, kauten Speck und Brot und schauten stumm.

„Wenn das so weitergeht mit den Überraschungen, werden wir dick wie die Rollmöpse nach Hause kommen“, sagte Karl. Ich konnte sehen, dass er nicht nur auf Speck und Brot herumkaute. Er war Ingenieur, Wissenschaftler, leitete ein bedeutendes Institut, meinte zu wissen, was menschenmöglich ist. Aber hier saß

er am Fuß einer glatten, grauen, undurch-sichtigen, nicht spiegelnden Wand, die nahtlos in den Felsen eingepasst war.
Es war eine Wand: Richtig, sie war ca. 100 Meter lang und ca. 50 - 70 Meter hoch und ging übergangslos vom umgebenden Felsen aus. Oben war sie durch einen kleinen Felsenüberhang abgegrenzt. Die ganzen sie umgebenden Felsen zeigten deutlich, dass bis vor wenigen Tagen das alles unter dem Gletscher verborgen gewesen war. Die Felsen waren völlig frei von Bewuchs, vom Eis glatt geschliffen und noch nicht von der Sonne oxidiert. Die Wand war Teil dieses Gebiets, das unter dem Gletscher gewesen war. Wir konnten über uns den ehemaligen Rand des Gletschers deutlich als Saum am Fels ausmachen. Bis dahin waren die Felsen glatt und sauber, darüber war, wenn auch nur spärlich, Bewuchs zu sehen und die Felsen waren verwittert und grauer.
Aber das Merkwürdigste war, dass diese Wand nicht den Eindruck des Abtrennenden, des Verborgenen, des Bedrohlichen auslöste. Sie übermittelte das Gefühl einer stillen Selbstverständlichkeit. Sie war vorhanden und sie signalisierte Friedfertigkeit. Sie gehörte hier überhaupt nicht hin. Sie war naturfremd, aber das schien sie nicht zu stören. Sie war einfach da, ein fast majestätisches „Nichts bekümmert mich“ strömte sie aus.
Wir konnten keinerlei Riefen oder Kratzspuren auf der Oberfläche feststellen. Sie war glatt, eben eine einzige Fläche. Sie hatte keine sichtbare Struktur und bei dieser Glätte hätte man meinen sollen, dass sie als Spiegel die Umgebung zeigen würde. Aber dies war nicht so. Sie spiegelte gar nichts wider.
Die Wand schien sie selber zu sein, ohne Zweifel, und sie schien Teil der Umgebung zu sein, ohne sich von dieser abzuheben. Sie war ein konturloses, verschwommenes Grau, wenn wir direkt auf sie blickten. Es war, wie wenn sie nicht da wäre, sondern nur ein Ausfüllen eines Nichts. Dieses sanfte Grau war es, das unsere sichtlich aufgestörten Gedanken und Gefühle seltsamerweise besänftigte, wie das Wiegenlied einer Mutter.
Robert machte eine Blitzaufnahme. Wir sahen deutlich den Blitz der Kamera, aber wir sahen keinerlei Widerspiegelung auf der Wand. Die Wand schien das Licht einfach zu verschlucken und nicht wieder herzugeben. Die Wand war für die Augen, was ein Wattebausch für die Ohren war: Sie dämpfte das Sichtbare.
Der Aspekt eines friedlichen Gefühls, das von der Wand ausging, was wir eigentlich als unmöglich bezeichnet hätten, wurde stärker. Wir merkten, wie unsere Nerven sich entspannten. Unsere Welt, vor wenigen Tagen völlig aus den Fugen geraten, begann sich wieder neu zu formen und wieder menschlich zu werden. Offensichtlich hatte die Wand eine solche Ausstrahlung, dass sie dies bewirkte. Wir waren in ihrem Einzugsbereich und fühlten uns immer wohler, ohne dass wir hätten feststellen können, woher dies genau stammte.
Karl traute sich als erster, die Wand zu berühren. Voller Vorsicht strich er mit den Fingerkuppen darüber. Nichts geschah. Mutiger geworden, stieß er kräftiger zu. Nichts geschah. Er trat mit dem Fuß dagegen. Nichts geschah, nur sein Fuß rutschte ab. Es war auch kein Aufprall zu hören.

„Sie ist weder kalt noch warm, eher lauwarm“, murmelte er vor sich hin, „glatt und doch nicht so glatt. Aber rauh ist sie auch nicht“, murmelte er weiter. „Hier müsste sie so kalt sein wie der Fels, aber das ist sie nicht. Rillen oder Elementgrenzen, die zeigen würden, dass sie zusammengebaut wurde, sind auch nicht zu erkennen. Es ist überhaupt keine Struktur zu erkennen!“, rief er endlich laut seinen Frust heraus.
„Wenn man bedenkt, dass der Gletscher seit Jahrtausenden dort in seiner Mulde ruhte und in dieser langen Zeit mal größer wurde und mal schrumpfte, dann musste die Wand noch älter sein, und sie musste teilweise gewaltige Drücke ausgehalten haben und das beständige Schaben des Eises - aber all das hatte keine Spuren hinterlassen!“
„Die muss uralt sein“, sagte Karl weiter. „Ich kann mir nicht vorstellen, wie sie entstanden sein soll. Gebirge verändert sich, es ist nicht homogen, es reißt oder es wird gedreht, irgendwie geformt. Das ist der beständige Prozess der Natur. Nichts kann auf einer solch großen Fläche so völlig homogen bleiben!“
Es war Robert, der weiterdachte: „Die Wand ist offensichtlich absichtlich in den Felsen eingefügt. Sie kann keine Laune der Natur sein. Es müssen Wesen gewesen sein, vor vielleicht einer Million Jahren, die sie hier in den Felsen gefügt haben, Wesen, die über meisterhaften Umgang mit der Materie verfügten. Unsere Vorfahren können es wohl nicht gewesen sein, wenn wir den Wissenschaftlern glauben, dass vor einer Million Jahren die Menschen gerade aufrecht gehen konnten.“
„Ist an den anderen Hängen, die vom Gletscher verborgen gewesen waren, Ähnliches zu sehen?“, fragte ich Robert. Er holte sein Teleobjektiv heraus und suchte langsam und bedächtig das ganze Tal ab, soweit wir es überblicken konnten.
„Nein, ich sehe nichts als den Fels, Geröll und dann die Kante, bis zu der der Gletscher gelegen hatte. Alles sieht so aus, wie man es sich vorstellt, dass es die Natur geschaffen hat“, war schließlich sein Kommentar.
Karl stand stumm. Er hatte sein Pfeifchen herausgekramt und qualmte vor sich hin. Das war ein Zeichen intensivsten Nachdenkens. Wir warteten. Wir wussten, wenn er einmal anfing zu denken, dann wurde er brillant. Aber es brauchte auch seine Zeit.
Ich stand an die Wand gelehnt. Robert hatte sich gesetzt und lehnte mit dem Rücken dagegen. Wir merkten, wie wir automatisch das extrem Neue in vertretbar Neues umwandelten und es integrierten. Ich machte es mir auch bequemer. Es war sicher, so bald gingen wir nicht weiter. Ich brauchte Ruhe. Ich setzte mich auf mein aufblasbares Kissen an die Wand und genoss die Landschaft. Ich saß, als sei es das Alltäglichste der Welt, in einem abgeschiedenen Bergtal irgendwo in den Anden an einer Wand, die vielleicht aus einer Zeit stammte, als es noch gar keine Menschen gab.
Die pragmatische Seite hatte übernommen, unser Selbsterhaltungstrieb musste das Anormale soweit integrieren, dass wir wieder normal funktionieren konnten.

Ich holte ein Skatblatt aus dem Rucksack und mischte die Karten. Keine Gletscherbegehung ohne ein Skatblatt - war Roberts eiserne Regel. Was sollte man denn sonst in einer Gletscherspalte anfangen?
Das leichte Geräusch des Kartenmischens brachte Karl wieder zu uns zurück.
„Skat?“, fragte er erst, dann schmunzelte er. „Denken ist gut, eine Pause auch“, sagte er.
Wir saßen am Fuß der Wand, hatten es uns bequem gemacht und spielten wild. Alle irgendwie noch aufgestauten Gefühle kamen zum Tragen. Wir reizten und überreizten wie am Inn, als wir, noch Studenten, den Mädchen imponieren wollten. Die Katastrophe des Erdbebens war überstanden. Wir lebten und litten keinen Mangel. Wir hatten eine wahrscheinlich folgenschwere Entdeckung gemacht, und danach mussten wir erst einmal wieder normal werden. Was war schöner als bei guter Geseundheit in über 4000 Metern Höhe zu sitzen und einen zünftigen Skat zu dreschen?
Sollte doch der Gletscher hinrutschen, wo er wollte, der 5005er auf seine Erstbesteigung immer noch warten, das Erdbeben vor sich hinbeben und irgendeine Wand ihr Dasein bezweifeln: Wir lebten und genossen das Leben. Das Leben ist und bleibt halt ein Abenteuer, auch wenn es in unserem Alltag kaum noch spürbar ist.
Es war später Nachmittag geworden. Wir hingen unseren Gedanken nach und träumten vor uns hin. Dann rafften wir uns auf, suchten einen guten Platz für das Biwak, eben und geschützt, am Fuß der Wand. Wir richteten uns ein, bereiteten das Abendessen und krochen in die Schlafsäcke. Ein guter Schlaf ist das halbe Ergebnis - hätte Robert wieder einmal als Spruch in die Welt gesetzt, aber er schlief schon.
Es war in der Nacht sehr kalt, die geringe Luftfeuchtigkeit hatte sich als dünner Reif auf die Steine gesetzt. Ein klarer Morgen ließ die Berge noch in weiter Entfernung kristallklar in den Himmel ragen. Die Kälte machte uns aktiv. Es gab ein gutes Frühstück, dann stiegen wir den Hang hoch. Wir wollten die Umgebung der Wand in großem Umkreis nach Besonderheiten absuchen. Wir wollten auch - hartnäckig wie wir nun einmal waren - den Weg in Richtung des 5005er weiter erkunden. Es konnte doch sein, dass wir den Gipfel noch schafften, ohne in größere Probleme zu geraten oder unseren Zeitplan völlig zu überziehen.
Wir stiegen bis zum Mittag nach oben, weiter in Richtung des 5005er. Es war nicht so schwierig. Sicher, der Hang war weich und wir lösten viele Steine aus, aber er war gehbar. Wir kamen voran. Es war durchaus möglich, dass wir - vielleicht mit einem weiteren Zwischenlager - doch noch den Gipfel wagen konnten. Aber ansonsten blieb diese Expedition in die Umgebung der Wand ergebnislos. Es waren keinerlei Spuren sonstiger außergewöhnlicher Dinge oder Einwirkungen auf die Felsen zu erkennen. In einem Bogen kamen wir wieder auf die Höhe des Wandfußes zurück zu unserem Biwak. Das einzige Ergebnis unserer Wanderung war - abgesehen von dem möglichen Weg zum Gipfel - die

Erkenntnis, dass die Wand an allen Stellen, die wir hatten aufsuchen können, genauso nahtlos an den Felsen anschloss wie unten und der Felsen nirgendwo Spuren einer Bearbeitung aufwies. An einer Stelle war noch Fels, einen Millimeter weiter war die Wand.

„Wir sollten den Gipfel aufgeben und den Rest unserer Zeit damit zubringen, hinter das Geheimnis der Wand zu kommen“, sagte ich schließlich in die kalte, klare Stille.

„Kannst du dir vorstellen, da irgendetwas herauszufinden?“, meinte Karl skeptisch. „Mir ist es gleich“, sagte Robert. „Der Gipfel ist so gut wie die Wand, und eines ist sicher: Ich komme zu Fotos, die die Welt noch nicht gesehen hat Ein abgerutschter Gletscher, eine seltsame Wand, was will ich mehr?“

Ich hatte mich an die Wand gelehnt, meinen Kaffeebecher in der Hand. Ich diskutierte mit überschäumender Phantasie drauf los. „Was wäre“, sagte ich, „wenn wir die Werkstatt der Urinkas gefunden hätten? Wenn die Mythen stimmen, dass sie fliegen konnten und vielleicht ist hier ihr Hangar mit den Flugzeugen?“

Meine Freunde lachten. „Die Inkas, oder wer auch immer vor ihnen gelebt hat, haben riesige Steine behauen und transportiert und zu atemberaubenden Mauern aufeinandergetürmt“, sagte Karl. „Aber sie sind doch nicht geflogen - oder sie haben Möglichkeiten gehabt, die Steine per Hubschrauber über die Berge zu transportieren - welch ein aberwitziger Gedanke!“

„Das ist gut“, lachte Robert, „Steinzeitmenschen fliegen im Steinzeithubschrauber durch die Lande, als Benzin ein paar Kieselsteine im Steinmotor. Das wäre etwas für die Flintstones.“

„Aber wenn sie nun über ganz andere Möglichkeiten verfügt hätten, als wir uns denken können, und sie dann, als sie merkten, dass sie der Zeit voraus waren, alles, was sie an Technik hatten, hier deponierten?“, rief ich ganz begeistert in die Welt. Die beiden lachten sich halbtot.

„Da kommen wir daher als Hobbybergsteiger und entdecken die größte Sensation in der Geschichte der Menschheit!“ Karl war nicht so leicht zu begeistern. Aber er sagte weiter: „Es ist ja auch nicht so wichtig, was es eigentlich ist. Ich würde schon ganz gerne wissen, woher diese Wand ist, aus welchem Material sie ist, und ob etwas dahinter ist - ich meine hinter der Wand.“

„Also“, sagte Robert: „nehmen wir einmal an, die Wand stamme von intelligenten Wesen. Dann sind sie - bei ihrem Stand der Technik - in der Lage gewesen, geniale und einfache Konstruktionen zu bauen. Die komplexe Technik wird immer einfacher. Dann wird hier eine Tür sein, die leicht zu bedienen ist. Ich würde doch keinen Schlüssel mehr mit mir herumtragen, wenn ich so intelligent bin! Und warum sollten sie ein Stück Felsen verkleiden, nur aus Spass? Wer intelligent ist, ist auch faul. Da macht man so etwas nur, wenn man auch etwas davon hat. Also schließe ich messerscharf: Die Wand verbirgt einen Hohlraum.“

Wir klatschten Beifall, ob dieser genialen Ausführungen.
„Und wo, bitte schön", fragte ich, „ist die Tür?"
„Nun, wo man eine solche vermuten kann", sagte Robert, „sicher nicht da, wo sie stören würde, also mehr an der Seite."
Karl war aufgesprungen: „Das ist die Idee!", rief er und ging am Ende der Wand auf die Knie. Dann suchte er langsam weiterrutschend den Wandfuß ab nach Hinweisen, dass hier eine Tür sein konnte. Wir beiden anderen übernahmen jeder ein Stück des Fußes der Wand. Nach 20 Minuten war alles abgesucht: Nichts.
Ich stand wieder an die Wand gelehnt und war noch ratloser. Die beiden hatten sich hingesetzt. Wir schauten ins Tal und träumten vor uns hin. Diese Wand zeigte die Grenzen unserer Kombinationsfähigkeit. Wenn ich, was ich gerne tue, an einer Wand lehne, dann schiebe ich meine Hände in den Rücken, als kleines Polster und um die Hände „geparkt" zu haben. So stand ich auch jetzt.
Plötzlich war keine Wand mehr in meinem Rücken. Ich kippte nach hinten. Es war wie ein Sog, und ich war auf der anderen Seite. Ich war starr vor Schreck. Noch nicht einmal schreien konnte ich, so schnell ging alles. Ich lag wie ein Käfer auf dem Rücken, Hände und Beine in die Höhe gestreckt. Instinktiv wollte mich an irgendetwas festhalten, aber es war nur Luft, in die ich griff. Ich stellte mich tot. Ich hörte meine beiden Freunde schreien. Sie sprangen an der Wand entlang und hämmerten dagegen. Ich sah sie so deutlich vor mir stehen, als wenn es eine durchsichtige Glaswand gewesen wäre. Und ich hörte sie genauso wie vorhin, als ich noch draußen stand. Ich fasste mich, stand auf und rief zurück, dass mir nichts geschehen war, aber sie hörten mich offensichtlich nicht.
Es gab also wirklich eine Tür, und ich war durch sie hindurchgefallen! Und wie sollte ich wieder hinauskommen?
Die Angst kroch meinen Rücken hoch. Ich war durch einen unbekannten Mechanismus hineingekommen. Wie sollte ich den Mechanismus finden, um wieder hinauszukommen? Mir kam die Geschichte von Ali Baba und den 40 Räubern in den Sinn, die auch ihre Höhle so verschließen konnten, dass niemand hinein- aber auch keiner mehr hinauskam. Die beiden da draußen und ich da drinnen - wir waren daran, den Verstand zu verlieren, jeweils aus anderen Gründen. Sie holten die Eispickel und versuchten, am Fuß der Wand den Felsen wegzuhacken, um dort ein Loch zu graben.
Ich rief ihnen zu, das sei zwecklos. Aber sie hörten mich ja nicht. Ich ging mit ausgestreckten Händen auf die Wand zu, da wo ich hindurchgefallen war. Ich wollte spüren, ob ein Griff oder etwas anderes da wäre, das als Öffungsmechanismus dienen konnte. Ich konnte nicht sehen woher, aber ich erhielt einen sanften Schub in den Rücken. Schon war ich draußen und wäre beinahe den Berg hinabgestolpert.
Starr und sprachlos standen wir drei da. Wir kamen aus dem Wachsfigurenkabinett. Wenn das Ganze nicht so dramatisch gewesen wäre, wäre mein Auftritt auch für jede Operettenbühne der Welt gut gewesen.

„Da bin ich wieder“, konnte ich schließlich herausbringen.
„Das sehe ich“, sagte Karl. „Ist alles in Ordnung?“ Ich nickte.
„Und wo warst du?“, fragte Robert.
„Da drin“, sagte ich und musste jetzt doch grinsen. Sicher, es war kein entspanntes Grinsen.
„Wie bist du denn hineingekommen?“, fragte Karl.
„Das weiß ich nicht. Die Wand hat nachgegeben und ich bin hineingefallen. Von innen ist die Wand völlig durchsichtig, und ich habe euch nicht nur gesehen, sondern auch deutlich gehört. Ich habe euch gerufen, aber ihr habt mich nicht gehört.“ Das bestätigten sie.
Ich erzählte ganz genau, wie ich da gestanden hatte, wie ein Sog entstanden war, der mich hineinbeförderte, und wie ich, starr vor Schreck, auf dem Rücken landete. Das Hinauskommen mit dem leichten Schub war einfach. Die Wand beförderte mich von der einen auf die andere Seite, ohne dass ich so recht wusste, wie mir geschah.
Ich ging wieder auf die Wand zu und stellte mich genauso hin, wie ich vorhin gestanden hatte. Ich wollte das Ganze wiederholen. Aber nichts geschah.
„Du hattest die Hände im Rücken“, sagte Robert. Ich nickte und schob sie wieder genauso hin wie vorher, aber es geschah immer noch nichts.
„Die Stelle ist nicht genau die gleiche“, sagte Karl. Er suchte am Boden nach meinen Fußabdrücken. Er rückte mich hin, ein wenig her, ein wenig nach oben, etwas mehr nach unten, und plötzlich war wieder der Sog zu spüren und ich war drin. Diesmal blieb ich stehen und kam gleich wieder heraus.
„Das ist es“, sagte Karl zufrieden. „Die Hand muss auf eine bestimmte Stelle gelegt werden, dann geht es.“ Er hatte meinen Standort wohl genau fixiert. Er legte die Hand auf die Wand und verschob sie millimeterweise. Auf einmal war er verschwunden. Dann war er wieder da.
„So geht's“, sagte er, „genauso.“ Befriedigt legte er wieder die Hand auf die Wand. Weg war er und wieder da.
„Ich will auch mal“, sagte Robert, und stellte sich hin, aber nichts geschah. „Wo ist denn diese Stelle?“, fragte er, rutschte seine Finger ein wenig mehr nach rechts und schon war er verschwunden. Dann war er wieder da.
„Da bin ich aber ganz schön hineingetaumelt“, sagte er noch völlig verblüfft über diese bequeme Tür. Etwa in Hüfthöhe war die Stelle, die die Wand öffnete. Immer wieder legten wir die Hand auf die Wand, verschwanden und kamen wieder heraus. Auch drinnen war es gleich: Das einzige wichtige Merkmal war die Höhe über dem Boden. Und es war der Handteller, der auf die richtige Stelle gelegt werden musste. Um die Stelle leichter zu finden, machte ich auf dem Felsboden eine Kerbe. Der Eingang war gelöst. Sehr zu Recht hatte Robert vermutet, dass die Wand etwas verbarg.
„Das waren keine Menschen von dieser Erde, die eine solch geniale Tür erfunden und in ein Material eingebaut haben, das jedem Widerstand trotzt“, sagte Karl. „Das ist Technik vom Feinsten, menschengerecht, perfekt.

„Vielleicht waren es die Atlanter. Der Sage nach waren ihre Fähigkeiten unbegrenzt“, sagte ich.
„Vielleicht waren es die griechischen Götter. Sie konnten fliegen und haben allen möglichen Unsinn verzapft“, meinte Robert. „Aber ich denke“, fügte er hinzu, „wir werden mehr wissen, wenn wir uns erst einmal richtig umgesehen haben in der Höhle hinter der Wand. Ich muss gestehen, dass ich mich vor lauter Angst, ob ich wieder herauskommen würde, nicht umgesehen habe.“
Und Karl setzte hinzu: „Wenn die Höhle eine Vorratskammer ist, werden wir bald mehr erfahren über die Erbauer und den Zweck dieser technischen Kleinigkeiten. Aber erst wird Brotzeit gemacht. Entdeckungen auf leeren Magen sind nicht gut.“
Wir schauten uns an und lachten. Wir saßen wieder vor der Wand und kauten auf unseren Speisen.
„Wenn ich bedenkc, was wir alles da heraufgeschleppt haben, dann sind wir die besten Kulis hier im Land“, sagte Karl. „Aber essen hilft wirklich bei Entdeckungen der außergewöhnlichen Art.“

Die Kugel

Es war eine außergewöhnliche Bergtour geworden: Der Gletscher ohne Form, die Wand ohne Lücke, die Tür ohne Griff. Ein entsetzliches Erdbeben, Zeitzeugen, die nicht von dieser Welt waren und wir mitten drin. Wir wussten immer noch nicht, wie dick diese Wand war und aus welchem Material. Aber wir wussten, dass sie einen sanften Frieden ausstrahlte. Wieso kann eine einfache Wand so etwas? Es gab viele Fragen und wenige Antworten, aber gutes Brot. Es war nach unserem Sinn, dass die Bergtour statt der Erstbesteigung des 5005er eine Forschungsexpedition zu werden versprach. Mit einer kleinen - oder größeren – Sensation nach Hause zu kommen, war auch nicht schlecht.
Am frühen Nachmittag waren wir mit unserer Brotzeit fertig. Einer nach dem anderen verschwanden wir durch die Wand. Ein kurzer, sichernder Blick nach draußen, es war alles noch da: die Landschaft und unser Biwak.
Wir spähten in die Höhle. Der Boden war glatt, offensichtlich aus dem gleichen Material wie die Wand. Die Wand der Höhle war auch so ausgekleidet. Kein Fels war zu sehen. Es war ein künstlich geschaffener Raum. Trockene, aber frische Luft und eine sehr angenehme Temperatur rundeten das Bild ab. Soweit wir sehen konnten, war die Höhle leer. Nichts lag herum und kein Staubkörnchen ließ darauf schließen, dass sie vielleicht schon sehr lange nicht mehr benutzt worden war.
Wir schauten intensiv nach etwas aus, was das Rätsel der Höhle und der Wand hätte lüften lassen, aber wir konnten nichts entdecken. Da deutete Karl nach oben: „Eine Kugel!“, rief er aus. Wir sahen in die angedeutete Richtung. Es schälte sich die Kontur einer riesigen Kugel aus dem Hellgrau der Höhlung. Die Kugel hing in der Luft, etwa zwei Meter über uns.
Wir starrten dieses Gebilde an, das sich immer stärker vom Hintergrund abhob. Es war, als ob sie aus dem Nichts auftauchte. Nach wenigen Minuten war sie als feste, kompakte Masse da, die Kugel, aber mit einer Tarnkappe. Als wir in die Höhle kamen, war sie nicht sichtbar. Erst unsere Anwesenheit schien sie auftauchen zu lassen.
„ Ist sie da oder ist sie nicht da?“, fragte Robert. „Da dachte ich immer, das Märchen von Siegfried und seiner Tarnkappe sei reine Phantasie - und jetzt das hier!“
Unser Verstand begann erneut zu rotieren. Wieder rasten tausend Fragen durch unseren Kopf. Aber es half alles nichts. Wir standen vor einer in der freien Luft schwebenden Kugel, die in der Lage war, sich selber unsichtbar zu machen. Aber auch sie, wie die Wand, vermittelte Friedfertigkeit. Wir fühlten uns trotz der für uns undenkbaren Ereignisse nicht bedroht.
Die Kugel schien frei im Raum der Höhle zu schweben. Sie war circa fünf bis sieben Meter von den Wänden entfernt, und auch wenn wir nicht ganz nach oben schauen konnten, schien die Höhlendecke ein gutes Stück über ihr zu sein.

Ich fasste nach ihr, streckte den Arm aus und strich über die glatte Wandung. „Sie fühlt sich an wie die Wand draußen“, sagte ich. „Es scheint das gleiche Material zu sein.“

Meine beiden Freunde strichen auch darüber. Wir waren schon so an diese über unsere Physikkenntnisse hinausgehenden Phänomene gewohnt, dass wir es fast als normal ansahen, was wir hier erlebten.

„Das ist Science Fiction in Realität“, sagte Robert. „Wie kann eine Kugel dieser Größe - (wir schätzten ihren Durchmesser auf 20 Meter) - aus einem solch massiven Material frei in der Luft schweben, und das über eine offensichtlich lange Zeit hinweg?“

Karl hatte die Ohren gespitzt: „Ich höre keinen Laut, außer unserem eigenen Krach. Keine Maschine brummt, die die Energie für das Schweben aufbringt. Und ich kann mir nicht vorstellen, dass sie so leicht ist, dass sie wie ein Luftballon schwebt.“ Er stieß feste gegen die Kugel. Sie rührte sich keinen Millimeter.

„Der Energieverbrauch für das Schweben muss riesig sein. Wie soll das gehen?“

„Kugeln, die schweben, können auch fliegen“, sagte Robert. Offensichtlich hatten die Ereignisse ihn zu einem Spruchreden gebracht. „Wo ist der Eingang?“

Ich war noch beim Energieverbrauch. Ich erläuterte Karl meine Theorie, dass die Zyklopenmauern der Inkas mit ähnlichen Mitteln gebaut worden sein könnten, wie es uns hier die Kugel vormachte. Mir schien es immer wahrscheinlicher, dass die aus mehrflächigen Steinen aufgetürmten Mauern, die so genau gefügt waren, dass sie trotz vieler Erdbeben immer noch fugenlos waren, von den gleichen Wesen erbaut worden waren, denen auch die Kugel gehörte. Die Wesen mussten aus guten Gründen die Kugel hier zurückgelassen haben. Wahrscheinlich haben sie feststellen müssen, dass die Menschen dieser Erde noch nicht in der Lage waren, ihre Technik zu beherrschen. So könnte es gewesen sein: Wesen, die mit überragender Technik die Erde aufsuchten und nur auf Menschen trafen, die noch in der Steinzeit lebten. Als sie das feststellen mussten, hinterließen sie ihre kleine Visitenkarte in Gestalt der Zyklopenmauern in Peru, parkten die Kugel und machten sich ein schönes Leben am Strand.

Ich war begeistert: „Mensch, denkt euch die Sensation, wenn wir mit einem eigenen Ufo nach Hause fliegen und uns die Strapazen des Rückmarsches sparen könnten!“ Ich hatte mich in Begeisterung geredet.

Karl schaute kritisch: „Wo ist denn der Einstieg? Erst müssen wir hineinkommen und dann sehen wir weiter. Ich kann mir nicht vorstellen, dass hier irgendwo die Gebrauchsanleitung herumliegt und noch dazu auf gut Deutsch. Ich habe eher die Vermutung, dass wir für diese Kugel und ihre Technik nicht geeignet sind.“

Ich schwieg. Er hatte Recht. Aber ich fasste wieder Mut.

„Wenn wir den Gang durch die Wand gefunden haben, dann wird es auch möglich sein, in die Kugel zu kommen. Warum geht es nicht auf die gleiche Weise? “

Robert schob mich näher auf die Kugel zu.
„Du bist als Erster durch die Wand. Also musst du uns auch den Weg in die Kugel zeigen."
Wir lachten. Ich stand etwas ratlos da. Aber dann dachte ich, dass die Leute damals sich sicher nicht die Arme ausgerenkt haben oder hochgesprungen sind, um in die Kugel zu kommen. Sie waren wahrscheinlich kleiner gewesen als wir heute. Also sollte der Einstieg in guter Reichweite sein. Es war zu erwarten, dass der Einstieg eher an der untersten Stelle der Kugel war. Also versuchte ich, dort etwas zu entdecken.
Karl und Robert versuchten, den niedersten Punkt auszumachen, und ich versuchte mich in dessen Nähe mit Handauflegen. Aber nichts rührte sich. Nach vielleicht drei Stunden gaben wir auf. Es war Zeit zum Abendessen. Die Sonne stand schon tief, als wir wieder aus der Wand traten. Die frische, kalte Luft und der leichte Windzug draußen taten uns gut.
Beim Abendessen meinte Karl: „Die Höhle ist absolut staubfrei. Ich habe mir bei all dem Betasten der Kugel keine schmutzigen Finger geholt. Da hat man vor Tausenden von Jahren einen Reinraum geschaffen, der seither trotz nagendem Gletscher, Erdbeben und Gebirgsbewegungen nicht verändert wurde. Das allein ist schon ein Wunder."
„Ich habe mich sehr wohl gefühlt in der Nähe der Kugel", sagte Robert. „Was haben die Erbauer nur gemacht, dass sie uns späte Besucher so schützen konnten?"
Er begann, die seltsamen Vorfahren richtig zu mögen.
Ich versuchte mit kriminalistischem Gespür die Frage zu lösen, wo wohl der Eingang zur Kugel wäre. Dass es sich um ein Fluginstrument handeln musste, das einen Einstieg hatte, schien klar. Dass es sich um einen sehr komplexen Flugkörper handelte auch, und dass er sicherlich nicht von irgendjemandem geflogen wurde, auch. Es musste eine Autorisation geben, die Besucher von fliegendem Personal unterscheiden konnte. Mir schien es sehr vernünftig zu sein, davon auszugehen, dass zwei voneinander unabhängige Schlüssel nötig waren, zwei Schlüssel, die den Träger als ausreichend autorisiert auswiesen, eingelassen zu werden. Wenn es eine ganze Crew war, mussten auch mehr Schlüssel vorhanden sein, aber wenigstens ein weiterer. Sicher war auch, dass der eine Schlüssel der Handteller war. Warum sollte es anders sein als bei der Wand? Aber was war der zweite Schlüssel?
Ich vermutete weiter, dass die damalige Zeit vielleicht weniger kriminell und kriegerisch war als die heutige, wenn ich die Wirkung, die von der Wand und der Kugel ausgingen, in Betracht zog. Ein Schutz vor krimineller Gewalt war nicht nötig, wohl aber eine Autorisierung. Meine Freunde teilten meine Meinung.
„Entweder hat der Letzte, als er die Kugel verließ und aus der Höhle kam, den Schlüssel dort deponiert oder ihn mitgenommen", sagte Karl. „Wenn er ihn mitgenommen hat, werden wir vergebens nach einem Eingang in die Kugel

suchen. Aber es ist wahrscheinlicher, dass er ihn hier deponiert hat für den nächsten Kugelkapitän. Aber jetzt bin ich müde, morgen ist auch noch ein Tag."
Der samtene Mantel der Nacht war bestickt mit Abertausenden von Sternen. Das Kreuz des Südens wachte über uns.
Wir waren nun schon zwei volle Tage an der Wand Unsere Vorräte reichten noch für diesen dritten Tag. Gegen Abend wollten wir wieder unten sein, baden, waschen, Kleidung wechseln, einmal wieder richtig kochen. Aber bis dahin hatten wir noch den ganzen Tag Zeit, sehr früh waren wir auf den Beinen. Es ging um den zweiten Schlüssel.
„Denke anders, dann denkst du richtig - mit verquerem Denken den Schlüssel finden - meinst du das?", fragte Robert, „oder besser: Denke nicht und überrasche dich mit dem Nächstliegenden?"
Wir gingen in die Höhle. Die Autorisation, nach der wir suchten, musste in der Höhle sein und in der Nähe der Kugel.
„Wenn wir so handeln wie sie damals, dann wird der Letzte, der die Kugel und die Höhle verlässt, die Autorisation dort lassen, wo er aus der Höhle geht", sagte ich. „Ich würde es wenigstens so machen."
Wir suchten die Wand von innen ab, der ganzen Länge nach. Ganz am Rand der Wand, wo sie mit dem Berg verbunden war, sah ich eine helle Stelle. Ich legte meine Hand darauf. Nichts geschah. Ich spürte nur einen winzigen Druck am Handteller, aber nicht mehr. „Komisch", dachte ich und suchte weiter. Dann, eher zufällig, sah ich zur Kugel und vermeinte, eine helle Stelle unten an der Wölbung zu sehen. Ich ging dorthin und richtig, dort war eine kreisrunde helle Stelle zu sehen, die ich gestern nicht wahrgenommen hatte. Automatisch legte ich die Hand darauf. Da glitt mitten unter der Kugel ein Schacht nach unten, bis er auf dem Boden aufsetzte - völlig geräuschlos. Wir staunten.
„Wer die Wand zuerst durchschreitet, stehenden Fußes in den Himmel reitet!", dichtete Robert euphorisch, ein wenig zu pathetisch.
Ich erklärte, was ich gemacht hatte, und zur Demonstration legte ich wieder die Hand auf die helle Stelle der Kugel. Der Schacht glitt nach oben, die Kugel schloss sich. Wir konnten keine Ritze entdecken, wo der Schacht herausgekommen war.
Die beiden anderen konnten auch die helle Stelle an der Kugel nicht sehen, die ich deutlich hervorgehoben sah. Wir gingen an die Wand, dorthin wo ich die helle Stelle gesehen hatte, die mich offensichtlich so auflud, dass ich die Kugel öffnen konnte. Die beiden legten nacheinander die Hand dorthin und spürten auch das leichte Drücken auf die Hand. Danach konnten sie die helle Stelle an der Kugel sehen und den Schacht herunterlassen.
Wir hatten den Eingang zur Kugel gefunden.
Wir ließen den Schacht herunterkommen. Es war eine halboffene Röhre, etwa einen Meter im Durchmesser, die die Verbindung zur Kugel bot. Ich stellte mich hinein. Ohne mein Zutun glitt sie nach oben. Es dauerte nur kurz, dann stand ich in einem Raum mit gebogenem Boden. Darüber war eine kleinere Kugel. Aber

ich wollte erst wieder hinaus. Ich stieg wieder in die Röhre. Sie setzte sich nach unten in Bewegung, die Kugel ging auf und ich war wieder in der Höhle.
„Ich war drin und ich konnte auch wieder raus“, stotterte ich.
Karl und Robert hatten mein Verschwinden und mein Wiederauftauchen beobachtet. Sie versuchten auch ihr Glück. Beide verschwanden nacheinander und tauchten wieder auf.
„Jetzt wollen wir uns in der Kugel umschauen“, sagte ich. Ich war völlig vom Entdeckungsfieber erfasst.
„Wir kommen hinein und wieder heraus. Das ist ganz ungefährlich“, sagte ich weiter. Ich trat in den Aufzugschacht und verschwand nach oben. Die beiden anderen kamen nach.
Wir standen offensichtlich in der Kommandozentrale. Aber wir standen auf keinem ebenen Boden, sondern eher im Inneren einer Kugel. Ich war achtlos ein paar Schritte vom Schacht weggegangen, damit die anderen nachfolgen konnten, und als ich mich nach meinen Freunden umsah, standen sie schräg in der Luft.
„Warum steht ihr so schräg da?“, fragte ich.
„Du stehst schräg da“, kam die Antwort. Ich ging ein paar Schritte weiter. Jetzt standen sie fast um 30 Grad gedreht da. Aber da, wo ich stand, war unten, eindeutig. Ich ging weiter und sie verschwanden hinter der inneren Kugel, die über meinem Kopf war.
Diese innere Kugel war etwa zwei Meter fünfzig über mir und vollständig mit allen möglichen Anzeigen - so deutete ich dies - bedeckt. Ich ging weiter und dann sah ich meine Freunde wieder. Diesmal standen sie fast quer vor mir und unterhielten sich.
Die innere Kugel wurde von vier Streben gehalten. In einer der Streben war der Aufzug, der uns hinein- und herausbrachte. Die drei anderen Streben boten Sitze mit einer Vielzahl von Bedienaggregaten, die vor ihnen in die Streben eingelassen waren.
Wir hatten beschlossen, das Normale als fremd und das Ungewöhnliche als unseren neuen Alltag zu betrachten. Jetzt galt ein höchst ungewöhnlicher Alltag. Die Kugel bot alles, nur nicht das uns Normale. Wir spazierten herum, plauderten angenehm miteinander, während Karl relativ zu mir um 90 Grad geneigt war und Robert für mich, zwar nicht ganz sichtbar durch die innere Kugel, auf dem Kopf stand. Er hing von der Decke herab, die aber zum Boden wurde, wenn ich zu ihm ging. Überall war unten, überall war oben. Wir merkten, dass es eigentlich ganz leicht war, auf dem Kopf zu stehen. Uns ging es wie den Astronauten in ihrer Raumstation, nur hatten wir es entschieden bequemer. Wir schwebten nicht schwerelos herum. Die Kugel hatte ihre eigene Schwerkraft.
Wir untersuchten die Streben genauer. Zwei Streben hatten zwei Sitze nebeneinander und sehr viele Instrumente davor. Die vierte Strebe war der Aufzugsstrebe gegenüber und ähnlich wie sie ausgebildet, mit einer Schachtöffnung auf der einen und nur einem Sitz mit weniger Kontrollen auf der anderen Seite.

Karl war zum Entdecker geworden. Er stellte sich in diesen Schacht. Der Schacht schloss sich. Kurze Zeit später war Karl wieder da.
„Kommt mal mit“, sagte er nur und verschwand wieder.
Kurz darauf ging der Schacht wieder auf. Ich stellte mich hinein. Der Schacht schloss sich und ich fuhr nach unten, so war mein Eindruck. Dann wirbelte ich um mich, der Schacht ging auf und ich trat hinaus. Neben mir stand Karl. Dann war auch Robert da.
Diesmal standen wir auf einer von uns weggeneigten Fläche. Es war die Oberfläche einer Kugel. Über uns wölbte sich im Abstand von etwa drei Metern zu unserem neuen Fußboden wieder eine Kugelschale. Wir konnten durch die Kugeldecke hindurchsehen. Wir blickten in die Höhle und gingen dann weiter. Ohne weiteres war überall auf der Kugelrundung „unten“. Sie hielt uns fest, als ob wir ganz normal auf der Erde stünden.
An der Wand war ein heller Fleck. Ich legte meine Hand darauf und eine Tür ging auf zu einem neuen Raum. Er war eingerichtet. Aber wir wollten nicht genau hinschauen, es ging uns nur um den Überblick. Wir durchschritten einen Raum nach dem anderen. Bei einigen Räumen konnten wir durch die Höhlenwand nach außen schauen auf das Tal und den Gletscher. Ich brauche nicht zu betonen, dass wir relativ zur Erde draußen jeweils in den verschiedensten Winkeln standen. Für uns war immer unten, aber in Bezug auf die Erde draußen war es immer ein anderer Winkel. Beim Weiterwandern durch die Räume der Kugel kamen wir auch dort zu stehen, wo draußen das Unten war, so dass wir also auf dem Kopf standen.
„Die Kugel besteht mindestens aus drei ineinander geschachtelten Schalen“, sagte Robert. „Über uns ist die äußerste Schale. Wir stehen auf der zweiten und dann ist da die Schale der Kommandozentrale, die in der Mitte der Apparatekugel ist, oder vielleicht ist es auch die Energiezentrale.“
„Und wenn wir von der einen Schale in die andere gehen, werden wir auf den Kopf gestellt“, sagte Karl. „Das ist das Herumwirbeln, was wir im letzten Schacht gespürt haben.“
„Ich brauche eine Brotzeit“, sagte Robert. „Ich auch“, stimmte ich zu.
Wir suchten durch die verschiedenen Räume den Weg zurück zum Aufzug in die Kommandozentrale und von dort nach draußen. Nach wenigen Minuten standen wir unsicher, als ob wir von einem in stürmischer See stampfenden Boot aufs feste Land treten würden, auf dem Boden der Höhle. Wir waren ganz schnell draußen.
„Da ist die Luft doch besser“, meinte Karl. „Hier geht wenigstens Wind!“
Wir holten unsere Vorräte, setzten uns hin und hielten Brotzeit. Lange wurde nicht gesprochen. Von unserem Aufbruch in die Höhle bis jetzt waren nicht viel mehr als drei Stunden vergangen, aber diese drei Stunden hatten es in sich gehabt. Unsere Meinung von Realität, von sicheren Begriffen wie oben und unten, war buchstäblich auf den Kopf gestellt worden.

Wir hatten natürlich - eher aus den Augenwinkeln - auch gesehen, dass die Kugel voll eingerichtet war. Aber es war nicht möglich, alles auf einmal in sich aufzunehmen. Das Hineinkommen, das Herumgehen und das Herauskommen waren Neues genug.
Fremde Umgebungen bringen zwangsläufig Ängste hoch. Das ist ein Schutzmechanismus unserer Persönlichkeit. Die Ängste helfen, bedächtig mit Neuem umzugehen, es erst richtig zu erlernen, ehe man es nutzt. Nicht, dass wir sehr ängstlich waren, aber die Menge an Neuem brachte erhebliches Unbehagen. Da half das Essen.
Die Reise nach Peru, die Berge, das Höhenklima, die Menschen, all das war schon Neues genug gewesen. Aber darauf hatten wir uns recht gut vorbereiten können. Auf das hier, angefangen mit dem Erdbeben, stießen wir aber unvorbereitet.
Wir saßen da und kauten. Jeder war in seine Gedanken vertieft. Wir waren still, klein, in uns versunken. Ich denke, bei uns war der Rückschwung im Gange. Unser Körper und unsere Gewohnheiten forderten die Rückbesinnung auf Vertrautes, wirklich Vertrautes. Die Ereignisse der letzten Tage hatten ihre Spuren hinterlassen. Wir mussten uns heilen.
Schließlich sagte Karl: „Unsere Vorräte sind zwar noch nicht ganz zu Ende. Wir wollten spätestens heute Abend wieder zum Basislager zurückkehren. Aber ich denke, wir sollten jetzt gleich zurück. Das Biwak lassen wir da, die restlichen Vorräte auch. Die leeren Rucksäcke kommen mit. Ich brauche Bewegung auf meinen eigenen Füßen. Ich muss das Ganze verdauen, umsetzen, ausschwitzen. Dann sehen wir weiter."
Er war trotz wissenschaftlichen Berufs ein Pragmatiker geblieben. Die Kugel konnte warten, sie flog uns nicht davon. Wir mussten erst die Einzelteile, in die unsere Persönlichkeit aufgedröselt war, wieder zu einem Ganzen zusammenfügen. Robert und ich, immer noch wortlos, holten die restlichen Vorräte zusammen und mit dem Biwak brachten wir alles hinter die Wand. Mit leeren Rucksäcken stiefelten wir den Abhang hinunter zurück zum Basislager.
Auf einmal lief Karl davon. Er sauste um Steinblöcke herum, wieherte, schrie, führte einen wilden Tanz auf und warf Steine auf den Gletscher. Er gebärdete sich wie toll. Es steckte an. Wir spielten Indianer, heulten los, jodelten den Berg hinunter, sprangen über die Felse und wagten heikles Balancieren auf den Kanten der Steine. Eine Mischung aus Orang Utang, Kamel und jungen Hunden sauste auf das Basislager zu.
Es tat so gut, wieder den Körper - die Füße, die Beine - zu spüren und die eigene Stimme zu hören, das Echo von den Felsen, wieder das normale Leben, so ganz einfaches Bergsteigerleben.
Wir waren schnell am Lager. So ohne Gepäck ging es mit der aufgestauten Energie leicht hinab. Alles war unberührt. Wir rissen uns die Kleider vom Leib. Wir rannten zu dem wieder zum Vorschein gekommenen Bach und mit einem wilden Schrei warf ich mich in das eiskalte Wasser. Die beiden anderen taten es

mir nach. Wir prusteten, spritzten uns nass, keuchten und klapperten mit den Zähnen. Aber das war jetzt genau die richtige Kur für die dünn gewordenen Nerven. Als krebsrote Krieger schlichen wir zurück zum Lager. Wir zitterten vor Kälte, aber das war gut. Dann gab es Abendessen. Unsere Vorräte waren reichlich. Wenn man mit einem LKW auf den Berg fahren kann, siegt halt die Bequemlichkeit.

Die Sonne ging unter, die Berge färbten sich rosa und violett. Dann war der Himmel samtmatt und wir waren müde. Wir lagen in den Schlafsäcken, entspannt, wieder warm, satt und zufrieden. Was wollten wir mehr? Morgen war auch ein Tag, der genossen werden sollte. Wir schliefen.

Es war schon recht spät, als wir mit dem Frühstück fertig waren. Wir packten die Rucksäcke voll mit Proviant und einigen Bequemlichkeiten. Bedächtig stiegen wir unseren Pfad zur Wand hinauf.

Technik

Wir standen nach kurzer Zeit im Kommandoraum der Kugel. Wir hatten vereinbart, dass sich Karl um Antrieb und Steuerung kümmern würde, Robert wollte die Bedeutung der einzelnen Räume herausfinden und ich sollte nach Informationsquellen suchen, die helfen würden, Herkunft und Zweck der Kugel zu verstehen. Gestern beim Rundgang war mir ein Raum aufgefallen, der vielleicht eine Art Bibliothek darstellte.

Wir machten uns an die Arbeit. Nach spätestens zwei Stunden wollten wir uns vor der Wand treffen. Wir waren sicher, dass dann schon genug Neues zu verdauen war.

Ich will nicht berichten, wie wir das herausgefunden hatten, was bei der Brotzeit erzählt wurde. Aber der Hinweis sei gestattet, dass sich uns vieles ähnlich leicht erklärte, wie wir die Eingänge gefunden hatten. Das Prinzip, ungewohnt vorzugehen, half ungemein.

Ich hatte in der Tat eine Art Bibliothek gefunden. Die Informationen waren katalogisiert und durch einfache Befehle abrufbar.

„Die Kugel hat uns offensichtlich gut zugehört", sagte ich. „Sie hat sich auf unsere Sprache eingestellt. Wenn ich ein Wort sagte, zum Beispiel „Geschichte", dann konnte ich auf einer Art Bildschirm den Verlauf der Geschichte dieses Volkes sehen, das mit der Kugel in die Anden gekommen war. Ich konnte mit den Jahreszahlen experimentieren und dementsprechend änderte sich die Vorführung."

„Ich habe auch dieses Prinzip entdeckt", sagte Karl. „Die Kugel reagiert auf das Wort. Aber ich habe auch Sicherungen zu überwinden gehabt, denn die Kugel prüft offensichtlich, ob sie sich gefahrlos meinem Wort anvertrauen kann."

„Mir ging es genauso", sagte Robert. „Nachdem ich ratlos vor mich hingemurmelt hatte, was denn ein bestimmter Raum zu bedeuten hätte, kam die Antwort in klarem Deutsch von einer Stimme, die meiner recht ähnlich war. Ihr könnt euch denken, wie verblüfft und erschreckt ich war." Wir lachten.

„Wer will schon deine Stimme hören?", fragte ich deklamierend.

Wir waren sehr aufgekratzt. Die Kugel war vertrauter geworden, nachdem wir herausgefunden hatten, wie wir mit ihr umgehen konnten.

Je mehr wir entdeckten und einordneten, um so mehr wurde klar, dass die Kugel uns diente, auf perfekte Weise. Sie hatte sich nicht nur auf unsere Sprache eingestellt. Sie schien auch unsere Gedanken zu erkennen und sogar darauf zu antworten. Wie ihr dies möglich war, blieb rätselhaft. Es herauszufinden war aber auch nicht unser erstes Interesse. Wir betrachteten es als Tatsache, dass sie es konnte.

Es war ein sehr beruhigendes Gefühl, dass sie uns als Wesen anerkannte, denen sie zu dienen hatte. Und so konnten wir die Zusammenhänge mit einer Geschwindigkeit aufnehmen, die man schon als atemberaubend bezeichnen

kann. Wir fühlten uns immer sicherer und waren in unserem Entdeckerdrang kaum noch zu bremsen.
„Einfach genial“, war das Lob, das Karl den Erbauern der Kugel spendete.
„Ich hätte nie gedacht, dass Maschinen einmal so menschlich sein könnten“, sagte ich und Robert meinte, dass die Kugel eine Versorgung bot, die kaum zu überbieten war.
„Unser Biwak können wir ins Lager in der Kugel räumen. Das brauchen wir nicht mehr“, sagte er. „Ich denke, die Küche der Kugel ist auch für eure Geschmäcker gut genug.“
„Hat du herausgefunden, wie man ein schönes Menü zubereitet?“, fragte Karl ganz aufgeregt. Robert schmunzelte. „Ich wusste doch, dass dir dies wichtiger ist als die ganze Technik. Ja, ich lade euch zum Abendessen ein, aber ich will vorher ein bisschen fliegen.“
„Diese Hochkultur hat es verstanden, die Kommunikation zwischen den Menschen in den Vordergrund zu stellen“, sagte ich. Alles, was ich bisher davon gesehen habe, zeigt, dass die Maschinen wirklich den Menschen dienten und diese frei machten für das menschliche Miteinander. Sie haben die Physik, wie wir sie kennen, erweitert um Bereiche, die wir noch gar nicht ahnen können.“
„Da ist sicher einiges dran“, meinte Robert, „denn wenn ich sehe, wie die Kugel Speisen zubereitet, dann muss ich davon ausgehen, dass sie Materialisation und Entmaterialisation genauso beherrscht wie das gute Abschmecken der Speisen.“
„Mir scheint, sie haben ein Wissen, das über die Quantenmechanik und die Relativitätstheorie und die physikalischen Bereiche, die wir kennen, hinausgeht. Es kann nur so sein, dass sie eine Physik beherrschen, in der unsere Physik als Spezialfall enthalten ist. Dann wäre es etwa so, wie für uns die Newtonsche Physik ein Spezialfall der Quantenmechanik ist“, sagte Karl.
„Wenn das so ist“, meinte Robert, „verfügt die Kugel über unbegrenzte Energiereserven. Das würde erklären, warum sie einfach in der Luft schweben kann, warum sie die Gravitation auf ihre Weise benutzt und wir unten haben, auch wenn wir auf dem Kopf stehen.“
„Also sollten wir uns weniger den Kopf zerbrechen über die Theorie dahinter - da sind wir zu klein dafür - “, sagte ich, „sondern uns auf die pragmatischen Dinge konzentrieren wie Fliegen, Essen und Schlafen.“ Wir lachten.
„Die einfachen Dinge sind immer die besten“, meinte nun Karl, als er mit Genuss in einen Apfel biss.
Das Eis war gebrochen. Wir hatten angefangen, nicht nur Spass an der Entdeckung der Kugel zu haben, wir hatten auch unsere Ängste und die Scheu vor dem Unbekannten weitgehend abgelegt.
Die Brotzeit war vorüber. Wir gingen in den Kontrollraum. Karl zeigte uns, dass jede der vier Säulen, die die innere Kugel hielten, ein spezieller Steuerstand war. Wenn er sich setzte, leuchteten die verschiedensten Lichter und Geräte auf und signalisierten Bereitschaft. Stand er auf, gab es einen Warnton. Er musste eine

kleine rote Fläche berühren, damit die Bereitschaft auch dann noch bestehen blieb. Sonst gingen die Lichter wieder aus.
Die eine Säule verfügte über Navigations- und Ortsbestimmungen. Er berührte eine Fläche und wir konnten auf einer Sichtebene auf der Säule kleine Pünktchen erkennen.
„Wahrscheinlich handelt es sich um eine Abbildung unseres Sonnensystems", sagte Karl. „Wenn ich hier die Hand drauflasse, wird ein Vergrößerungsmechanismus ausgelöst. Und hier kann ich verkleinern."
„Wenn ich hier hinfasse, wandelt sich das Bild. Es erscheint eine Abbildung der Erde, und wenn ich dann weiter vergrößere, kann ich sogar unseren Standort erkennen."
Wir folgten seinen Ausführungen und sahen, wie das Sichtfeld auf der Säule Entsprechendes zeigte. Schließlich wurde, dreidimensional und in Farbe, der Standort gezeigt. Wir blickten aus etwa 200 Metern über unser Tal hinab.
„Die zweite Säule dient der Kommunikation, sowohl innerhalb der Kugel als auch darüber hinaus." Karl berührte eine grüne Fläche und wir konnten unserem Gespräch bei der Brotzeit lauschen. Er berührte zwei andere Flächen und ich konnte mein Gemurmel bei der Sichtung der Bibliothek hören. Aber nicht nur das. In Augenhöhe war der jeweilige Bildausschnitt zu sehen, zu dem die Gespräche gehörten.
Die dritte Säule hatte die seltsamsten Bilder. Sie bildeten sich auf der Säule ab, wenn wir irgendwo auf der Konsole die Hand auflegten. Wir rätselten herum und konnten nur vermuten, dass es sich um den Kontakt zu irgendwelchen Galaxien handeln musste. Wir nannten sie die Funkersäule.
Die vierte Säule schließlich, mit zwei Sitzen, schien über Antrieb und Bewegung der Kugel zu verfügen. Als Karl sich hinsetzte, konnten wir sofort die Kugel in der Höhle abgebildet sehen. Er berührte einige Felder vor sich und der Blick ging durch die Wand hindurch auf das Tal. Er legte die linke Hand auf eine Stelle der Konsole, an der mehrere Felder so angeordnet waren, dass die Fingerspitzen sie gleichzeitig bequem berühren konnten.
„Jetzt seht genau, was passiert, wenn ich meine Fingerspitzen stärker oder schwächer auf die Felder drücke", sagte Karl.
Wir sahen mit Staunen, wie die Kugel sich in der Höhle bewegte. Er konnte sie auf kleinstem Raum steuern, einfach mit den Fingerspitzen.
„Ich brauche mich um den Antrieb nicht zu kümmern", sagte Karl. „Drücke ich fester, geht es schneller, drücke ich leichter, bewegt sich die Kugel langsamer. Aber ich habe noch keinen Schalter gefunden, mit dem ich größere Geschwindigkeiten einstellen könnte", sagte er.
Ich lachte: „Hoffentlich findest du keinen, denn sonst drückst du uns an der Höhlenwand platt."
„Ich will es auch gar nicht versuchen", sagte Karl, „ich bin mit dem Verständnis der Navigation noch nicht weit genug gekommen, und" - er machte eine bedeutungsvolle Pause - „ich weiß überhaupt nicht, wie wir denn die Kugel aus

der Höhle bringen wollen. Und ich weiß ja auch noch nicht, ob wir überhaupt einige Zeit in der Kugel werden leben können."
„Dazu, Karl, kann ich euch einiges zeigen", sagte Robert stolz.
Wir gingen mit ihm in die äußere Hülle. Einige Räume weiter war der Speisesaal. Ein ansprechender, in Pastellfarben gehaltener Raum mit federleichten Schalensitzen an runden Tischen. Der Raum hatte Platz für etwa 20 Personen.
„Nehmt Platz, es ist angerichtet", sagte Robert.
Er ging an eine Wand, legte die Hand auf eine kleine hellere Fläche, ein Teil der Wand glitt zur Seite. Dahinter erschienen Vertiefungen in den unterschiedlichsten Farben.
„Das ist das Tischlein-Deck-Dich", sagte Robert. „Ich habe noch nichts ausprobiert, aber jetzt denke ich, ist die Stunde des Selbstversuchs gekommen."
Er berührte mit der Fingerkuppe eine dieser Farbflächen. Schon wölbte sie sich nach außen, es öffnete sich ein größerer Spalt und ein rechteckiger Teller erschien mit einer Speise garniert und mit einem Löffel ausgestattet. Er stellte den Teller vor mich. Dann berührte er ein anderes Feld. So erhielt jeder von uns einen Teller, jeweils mit einer anderen Speise.
Dann setzte er sich: „Jetzt beweisen wir Mut!", rief er theatralisch aus und fing an zu essen.
Wir zögerten noch, aber nachdem er nicht tot umfiel, sondern es ihm schmecken musste, probierten wir auch und waren erstaunt, wie gut es schmeckte. Ich konnte nicht definieren, was ich da aß, aber es war gut.
Robert ging wieder zu der Wand und kam mit Getränken zurück: Jeder erhielt ein Getränk in einer anderen Farbe. Es schmeckte sehr gut.
„Ich will euch zeigen, wo wir schlafen können", sagte er und stand auf.
„Was ist mit dem Geschirr hier?", fragte ich.
„Lass es nur stehen, wir kommen ja gleich zurück - oder willst du ein längeres Nickerchen machen?", neckte er.
Zwei Räume weiter waren die Wände mit einem weichen Stoff bespannt, die Farben waren dunkelbraun gehalten und nur durch die Deckenwölbung drang das Licht. Aber auch dieses war gedämpfter.
Robert ging an eine Wand. Dort war wieder diese hellere Stelle. Er legte die Finger darauf. Rings an den Wänden leuchteten Flächen in sanften Farben auf. Er ging zu einer der Flächen und berührte sie. Es glitt ein Bett aus der Wand, fertig mit Laken und Decke. Es war für unsere Verhältnisse etwas kurz geraten, vielleicht nur einen Meter achtzig lang, aber breit genug.
„Sie waren kleiner als wir", sagte Karl. „Das hatte ich schon vermutet, als wir die Öffnung für die Wand fanden. Die Einlassstelle war für unsere Körperlänge etwas knapp gehalten."
Ich legte mich auf das Bett. Es lag sich gut. Als ich aufstand, glitt das Bett wieder in die Wand.
„Wir sollten heute Nacht einmal diese Betten versuchen", sagte ich.

„Und wo bleibt dein Wunsch nach frischer Luft?“, fragte Karl.
„Ich werde es einfach einmal versuchen“, sagte ich, „und wenn ich mehr Frischluft brauche, kann ich ja immer noch nach draußen umziehen.“
Wir gingen zurück in den Speisesaal. Die Tische waren leer.
„Wo ist das Geschirr hingekommen?“, fragte ich erstaunt.
„Ja“, sagte Robert, „das weiß ich auch nicht, es ist weg.“
Jetzt zeigte ich meinen Freunden die Bibliothek und wir schauten ein wenig das vorhandene Material an. Als ich die Zyklopenmauern ansprach und meinte, dass ich mir gut vorstellen könnte, dass wir ihren Erbauern auf der Spur waren, änderte sich die Vorstellung. Es zeigten sich die Erbauer dieser Mauern, wie sie die riesigen Steinblöcke leicht mit einer Hand manövrierten. Dann sahen wir in Nahaufnahme, dass unter jedem dieser Blöcke ein Stück Wandmaterial befestigt war.
„Dieses Material hebt die Schwerkraft auf“, staunte Karl. „Da ist es kein Wunder, dass sie die Blöcke so leicht manövrieren konnten.“
„Sie haben die Mauern als ihre Visitenkarte zurückgelassen“, sagte ich. „Sie dienen keinem anderen Zweck. Spätere Kulturen haben sie als Verteidigungswall verwendet. Aber die Erbauer dachten gar nicht daran, sich verteidigen zu müssen. Ich konnte bisher keinerlei Waffen oder Schutzmechanismen bei ihnen entdecken.“
„Und wo ist Kleidung?“, fragte Karl, um uns aus der Nachdenklichkeit zu holen.
Robert führte uns in einen anderen Raum. Da stand aus Schubladen Kleidung zur Verfügung nach dem gleichen Prinzip, wie wir die Speisen und die Betten aus der Wand holen konnten. Sie waren uns zu klein, diese Hosen und weiten Überwürfe, aber es war ein ganz weiches, warmes Material, Kashmere-Wolle ähnlich. Die Kugel war perfekt eingerichtet.
„Draußen ist schönes Wetter, ich muss einen Spaziergang machen“, sagte Karl, „kommt ihr mit?“
Schweigend gingen wir aus der Kugel und der Höhle. Dann folgten wir dem Berghang und stiegen weiter auf, immer höher. Irgendwie waren wir so voll Energie, dass wir erst nach ein paar Stunden merkten, dass wir am Gletscher entlang weit hinaufgestiegen waren.
„Da sind wir unserem 5005er aber ganz schön nahe gekommen“, schnaufte schließlich Robert. „Ich denke, es reicht für heute. Wir sollten vor Dunkelheit wieder unten sein.“
Wortlos drehten wir um und stiegen wieder hinunter. Es zeigte sich, dass die Kugel begann, unser Denken umzuformen. So gedankenverloren war ich selten am Berg unterwegs gewesen. Ich nahm kaum die herrliche Landschaft wahr, sondern dachte nur an die Geschichte dieses Volkes und seine Möglichkeiten. Warum waren sie verschwunden? Wann war das?
Wie vereinbart, verstauten wir unsere Vorräte, das Biwak und die Rucksäcke in der Kugel. Sie hatte auch Lagerräume, oder zumindest wurde ein Raum von uns dazu erklärt.

Dann versuchten wir wieder das Menü der Kugelküche, probierten eine ganze Reihe dieser Farbessen. Schließlich waren wir müde genug, die Kugel-Betten auszuprobieren. Ich will es vorwegnehmen: Wir schliefen prächtig.
„Wo ist das Bad?“, fragte Karl. Robert zeigte uns im angrenzenden Raum, dass alles zu unserer Zufriedenheit vorhanden war, von der üppigen Dusche bis zum WC, alles auf Fingerdruck aus der Wand hervorzuzaubern.
Dann ging es in den Kommandoraum. Den halben Tag verbrachten wir mit der Erforschung der Steuer- und Navigationsinstrumente. Wir machten große Fortschritte und waren sicher, die Kugel nach unserem Willen lenken zu können. Wir wussten nun auch, wie wir den Kontakt nach außen halten konnten, sowohl den Sicht- als auch den Hörkontakt. Wir konnten die Umgebung beliebig vergrößern oder verkleinern, vom uns vertrauten Tal bis zum dreidimensionalen Modell unseres Sonnensystems.
„Jetzt will ich aber wirklich fliegen!“, rief Karl aus und schon sahen wir, wie er die Kugel auf die Wand zusteuerte.
„Das kannst du nicht machen!“, rief ich laut, aber da war die Wand schon da und wir waren hindurch.
Wir schauten nach Karl, der grinsend an seiner Konsole saß, schräg über mir.
Er lachte: „Ich habe gestern den ganzen Weg den Berg hoch nur darüber gegrübelt, wie wir durch die Wand kommen, und dann habe ich der Intelligenz dieser Wand vertraut. Wie wir hinauskommen, kommen wir wieder zurück“, sagte er. Seine Hand auf der Steuerkonsole änderte sich leicht. Wir sahen, wie sich die Kugel, die zunächst noch reglos über dem Gletscher schwebte, zurück auf den Weg machte, zur Wand. Dann war sie an der Wand und glitt einfach hindurch.
Ich merkte, dass ich ins Schwitzen gekommen war.
Karl steuerte sie wieder hinaus, den Gletscher hoch und wieder zurück. Die Kugel folgte der kleinsten Regung von Karls Hand, übergangslos und ohne ein Zeichen von Trägheit. Wir in der Kugel merkten keinen der Richtungswechsel. Es schien, dass die Kugelschalen alle Trägheitswirkungen auf unseren Körper abschirmten.
Der Spass brach sich Bahn. Wir freuten uns wie die Schneekönige, ohne Pilotenschein in den Anden herumfliegen zu können. Es braucht nicht erwähnt zu werden, welch herrliche Aussicht wir genossen. Zum einen wurde die Außenwelt auf die Konsolen projiziert und zum anderen konnten wir die Kugel an einem Ort in der Luft schweben lassen und durch die äußere Kugelschale die Landschaft draußen betrachten, nachdem wir genug Sicherheit in der Steuerung der Kugel erworben hatten. Manchmal hingen wir dabei in einem recht schrägen Winkel in der Luft.
Dann ging es zurück in die Höhle. Wir machten uns an die Informationen in der Bibliothek und suchten nach weiteren Gebrauchsanleitungen.
Wir fanden eine Möglichkeit, die Geschichten als Hologramm-Geschichten in gespiegelter Realität zu erleben, als ob wir mitten drin ihnen wären. Wir wurden

in den nächsten Tagen zu sehr gelehrigen Schülern, die begierig alles in sich aufsogen, was die Kugel an Wissensstoff bot. Wir lernten immer weitere Details kennen. Die Sicherheit in der Beherrschung der Kugel und ihrer Wunder wuchs.
Robert träumte von einem Flug zum Mond. „Was denkt ihr? Werden die Amerikaner staunen, wenn wir auf ihrem Radar auftauchen?"
Karl blickte skeptisch. „Sicher, die Kugel ist ein Instrument für den Weltraum. Aber was ist, wenn wir dort die Kontrolle verlieren, es kann doch sein?"
Ich war erdhafter: „Ich habe da so meine Bedenken", sagte ich. „Ich wäre eher für einen solchen Flug, wenn ich sicher wäre, dass wir nicht entdeckt werden. Ich will nicht in die Mühlen der Geheimdienste und ich will auch nicht das Erbe dieser Menschen dazu missbrauchen, dass es in den Rüstungsarsenalen irgendeiner Macht der Erde landet. Wer weiß, wie die Militärs auf dieses Wunderwerk reagieren? Sicher nicht so zahm, dass sie die Kugel für Kinderflüge zuließen. Aber es kann ja auch sein, dass der Selbstschutz, den wir bei den Geschichten in der Bibliothek gesehen haben, auch heute noch wirkt? Wir sollten einmal die Kugel fliegen und einen Beobachter draußen haben, der zuschaut."
„OK", sagte Karl, „das ist ein guter Gedanke, du bist unser Beobachter. Robert und ich fliegen."
Ich ging nach draußen, ein gutes Stück weg von der Wand. Dann sagte ich zu meinen Freunden, es könne losgehen. Ich war mir sicher, dass sie meinen Gang beobachtet und auch das Abhörsystem eingeschaltet hatten.
Ich hörte Karls Stimme zielgenau durch die Luft, als wenn er neben mir stehen würde: „Wir fliegen jetzt los, ganz langsam."
Ich sah, wie die Wand eine Beule erhielt. Es war die Kugeloberfläche, die durch die Wand trat. Die Kugel flog ganz langsam waagrecht über den Gletscher. Sie war völlig lautlos. Das Einzige, was ich zu hören meinte, aber vielleicht war es auch nur meine Einbildung, war der Wind, der um die Kugel strich.
Dann schaute ich genauer: Wo war die Kugel? Sie war doch da auf dem Weg zur gegenüberliegenden Felswand? Aber ich sah höchstens noch einen Schatten von der Kugel. Je weiter sie sich entfernte, um so mehr verblasste sie und wurde eins mit der Umgebung, über die sie flog. Dann war sie nicht mehr zu sehen. Karls Stimme war immer noch so direkt und klar, als wenn er vor mir stehen würde: „Du schaust wie Weihnachten. Was passiert denn?"
Ich sagte ihm, dass sie nicht mehr zu sehen wären. Die Kugel würde ihre Gestalt so ändern, dass sie mit dem Untergrund und dem Himmel verschmilzt.
„Sie hat eine perfekte Tarnkappe, denke ich", sagte ich. „Sie ist automatisch nicht sichtbar, wenn sie etwas weiter weg ist, so wie wir sie zunächst in der Höhle auch nicht haben sehen können. Kommt mal auf mich zu."
Karl sagte, er habe mich als Ziel vor Augen, ganz deutlich, und er käme langsam auf mich zugeflogen. Ich sah immer noch nichts.
„Wie weit seit ihr weg?", rief ich nun doch aufgeregt in die Landschaft.

„Wir sind vielleicht nur noch zehn Meter von dir weg. Du bist fast direkt unter uns“, kam seine Stimme.
Ich strengte meine Augen an, aber mehr als einen vagen Schatten konnte ich nicht ausmachen. Ich hob die Hände vor die Augen, um Blendung zu vermeiden - und da war die Kugel ganz plötzlich direkt vor mir. Ich erschrak.
„Was ist passiert“, hörte ich Robert fragen. „Was hat dich erschreckt?“
Ich erzählte von dem plötzlichen Auftauchen der Kugel.
„Das hängt wahrscheinlich mit der Hand zusammen“, sagte Robert. „Nimm die Hände runter.“
Ich tat es. Die Kugel verschwand wieder in der Luft. Ich hob die Hände und sie kam aus dem Nichts hervor.
„Es ist der Handteller, der sie sichtbar macht“, sagte ich. „Wir haben die Kugel offensichtlich auf unsere Handausstrahlung geeicht.“
Die Kugel konnte ich nach Belieben sichtbar und unsichtbar machen.
„Wahrscheinlich ist sie für jeden anderen Menschen, der nicht auf die Kugel geeicht ist, unsichtbar und für die „geeichten“ nach Willen sichtbar“, sagte ich.
Die Kugel kam noch näher, bis sie direkt über mir war. Der Aufzugschacht kam heraus und Robert trat zu mir.
„Wir wechseln ab“, sagte er, „ich will das auch probieren.“
„Wie habt ihr denn die Kugel so genau positioniert, dass sie mich nicht erdrückt hat und Robert aussteigen konnte?“, fragte ich Karl, als ich im Kontrollraum ankam.
„Das ist ganz einfach“, sagte er. „Diese Fläche hier brauche ich nur anzutippen und die Kugel positioniert sich selber ganz genau. Das habe ich in der Höhle schon mehrfach probiert.“
Ich schaute mir Robert an, wie er kleiner wurde, als Karl die Kugel wieder über den Gletscher lenkte. Ich vergrößerte mir Robert und lachte über seine Verrenkungen, als er mit den Armen ruderte, um die Kugel sichtbar und unsichtbar zu machen. Für uns in der Kugel war alles genau wie sonst. Wir sahen alles und wir plauderten entspannt mit einem rudernden Robert.
Schließlich übernahm ich die Steuerung und Karl betrachtete sich die Kugel von außen. Er machte, das muss man ihm zugestehen, gemessenere Bewegungen. Aber es war eine nicht in die Landschaft passende Pantomime, wie er am Berghang stand und sich die Kugel sichtbar machte. Wir nahmen ihn wieder auf.
„Ich denke, wir fliegen einmal vorsichtig das Tal hinunter, um zu sehen, was aus dem Dorf geworden ist. Wenn wir einen Menschen sehen, bleiben wir bewegungslos und beobachten, ob er uns entdecken kann“, sagte Karl.
Wir flogen los, über unser Basislager hinweg, zum ersten Abbruch. Der Gletscherbach hatte sich ein neues Bett graben müssen. Das Erdbeben hatte einen Felssturz verursacht, der das von unserem Hochtal abfallende Gelände in eine enge Klamm verwandelt hatte. Wir folgten weiter den Hang hinab. Auch der zweite Absatz war ähnlich, die ganze Alm voller Felsen, der Bach in einem schlängelnden Mäander dazwischen und keine unberührte Natur mehr.

Es ging zum dritten Absatz, auch hier das gleiche Bild. Wir sahen nun über den Kamm hinweg das Tal mit dem Dorf. Wir blieben stehen und vergrößerten uns die Ansicht. Das Dorf war nur noch ein Trümmerhaufen, kein Haus unversehrt. Die Menschen waren nicht zu sehen. Es war verlassen. Kein Tier war auf der Weide. Eine tote Landschaft war das geworden. Wir blickten stumm auf das entsetzliche Ausmaß des Erdbebens und flogen weiter, das Tal hinab.
Zwei Männer sahen wir mit einem Llama die zerstörte Straße hochgehen. Sie hatten das Llama bepackt. Sicher wollten sie nach Chocajinani.
Wir flogen näher. Aber sie nahmen keine Notiz von uns. Sie unterhielten sich über das Wetter und die Ereignisse, die durch das Erdbeben ausgelöst worden waren. Sie sahen uns nicht, auch als die Kugel nur noch 30 Meter direkt vor ihnen fast auf der Erde aufsetzte. Wir waren uns jetzt sicher, dass die Tarnkappe der Kugel perfekt war. Die Kugel war für jeden Menschen un-sichtbar mit Ausnahme von uns dreien, die bei ihr als zugelassene Mannschaft gespeichert waren.
Wir konnten hinfliegen, wo wir wollten, und waren uns sicher, dass nur wir selber unsere Sicherheit in Frage stellen konnten.
„Warum nur“, fragte Robert, „haben sie denn damals die Kugel in den Berg gebracht? Ich verstehe dies immer noch nicht. Es muss sie doch eine große Überwindung gekostet haben, sich von ihrem Gefährt zu trennen. Das war doch ihre Heimat oder zumindest ein Teil davon.“
„Wir haben noch nicht alles gesehen, was die Bibliothek bietet. Vielleicht ist auch dabei, wie die Kugel in die Höhle kam?“, meinte ich. „Wir sollten mehr Zeit in der Bibliothek zubringen, um diesen Fragen nachgehen zu können.“
Aber zuerst galt es, Ordnung zu schaffen. Wir flogen zu unserem Basislager, bauten es ab und verluden alles in die Kugel. Nur unseren Laster mussten wir am Felsen zurücklassen. Er war nicht mehr nötig. Wir konnten ihn auch nicht wegfahren, so wie er von den Felsbrocken des Erdbebens eingekreist war. Er blieb als stummer Zeuge unseres Bergausflugs zurück.
Dann ging es wieder zurück zur Wand. Wir parkten die Kugel in der Höhle.
„Ich möchte noch einmal eine Nacht im Biwak sein, ehe wir morgen aufbrechen“, sagte ich, „der Berg ruft mich immer noch. Wir sollten morgen auch versuchen, ob wir mit Hilfe der Kugel einen gangbaren Weg zum 5005er ausmachen können“, sagte ich beim Abendessen, als wir altvertraute Vorräte auf unserem Gaskocher vor der Wand zubereiteten.
Irgendwie waren wir in eine Abschiedsstimmung gerutsch. Es schien, als ob wir stillschweigend beschlossen hatten, am nächsten Tag mit der Kugel davonzufliegen.
„Ich bin deiner Meinung“, sagte Robert. „Wir haben zwar ein sehr großes Geschenk erhalten, aber unser Berg ist immer noch nicht bestiegen. Unser altes Ziel sollten wir nicht so leicht aufgeben.“
„Ok“, sagte Karl, „morgen kundschaften wir einen Aufstieg aus. Wenn uns der Gipfelsturm möglich erscheint, parken wir die Kugel und holen uns unseren

5005er. Wir haben immer noch Zeit genug, rechtzeitig zu Hause zu sein. Die Kugel ist ein bequemes Transportmittel. Wir sollten uns auch noch in Ruhe Machupicchu anschauen und die Zyklopenmauern in der Nähe. Dann haben wir den direkten Vergleich zwischen dem, was wir aus der Kugel wissen, und dem, wie es heute ist."

Wir bauten das Biwak auf. Es ist doch erstaunlich, wie wir als auf Bequemlichkeit erpichte Menschen immer noch den Hang nach einem einfachen Leben und dem Geruch der Nomaden hatten. Uns zog es in ein kleines Zelt auf den harten Boden der Felsen, trotz des Luxus in der Kugel.

Es wurde unsere letzte Nacht unter Südamerikas Sternenhimmel. Die Kühle der Luft war köstlich in der Nase, das ferne Rauschen des Gletscherbachs wiegte uns in den Schlaf.

Am nächsten Morgen ging es zum 5005er. Wir hatten in der Kugel eine Route ausgekundschaftet. Sie erwies sich als sicherer Weg. Mit leichtem Gepäck stiegen wir an der Bergflanke hoch. Das Gestein war nicht mehr so lose wie nach dem Erdbeben. Wir kamen trotz unserer Vorsicht gut voran, und nach einer leichten Kletterei standen wir wirklich gegen Mittag auf unserem Gipfel.

Es war ein Aussichtsberg, nach allen Seiten in der näheren Umgebung der höchste, jedoch lag in der Ferne die weiter ansteigende Kette der Kordilleren als majestätische Begrenzung unserer Sicht. Wir waren überwältigt und versunken in dieses Schauspiel, das uns die Berge boten.

„Die Berge sind erhaben, sie sind majestätisch", sagte ich schließlich. „Wir leben auf einer schönen Welt." Die beiden Freunde nickten. „Und dass wir es schaffen würden", rief Robert, „daran hätte ich nicht mehr zu denken gewagt."

Wir saßen auf dem Gipfel, machten Brotzeit und fühlten uns mehr als zufrieden, hatten wir doch trotz des Erdbebens und seiner Folgen unseren Plan umsetzen können. Wir deponierten das Gipfelbuch und fotografierten uns und den Gipfel, denn wir brauchten auch Beweise für unseren Erfolg. Der Abstieg war leicht. Gegen vier Uhr waren wir wieder an der Wand.

„Wir können gleich nach Machupicchu rüberfliegen und dort biwakieren", schlug Robert vor. „Ich bin geil aufs Fliegen", kam es strahlend von ihm.

„Ok, ok", sagte ich, „erst wird gepackt und eingeladen und dann können wir immer noch den Abstecher machen."

Wir waren gut drauf. Es war auch nicht mehr viel, was noch in die Kugel zu laden war.

Karl ging sorgfältig die Felsen vor der Wand ab. Wir wollten keine Hinweise auf unsere Entdeckung zurücklassen. Wir verließen das Tal, wie es vor uns gewesen war. Nur der LKW blieb zurück, ein stummer Zeuge, der kritischen Besuchern dieses Hochtals den Eindruck eines Unglücks vermitteln konnte. Uns war diese mögliche Ablenkung von dem tatsächlichen Geschehen nur recht.

„Dann kann es ja losgehen", sagte Karl, als wir und das Gepäck verstaut waren. Er startete die Kugel. Wir hatten jeder unseren Platz an einer der Säulen

eingenommen und schauten zu, wie die Kugel durch die Wand flog und über den Gletscher schwebte.
Dann steuerte Karl senkrecht nach oben. „Ich will unser Tal aus größerer Höhe sehen und einen Überblick über die ganze Landschaft haben“, sagte er. Wir waren ganz damit einverstanden.
Die Kugel schoss nach oben. Rasch waren wir vielleicht 15 Kilometer hoch, bald 20. Es ging weiter nach oben. Wir hatten den Eindruck, dass die Erde unter uns wegsackte. Das Schauspiel war atemberaubend. Wir waren oft geflogen und liebten es, die Erde von oben zu betrachten. Wir hatten natürlich auch Satellitenfotos angeschaut und die Sehnsucht gespürt, einmal so hoch über der Erde zu sein, dass wir sie als großen Ball im Samtdunkel des Nichts ausmachen konnten. Nun hatten wir die Möglichkeit dazu.
Immer noch ging es weiter nach oben. Wir drei achteten weniger auf die gewonnene Höhe als vielmehr auf die Aussicht auf unsere Mutter Erde. Und durch die perfekte Projektion des Außen auf die Säulen - natürlich dreidimensional - hatten wir eine Sicht, als ob wir frei durch die Luft fliegen würden.
Es mag in einer Höhe von vielleicht 50 Kilometern gewesen sein, als auf einmal eine Stimme sagte: „Wir sind gestartet nach Orion, Ankunft in 6 Stunden.“
Wir erschraken. „Da!“, rief Karl, „die innere Kugel hat sich geändert!“
Wir starrten nach oben. Die ganze innere Kugel war zu einem Abbild der Erde geworden. Sie wurde rasch immer kleiner. Der Mond tauchte auf, dann die Sonne und die anderen Planeten. Es war ein Modell des Sonnensystems, das schnell an Größe verlor. Mit dieser Verkleinerung einher ging das Hineinwachsen weiterer Sterne. Wie mit einem negativen Zoomzeitraffer wurde uns der Anblick des Teils des Weltalls, in dem sich unser Sonnensystem befand, gezeigt. Es tauchte die Milchstraße als Sternennebel auf, ein Lichtermeer von Pünktchen, und darin wurde uns die Lage des Orion gezeigt.
In all diesen Sternen war ein dünner roter Lichtstrahl zu sehen, der von der Erde ausging und sich - von meinem Platz aus gesehen - schräg nach rechts oben ausdehnte.
„Das ist unser Kurs, vermute ich“, sagte Robert schließlich.
Wir waren mehr als verwirrt. Karl versuchte hektisch, alle Steuersysteme dazu zu bewegen, ihm zu gehorchen, aber vergebens.
„Ich habe keine Kontrolle mehr über die Kugel.“ Schweißgebadet gab er auf.
Ich hatte meinen Betrachtungsschirm auf der Säule nach wie vor auf Außenansicht gestellt und konnte mitverfolgen, wie mit rasend zunehmender Geschwindigkeit die Erde unter uns wegfiel, der Mond vorbeischoss und die Sonne in der Ferne verschwand.
„Wir werden immer schneller!“, rief ich aus, „ich kann schon gar keine Konturen mehr sehen.“
In der Tat waren die Sterne, die ich in der Entfernung sehen konnte, zu Lichtstreifen geworden, die bald ganz verblassten. Der Bildschirm wurde

schwarz. Ab und zu flackerte ein Licht auf, um genauso rasch wieder zu verschwinden.

„Wenn ich das richtig sehe“, sagte ich, „fliegen wir entweder fast mit Lichtgeschwindigkeit oder sogar noch schneller. Anders kann ich mir das Verschwinden der Sterne nicht erklären.“

„Das muss schon so sein“, sagte Robert, „wenn das stimmt, was die Stimme gesagt hat. Der Orion ist mehr als 150 Lichtjahre von der Erde entfernt. Und wenn wir die Strecke in sechs Stunden zurücklegen sollen, müssen wir ein klein bisschen schneller sein als das Licht. Ich gebe zu, nur ein kleines bisschen“, grinste er.

Ich schaltete meinen Bildschirm aus. Er brachte nichts Neues mehr. In wenigen Minuten war er endgültig schwarz geworden. Offensichtlich waren wir jetzt wirklich schneller als das Licht, denn solches erreichte uns nicht mehr.

Aber dafür war die innere Kugel zur genauen Abbildung der Milchstraße geworden. Das schien ihre eigentliche Funktion zu sein. Der rote Faden zeigte, wo wir herkamen und wo unser Ziel war. Es war nun auch deutlich auszumachen, das Sternsystem des Orion. Auf dem roten Faden war ein helleres Pünktchen, das sich daran entlangbewegte. Das musste unsere Kugel sein. Gebannt starrten wir diese Sternenschau in der inneren Kugel an. Es war spannender als einen Krimi im Fernsehen zu verfolgen, wie unsere Kugel keineswegs geradlinig durch das Weltall schoss, sondern in eleganten Bögen um Sonnensysteme herumkurvte, die etwas zu nahe an dem direkten Weg lagen.

„Ich muss erst einmal Brotzeit machen“, sagte Karl. „Also jetzt sind wir Gefangene der Kugel, auf dem Weg zum Orion oder wohin auch immer, in eine ungewisse Zukunft und nichts ist mit Machupicchu und einem gemütlichen Heimflug. Also, so geht es nicht! Ich brauche etwas zwischen die Zähne. Und ich kann hier sowieso nichts ausrichten. Was sollte ich auch?“, rief er sichtlich verzweifelt. Er stand auf und schon war er Richtung Speisezimmer verschwunden. Wir kamen nach.

Wir kauten auf unserem mitgebrachten Brot herum - irgendwie brauchten wir etwas Heimatliches zwischen den Zähnen - und schauten ab und zu an die Decke, an der nichts zu sehen war. Bei unserer Geschwindigkeit war das Licht ausgeschaltet.

„Da haben wir ja etwas angestellt!“, rief Robert. „Auf dem Heimweg zu einem Planeten, von dem vor x-tausend Jahren eine Gruppe von Leuten mit Kurs zur Erde gestartet ist. Was wird jetzt dort sein? Wie werden sie uns empfangen, wenn es überhaupt noch Menschen dort gibt? Und wenn nicht, wie finden wir zurück?“

„Ich denke“, sagte Karl mit vollem Mund, „wir denken zu viel. Bisher hat die Kugel eine Perfektion gezeigt, die nicht zu überbieten ist. Also wird sie auf deine Fragen zur rechten Zeit auch eine Antwort haben. Und schließlich bin ich ja auch noch da.“

Wir lachten. Er hatte Recht: Hier und jetzt ging es uns gut und was wir in ein paar Stunden erfahren würden, würden wir immer noch rechtzeitig erfahren.
„Ich geh' in die Bibliothek, vielleicht hat die Kugel einen Einführungskurs in den Orion und verwandte Gefilde zusammengestellt“, sagte ich. Ich war satt und mein Gehirn war auch wieder in Aktion getreten.
Da saß ich nun in der Bibliothek und wusste nicht weiter. Mir persönlich ging es gut, das heißt, mein Körper funktionierte wie gewohnt. Aber mir als Mensch ging es gar nicht gut. Ich hatte keine Angst. Die meinte ich ausschließen zu können. Aber ich war aus der Bahn geworfen. Das mir vertraute Lebenssystem hatte sich mit Ausnahme meines Körpers und meiner Freunde in Nichts aufgelöst. Meine Ziele gab es nicht mehr, meine Anschauungen und Meinungen waren ohne Bedeutung, meine Urteilsfähigkeit war nicht mehr gefragt, meine Wertungen waren außer Kraft gesetzt. Wie sollte ich da noch leben können? Nach was sollte ich streben oder was sollte ich erkennen oder erfahren?
Sehr in meine Gedanken verloren saß ich da und spielte mit einem der vielen Knöpfe auf der Lehne. Ich denke nicht, dass ich ihn bewegt habe, aber plötzlich war der Bildschirm vom Sternbild des Orion ausgefüllt, so wie wir ihn von der Erde aus sehen. Mit großer Geschwindigkeit wurde er immer größer. Wir fielen auf ihn zu. Ich rief meine Freunde. Karl kaute noch immer heftig.
Wir saßen, schauten auf den Orion und sahen, wie sich das Blickfeld auf die Sterne verengte, die wir zum Gürtel zählen. Der mittlere Stern wurde vom Bildschirm eingefangen. Schließlich konnten wir kleinere Sonnen in seiner Nähe sehen. Das Blickfeld ließ den Gürtelstern außer Betracht. Es orientierte sich an der vierten Sonne. Diese wurde immer größer. Es wurde uns klar, dass wir dort einen Planeten zum Landen finden würden.
Der dritte Planet kam in Sicht. Er hatte zwei Monde. Als wir sie ausmachten, schienen sie uns sehr unregelmäßig geformt zu sein, keineswegs runde Klumpen. Beim Näherkommen entdeckten wir, dass sie wohl absichtlich so geformt waren. Sie waren mit offensichtlich riesigen Bauten bedeckt, die die alte kugelige Form fast vollständig überwuchert hatten.
Das, was wir sahen, geschah in völliger Stille. Nur der Anblick war lebendig. Dann, als wir dem dritten Planeten schon so nahe waren wie seine Monde, sprach die Stimme wieder, die den Abflug von der Erde kommentiert hatte: „Wir zeigen unsere Heimat, Planet Oximander. Dort werden wir in wenigen Minuten landen und begrüßt werden.“
Die Sonne dieses dritten Planeten war als stark verdunkelte Scheibe am Rand der Bibliothek zu sehen. Dann verschwand sie. Der dritte Planet kam nicht nur auf dem Bildschirm, sondern auch an der Decke immer näher.
„Es ist Zeit, wieder in den Kontrollraum zu gehen“, sagte Karl. Wortlos gingen wir einer nach dem anderen in den Drehfahrstuhl und waren wieder an unseren Plätzen. Die innere Kugel zeigte noch den langen Reiseweg, aber der Zielplanet war nun mit zunehmender Größe die Hauptattraktion.

Mein Bildschirm an der Konsole zeigte ihn auch. Es kamen immer weitere Einzelheiten ins Blickfeld. So wie die Erde immer kleiner geworden war und ihre vertrauten Meere und Kontinente verschwunden waren, kam nun ein fremder Planet immer näher und zeigte sich in seiner Schönheit.
Wir machten einen kleinen Bogen um den Planeten. Wir waren zunächst über einem Meer in seinen Orbit eingetaucht. Es kam ein Kontinent in Sicht. Eine etwas zerklüftete Küstenformation war offensichtlich unser Ziel. Dort in einer Ebene nicht weit vom Meer war der Landeplatz. Die Kugel ging immer tiefer. Schließlich blieb sie mit ihrem vertrauten Abstand von zwei Metern über dem Gras stehen. Es war auf meinem Bildschirm weder ein Haus, noch eine Stadt, noch sonst irgendetwas außer flacher Graslandschaft zu sehen.
„Wir sind gelandet“, sagte Karl überflüssigerweise. „Was nun?“

Begrüßung

Ratlos saßen wir auf unseren Sitzen. Die Welt da draußen, sie war eine Wiese! Sonst nichts. Wir hatten stillschweigend auf ein Empfangskomitee gehofft und dass Fernsehen, Presse, Rundfunk unsere Landung übertragen würden. Wir waren ja nicht irgendwer, der da ankam. Waren wir nicht Relikte aus der Vergangenheit? Man konnte uns doch nicht so einfach übersehen?

„Was ist, wenn hier gar niemand mehr lebt?“, kam es still und zweifelnd von Robert. „Da hat uns dieser Automat von Kugel mit seinem uralten Programm hierher gebracht. Aber ob es sinnvoll war, ist ihm egal. Das ist ja auch nicht seine Aufgabe. Vielleicht ist die alte Kultur inzwischen ausgestorben und niemand bevölkert mehr diesen Planeten?“

„Mein Schreck wird nur noch größer von dem, was du sagst“, kam es von mir. „Ich fühle mich sehr einsam und wenn ihr nicht dabei wärt, hätte ich sicher schon durchgedreht.“

„Aber wir sind an diesen beiden Monden vorbeigeflogen. Sie sind voll bestückt mit Technik“, rief, etwas lauter als sonst, Karl. „Es muss doch noch ein vernünftiger Hintergrund dafür da sein! Die sind noch in Betrieb, da bin ich mir ganz sicher.“

Wir beiden anderen spürten, dass sich auch bei unserem sonst so kühlen Wissenschaftler Gefühle von Schreck und Verlassenheit Bahn brachen. Wir waren - und blieben - Menschen, die von überwältigender Technik leicht zu verzaubern waren. Aber nun saßen wir gestrandet auf einem fremden Planeten und sehnten uns nach unserer Heimat zurück.

Karl fingerte an den Steuerknöpfen herum, nur um etwas zu tun. Denn was sollten wir hier sonst tun? Uns zu einem erneuten Frühstück zusammensetzen? Auf die Bordküche hatten wir keine große Lust.

„Da, sie bewegt sich!“, rief er auf einmal.

Die Kugel hatte - offensichtlich auf sein Kommando hin - sich aus der Parkposition herausbequemt und an Höhe gewonnen. Wir konnten die Grasebene bis zu den sie umgebenden kleineren Hügeln überschauen. Aber auch der größere Gesichtskreis zeigte keine auf Menschen oder ähnliche Wesen deutenden Bauten oder etwa eine landwirtschaftlich bebaute Fläche. Aber wenigstens reagierte die Kugel wieder auf unser Kommando. Das war beruhigend.

„Wir landen, probieren den Sonnenschein aus und veranstalten doch noch eine kleine Brotzeit, ehe wir entscheiden, was wir als Nächstes tun sollen“, sagte Karl.

Ohne unsere Meinung abzuwarten, landete er wieder. Wir packten ein paar Lebensmittel in eine Tasche und gingen nach draußen. Die Luft war wirklich ein Genuss. Es duftete nach Blumen. Die Sonne - deren Sonne - schien mit einem sanfteren Licht als bei uns, aber sie wärmte genauso. Welch seltsames Gefühl,

auf einem anderen Planeten zu stehen, sich bewegende, gute Luft zu atmen und die Strahlen einer fremden Sonne auf der Haut zu spüren.
Es war nach unserer Zeitrechnung eigentlich noch nicht einmal ein Tag vergangen, seit wir uns vom Gletscher, der kalten Höhenluft und unserer Sonne verabschiedet hatten. Aber nach allem, was danach geschehen war, schien es mir eine Ewigkeit her zu sein, dass wir in den Anden in die Kugel gestiegen waren.
Kleine Wolken trieben am Himmel. Es war ein friedliches Fleckchen, auf dem wir gelandet waren. Nichts geschah. Wir standen stumm im Gras, die Kugel über uns. Wir waren mit staksigen Schritten nur wenige Meter weit vom Aufzug weggegangen. Steif und hölzern standen wir da. Die innere Unsicherheit war nicht zu verbergen. Meine Hände waren feucht, mein Herz raste. Ich spürte, wie ich instinktiv auf Flucht geeicht war, um beim Geringsten jederzeit wieder in die Kugel zurückzustürzen. Die normale irdische Verhaltensform auf Fremdes war aktiviert: Feind-Verteidigung-Flucht.
„Geht es euch auch so?“, fragte ich. Aber ich brauchte nicht viel zu fragen. Ich sah es an den Gesichtern, wie die Muskeln angespannt waren und die Blicke unstet und aufmerksam die Landschaft absuchten. Instinktiv standen wir in einem Dreieck. Jeder von uns sicherte eine Seite. Aber es blieb alles friedlich. Ab und zu war ein Vogel zu hören, und die Kugel, unser Schutz, blieb unverrückbar geparkt.
Wir hatten gar keine Waffen. Wir wussten ja auch nicht, gegen was wir uns verteidigen sollten. Aber unsere Urinstinkte hatten die Regentschaft übernommen. In Bergsteigerkluft, Bergschuhe an den Füßen, die Anoraks übergezogen, standen wir auf dem fremden Planeten, weit, sehr weit weg von zu Hause und fürchteten um unser Leben.
Auf einmal hörten wir eine sanfte, weiche, beruhigende Stimme weiblichen Ursprungs von irgendwoher:
„Willkommen auf Oreandra, dem dritten Planeten von Oximander, der Sonne, die zum mittleren Stern gehört, in der Reihe, die ihr den Gürtel des Orion nennt. Die Kugel hat euch sicher hierher gebracht. Wir haben euren Flug begleitet. Wir freuen uns auf euch, Gäste von der Erde. Euren Schreck verstehen wir gut, aber ihr braucht keine Sorge zu haben. Seit Jahrtausenden herrscht hier Friede und die Achtung voreinander ist groß.“
Als die Stimme begann, zuckten wir zusammen, fassten uns an den Händen und versuchten herauszubekommen, woher sie kam. Mein Herz schlug bis zum Hals. Ich zitterte am ganzen Körper. Aber wir konnten keine Person sehen, die zu einer solchen Stimme gehört hätte. Die Landschaft blieb leer. Die Stimme konnten wir nicht orten.
„Wer sind Sie? Wo sind Sie? Wieso sprechen Sie Deutsch?“, fragte ich schließlich, nach längerer Pause, mit heiserer Stimme.
Die Stimme ließ ein helles Lachen vernehmen.
„Ihr seid also doch nicht stumm“, sagte sie. „Aber ich verstehe eure Angst und eure Unsicherheit. Wir wissen, dass ihr das erste Mal im Kosmos unterwegs seid

und so ist es meine Aufgabe, euch auf den Kontakt mit uns vorzubereiten. Ich bin nicht in eurer Nähe, ich spreche nur zu euch. Wir werden bald zu euch kommen und euch von Person zu Person begrüßen. Seid offen dem Neuen gegenüber, das ihr hier erleben werdet."
„Dass ich jetzt nur als Stimme zu euch spreche, dient eurem Schutz. Ihr sollt euch mit dem Gedanken vertraut machen, hier freundlich aufgenommen zu werden, und wenn ihr euch mit unserer Welt etwas mehr verbunden habt, kommen wir zur Begrüßung."
„Jetzt sollt ihr euch erst einmal sicher fühlen. Dieser Planet ist sehr wohl bewohnt. Wir freuen uns über euren Besuch. Wir sind Freunde der Erde und wir werden alles tun, damit euer Aufenthalt ein Genuss ist. Nutzt jetzt die Zeit, um hier anzukommen. Wir werden rechtzeitig bei euch sein."
„Atmet die Luft, geht ein wenig spazieren, spürt, welch schöner Planet dies ist. Verliert eure steife Haltung, nichts Böses geschieht euch. Ihr werdet wohlbehalten zur Erde zurückkehren, wann immer ihr es wünscht. Auch wir sind Menschen, Geschöpfe Gottes, so wie ihr, euch nur ein wenig in der Technik voraus. Bis bald."
Die Stimme war sehr angenehm, beruhigend, freundlich. Aber jetzt war sie weg. Wir waren sehr erregt. Ich lief einfach in das Land hinein, meine Freunde hinterher. Ich brauchte, wir brauchten Bewegung. Nach wenigen Metern fielen wir in unseren Jogging-Rhythmus. Wir liefen einfach weiter. Wir konnten den Rückweg nicht verfehlen, denn die Kugel hing groß und sicher in der Luft. Es tat so gut, die Beine zu gebrauchen und den Körper zu spüren.
„Wenn die Seele am Flattern ist, muss der Körper arbeiten" war einer der Sprüche, die ich von meinem Vater geerbt habe. Und das taten wir nun. Wir sprachen nicht, wir spürten nur unsere altvertraute Gemeinschaft. Nach etwa einer halben Stunde hatten wir die größere Hügelkette erreicht. Von der Höhe blickten wir auf die Ebene mit unserer Kugel. Hinter dem Hügel kamen weitere. Es war immer noch leere Landschaft. In einem großen Bogen, das Gefälle ausnutzend, liefen wir zur Kugel zurück.
Wir sahen aus einer Mulde kommend den oberen Kugelrand über dem Gras. Nichts hatte sich geändert, schien es. Aber es schien nur so. Als wir auf der Höhe des letzten kleinen Hügels waren und die Senke, in der die Kugel gelandet war, überschauten, blieben wir ruckartig stehen. In der Nähe der Kugel stand ein Haus, etwas größer als ein Einfamilienhaus. Es war von einem Garten umgeben und etwas weiter weg war auf einmal ein kleiner Wald gewachsen. Ein Teich war zwischen Haus und Wald, Spazierwege verzweigten sich, kurzum, die vorher leere Graslandschaft war zu einer Parklandschaft mit Haus umgeformt worden.
Wir schauten ungläubig diese Veränderung an.
„Bin ich im Theater gelandet?", rief Robert verzweifelt. „Was ist denn hier wirklich und was ist Einbildung?"

„Das haben sie aber schön hingezaubert“, sagte Karl schließlich. „Wir müssen uns damit abfinden, dass sie viel können, sehr viel mehr als uns lieb ist. Aber ich muss auch zugeben, es macht ein recht harmonisches Bild. Nur sollen sie nicht auch noch unsere Sachen aus der Kugel geholt haben! Wenigstens einräumen will ich selber.“

„Meinst du, dass wir in diesem Haus wohnen sollen?“, fragte ich zweifelnd. „Ich denke“, antwortete Karl, „zu einem anderen Zweck haben sie es sicher nicht gebaut. Vielleicht ist es ein Labor. Sie werden uns untersuchen und ihre Neugier an Erdenmenschen stillen.“

Es klang etwas bitter, was er da sagte. Aber so ganz glaubte er seiner eigenen Meinung nicht. Es war sein Stolz als Wissenschaftler, der sich heftig angegriffen fühlte.

Wir waren beständig die Unterlegenen, die nicht mitkamen, die nur zu lernen hatten, die überrumpelt wurden, deren Weltverständnis ausrangiert wurde, die sich nicht mehr an der Welt erfreuen konnten, einfach weil sie so anders geworden war.

Wir trotteten langsam zur Kugel. Der Schwung war uns genommen. Die Überraschung über die Veränderung der Landschaft war uns in die Glieder gefahren. Die Hände in den Taschen vergraben, schauten wir uns um. Es waren keine Personen zu sehen, Tiere auch nicht. Doch aus dem Wäldchen tönte uns Vogelgezwitscher entgegen, mehr als wir zunächst gehört hatten.

Vor dem Haus war ein Plakat. „Willkommen in eurem Heim“, stand da drauf, ganz so wie man ein frischgebackenes Ehepaar vor seiner Wohnung begrüßt. Wir mussten nun doch lachen.

Wir gingen hinein. Es war ein größeres Haus mit sechs bis sieben Zimmern, mehreren Bädern, einem Schwimmbad, einer Bibliothek, Wohn- und Speiseräumen und einer Küche. Voll eingerichtet, versteht sich, sehr geschmackvoll, nicht überladen. Uns gefiel es.

„Dann können wir ja einräumen“, meinte Karl trocken. „Ich denke“, fuhr er fort, wir werden eine Zeit lang bleiben, denn wenn wir schon so weit geflogen sind, will ich auch eine ganze Menge von dieser Welt kennen lernen. Das geht nicht so in zwei Tagen, da bin ich völlig überfordert. Ich brauche mehr Zeit und ich muss alles aufschreiben und ich muss die Physik dahinter verstehen lernen und ihre Mathematik.“

Er sprach mehr zu sich als zu uns. Er war ganz in seinen Gedanken gefangen. Diese Reise beschäftigte ihn weit mehr als er nach außen zeigte.

Wir gingen zur Kugel. Da war ein zweiter, größerer Aufzugschacht aus der Kugel herausgekommen, der direkt in die äußere Kugelschale führte. Man hatte uns still Hilfestellung gegeben für den Umzug ins Haus.

„Diesen Lift hätten wir auch entdecken können“, meinte Robert, „da, seht ihr die Öffnungsplakette? Er deutete auf den hellen Fleck auf der Kugelwandung neben dem Schacht.

Ich war jetzt nicht so an der Gebrauchsanweisung der Kugel interessiert. Ich klaubte meine Sachen zusammen. Ich nahm nicht zu viel mit. Wer wusste, was morgen wäre und wo wir dann hinfliegen würden. Mich hatte das alles stumm gemacht. Ich war zögerlich. Ich dachte an das Begrüßungskomitee, das uns erwartete. Was erwartete uns denn? Was kam da wirklich auf uns zu?
Wir bezogen jeder ein Zimmer, räumten unsere Sachen ein, badeten und machten uns fein. Wir hatten natürlich keinen Smoking dabei, wer geht schon im Smoking in die Berge? Aber wir hatten auch noch normale Freizeitkleidung, stadtgerecht. In Lima wollten wir nicht gerade aussehen wie Wilde. Wir zogen uns um, nach den vielen Tagen am Berg war es eine ungewohnte Kleidung. Dabei wurde uns erst bewusst, dass Bergsteigerkleidung in einem Raumschiff auch nicht gerade passend ist - es versteht sich, dass wir uns beim Start nicht umgezogen hatten.
Ich war hungrig geworden. Ich stöberte in der Küche herum. Sie ließ sich genauso bedienen wie die in der Kugel. Ich stellte uns ein kleines Menü zusammen. Dann saßen wir im Freien, einen niederen Tisch vor uns, und kauten heftig.
„Wenn das so weitergeht mit dem Neuen", sagte Karl, „komme ich als rundes Fässchen nach Hause."
„Du wiederholst dich, Karl", sagte Robert. „Aber du hast Recht. So weit weg vom Fass bist du gar nicht mehr", hänselte er.
Wir lachten. Es schmeckte. Es war ein stilles Fleckchen Erde, gute Luft umströmte uns und die Sonne schien warm. Nachdem wir uns den Körper warm geschwitzt hatten beim Laufen, wieder in einem Haus wohnten und gebadet hatten, ging es uns wieder gut.
„Das Leben ist ein Aberwitz", sagte ich. „Ob wir wie hier auf einem anderen Stern gelandet sind oder zu Hause in einer Konferenz mit manchmal recht abstrusen Themen sitzen, macht eigentlich keinen so großen Unterschied. Beides ist kurios".
Wir hatten ein Getränk gefunden, das wie Wein schmeckte. Jeder erhielt zum Nachtisch ein Gläschen zur Entspannung.
„Ich denke, ihr seid nun bereit, empfangen zu werden", sagte die immer noch unsichtbare Stimme. „Wir werden in wenigen Minuten bei euch sein. Bitte erschreckt nicht wieder. Wir sind sicher genauso aufgeregt wie ihr. Ein Treffen von Menschen zweier verschiedener Planeten ist immer ein sehr zu Herzen gehendes Ereignis." Die Stimme verstummte.
Wir waren aufgeregt aufgesprungen, aber wie es eigentlich zu erwarten war, konnten wir immer noch niemanden sehen.
Ich merkte, wie die Spannung den Rücken hochkroch. Die Hände wurden warm, dann feucht, und ein leichtes Zittern ging durch meinen Körper. Karl begann mit dem Unterkiefer zu mahlen, Robert sprang auf, setzte sich wieder, sprang erneut auf und setzte sich. Wir waren trotz der gerade noch gezeigten Ausgelassenheit

immer noch auf dünnem Gemütseis. Es trug nicht so leicht das Neue. Aber dies hatte sich eindeutig angekündigt.
Neben der unseren senkte sich eine Kugel herab. Sie war viel kleiner. Sie schien aber aus dem gleichen Material zu sein. Sie glitt lautlos zur Erde und kam zum Stehen. Der Lift glitt aus ihr heraus und dann stand da ein Mensch in einem langen, weiten Kleid, das hellblau schimmerte, und trat ein paar Schritte vor. Es kam eine weitere Person aus der Kugel und noch eine. Alle drei waren gleich gekleidet, aber die langen Haare hatten verschiedene Farben. Bei der einen schimmerten sie rötlich blond, die mittlere war etwas dunkler und die rechte hatte schwarze Haare. Es waren Frauen, soweit wir es aus der Entfernung von vielleicht 50 Metern sehen konnten.
Langsam schritten sie auf uns zu. An den Armen glitzerte Schmuck. Wir waren aufgestanden und warteten. Sie kamen mit weichen Bewegungen auf uns zu und blieben ein paar Meter vor uns stehen.
Ruhig und gelassen erlaubten sie uns, sie zu betrachten. Wir sprachen kein Wort. Sie waren etwa einen Kopf kleiner als wir, hatten eine goldbronzene Hautfarbe und dunkle Augen. Die Stirn war weit, die Gesichter eine Mischung aus indianischem und mongolischem Schnitt. Der Mund war groß, mit vollen Lippen. Schlanke, gerade Körper, wie es schien, wohl proportioniert.
Die Kleider waren aus einem glänzenden, leichten Stoff, dem sich jede Bewegung mitteilte. Sie waren in hellen Pastelltönen gehalten und ihr Schnitt war am ehesten mit einem alten griechischen oder ägyptischen vergleichbar.
Am meisten beeindruckten mich die Augen. Sie schauten uns sanft, warm und, um ehrlich zu sein, so schien es mir, direkt liebevoll an. Damit hatte ich nicht gerechnet. Wie meine Freunde mir später erzählten, ging es ihnen auch so. Sie fühlten sich warm an, diese Augen. Das friedliche der Landschaft verstärkte sich noch. Es mögen zehn Minuten gewesen sein, die wir uns stumm und schauend gegenüberstanden.
Sicher sollte ich erwähnen, dass wir von diesen drei Frauen genauso gemustert wurden wie sie von uns. Aber wir hatten nicht den Eindruck, eingeschätzt zu werden, sondern freundlich-neugierig als Fremdlinge auf diesem Planeten betrachtet zu werden.
„Wir grüßen euch, seid willkommen“, sagte die mittlere der drei mit einer melodischen Stimme.
Ich erkannte darin die Stimme wieder, die uns auf den Besuch vorbereitet hatte. Dann kamen sie auf uns zu und nahmen uns bei bei den Händen. Ganz leicht und sachte legten sie ihre Hände auf unsere Handflächen, ließen sie dort ruhen und da nun der Abstand noch geringer war, konnte ich bei der mir gegenüberstehenden Frau leichte Fältchen an den Augen sehen. Es war eine selbstbewusste, in sich ruhende Persönlichkeit, die mich leicht schräg von unten anschaute.
Ich war tief bewegt. Diese sanften Gesten und die offenen Gesichter wischten meine irgendwo immer noch vorhandenen Ängste und Fluchtgedanken hinweg.

Ich fühlte mich immer weniger fremd. Ich spürte, dass wir hier wirklich willkommen waren und man sich auf unser Kommen freute. Es ergriff mich sehr. War es doch so anders als in all den Science Fiction Romanen üblicherweise beschrieben wird.
„Man hat uns gebeten, euch zu begrüßen, und wir sind gekommen, euch in unser Leben einzuführen. Wir werden für eine kurze Zeit so etwas wie Lehrerinnen sein. Wir haben uns auf diesen Besuch vorbereitet und eure Sprache gelernt. Wir haben euer Leben auf der Erde studiert. So können wir euch helfen, unser Leben hier zu entdecken. Ich heiße Ülük", sagte die Mittlere, die Roberts Hände hielt. Sie sprach mit noch weicherer Stimme als vorhin, sah uns abwechselnd an, sprach mit großem Ernst. Aber es war auch zu sehen, dass sie gespannt war, wie wir reagieren würden.
„Ich heiße Alasa", sagte mein Gegenüber. „Und ich bin Geratl", sagte Karls Gegenüber.
Ich spürte, wie von Alasas Händen so etwas wie sanfte Vibrationen über meine Hände in meinen Körper strömten. Sie machten mich weich und friedlich und entspannten mich. Erst dadurch merkte ich, wie ich seit dem Abflug vom Gletscher verquer war und wie das zuletzt Erlebte all meine Energie in Anspruch genommen hatte. Welch ein Segen ging von diesen Händen aus. Ich wollte sie nicht so leicht wieder loslassen. Ich trank aus ihrem Blick und freute mich an ihrem Lächeln. Langsam spürte ich mich wieder.
„Ich bin Helge", sagte ich schließlich. „Ich weiß, Helge", sagte Alasa sanft. „Ich kenne dich gut."
„Ich bin Robert, ich bin Karl", hörte ich es neben mir sagen. Langes Schweigen folgte.
„Warum habt ihr so schwere Schuhe an?", fragte Ülük.
Das erstaunte uns jetzt selber. Aber dann erzählten wir, ein wenig zusammenhanglos und etwas durcheinander, von der geplanten Erstbesteigung des 5005er und der dafür erforderlichen Ausrüstung, der Kälte in der dünnen Luft, dem Erdbeben, dem Gletscher, der Wand, der Kugel, dem Biwak und schließlich von der Reise hierher. Das Eis war gebrochen. Wir fanden aufmerksame Zuhörerinnen, die viele Fragen hatten und alles genau wissen wollten.
„Habt ihr noch ein wenig Speise von der Erde dabei?", fragte Geratl.
„Ja natürlich. Vom Brot ist nicht mehr viel übrig, aber wir haben noch genug Vorräte dabei", sagte Robert, und Karl meinte, das ist das Wichtigste an einer Besteigung: nur nicht hungern müssen.
Wir lachten. „Dürfen wir ein wenig davon kosten?", fragte Alasa. „Ja natürlich", sagte ich", das ist doch gar keine Frage. Aber vielleicht sollten wir euch etwas kochen?" Sie nickten heftig Ja!
Wir waren begeistert, sie bewirten zu können. Wir merkten, dass wir den drei Frauen eine große Freude machen konnten und dass unsere Art des Kochens ihnen zwar theoretisch, aber keineswegs praktisch bekannt war.

Wir gingen zu unserer Kugel und im Vorratsraum palaverten wir um die Wette, um ein anständiges Menü aus Bergsteigerverpflegung zusammenzustellen. Die drei waren natürlich mitgekommen. Dann ging es ins Haus und zu sechst kochten wir, das heißt, es war hauptsächlich Robert, der den Oberkoch abgab und wir anderen halfen, soweit es erforderlich und uns möglich war.
Wir brauchten unseren Spirituskocher, denn in der Küche hier gab es so etwas nicht, und als wir die Konservenbüchsen aufmachten, staunten unsere drei Damen nicht schlecht über diese Arbeit. Weil es so schönes Wetter war und wir es gewohnt waren, im Freien zu essen, machten wir vor dem Haus im Gras ein Picknick. Es war ihnen dann doch etwas seltsam zu Mute, als wir sie baten, unsere Spaghetti mit Tomatensoße und Spinat zu kosten, Brot und Speck danach.
Ihnen schmeckte es. Es war ein ungezwungenes Plauschen. Wir freuten uns, als wir sie vor der heißen Soße warnen mussten, und es tat gut, dass wir auf diesem fremden Planeten etwas von uns geben konnten.
Wir erzählten von der Erde, den Inkas und den Mythen um die alten Steinmauern und hörten, dass sie in dieser Geschichte bestens bewandert waren. Es stimmte, die Inkas stammten von diesem Planeten ab.
„Wir danken euch herzlich für die Gastfreundschaft“, sagte schließlich nach ein paar Stunden Ülük, die offensichtlich die Sprecherin war. „Jetzt ist es an der Zeit, euch alleine zu lassen. Morgen kommen wir, um euch unser Land zu zeigen. Es ist für uns ganz besonders gut gewesen, mit euch zu speisen und ich bereue nicht, mich für diese Aufgabe gemeldet zu haben“, meinte sie mit einem raschen Blick zu Robert.
„Ein anderes Mal will ich gerne noch von deinen Kochkünsten probieren“, sagte Alasa zu mir. „Es ist etwas ganz Besonderes für uns, Speisen von der Erde kosten zu können. Die angenehme Begleitung lässt sie doppelt gut schmecken.“
Ich war doch sehr geschmeichelt.
„Wir haben euch bequeme Kleidung im Haus herrichten lassen“, sagte Geratl. „Vielleicht versucht ihr sie, und dann braucht ihr nicht mehr in diesen schweren Schuhen zu gehen. Es ist euer Zuhause, solange ihr hier seid. Fühlt euch wohl und nutzt es nach eurem Gutdünken.“
Wir dankten für diese Fürsorge und versprachen, die Kleidung auszuprobieren. Dann gingen sie zu ihrer Kugel, verschwanden darin und schon stieg sie auf und sauste davon.
Versonnen standen wir bei unserem Picknickplatz, genossen den Nachmittag, hingen unseren Gedanken nach und fühlten uns erleichtert, aber auch müde.
„Dann wollen wir mal nach den Kleidern schauen“, meinte Karl, der wie immer rasch zur Tagesordnung übergehen konnte. Wir räumten das Picknick auf. Wir fanden die Kleiderkammer. Es war ein großer Raum voller Kleider, alle aus ähnlich schimmerndem Stoff, wie wir ihn bei den drei Frauen gesehen hatten, wenn auch unterschiedlich in der Dichte und den Farben.

Bemerkenswert waren die losen und weiten Ärmel, die weiten vielgefälteten Hosen und die weichen Schuhe. Sie waren wie Mokkassins und schmiegten sich fast zart an die Füße.
Wir zogen uns um und trugen Farbe, wie Robert es meinte. Dann gingen wir durch das Haus, probierten alles aus und merkten rasch, dass es ein mitdenkendes Haus war. Die Beleuchtung, die Einrichtung und alles andere richtete es nach den von uns geäußerten Gedanken aus.
„Schade, ich habe das Skatblatt in der Kugel vergessen", sagte Karl. „Aber ich schlage doch vor, wir setzen uns vors Haus und spielen noch ein wenig. Ich brauche Ablenkung, damit ich alles verdauen kann, was da passiert, und unser Brot ist leider jetzt alle."
Er kam mit dem Skatblatt wieder. Wir sprachen nicht mehr von dem Besuch der drei Frauen, sondern droschen mit Begeisterung Skat, bis es dunkel wurde.

Rundreise

„Ich habe prächtig geschlafen in meinem üppigen Bett“, sagte Robert beim Frühstück, das wir der Einfachheit halber in der Küche einnahmen. Wir waren lustig und froher Dinge.

Wir joggten ein wenig durch den kleinen Park. Es war wieder gutes Wetter. Wir waren nicht darauf erpicht, eine Glanzleistung im Laufen abzugeben, aber etwas Bewegung tat gut. Im Park duftete die Luft nach vielen Blumen. Ab und an blieben wir stehen und bewunderten die hohen, blühenden Bäume. Jeder hatte seine Farbe. Die Blüten waren teilweise über einen halben Meter lange Dolden, die sich im sanften Wind hin- und herwiegten. Es duftete so gut.

Dann saßen wir vor dem Haus und warteten. Wie immer hatten wir es uns auf dem Boden bequem gemacht.

„Ich bin fit für Neues“, meinte Robert, „sie können ruhig kommen.“

„Aber ich bin immer noch nicht fertig mit diesen Frauen“, sagte ich. Die Freunde lachten.

„Das klingt, als wolltest du sie verspeisen?“, neckte Robert.

„Ihr wisst schon, es geht darum, was sie vorhaben und dass ich mich in ihrer Begleitung so wohl fühle und dass ich lieber länger als kürzer hierbleiben will.“ Ich stotterte nun doch. Karl sah mich kritisch an, oder war es doch nicht so kritisch? Er lächelte. Da merkte ich, dass es ihm ähnlich ging. Robert war auch still geworden.

„Wir kommen von weit her und dann bringen Frauen uns aus der Bahn“, sagte ich schließlich in einem Anflug von gespielter Verzweiflung.

„Auch in diesen Breitengraden des Universums ist das Spiel zwischen den Geschlechtern offensichtlich immer noch voll in Gang“, sagte Karl. „Wir werden ja sehen, wohin es uns führt.“

Die Kugel senkte sich herab. Die drei kamen auf uns zu. Heute hatten sie etwas kürzere, aber gleich bauschige Kleider an. Sie zeigten Bein, würde man in der Modebranche sagen. Aber die Kleider waren wieder aus diesem leichten und glänzenden Material. Die Frauen schienen auch die Pastelltöne vorzuziehen.

„Ich sehe, ihr habt euch etwas Passendes ausgesucht“, lachte uns Ülük an, als sie unseren Aufzug weiblich-kritisch musterte. „Ich denke, es ist für unser Vorhaben ausreichend, nicht wahr?“, fragte sie in die Runde der beiden anderen. Sie nickten.

„Wir werden euch jetzt auf eine Rundreise mitnehmen und zeigen, wie wir leben. Vor jedem Haus und auf jedem Platz in der Stadt ist ein Ort wie dieser“. Ülük deutete auf eine leicht erhabene Fläche von etwa zwei Metern Durchmesser, hellbrauner Tönung und mit einem glatten Boden, rechts von unserem Haus. „Wir stellen uns hin, sagen den Zielort und schon sind wir dort.“

Alasa bat uns auf den Transportfleck. „Zum Markt“, sagte sie.

Die Umgebung verschwand vor unseren Augen. Ein größerer Platz tauchte aus dem Nebel auf, eingerahmt von verschiedenen Gebäuden. Sie waren vier bis fünf Stockwerke hoch. Auf dem Platz gingen Menschen umher. Es war wie in jeder anderen Stadt. Immer wieder aber verschwanden sie plötzlich als Schemen. Andere tauchten dafür aus dem Nebel auf. Offensichtlich transportierten sie sich an und wieder weg. Alle waren ähnlich wie wir gekleidet. Es war eine entspannte Atmosphäre, von Hektik keine Spur. Niemand nahm von uns Notiz. Wir schienen wie selbstverständlich dazuzugehören. Wir schlenderten an den Gebäuden entlang. Es waren keine Geschäfte.
„Wir brauchen nicht einzukaufen wie ihr auf der Erde“, sagte Alasa. „Wir brauchen auch kein Geld und wir brauchen nicht zu arbeiten, um leben zu können. Arbeiten war auch einmal ein Teil unserer Geschichte, aber es ist mehr als 5000 Jahre her.“
„Es bedeutet aber nicht, dass wir ohne Aufgaben wären“, sagte Geratl. „Was wir tun, werden wir euch später erläutern.“
Die drei erklärten uns, dass diese Gebäude hier den unterschiedlichsten Kommunikationsformen dienten: eines der Sprache, eines Ideen, ein weiteres Spielen, ein Viertes der Musik, dann welche Bildern, Filmen, Geschichte und den verschiedensten Wissenschaften und mehrere der Kommunikation im Universum. Treppen gab es nicht. Vor jedem Gebäude war wieder solch ein Transportfleck. Wir stellten uns auf einen dieser Flecke.
„Erste Ebene“, sagte Alasa und schon waren wir dort.
„Führt ihr damit ein erfülltes Leben“, fragte Karl, „so mit unsichtbarem Aufzugfahren und mit ein wenig Konversation mit Freundinnen?“
„Sich einfach nur des Lebens freuen und nichts tun, ist das nicht langweilig so auf die Dauer?“, hieb Robert in die gleiche Kerbe. „Also eine Zeit lang kann das ja ganz schön und gut sein, aber immer nur sanft lächeln, das kann man doch nicht aushalten?“
„Ich denke, dass es bei euch zu Hause sicher auch einmal ordentlichen Krach gibt?“, bohrte ich weiter.
Unsere drei Damen schauten erst erstaunt, dann ungläubig, dann besorgt über das, was wir da mitten auf dem Platz, zu dem wir nach einer Weile zurück gekehrt waren, so von uns gaben.
„Unser Leben ist erfüllt. Wir leben in Anmut und Schönheit, wir beschäftigen uns mit wichtigen Dingen, ohne Streß und Angst zu haben und ohne Aggressionen, wie ihr es offensichtlich gewohnt seid“, sagte Ülük.
Wir bemerkten, wie die drei steifer geworden und die Farbe langsam aus ihren Gesichtern gewichen war.
„Ich hab' das nicht so gemeint“, sagte Karl. „Wir wissen noch viel zu wenig von eurer Kultur und sicher hat alles, was wir im Zusammenhang mit euch und eurer Technik erlebt haben, uns aggressiv werden lassen. Das wollen wir sicher nicht, aber irgendwie erscheint mir euer Leben doch ganz schön fade.“

Schweigen breitete sich aus. Wir waren verlegen, dass wir mit unserer Kritik herausgeplatzt waren. Aber es war auch unsere Meinung: Wo waren denn die lebensausfüllenden Aufgaben in diesem weichen, sanften, dahintreibenden Leben, wenn für alles, was man brauchte, schon gesorgt war? Wenn man sich um nichts mühen musste?
Es schien, dass unsere neuen Freundinnen, wie schon bisher immer, auch jetzt unsere Gemütsverfassung genau nachspüren konnten.
„Wir werden euch jetzt alleine lassen und für eine Zeit nicht besuchen. Wir verstehen, dass ihr diese Reise und das Unbekannte, das ihr angetroffen habt, noch nicht ausreichend in euch aufnehmen konntet. Einige Tage alleine werden es euch erlauben, besser damit zurechtzukommen. Ihr braucht mehr Zeit, vielleicht auch mehr Ruhe für euch, als es zunächst den Anschein hatte. Es ist für euch gesorgt und wie ihr wieder zu eurem Haus kommt, wisst ihr."
„Wir werden wieder kommen, wenn wir spüren, dass ihr hicr angekommen seid."
Ülük hatte wie immer, wenn es um Wichtiges ging, für alle drei gesprochen. Bevor wir etwas sagen konnten, waren die drei verschwunden. Wir standen alleine auf dem Platz. Niemand kümmerte sich um uns.
„Wir wissen noch nicht einmal, wie wir sie rufen können", sagte Robert wütend.
„Das ist auch gar nicht wichtig", meinte Karl. „Ich schlage vor, wir gehen zur Kugel und fliegen nach Hause. Mir reicht es. Die Leute hier leben sehr gut, aber für mein Empfinden zu gut. Mir fehlt die Herausforderung. Ich will wieder in meinem Institut sitzen und mich mit Versuchsanordnungen quälen müssen", lachte er verzweifelt. „Mir steht das alles bis zum Hals."
„Du bist vorschnell, wenn du jetzt wieder nach Hause willst. Was haben wir denn schon kennen gelernt? Dass sie ein leichtes Leben haben, dass sie sich bequem überall hinbewegen können, dass sie mit dem ganzen Universum in Kontakt stehen, dass sie andere Kleider anhaben, dass das Wetter schön ist, ok, auf die Dauer ist Urlaub langweilig. Aber vielleicht steckt da noch was ganz anderes dahinter?", rief ich nun auch erregt.
„Sie gehen mit uns so sanft um, weil sie unsere Unsicherheit spüren! Weil wir einen gewaltigen Sprung über Jahrtausende gemacht haben! Du hast alles verdorben, Karl. Aber ich will mehr erfahren und das hier besser kennen lernen."
„Du bist egoistisch", rief Robert. „Ach was, ihr beide seid egoistisch, jeder auf seine Weise. Was könnten wir hier lernen! Was könnten wir mitnehmen und auf der Erde Gutes tun und die Menschheit weiterbringen! Und jetzt dieses egoistische, verbohrte Gestammel. Das ist ja zum Junge kriegen!" Robert war wütend. Und er war laut geworden. Ihn kümmerten die anderen Menschen auf dem Platz gar nicht mehr.
Karl funkelte wütend zurück: „Du mit deiner Heilslehre. Hinter jedem Hebel vermutest du die Seligkeit. Einfache Technik ist es, nichts weiter. Und zu uns passt sie nicht. Das kann ich sicher besser beurteilen als du. Du gehörst hier

nicht hin. Wenn ich schon sehe, wie du mit völlig verdrehten Augen Ülük anhimmelst wie der kleinste Pennäler, dann dreht sich mir der Magen um!"
Der blanke Zorn kam aus Roberts Augen. „Ich halte deine ewige Bevormundung, was Technik anbelangt, nicht mehr aus", schrie er aufgebracht. „Du hast doch nicht die Weisheit gepachtet. Mich kotzt es an, wie arrogant du durch die Welt gehst. Da kommt mir die Galle hoch!"
Rot im Gesicht standen sich die beiden gegenüber. Ich versuchte, sie zu beruhigen, aber ich merkte, dass ich keineswegs neutral war. Ich war wütend auf beide, auf diese Situation, die mir über den Kopf stieg, auf mich, auf alles Neue.....
„Wir sind alle drei arrogant und wie kleine Kinder", rief ich nun genauso erregt wie sie. „Wir drei sind wütend, wir ärgern uns über uns selber und wir werfen es dem anderen vor. Aber das können wir doch zu Hause in Ruhe austragen!"
Weiter kam ich nicht. Jetzt gingen die beiden auf mich los.
„Du bist immer so verschlossen, so schleimig, so zu. Zeig mal, was in dir steckt", rief Karl und Robert hakte nach: „Alasa hat es dir angetan, oder? Und was willst du damit anfangen? Sie heiraten? Einen Stall voll transgalaktischer Kinder in die Welt setzen?"
Ich bekam einen roten Kopf, ich stotterte, dann hieb ich auf ihn ein (eigentlich wollte ich es nicht, aber etwas trieb mich immer weiter): „Wisst ihr, was ihr für armselige Würstchen seid? Ihr steht hier auf einem fremden Planeten, versteht nicht die tiefe Bedeutung, die das alles für die Menschheit hat, und keift euch an! Und alles nur wegen der Weiber! Gib's zu, Karl, du auch!"
Karl stierte mich an. Er war außer sich, wie ich ihn noch nie gesehen hatte. „Das ist zuviel, das ertrage ich nicht!", schrie er. „Hau ab, verschwinde, geh mir aus dem Weg, sonst bringe ich dich noch um!", schäumte er. Robert wollte sich auf ihn stürzen, vermutlich um ihn zurückzuhalten, aber Karl war weg.
„Wo ist er hin, der Hund?", fragte Robert. „Mit dem fliege ich nicht zurück, der kann bleiben, wo er will, aber nicht mit mir in einer Kugel! Komm, rasch zur Kugel, ich will zurück. Ich halte es hier nicht mehr aus!"
Er hatte direkt den Befehl zum Transport gegeben, ohne mich zu fragen, ob ich das wollte. Im Nu standen wir vor der Kugel. Karl war nirgends zu sehen. Robert wollte den Aufzug holen, aber die Kugel reagierte nicht, auch nach mehreren Versuchen nicht, weder durch mich noch durch Robert. Schließlich setzten wir uns auf den Boden. Langsam verrauchte der Zorn. Er machte der Hilflosigkeit Platz.
Karl tauchte auf. Er war in seiner Erregung wahrscheinlich erst eine größere Strecke gelaufen. Nun war er wieder ruhiger.
Er grinste uns an: „Da sind ja die verhinderten Astronauten. Ihr könnt wohl nicht starten?", meinte er hämisch. Er ging zur Kugel. Bevor wir ihm die Problematik erläutern konnten, legte er die Hand auf und wollte den Aufzug holen, aber es geschah nichts. Er probierte es wieder und wieder. Schließlich hämmerte er wütend auf die Wandung ein.

Jetzt grinsten wir: „Du hast den Schlüssel unter deinem Kopfkissen liegen lassen!“, spöttelte Robert.
„Ihr habt den Schlüssel geändert, ihr Saufköppe!“, brüllte Karl schließlich voller Wut, Enttäuschung und Verzweiflung.
„Das haben wir leider nicht“, sagte Robert scheinbar sehr höflich. „Wenn wir die Kugel hätten öffnen können, wären wir schon weg, aber diesmal ohne dich!“
Karl zeigte ein solch bewegtes Mienenspiel, wie wir es bei ihm noch nie gesehen hatten. Er war mehr als wütend. Er war enttäuscht über uns. Er war hilflos dem allen ausgesetzt, eine Situation, die ihm ganz und gar nicht behagte. Ihm war klar geworden, dass er weder mit uns noch alleine von diesem Planeten wegkam.
Robert saß immer noch auf dem Boden. Aber jetzt war er angriffslustig: „Das macht dich klein. Das zeigt dir dein wahres Gesicht, Karl. Du bist eine Niete, du Winzling, du aufgeblasene Forscherröhre!“
Das hätte er nicht sagen sollen. Karl stürzte sich auf ihn. Sie kämpften verbissen miteinander, rollten im Gras und rissen sich an den Kleidern. Ich stürzte mich auf sie und wollte sie trennen. Aber dann klinkte etwas aus. Es überkam mich eine Berserkerwut und ich hieb auf sie ein. Ich war nur noch eine Kampfmaschine. Ohne viel Verstand hieb ich auf meine Freunde ein. Ich merkte, was sich alles aufgestaut hatte über die Jahre und während der letzten Wochen. Eine Woge des Hasses, der Zerstörungslust und der Lust am Töten rollte über mich hinweg. Ich sah rot. Ich hieb auf sie ein ohne Rücksicht, ohne Grenzen, ohne Bedenken. Ich war nicht mehr ich.
Ich erhielt Gleiches zurück. Wir verprügelten uns hemmungslos. Es war ein Wunder, dass wir uns nicht umbrachten. Aber mit bloßen Händen und weiten Kleidern ist das nicht so einfach. Würgte ich Karls Hals, riss mich Robert zurück, um mir seine Faust ins Gesicht zu dreschen. Ich schlug zurück. So ging es hin und her.
Wir waren ja nicht mehr die Jüngsten zu unserem Glück. Nach einer Weile konnten wir nicht mehr. Keuchend saßen wir im Dreck. Das Gras war zertrampelt. Alles tat weh. Mein rechtes Auge schwoll zu. Ich konnte nur noch krächzen. Karl humpelte herum. Robert hielt sich den Bauch. Er lag auf der Seite, zusammengekrümmt. Wir waren still. Stumm betasteten wir die geschundenen Körperteile.
Es war niemand von den Bewohnern dieses Planeten gekommen, um uns zurechtzuweisen. Wir waren alleine in der Stille. Die Kugel war und blieb unbeweglich an ihrem Platz. Die Bäume dufteten immer noch und die Vögel sangen, als wenn nichts gewesen wäre. Schließlich rappelten wir uns auf. Ohne miteinander auch nur ein Wort zu wechseln, humpelten wir zum Haus. Wir verschwanden in unseren Badezimmern. Ich lag nach mühevollem Ausziehen im warmen Wasser und massierte meinen Körper. In mir tobte es. Die letzten Stunden hatten eine Sicherung durchbrennen lassen. Ich konnte mich nicht mehr beherrschen.

Ich hatte eine Wut auf meine Freunde, einen bodenlosen Hass im Bauch. Er verschlang jedes vernünftige Argument. Ich hasste sie, die Erde, die Sonne, die Kugel, mein ganzes Leben, alles, alles, alles. Ich war so angefüllt von Vernichtungsenergie, dass ich zu platzen meinte. Ich hielt es nicht mehr aus im warmen Wasser. Ich wollte nichts mehr mit ihnen zu tun haben. Ich zog mich an und ging aus dem Haus, immer weiter, geradeaus. Mir war es gleich, wo ich hinkam. Nur weg, weit weg wollte ich.
Mir tat alles weh, aber das war mir auch egal. Mein Hass trieb mich vorwärts. Meine Blessuren waren schon gravierend. Jeder Schritt tat weh. Aber besser weg- als dableiben, in diesem sanften Haus, in dieser sanften Gegend, in diesem sanften Klima. Ich hasste jetzt alles Sanfte. Ich konnte es nicht mehr ertragen. Ich humpelte durch das Wäldchen. Dann begann ich zu laufen. Es tat gut, den Körper so schmerzhaft zu spüren. Das war besser als das Friedliche, das mich überall angrinste. Ich lief und lief, Hügel auf und ab, immer weiter. Nach etwa einer Stunde kam ich in ein anderes Wäldchen. Auch es war nur voller Frieden - wie ich Frieden hasste!
Da hielt ich es nicht mehr aus. Mein Hass brauchte einen Ausweg. Ich hieb auf den nächstbesten Baum ein, ich riss einen Ast ab und dann drosch ich auf den Stamm ein. Ich brüllte, ich schrie, heiser krächzend wie ein Rabe. Schließlich weinte ich vor Wut, vor Erschöpfung, vor Verzweiflung und Alleinsein.
Ich humpelte weiter. Nach dem Wäldchen kam eine Parklandschaft, einzelne Bäume, sanfte Wiesen, duftende Blumen, ein kleiner Bach. Kein Dickicht, keine Dornen, kein Dreck, nichts störte die Harmonie der Natur.
„Zum Kotzen ist das hier!“, schrie ich. „Ich ertrag das nicht, das Schöne, das Liebliche, das Sanfte. Ich bin nicht schön, ich bin nicht lieblich, ich bin nicht sanft. Ich bin Wut und Hass und Zerstörung! Basta!“
Ich riss Grasbüschel aus. Ich verstümmelte einen kleinen Baum. Ich grub in der Erde. Ich warf den Dreck durch die Gegend. Das tat gut. Ich wollte zerstören.
Ich trabte weiter, durch eine immer noch unverändert sanfte und schöne Welt. Ich stierte die Schönheit an. Sie war mir zuwider. Ich hatte Hunger und Durst. Aber das war mir egal. Die Füße schmerzten. Es war mir egal. Es war schon später Nachmittag. Aber auch das war mir egal. Es trieb mich weiter. Der Hass in mir war nicht kleiner geworden. Nur es gab nichts in dieser vermaledeiten Landschaft, gegen das er sich hätte richten können. Die Bäume schlugen nicht zurück. Das Gras wurde nicht giftig. Die Vögel konnte ich nicht erreichen. Sie zwitscherten weiter. Mein Schreien brachte sie nicht aus dem Takt. Das machte mich noch wütender. Andere Tiere, die ich hätte fangen und umbringen können, sah ich nicht. Häuser oder Menschen tauchten nicht auf.
Mein Hass, meine Wut gingen mit mir spazieren. Sie fanden kein Gegenüber. Ich war mit ihnen allein. Das brachte mich um den Verstand. Das ließ sämtliche restlichen Sicherungen durchbrennen. Schreiend, heulend, krächzend und wild um mich schlagend raste ich, wütete ich, stierte ich durch die Landschaft. Sie sog mich auf. Sie verführte mich, immer weiter in sie hineinzulaufen. Sie bot

mir ihre Weite und Schönheit in völliger Gleichgültigkeit an. Sie duldete meine Zerstörungswut.
Ihre Gleichgültigkeit ließ mich immer mehr rasen. Mein Hass, ohne Widerstand, tobte sich aus. Dem Hass folgte weiterer Hass. Ich war ein unerschöpfliches Reservoir an Hass. Der Hass beherrschte mich. Er mache mich zur Marionette. Er ließ mich meine Körperschmerzen vergessen, meine Vergangenheit, meine Freunde, jeglichen Sinn im Leben.
Amok laufen ist ähnlich. Ich wäre in diesem Zustand sicher fähig gewesen, einen Menschen oder ein Tier umzubringen mit meinem Hass bzw. eine ganze Stadt zu zerstören. Ich kannte mich nicht mehr. Alle Dämme waren gebrochen. Das Böse hatte von mir Besitz ergriffen. Ich war das Böse. Ich fauchte das Böse durch die Landschaft. Ich war ein glühender, Funken sprühender Teufel geworden, nicht mehr rational denkend, einzig und allein dahin geschwemmt in meinem das ganze Leben über aufgestauten Hass, der jetzt ungehindert dahinraste.
Es wurde Nacht. Ich wütete weiter. Es wurde kühl, dann kalt. Es war mir egal. Ich glühte vor Hasshitze. Ich spürte die Umgebung nicht. Es wurde so dunkel, dass ich keine Schemen mehr sehen konnte. Es war mir egal. Ich stolperte weiter. Ich stieß gegen Bäume. Die Füße verfingen sich im tieferen Gras. Ich stolperte weiter.
Äste schlugen mir ins Gesicht. Das tat sogar gut. Büsche griffen nach mir. Ich hieb auf sie ein. Die Panik wuchs in mir. Wo war ich? Was kam auf mich zu? Ich wurde vorsichtiger. Ich tastete mich weiter. Langsam spürte ich auch andere Gefühle. Angst kam auf. Hunger machte sich breit. Durst quälte mich. Der Baum, der im Weg stand, ließ mich erschrecken. Ich irrte weiter. Wut, Hass, Panik, Angst, Verzweiflung und Hilflosigkeit trieben mich.
Die Nacht, die verlorengegangene Orientierung, die fremde Landschaft, sie ließen den Hass gehen. Langsam verlief er sich. Nichts kam nach. Er wurde zum dünnen Rinnsal, das schließlich endete. Ich hatte ausgehasst.
Es war sinnlos geworden weiterzugehen. Ich wusste nicht, was die Landschaft noch bot. Da hockte ich mich hin an den Fuß eines Baumes. Ich war nur noch ein Bündelchen Mensch. Die tiefste Einsamkeit, die ich je gespürt hatte, hüllte mich ein. Die Kälte kroch in meinen Körper. Ich zitterte. Ich rollte mich zusammen. Ich war leer, kaputt, hungrig, durstig, müde, unendlich müde und erschöpft. Ich schlief ein.
Lange konnte ich nicht geschlafen haben. Es war eher ein Wegtreten, ein Ausknipsen des aktiven, überreizten Bewusstseins. Ich setzte mich auf. Ich war überwach. Ich meinte, in der dunklen, sternenlosen Nacht alles klar und deutlich um mich herum zu sehen. Die extremen Erfahrungen dieses Tages hatten alle meine normalen Beurteilungs- und Empfindungsgrenzen aufgehoben. Ich war im echten Sinne des Wortes außer mir. Meine normalen Persönlichkeitsgrenzen waren gesprengt. Ich hatte meine Ich-Grenzen aufgehoben oder besser gesagt, mein Ich war durch die Ereignisse „gesprengt" worden.

Jetzt war ich irgendwo in der fremden Landschaft eines fremden Planeten, eines Sterns in der Nähe des Orion, irgendwo im Weltall. Ich erlebte mich als seiend, lebend, wahrnehmend, bewusst. Der Kampf mit meinen Freunden hatte meinen Körper zerschlagen. Dass ich mich aufrichten konnte war eigentlich gar nicht möglich. Alles tat so weh. Ich war ausgekühlt bis auf die Knochen und es zitterte alles an mir. Trotzdem funktionierte ich, dieses zerschlagene Bündel aus Fleisch und Knochen.
Mein Denken hatte aufgehört. Der Verstand war nicht vorhanden. Ich lebte, ich existierte einfach. Ob dies Halluzinationen waren und ich phantasierte, weiß ich nicht. Aber ich fühlte mich in einen ekstatischen Rausch versetzt, der mir andere, bisher unbekannte Erfahrungsebenen ermöglichte. Ich empfand mich losgelöst von der Vergangenheit, dem Körper, dem Denken. Ich war. Ich lebte. Ich war mit dem Augenblick eins. Es war, als ob Raum und Zeit in einem Punkt zusammenfielen, eine dimensionslose Größe, die aber alles, was es gab, umfasste.
Ich saß in der Schwärze der Nacht auf dem festen Boden. Die Mächte des Bösen, die mich getrieben hatten, waren nicht mehr. Der Hass und die Wut hatten sich ausgetobt. Ich war leer, von Gefühlen und Empfindungen geleert. Natürlich waren die Erinnerungen an diesen Tag vorhanden, aber sie berührten mich nicht mehr. Das Toben dieses Tages erschien mir wie ein Traum, der geträumt war und der keinen Rest zurückgelassen hatte.
Real war einzig das Sein, dieser Punkt ohne Dimension, der jetzige Augenblick. Traum war alles andere: meine Vergangenheit, mein Ich, meine Ziele, meine Gefühle, Antriebe und Wünsche. Ein Traum war, was ich bisher als Kosmos, als belebte Planeten, als Realität angesehen hatte.
Jetzt saß ich frei von all dem im Nichts und auch die Schwärze der Nacht war ein Teil des Träumens, aus dem ich erwacht war. Träumend war ich durch das Leben gegangen, träumend hatte ich Geburt, Kindheit, das Leben des Erwachsenen erfahren, eingesponnen in meine Empfindungen und Gefühle, die mir eine Scheinrealität vorgaukelten und mich nur an meine Vergangenheit banden.
Aber jetzt war ich ganz, ganz Bewusstsein, eins, ein Punkt, der Mittelpunkt des Ganzen. Ich erfuhr, besser ich wusste, absolut und mit selbstverständlicher Sicherheit, dass ich ICH war, außer dem es nichts gab und das mit dem träumenden Ich der Vergangenheit keinerlei Ähn-lichkeit hatte. Zeit - was ist das? Raum - was hat er zu bedeuten? Beide gab es nur im Träumen, in dem, was wir sonst als Leben bezeichnen, dieses in Gefühle und Empfindungen eingebundene egoorientierte Leben.
Jetzt wusste ich, dass das echte Leben die Erfahrung ist, die ich in dieser schwarzen Nacht hatte. Alles andere waren mehr oder weniger schöne Kleider, mit denen ich mein Punkt-Ich verhüllte. Sie verhinderten durch ihre Vielschichtigkeit eher das Sein, als dass sie es leben ließen. Aber ich hatte mich mit den Kleidern identifiziert und mein wahres Ich vergessen.

Jetzt in dieser Nacht war ich sozusagen nackt und bloß, frei und ausgezogen. Die Kleider lagen als Bündel vor meinen Füßen. Sicher, ich kannte sie alle. Aber aus der mir jetzt möglichen Sicht waren sie nur ein Bündel lebloser Kleider, nützlich, ab und zu angezogen zu werden, sie zu wechseln. Aber sie waren nicht bedeutend, in sich unwichtig. Das eigentliche Leben waren sie nicht.
Jetzt saß ich an den Baum gelehnt, lebendig, so lebendig wie noch nie, so frei wie in meinen kühnsten Träumen nicht. Ich war frei von all diesen Kleidern und den mit ihnen verbundenen Gefühlen: Gefühlen, die mich immer angetrieben hatten.
Die außergewöhnliche Erfahrung mit der Kugel, mit diesem Planeten und allen seinen Geschöpfen, die nur Frieden und freies Sein ausstrahlten, hatte machtvoll, unmittelbar und in atemberaubender Geschwindigkeit mich meiner Kleider entledigt, aller meiner Kleider, aller meiner aufgestauten Gefühle, vollständig und ganz. Ich war nicht mehr der Helge, der ich zu sein vorgab. Ich war, aus der Sicht der Kleider, ein Nichts geworden. Ich war, aus der Sicht meines Seins, alles geworden. Es gab nichts mehr außer mir. Der Planet, der Stern, der Kosmos, das war ich.
Ich konnte tausend und einen Traum träumen, ganz wie es mir beliebte, die herrlichsten wie die entsetzlichsten Träume, so wie dieser vergangene Tag gewesen war. Das war alles möglich. Ich brauchte nur aus dem Bündel der Kleider jene zu wählen, die meinem Traumziel entsprachen. Aber ich konnte auch ohne diese Träume leben, viel besser leben, ganz lebendig sein, in der vollen Souveränität meines Seins ruhen. Ich genoss diese äußerste Nacktheit bis in die tiefsten Fasern. Das war ich. Das bin ich. Das bin ich immer und ewig. Das war ich von Anfang bis Ende. Aber Anfang und Ende waren auch nur ein Traum. Sie gab es nicht.
Ich saß da. Mir war alles zur Verfügung, alles ohne Ausnahme. Ich begriff die Kultur dieses Planeten als eine menschliche Kultur jenseits der Kleider. Ich begriff, dass unsere drei Damen so lebten, so in sich ruhend, ohne sich durch Ich-Kleider verstecken zu müssen. Es musste für sie eine große Anstrengung bedeuten, in unsere irdische Welt der Kleider einzutauchen, wenigstens so weit, dass sie mit uns kommunizieren konnten. In der Tat kamen wir für sie aus einer fernen Zeit. Eigentlich waren wir lebende Fossilien für sie.
Jetzt begriff ich auch, dass sie unseren, in dieser absolut friedlichen Umgebung zwangsweise hochkochenden Gefühlsausbrüchen, nicht mehr folgen konnten. Diese Kleiderschicht der Wut und des Hasses war ihnen viel zu fremd geworden, als dass sie sie hätten aufnehmen können. Sie mussten uns verlassen.
Offensichtlich wussten sie aber, was mit uns geschehen würde, was aufbrechen musste und aus uns herauskatapultiert wurde. Sie hatten uns die widerstandsloseste Leere geboten, die möglich war, damit dies alles geschehen konnte. Damit konnten wir unsere alten Ich-Träume vielleicht beenden, aufwachen und spüren, wie es sich so ohne Kleider leben lässt. Sie hatten uns die Möglichkeit geboten, die einzelnen Schichten der Kleider zu erfahren - es war eine schreckliche Erfah-

rung geworden. Aber wir konnten uns davon befreien. Zumindest war es mir gelungen. So empfand ich es unter diesem Baum in der Nacht.
Die hier in wenigen Worten festgehaltenen Überlegungen, für die zu lesen es Zeit braucht, geschahen mir in einem zeitlosen Augenblick. Gleichzeitigkeit erfuhr ich Unmittelbarkeit und Absolutheit. Ich saß. Also hatte ich einen Körper, auch er ein Kleid, ein mich treu begleitendes Kleid, das zu dem Bündel gehörte, das vor mir auf dem Boden lag, aber das ich noch nicht gewillt war abzulegen. Mein Körper, ein seelenloses Ding, das nur von meiner Hinwendung belebt wurde. Er funktionierte in sich perfekt, wenn ich ihn nur ließ.
Jetzt wandte ich mich ihm zu und bat um Reparatur aller Schäden, die durch den Kampf mit meinen Freunden und dem anschließenden Berserkerrasen durch die Landschaft entstanden waren. Staunend konnte ich beobachteten, wie mein Körper alle Schäden auf seine Weise reparierte, perfekt und effizient, in einer so kurzen Zeit, dass ich direkt spüren konnte, wie jedes Teilchen meines Körpers wieder in seinen harmonischen Zustand zurückfand. Es geschah von alleine. Darum brauchte ich mich nicht zu kümmern.
Mir fiel auf, dass Frieden diesen Zustand, in dem ich war, am einfachsten beschrieb. Dass er sanft war, unvergänglich, eine stille Freude, ein Genuss der besonderen Art. Auf diese Weise wach zu sein, war das erstaunlichste der Welt. Alles war anders, fühlte sich anders an. Das Leben mit und in den Kleidern war dagegen mühsam, beschwerlich, tat weh. Träumendes Leben war der Fluch, der den Auszug aus dem Paradies begleitete. Wach sein, so wie ich es jetzt erfahren konnte, war Leben im Paradies, war ein Sein im Angesicht Gottes.
Wie anders, so total und vollständig anders war das Sein, als ich es jemals begriffen, erträumt und erwünscht hatte. Ein Auf-den-Kopf-gestellt-Werden reicht nicht aus, es zu beschreiben. Die Worte und Sätze, mit denen ich es hier zu beschreiben versuche, sind vergleichbar mit den wenigen Strichen im Sand, mit dem ich einen Wolkenkratzer zeichne, ihn aber nicht real werden lassen kann.
Ich saß immer noch auf dem Boden. Der Körper arbeitete an seiner Generalreparatur. Mir ging es beständig besser und ich wurde wärmer. Ich wusste, wie sich alles verhielt. Aber das war nicht wichtig. Es wurde langsam heller. Das Leben dieses Planeten erwachte zu einem neuen Tag. Mein Sein war unverändert. Ich sah diesen Planeten und auch er war nur ein Traum, ein weiteres Kleidungsstück meines Bündels. Nichts geschah und alles geschah gleichzeitig. Begrenzung gab es nicht. Entfernung war nicht vorhanden. Materie war auch nur ein Kleid, so wie Energie, Bewegung, Licht.
Alasa, dachte ich, ein Wort, das eher ein unmittelbarer Zustand war. Sie saß vor mir, in ihren Kleidern, aber aus meinem Sein heraus erkannte ich die Kleider als Kleider, hinter denen ihr Bewusstsein war, so absolut wie meines. Ich erkannte sie dahinter, genauso entkleidet wie sie mich sah. Für einen Augenblick war sie vor mir, auch auf dem Boden sitzend. Dann war diese Trennung nicht mehr da. Wir verschmolzen zu einem einzigen Sein. Ich spürte sie, wie ich mich spürte.

Robert kam als Wort wie bei Alasa, und es geschah Gleiches. So geschah es mit Karl, Ülük und Geratl. Und wohin ich auch immer mein Bewusstsein in meine Vergangenheit lenkte, geschah Gleiches: das Erfahren der Kleider und das Loslösen von diesen, um dahinter das Sein des anderen zu spüren, das gleich meinem Sein war.
Das alles, was ich in mir erfahren hatte, wurde durch jede solche Erfahrung konkreter. Es weitete sich und es wuchs in immer vielschichtigere Formen hinein. Mir war, als ob mein Bewusstsein wuchs, gleichzeitig aber seine Vielschichtigkeit verlor. Ich konnte immer mehr umfassen und als immer mehr mir gleich begreifen. Diese Erfahrung zeigte mir, dass nichts fehlte, dass das EINS unteilbar ist und in allem enthalten. Es ruht, ist friedlich, sanft, freudig. Ich war hier auf dem Boden sitzend, seiend überall.
Das war Wach-Sein, das war das Leben, das war Paradies. Ich war Beweger und Bewegter. Ich war Gegenwart, Vergangenheit und Zukunft. Ich erkannte, dass jedes Wort und jeder Gedanke auch nur ein Stückchen dieses Kleiderbergs ist, notwendig im Alltag, aber nicht erforderlich im Leben.
Ich ließ die Sonne höher steigen, erlaubte den Vögeln zu zwitschern, den Bäumen zu wachsen, dem Gras sich im Winde zu wiegen, den Wolken über den Himmel zu ziehen. Ich erlaubte dem Körper den Duft der Landschaft zu genießen, die Luft zu atmen. Ich ließ alles sein, so sein wie es war. Alasa war, besser ist, wie Karl, wie Robert, wie meine Vergangenheit. Sie alle tanzten ihr Leben, ihre besondere Qualität, ihre Geschichte, und ich erfreute mich daran.
Es wurde Tag und es wurde Nacht. Die Worte der Schöpfungsgeschichte waren Realität, das Beschreiben des Seins in den Kleidern. Ich hatte eine Grenze überschritten und war nach Hause gekommen, in mein Sein hinein. Das Tor des Paradieses hatte sich geöffnet. Alle Kleider, die ich jemals übergestreift hatte, ließ ich davor zurück. So nackt wie ich gegangen war, kam ich zurück. Das Tor blieb offen. Wann immer ich hinausgehen wollte, konnte ich dies tun und Kleider anziehen, aber ich konnte auch wieder hindurchschreiten, zurück zum Paradies.
Draußen träumten wir unseren Traum des Getrenntseins, draußen erlebten wir unsere Gefühle und waren den Gesetzen der jeweiligen Kleidung unterworfen. Aber drinnen galt all das nicht. Dort gab es keine Trennung, keine Kleider, die verfremdeten. Mir wurde es jetzt aber möglich, wach zu sein, in den Kleidern zu stecken und ihren Traum als wacher Mensch zu begleiten.
Eigentlich war es nicht erforderlich, irgendein Kleidungsstück überzustreifen. Jedoch war es ein Teil des Tanzes, aus dem das Leben besteht, und ohne Kleider kein Alltagstanz. Ich lächelte. Ich begriff Bewusstsein und Tanz, Schöpfer und Schöpfung, Sein und Kleider. Alles hatte seinen Sinn, auch die Kleider mit ihrer so differenzierten Struktur. So wollte ich sein: ein wacher Tänzer im Traum des Lebens, bewusst sein und träumen, Kleider tragen und innen nackt sein, frei sein und den Gesetzen der Kleider gehorchen, offen sein und unbegrenzt, alles zu

sein und doch nur ein Teil des Lebens, verhaftet an den gegenwärtigen Ort, das All in mir tragend.
Ich saß da unter meinem Baum und in Bruchteilen von Sekunden wechselte ich meine Kleider, wählte aus dem Bündel das eine aus, dann das andere, spürte jeweils seine Besonderheit, wurde zu dem, was das Kleid zeigte, und legte es wieder ab. Ich konnte wählen, welches Kleid ich tragen wollte, und ich konnte es wechseln, was mir gestern noch nicht möglich war. Ich war frei. Gestern war ich unwiderruflich an mein Kleid des Hasses gebunden und musste erleiden, was Hass erleidet: Trennung.
Ich wusste, dies Neue war kein einmaliger Vorgang, der als ein Ergebnis der extremen Erfahrungen der vergangenen Stunden ein Weilchen anhalten würde, bis meine Grenzen mich wieder eingeholt hätten. Ich wusste, ich hatte einen Übergang erlebt, der beständig war, der aber sicher nicht immer in dieser Stärke im Bewusstsein bleiben würde.
Es war und blieb meine freie Entscheidung, welche Kleider ich in meinem Alltag tragen wollte, welche die für mein Leben passendsten waren. Das machte mich zufrieden und froh.
Die Sonne stand schon hoch, als ich entschied, zu unserem Haus zurückzugehen. Ich wählte aus dem Bündel einige wenige Kleider aus. Die meisten ließ ich zurück. Ein einfaches Leben schien mir besser zu sein als ein mit vielen Gefühlen beladenes. Dann wanderte ich gemächlich den Weg zurück, den ich als Schneise der Wut in die Landschaft geschlagen hatte. Ich staunte über meine zerstörungswütende Gewalt, die überall zu sehen war. Ich bat die Erde und die Pflanzen, mir zu vergeben. Ich half ihnen, sich wieder zu heilen.
Es dauerte ein paar Stunden, bis ich an unserem Haus angelangt war. Aber es war ein Genuss, diese Landschaft in mich aufzunehmen, und ich hatte ja unbegrenzt Zeit. Robert und Karl waren nicht da. Die Badezimmer hatten sich aufgeräumt und geputzt und auch in den anderen Zimmern waren die Spuren unserer Aggressionen nicht mehr auszumachen. Ich kochte mir ein einfaches Mahl, setzte mich vor das Haus und wartete.
Nach einer Weile kam Robert aus dem Wäldchen auf mich zu.
„Wie geht es dir?“, fragte er und man konnte ihm ansehen, dass er hungrig und durstig war. „Ich erzähle später, erst muss ich mir auch etwas zu essen und trinken holen.“ Er verschwand im Haus. Ich saß da und spürte den Frieden in mir.
Karl tauchte auf. Er hatte sich herfliegen lassen. Auch ihm sah man die Strapazen der Nacht an, aber auch er hatte sich verwandelt. Nach einer Weile saßen wir zu dritt vor dem Haus, ließen uns die Speisen schmecken und schwiegen.
Es war vielleicht eine Stunde vergangen, da sagte Karl: „Mir tut es leid, was ich gestern angezettelt habe. Dieser friedliche Planet hat mein Inneres zu oberst gekehrt und dann ist es geschehen. Es ist mir völlig klar, dass ich der Auslöser war und ihr auf mich entsprechend reagiert habt. Aber ich sehe heute auch, dass bei euch Gleiches geschehen ist, dass auch ihr umgekrempelt wurdet.“

„Wir waren außer uns!“, rief Robert lachend, „Und nun sind wir wieder in uns.“ Wir lachten. „Ich bin durch die Gegend gerast wie ein wilder Tiger“, sagte Robert weiter, „ich hätte mir nicht zugetraut, so wüten zu können.“
Wir erzählten, was geschehen war, und wir staunten, wie ähnlich die Erfahrungen waren und auch, dass das Ergebnis bei uns dreien innerer Friede war.
„Ich fühle mich wie von einem schweren Rucksack befreit“, sagte Karl, „und ich bin erst jetzt so richtig hier angekommen.“
Wir stimmten zu. Wir waren friedlich, freundlich, entspannt und froh. Wir alberten herum, ließen uns die Sonne gut tun und freuten uns auf den nächsten Tag.
„Ich vermute, dass dieser Planet im Lauf der Jahrtausende durch eine Entwicklungsphase gegangen ist, die ihn alle Aggressionen abstreifen ließ. Das hat ihn in die Lage versetzt, Fähigkeiten bei den Menschen freizusetzen, die bei uns auf der Erde bisher nur ganz, ganz wenigen möglich sind, wie das Umsetzen des Wollens in die Realität“, sagte ich.
„Was meinst du damit?“, fragte Karl.
Ich erzählte, dass ich in dieser Nacht gelernt hätte, meine Wünsche direkt zu realisieren. Ich hätte meinem Körper den Auftrag gegeben, sich zu reparieren, und das wäre in ganz kurzer Zeit vonstatten gegangen. Ich hätte den von mir zerfledderten Baum gebeten, wieder heil zu werden und es wäre geschehen.
„Ich denke“, sagte ich weiter, „dass hier fast alles so geschieht. Wahrscheinlich kann ich auch fliegen“, kam es kühn aus meinem Mund, zu meiner Verblüffung.
„Mach' es vor“, rief Robert.
Ich versuchte es und schon stand ich am Rand des Wäldchens und kam zurück.
„Man muss nur wirklich wollen“, sagte ich begeistert, „dann geht es, zumindest hier auf diesem Planeten.“ Meine Freunde versuchten es und ihnen gelang es genauso.
„Wahrscheinlich geht es erst, nachdem man die Verhaftung an die Gefühle, die Vergangenheit, die Meinungen, die gespeicherten Empfindungen gelöst hat“, sagte Karl.
„Dieses ′Das kannst du nicht′ habe ich - und ihr habt das auch - von Geburt an immer wieder gehört. Das hat feste Prägungen und Begrenzungen geschaffen, die hier in dieser Nacht abgebaut wurden. Ich denke, es müssen bei uns heute Nacht eine ganze Menge Sicherungen solcher Art durchgebrannt sein, dass wir jetzt so Außerordentliches leisten und unser Wollen direkt umsetzen können“, sagte Karl weiter.
„Da liegst du aber falsch“, sagte ich. „Nur aus der Sicht der Begrenzung, der Kleider, ist es außerordentlich. Aus der Sicht des Seins ist es normal. Daran können wir sehen, wie stark die Prägung durch die Kleider des Verhaltens ist.“
„Wir haben sehr viel mehr Fähigkeiten in uns als von Geburt an abgefragt werden, und wenn wir die Begrenzungen lösen, kommen sie zutage“, sagte Karl. „Wenn ich das zu Hause anwende, werden die Versuche in einem Zehntel der Zeit erfolgreich zu Ende gehen. Das wird ein Spass werden“, lachte er.

„Jetzt kommt mir wieder, dass das Durchbrennen der Sicherungen mit dem Atem zu tun hat", sagte ich. „Als ich heute Nacht an meiner Wut fast erstickt wäre, fing der Atem auf einmal an sich zu verselbständigen. Er ging wie ein Blasebalg, unaufhörlich, und ich konnte ihn nicht mehr stoppen. Dann fing ich an Laute auszustoßen. Da dachte ich zuerst, das ist die Wut. Aber dann merkte ich, dass es nur der Atem war, der sich in Laute umsetzte. In diesem Augenblick war mir sowieso alles egal, ich ließ den Atem tun, was er wollte. Und ich fing an, immer lauter zu brüllen, immer einsilbiger, bis es bei einem Gemisch aus ha! und ho! blieb. Vielleicht zwei Stunden stieß ich es vor mich hin, bis ich ganz heiser war. Dann war es vorbei. Ich war leer, ausgepumpt, und es geschah die Transformation. Vielleicht ist das ein Weg, den hier alle gehen? Oder brauchen sie es nicht mehr, sich von den gespeicherten Gefühlen zu lösen, weil sie alles schon in den Genen gespeichert haben?"
„Ich probiere gleich, ob noch etwas Aufgestautes in mir ist", sagte Karl, und Robert wollte es auch versuchen. Sie gingen jeder in eine andere Richtung. Dann hörte ich sie anfangen zu rufen. Das Rufen ging in ein heiseres Brüllen, ein Röcheln über, dann wurde es stetig und sie waren in den inneren Reinigungsprozess eingebunden.
Ich saß weiter in der Sonne und freute mich meines Lebens. Die Freunde waren mir ganz nah. Ich war gespannt, wann die drei Damen uns wieder besuchen würden. Aber es war kein drängendes Bedürfnis. Nach einigen Stunden kamen die beiden wieder. Sie waren ganz entspannt, gingen sehr aufrecht und lachten laut. Da war Robert auf einmal verschwunden. Ich rief ihn. Er antwortete vom Dachfirst aus, auf den er geflogen war.
„Das kann ich auch", rief Karl und schon saß er oben in einer Baumkrone. Wir spielten fliegen und tollten in der Luft herum, als wenn wir junge Seehunde im Aquarium wären. Wir genossen unsere neuen Fähigkeiten.
Was ist das für ein besonderer Planet, dass er uns so verändert? War es für uns ein Lehrplanet, der uns half, uns von Aggressionen zu befreien und uns - neben Fliegen - innere Sicherheit, Zufriedenheit und Frieden zu geben? Das Geschehen dieser Tage zeigte mir, dass vielleicht jeder Planet des Kosmos seine Struktur auch auf seine Bewohner überträgt. Wir auf der Erde waren mit den Aggressionen beschäftigt. Das konnte man bei allen Lebewesen auf der Erde beobachten: fressen und gefressen werden oder wenn keine Korrektur von Dritten erfolgte, grenzenloses Wachstum bis zur Selbstzerstörung. Das war die Struktur der Erde zur Zeit. Wahrscheinlich wird sie in ihrem Leben durch weitere Entwicklungsschritte gehen und ihre Bewohner, uns Menschen, dabei mitnehmen, auch wenn wir es nicht wollen.
Dieser Planet war in einer anderen Struktur. Das konnte ich spüren. Es mussten sich alle Bewohner dieser Struktur anpassen, wir als Neulinge erst recht. Wir hatten in ganz kurzer Zeit mindestens die ersten Lektionen zu lernen. Das Sich-Lösen aus den Aggressionen war vielleicht nur der erste Schritt gewesen.

Der tiefe Frieden in mir war Beweis genug, dass es sich lohnte, Aggressionen aufzulösen, auch wenn dies an sich ein schmerzhafter Prozess war. Geld und Karriere waren nicht alles. Die Freude am Leben und das Begreifen und Bewältigen von Leid waren viel mehr, und sicher war ein Teil des uns allen auferlegten Leides von den inneren Aggressionen verursacht.
„Ich würde gerne mehr wissen von der Art und Struktur der verschiedenen Kleider, die mein Sein umgeben", dachte ich. „Was haben eigentlich Wut und Hass zu bedeuten? Wo kommen sie her? Warum wurde ich von dem Bösen, der Zerstörungsbegeisterung, so sehr heimgesucht, wo ich doch dachte, ein pazifistischer und friedlich eingestellter Mensch zu sein? Wie kommt es, dass auch ich Freude empfinden kann, wenn ich Tiere quäle?" Ich wusste, dass es sicher Antworten gab, die für unsere Entwicklung wichtig waren, aber ich wollte mich jetzt nicht damit beschäftigen. Ich dachte an Alasa und ein sanftes Sehnen trat in mein Herz. „Sie ist eine schöne Frau. Ich fühle mich wohl, wenn sie da ist", dachte ich. „Wann wird sie wieder zu uns kommen?"
Ich saß vor dem Haus und merkte nicht, wie die Zeit verging. Es war alles gut. Es gab nichts zu tun und ich verspürte keinen Drang, etwas tun zu müssen. Das war vorbei. Es wurde Abend. Meine Freunde waren, wie ich erst jetzt merkte, davongeflogen. Ich war allein. Ich ging ins Haus und machte mir ein Abendessen. Ich hörte Musik. Es war eine sanfte Musik, die Melodie war betont. Sie spielte eine große Rolle. Sie wurde von den verschiedenen Instrumenten aufgenommen und weitergegeben, eine Art Rundgesang auf Instrumenten. Es war eine komplexe und doch auf ihre Art leicht aufnehmbare Harmonie, die sich aus einer kleinen Melodie entfaltete und schließlich gegen Ende wieder in sie zurückfand. Die Musik wiegte mich und ließ mich mich weiten. Meine Seele spazierte auf den Tönen durch das All. Ich hätte noch gestern diese Musik als Last empfunden, als kitschig, als zu wenig Action. Aber jetzt war sie Balsam für meine Seele.
Karl kam hereingestürmt. Lachend und jodelnd tanzte er durch den Raum.
„Was ist denn mit dir los?", fragte ich, aus meinen Träumereien gerissen.
„Weißt du, was ich erlebt habe? Ich bin ans Meer geflogen. Ich wollte endlich in den Wellen toben und nachdem wir ja fliegen können, war es bis zum Meer nicht weit. Dann habe ich aber gemerkt, dass ich auch unter Wasser fliegen kann, wie ein Fisch! Du wirst es nicht für möglich halten, Helge, aber auch unter Wasser ist die Luftversorgung gegeben. Wie weiß ich nicht, aber es ist ein besonderes Vergnügen, sich wie ein Fisch fühlen zu können. Das kannst du mir glauben."
Ich staunte nicht schlecht.
„Diese Transformation, dieses völlig von Aggressionen freie Leben bringt uns eine Qualität, die ich nie für möglich gehalten hätte", sagte er. „Aber dass sie so weit geht, nicht nur die Gravitation zu überwinden, sondern auch die Sauerstoffversorgung unter Wasser zu sichern, das hätte ich nicht gedacht."

„Die Leute sind uns nicht nur mit ihrer Technik haushoch überlegen.“ Er sprach ruhig und kraftvoll. Seine Stimme war volltönend geworden. Sie vermittelte unmittelbar seine Empfindungen, die im Augenblick da waren, und das machte seine Rede angenehm. Ich hörte ihm nun lieber zu als früher.
Dann war auch Robert da. Still stand er auf einmal im Raum. „Es funktioniert“, sagte er zufrieden.
„Was funktioniert?“, fragte ich.
„Das Fliegen“, sagte er einfach so.
„Und was ist daran so wichtig?“, fragte Karl.
„Dieser Planet ist ein Schmuckstück“, sagte Robert. „Ich bin ein wenig herumgeflogen und habe mir den Planeten angesehen. Er ist überall schön. Alles ist gepflegt, ein einziger Park, aber mit ganz verschiedenen Landschaften und Klimazonen. Hier lässt es sich wirklich leben und arbeiten. Ich bin voll von Ideen, was ich alles machen will. Ich glaube jetzt wirklich, dass die Leute trotz der vollkommenen Versorgung auf materieller Ebene nicht auf der faulen Haut liegen. Kurz und gut, ein echtes Paradies.“
Er ging und holte sich sein Abendessen. Wir beiden anderen staunten. „Ob wir es auf der Erde schaffen könnten, auch so ein Paradies zu gestalten?“, kam mir in den Sinn, und Karl, als ob er meine Gedanken dachte, sagte laut: „Wir müssen uns aber ganz schön ranhalten, die Aggressionen auf der Erde loszuwerden, damit wir so schön leben können wie hier.“
„Wir sind jetzt angekommen, nachdem wir unser irdisches Grundverhalten der Aggressionen überwunden haben“, sagte Karl. „Es könnte eigentlich weitergehen.“
Ich lachte. „Du bist aber auf einmal schnell und es scheint, dass du mehr willst als noch gestern?“
Er lachte: „Gestern habe ich auch noch nicht gewusst, wie schön es ist mit den Fischen zu spielen. Jetzt will ich mehr lernen und mehr sehen und mehr erfahren und unsere drei Frauen wieder treffen!“
„Du denkst wohl eher an Geratl, Karl???“, meinte Robert. „Das ist ja auch gut so, denn ich will meine Ülük wieder haben“, sang er aus voller Kehle.
„Wir sind uns ja wieder einmal einig“, sagte ich. „Es passt wie angegossen. Aber vielleicht ist noch ein weiterer Schritt nötig, um hier wirklich normal leben zu können?“, fragte ich, „ein Schritt, den wir noch nicht überschauen, und der von uns erwartet wird? Die Aggressionen sind eines. Was ist das andere? Vielleicht ist es das Kleinmachen, das den eigenen Fähigkeiten nicht trauen, das wir von klein an erfahren haben und das uns so tief geprägt hat, dass wir es als selbstverständlich ansehen?“
Uns war klar, dass unsere drei Frauen erst wieder kommen würden, wenn wir wirklich in der Lage waren, ihnen in allem, was sie anbieten mochten, ohne größere Schwierigkeiten zu folgen. Abgesehen von der notwendigen Neugier waren wir sicher gefordert, das Neue, das sie zu bieten hatten, ohne Angst und ohne sonstige Widerstände aufzunehmen, also wie Kinder zu sein, die sich an

einem neuen Spielzeug erfreuen. Es war nötig, die innere Größe zu spüren, um uns nicht als minderwertige Wichte zu fühlen angesichts ihrer Technik. Wir waren als Menschen ihnen gleich, nur noch nicht so weit ausgebildet wie sie, aber das war nachholbar.
„Ich hab's!", rief ich. „Wir sind dabei, Evolutionssprünge zu machen und einige Sprossen auf der Entwicklungsleiter zu überspringen. Um das erfolgreich zu tun, müssen wir viel hinter uns lassen. Eigentlich können wir uns mit Neandertalern vergleichen, die plötzlich aus ihrer lauschigen Höhle ins heutige Berlin katapultiert wurden. In Berlin können sie nur überleben, wenn sie ihr ganzes intuitives Wesen in der Höhle zurücklassen. Erst wenn sie sich als gleich mit uns Berlinern empfinden und offen für alles Neue sind, können sie auch Auto fahren lernen."
Meine Freunde faszinierte der Vergleich. Robert flog nach draußen. Er kam mit einem Ast wieder herein.
„Ich, Neander der Erste, erkläre hiermit: Ich will mein Auto und ich will es gleich und ich will es fahren und ich will Platz für meine Keule haben!" Wir lachten.
„Wenn ich mich mit einem Neandertaler vergleiche", meinte Karl, „dann stört mich am meisten, dass er weniger differenziert fühlt, dass er sozusagen primitiv fühlt, dass er nur wenige grobe Gefühle hat, die sein einfaches Leben umschreiben, die aber für unsere Welt nicht reichen."
„Vielleicht sieht er nur sich und viel zu wenig die Gemeinschaft", meinte ich. „Vielleicht machen wir uns nur eine primitive Vorstellung von seinen Gefühlen? Denkt doch an die Felsenmalereien. Sie sind schön und drücken so viel Gefühl aus."
Aber Robert traf den Nagel auf den Kopf mit seiner Meinung: „Neandertaler sind hauptsächlich Egoisten. Sie müssen ständig an das Heranschaffen von Essen und Kleidung denken, für mehr haben sie gar keine Zeit. Wie sollen sie differenzierte Gefühle erfinden? Die würden doch nur stören. Und daraus kommt der Wunsch, eigentlich ist es eine Notwendigkeit, nach Macht, nach Dominanz. Denn wer mächtiger ist als die anderen, kann besser überleben."
„Ich habe eine Keule, ich bin mächtig!", rief er und streckte den Keulenarm in die Luft. „Ihr seid schwach und hilflos. Ihr seid meine Untertanen!" Und schon flog er um uns herum und spielerisch drohte er uns mit dem Ast.
„Sind es neben den Aggressionen und der Angst die undifferenzierten Gefühle und der Drang zur Macht, die uns an die Erde binden?", fragte ich zweifelnd.
„Sicher", sagte Karl, „da ist eine ganze Menge dran. Denk nur an Karriere oder denk an Wissen: Wer mehr weiß, kann auch mehr verdienen. Wer mehr verdient, kann sich mehr leisten. Er kann leichter und angenehmer und schöner leben."
„Wenn ihr an die Mafia denkt, dann ist es doch klar. Sie will viel haben, weil es gut ist, viel zu haben. Und das schafft sie mit der brutalen Nutzung von Macht, ohne Rücksicht auf andere. So ist es auch mit Diktatoren und anderen Herrschern, groß und klein. Sie alle treibt die Macht, das Ansehen, das Besonders-sein-Wollen zu ihrem Handeln. Wie viele Reiche von heute leben von dem, was

ihre Vorfahren „mit Macht“ zusammengetragen haben? Aber so ist es auch im kleinen, in jeder Beziehung, die wir eingehen können.“

„Du meinst, die Welt hier hat das Ego überwunden und auch den Aspekt der Macht hinter sich gelassen?“, fragte ich.

„Sicher, das ist so“, sagte Karl. „Denke doch nur einmal daran, dass wir automatisch erwartet haben, von einem Empfangskomitee begrüßt zu werden und zur Regierung oder anderen höheren Stellen gebracht und befragt zu werden. Aber nichts Ähnliches geschah. Ich war zuerst ganz schön enttäuscht, dass da nur drei Frauen auftauchten, die sich mit uns beschäftigten. Waren wir denn so unwichtig hier?“, dachte ich.

„Ich muss zugeben, dass ich Ähnliches erwartet hatte“, sagte ich.

„Wenn ich an das denke, was ich bei meinem Rundflug gesehen habe, dann ist es sicher so. Sie leben ohne Machtstrukturen“, sagte Robert. „Ich habe keine Zentren ausmachen können, keine Zeichen von Macht, wie Wolkenkratzer oder Ähnliches, keine Reklame, keinen Unterschied von armen und reichen Gegenden.“

„Unsere drei Frauen machten ja auch Bemerkungen, die auf die Abwesenheit von Macht- und Dominanzgedanken schließen lassen. Sie haben nicht von irgendwelchen Hierarchien gesprochen oder von etwas haben oder nicht haben können“, sagte Karl. „Wenn ich auch an meine schmerzhaften Erfahrungen dieser letzten Stunden denke und an das jetzt fühlbare Ergebnis von Frieden und dem Empfinden von Einssein mit allem, dann ist es verständlich, wenn wir bis gestern noch automatisch an Macht, Dominanz und so weiter dachten. Das ist auf der Erde üblich, hier ist es nicht mehr nötig.“

„Bei meinem inneren Frieden“, sagte er weiter, „ist gar kein Raum mehr für ein auf Dominanz erpichtes Ego oder den Wunsch, hier zu regieren. Das ist Kinderkram.“

Wir lachten. Er hatte auch unsere Erfahrung ausgesprochen.

„Aber ich bin vorsichtig geworden“, sagte Karl. „Wir denken zwar jetzt, dass Macht nicht nötig ist, aber wir haben es trotzdem in jeder Faser unseres Körpers gespeichert: Ohne Macht und Ego lässt sich nicht leben. Wir sind zweifellos immer noch in den Kategorien der Dominanz gefangen. Das werden wir lösen müssen. Sicher wird dies wieder ein schmerzhafter Prozess sein, aber ich bin willens, ihn durchzustehen“, sagte er weiter.

„Jetzt verstehe ich mein Bild mit den Kleidern besser“, sagte ich. „Jedes Kleid ist automatisch Begrenzung, Abgrenzung und Aussonderung der anderen. Und mit jedem Kleid, das ich zusätzlich anziehe, wird mein Ego enger, nehmen die Grenzen zu und ich kann mich gar nicht mehr so differenziert spüren wie ohne die Kleider. Jedes Kleid reduziert also auch noch das Empfinden. Kleider machen primitiv. Wir sind weniger primitiv als ein Neandertaler, aber primitiver als die Bewohner dieses Planeten. Hoffentlich bin ich meiner Alasa nicht zu primitiv....“ Ich zögerte fast, dies zu sagen. Aber meine Freunde meinten, ihnen ginge es ähnlich.

„Aggressionen sind die Folge dieser Kleider", sagte Robert wie immer kurz und prägnant. „Der Druck für Essen und Trinken, Kleidung, Wärme und Schutz zu sorgen und für Alter und Tod vorzusorgen, produziert Ego, Macht und Dominanz. Daraus werden die Kleider gewoben", sagte Robert weiter. „Wir müssen sehen, dass dies in der Evolution auf der Erde nötig war, hier aber nicht mehr nötig ist und deshalb das Leben eindeutig stören würde. Lasst es los!", rief er, seinen Ast schwingend. „Los, lasst es los! Zieht euch aus, reinigt die Fasern des Körpers oder ich werde euch Beine machen!"
Wir lachten, er hatte den Kernpunkt ausgesprochen und das in eine Spassformel umgesetzt, die wir akzeptieren konnten.
Es war spät geworden. Wir hatten einiges zum Nachdenken erhalten, aber keinen Weg gefunden, wie wir es auch umsetzen konnten. Da war es besser, erst einmal zu schlafen.
In dieser Nacht fühlte ich mich wie sich vielleicht ein Baby fühlen mag, wenn es so alle Viere von sich gestreckt im Schlaf versunken ist - und das trotz der nicht gelösten Machtfrage. Nach dem Frühstück saßen wir wieder vor unserem Haus und nahmen den gestrigen Faden wieder auf.
Es ging darum, wie wir den Sprung vom Neandertaler in die Neuzeit nicht nur körperlich, sondern von der ganzen inneren Befindlichkeit, den von Kindheit an bestehenden Begrenzungen, Denk- und Empfindungskategorien her schaffen sollten. Wir wollten es wagen, damit unsere Reise zum Orion, auch wenn sie unfreiwillig begonnen hatte, zu einer Weitung unseres Menschseins beitragen konnte.
Wir diskutierten heiß, wo und wie überall auf der Erde die Begrenzungen und damit die Macht etabliert sind, wie sehr unser aller Leben von ihnen bestimmt war, wie die Geldströme gelenkt wurden und damit die Möglichkeiten, Arbeit und Auskommen zu finden. Das traf auf die Wissenschaften genauso zu wie auf die Wirtschaft - natürlich - und direkt auf unsere Arbeit und die von ihr beeinflussten Erfolgsmöglichkeiten. Aber auch gerade dadurch betraf es unser Selbstverständnis als Männer. Wir fühlten uns natürlich besser und hatten Spass am Leben, wenn wir erfolgreich waren, und wenn Misserfolge an der Tagesordnung waren, dann waren wir geknickt und konnten uns selber nicht mehr leiden.
Es tat uns weh, als wir in vielen Details sahen, wie sehr wir unser Selbstwertgefühl auf solchen äußeren Erfahrungen aufgebaut hatten, wie sehr wir davon abhängig waren, dass wir „besser" als die anderen waren. Die einfache Tatsache, dass wir Menschen waren und allein schon als solche wertvoll, dass wir als Menschen die Verfügungsgewalt über die ganze Schöpfung hatten und dass wir in der Tat die Krone der Schöpfung waren, ohne dass wir dafür irgendetwas getan hätten, das genügte uns für unsere Wertvorstellung im Alltag in keinster Weise. Wir waren der Meinung, dass wir uns erst bewähren müssten, um Menschen zu sein. Nun, im Grunde war dagegen auch nichts einzuwenden, sich zu bemühen, ein guter Mensch zu sein. Aber das bedeutete nicht, sich das Selbstbewusstsein abgraben zu lassen.

Wir merkten, wie sehr unsere Erziehung uns begrenzt und auf das äußere Erfolgserleben abgestellt hatte. Die alten Schulerfahrungen: „Das kannst du nicht! Du bist schlecht! Du verdienst nur eine vier!“, saßen tief eingegraben mit der Wirkung, dass wir immer noch nach den guten Noten lechzten. Nur jetzt als Erwachsene wollten wir sie von Vorgesetzten, Freunden, Verwandten, unseren Partnerinnen und nun hier von unseren drei Damen, die verschwunden waren. Wir wollten von den anderen gesagt bekommen, dass wir gut waren, dass wir ein würdiges Glied der menschlichen Gemeinschaft waren.
Es war nicht verwunderlich, wenn wir da voller Aggressionen waren, die uns die Sicht auf die Wirklichkeit verstellten. Alle Wut auf die Noten, aller Ärger über misslungene Arbeiten, alles Sich-bewähren-Müssen war in uns gespeichert.
Aber offensichtlich waren wir auf einem Planeten gelandet, der sich auf einer ganz anderen Entwicklungsbahn befand. Hier war man nicht mehr aggressiv, hier war man selbstverständlich Mensch und sich seiner Würde bewusst, so dachten wir.
Und wenn wir hier mit diesen Menschen zusammenleben wollten, dann mussten wir zuerst die Aggressionen hinter uns lassen, sonst wäre das in uns gespeicherte zerstörerische Potential weder für uns noch für diesen Planeten von Vorteil. Es war also auch kein Wunder, dass man uns mit unserem Haus isoliert hatte, sozusagen in Quarantäne gesteckt, damit wir uns erst innerlich reinigten.
Auf der Erde lebten wir in einer Situation, in der Aggressionen als etwas Positives angesehen wurden - solange sie dazu dienten, uns anzutreiben und nicht, etwas zu zerstören - aber hier waren Aggressionen grundsätzlich das, was sie schon immer waren, nämlich nur negativ.
Auf der Erde waren wir im oberen Drittel der Menschen angesiedelt. Wir nutzten die Privilegien, die uns unsere Positionen gaben und wir erbrachten Leistung im Beruf. Aber wir waren in einem mehr oder weniger goldenen Käfig. Wir waren die Esel, die der Karotte der positiven Aggressionen nachliefen und auch noch dieses Verhalten an die uns Unterstellten und Kinder und wen auch immer weitergaben.
„Mir erzählte ein Bundestagsabgeordneter“, sagte ich, „dass ein Abgeordneter, der nicht von der Partei und ihren Ämtern abhängig wäre, der frei und ungebunden so entscheiden könnte, wie es das Grundgesetz vorsehen würde, ein sehr schlechter Abgeordneter wäre. Er würde das Geflecht der Macht durchbrechen, das in der Politik vorhanden ist. Wenn das bei allen Abgeordneten der Fall wäre, wäre der Staat nicht mehr regierbar – welcher Unfug!“
„Dann ist es aber für uns gefährlich, wenn wir lernen, uns von den Egoismen unseres Systems frei zu machen!“, rief Karl.
„Unser Leben wird anders sein“, sagte Robert. „Es wird sicher lebendiger und für uns befriedigender, wenn wir innerlich selbstbewusst sind und frei von den äußeren Zwängen. Ein wacher Mensch ist besser als ein Träumer, der nach der Karotte der Macht schnappen muss. Ich weiß nicht, wie es genau gehen soll, aber ich bin sicher, dass ein freier Mensch auch im Geflecht der Mächte, in de-

nen wir immer auf der Erde stehen werden, gut leben kann und nicht geächtet wird. Vielleicht lernen wir hier auch noch mehr als uns nur von den Aggressionen und den Egoismen zu lösen."

„Es geht vielleicht darum, innerlich von Egoismen frei zu sein, aber das Ego selber als Hilfsmittel zu nutzen, um in der Gemeinschaft mitleben zu können", sagte ich. „Wie sollen wir das lernen?"

„Ich denke, es ist dann kein Problem mehr, wenn wir verschiedene Tatsachen akzeptieren, nicht nur als Gedanke, sondern als gelebte Realität, so wie wir heute unsere Realität als das realisierte Wollen erlebt haben", sagte Karl. „Ich zähle dazu:

- Ich bin ein Mensch und das schöpferische Wollen ist mein Erbrecht.
- Ich bin nicht abhängig von der Schöpfung, ich gestalte sie.
- Ich bin auch nicht abhängig von Materie, anderen Menschen oder Tieren oder Pflanzen, von gemachten Dingen oder Systemen, Gedanken und Machtgeflechten. Aber ich nutze sie alle für mein Wollen.
- Mir steht die absolute Energie zur Verfügung. Sie versorgt mich mit allem; was ich benötige; genau in dem Augenblick; wenn ich etwas brauche.
- Es gibt keine besseren oder schlechteren Menschen. Für alle sind diese Grundsätze gegeben. Nur sind sie dem einen oder anderen zunächst noch nicht genügend bewusst.
- Mein Selbstbewusstsein wird von diesen Grundtatsachen bestimmt, die mein Menschsein ausmachen, und nicht von irgendwelchen von Menschen gemachten Überlegungen."

Es folgte langes Schweigen. Karl hatte Recht. Wir mussten uns umdefinieren und ganz gleich, was wir hier noch alles erfahren sollten, war dies alleine schon soviel wert, dass sich der Ausflug ins All gelohnt hatte.

Kurz und gut, zuerst hatten wir uns von den Aggressionen gelöst, dann hatten wir erkannt, dass die Egoismen Bestandteile der Macht waren. Macht war die Folge von geringem Selbstbewusstsein, was uns durch die Prägungen eingetrichtert worden war. Geringes Selbstbewusstsein kaschierten wir mit den Kleidern der Egoismen und so waren wir eingebunden in das Geflecht der Abhängigkeiten auf der Erde.

Mir kamen wieder die Neandertaler in den Sinn.

„Freunde waren wahrscheinlich für sie nur die, die zur Sippe gehörten", sagte ich. „Alle andere waren Feinde. Und die ganze Natur um sie herum war eher feindlich als freundlich. Für Erdenmenschen von heute gibt es da schon sehr viel mehr freundlich gestimmte Menschen als Feinde. Eigentlich sind die echten Feinde zu anormalen Menschen geworden, die wir nicht mehr häufig antreffen."

„Wenn wir uns aber mit den Menschen hier vergleichen, dann spüren wir, dass es hier überhaupt keine Feinde gibt. Von diesem Planeten hier aus gesehen gibt es nur gestaltete Hilfe, die man mehr oder weniger nutzen kann. Hier leben die Menschen ohne die Grenzen, die Menschen zu Freunden oder Feinden machen - und sie leben viel, viel besser als wir."

„Vielleicht ist zwischen Neandertalern und uns gar kein so großer Unterschied, wie ich immer gedacht habe. Eher besteht ein großer Unterschied zwischen uns und den Menschen hier. Dieser Planet ist ein konkretes Zeugnis dafür, wie es sich leben lässt, wenn die Egoismen nicht nur überwunden, sondern gar nicht mehr vorhanden sind.“

„Es ist vergleichbar mit dem Zusammenwachsen von Europa, das wir erleben. Als wir Kinder waren, waren Krieg und die Grenzen zu Frankreich unüberwindlich. Heute ist gar keine Grenze mehr da, kein Schlagbaum, kein Zöllner. So scheint es auch zu sein, wenn wir die Egoismen auflösen. Dann bleiben wir zwar Individuen in ihren verschiedenen Kleidern, aber wir achten nicht mehr auf die Kleider, sondern auf das, was in den Kleidern steckt: Es ist ein Mensch, wie ich einer bin.“

„Du hast viel auf einmal gesagt“, spöttelte Karl. „Das war ja schon eine ganze Vorlesung. Ich stimme zu, aber wie ich das zu Hause leben soll, das weiß ich immer noch nicht, trotz deiner gekonnten Ausführungen, Helge. Wie wäre es mit einer Pause? Ich lade euch zum Baden ans Meer ein, damit wir auf andere Gedanken kommen. Immer nur zu philosophieren ist auch nicht gut.“

Wir stutzten zuerst, weil er ganz anders agierte, als wir es von ihm gewohnt waren. Aber dann war der Spass da. Karl führte. Er versetzte uns an die schönste Küste, die wir uns denken konnten. An das Herumfliegen hatten wir uns schon gewöhnt, dass wir aber im Nu an einer solchen Küste sein konnten, war wie ein Traum. Leichte Brandung schlug an einen flachen Sandstrand. Einige Felsen rahmten ihn malerisch ein. Palmen wiegten sich im Wind. Ein kleiner Hain war die Kulisse zum Land hin. Ein kleines Haus stand da. Es enthielt alles, was wir zum Baden brauchten.

Im warmen Wasser zu liegen, zu schwimmen, ein wenig zu tauchen, was wirklich ein Fliegen im Wasser war, mit den Fischen zu spielen, wie es Karl so schön gesagt hatte, und sich die Sonne auf den Rücken brennen zu lassen, war vollkommene Entspannung.

Wir fanden einen reich mit Früchten gedeckten Tisch in dem Haus mit Getränken und Essen. Uns fehlte nichts. Die Seelen baumelten an der Leine, die wir zu einem der Felsen gespannt hatten. Sie erholten sich von den philosophischen Strapazen der letzten Zeit. Dramatische Tage lagen hinter uns. Wir hatten sie bewältigt. Wir hatten Urlaub verdient.

Nach dem Abendessen saßen wir vor unserem Haus in der lauen Nachtluft. Der Himmel war klar und die Sterne funkelten. Kein einziges uns vertrautes Sternbild war zu sehen. An drei Stellen waren starke Sternenanhäufungen auszumachen. Drei große Gruppen Sterne standen beieinander und unterhielten sich, so schien es.

„Von da oben irgendwoher kommen wir“, sagte Robert. „Wo ist unser Arm der Milchstraße geblieben?“

Wir schauten auf den Sternenhimmel. Uns wurde bewusst, es wurde auf einmal wirkliche Realität, dass einer der dort funkelnden Kleinode unsere Sonne beher-

bergte, und dort kreiste unsere Erde um sie. Wir waren in wenigen Stunden von dort gekommen, das war Realität. Aber erst jetzt wurde uns dies bewusst. Dort oben irgendwo, in der Schwärze des Alls, war der Ort, an dem wir geboren waren. Dieses Firmament war nicht nur Wissen, wie wir es von Kind an gelernt hatten. Es war uns zur erlebbaren Erfahrung geworden. Jetzt stand es uns frei, die Sterne zu bereisen. Die Kugel war dazu in der Lage und wir konnten die Kugel lenken. Nur mussten wir die Blockade lösen, die sie hier - offensichtlich noch mit Absicht - festhielt.
Es war etwas ganz anderes, Sterne zu betrachten und zu wissen, dass sie unerreichbar sind, als die reale Erfahrung zu machen, dass wir dahin schauen, wo wir hergekommen sind. Wir weiteten uns zu einem Teil des Weltalls. Wir waren keine kleinen Mäuschen mehr auf einem winzigen Planeten. Wir waren zu Bewohnern des Weltalls geworden. Wir waren Wesen, die dazugehörten. Das war fast wieder ein Schock, so da zu stehen und zu wissen: Da oben war meine Kindheit!“
Wir stutzten. Es geschah ein Tönen, anders kann ich es nicht beschreiben. Es war ein leises Tönen. Mal etwas leiser, mal etwas lauter tönte eine Symphonie durch die Luft. Von überall her kamen die Töne, die sanften Glockenschläge, ein Jauchzen und Frohlocken, ein stilles sich Freuen war in diesen sanften Tönen.
Alles schien zu klingen, jeder Baum, unser Haus, wir selber, die Erde, die Gräser. Von überall her kamen diese Töne. Zuerst dachten wir, dass hinter dem nächsten Hügel ein Konzert gegeben würde, aber Karl prüfte nach, da war nichts. Dann dachten wir, man habe Lautsprecher in der Luft verteilt, aber es war nicht möglich, den Klängen eine oder mehrere solcher Quellen zuzuordnen.
Schließlich merkten wir, dass die Klänge direkt von den Gegenständen kamen, aber auch von uns selber. Wir tönten, alles tönte, und alles zusammen ergab eine harmonische Klangsymphonie. Es war das Lied der Materie, mal abschwellend, mal lauter werdend, jedes Teil mit den es umgebenden Teilen sich in ein Ganzes fügend.
Etwas später hörten wir, wie die Klänge auch von den Sternen kamen, wie der eine der Sternhaufen tiefe, brummige Klänge aussandte und andere Sterne hell wie Harfen klangen.
Diese Symphonie drückte das geschaffene Sein aus, das Werden und Vergehen, das Aufleuchten und Verglühen, Ekstase genauso wie Ziele betrachten, fröhliches Dahinsingen und tiefe Andacht. Alles war darin enthalten, was Leben ist. Das alltägliche, das heilige, das lustige, das traurige Leben, Freude und Leid.
Wir konnten, wie wenn wir in einem Konzert saßen, einzelne Teile heraushören, uns mehr einem Thema zuwenden und andere Themen in den Hintergrund treten lassen. Wir konnten auch das Ganze hören und darin versinken.
Uns wurde bewusst, dass diese Klangsymphonie uns viel eher als die Augen darlegte, dass alles, was zur Schöpfung gehört, in einer harmonischen Verbindung miteinander steht. Es klang zusammen und arbeitete in die gleiche Rich-

tung. Die Augen dagegen trennten und ließen uns Grenzen sehen, wo wir sie hätten überschreiten können. Diese Klänge aber kannten keine Grenzen.
Langsam spürten wir, je mehr wir uns dem hingaben, wie unsere Körper stärker klangen, wie sie ihr Lied sangen und wie in dem Lied unserer Körper die Antwort auf die Klänge der Sterne und von allem um uns herum gegeben wurde. Ich merkte auch, wie das Lied meines Körpers auf alles einwirkte und es bestimmte. Ich war nicht nur passiver Teil, ich war aktiver, gestaltender Teil, und als solcher nahm ich auf, was mir die Schöpfung bot.
Immer mehr versank ich in diesem Lied der Lieder, im Klang des Universums. Immer weiter wurde mir mein Sein und immer mehr spürte ich, wie alle diese Lieder auf einem gemeinsamen, ganz tiefen Ton aufbauten und wie sie von dort ihre Nahrung holten. In diesem vielstimmigen Chor war alles auf den gleichen Grundton abgestimmt. Er trug alles, das komplexeste Klanggebäude genauso wie das einfache Lied eines Vogels.
Ich erinnerte mich an unseren Organisten, der einmal erklärt hatte, dass die gute Orgel davon lebt, dass sie einen Subbass hat, einen großer Kasten, der als Orgelpfeife angeblasen wird. Wenn er alleine klang, konnte man keinen Ton hören, sondern nur eine Art Vibrieren. Aber wenn mit dem Subbass gespielt wurde, gewann das Spiel eine Tiefe und Weite, die es ohne den Subbass nicht hatte. So ähnlich war es hier in der lauen Nacht.
„Alles kommt vom einen“, sagte Robert.
„Es ist offensichtlich eine Urschwingung in allem“, ergänzte Karl. „Vielleicht ist es der Ausdruck des Einen, aus dem die ganze Schöpfung stammt, das in dem Vielen schwingt?“
Wir konnten nicht sagen, wie lange wir zuhörten. Es war sehr spät, als wir schließlich ins Bett gingen.
Nach dem Frühstück am nächsten Morgen saßen wir wieder wie gewohnt vor unserem Haus. Wir hatten immer noch nichts zu tun. Es war einfach friedlich, nichts geschah. Wir blieben friedlich, eine erstaunliche Sache. Wir waren verwandelt. Aggressionen waren, schien es, zum Fremdwort geworden. Die Klangsymphonie hatte sich in uns verfestigt.
„Ich spüre, wie mein Selbstbewusstsein seit gestern Nacht gewachsen ist“, sagte ich. „Es ist, als ob die Töne meine Kleinheit mitgenommen hätten. Ich weiß jetzt, dass ich nicht nur ein Teil der ganzen Schöpfung bin, sondern dass ich für sie wichtig bin und dass ich einen Platz darin habe, den kein anderer ausfüllen kann. Das gibt mir eine Sicherheit, die neu ist.
„Ich habe Ähnliches geträumt“, meine Robert versonnen. „So sollte das Leben bleiben, so ohne die Egoismen und ohne die Notwendigkeit, Macht zu erhaschen, die ich gar nicht brauche, weil ich doch meine eigene Macht habe.“
„Ich bin mächtig, so wie ich bin“, meinte Karl zufrieden. „So kann ich gut leben. So kann ich euch sein lassen und mit euch zusammen sein auf einer Ebene, die ganz weit ist. Aber so will ich auch auf der Erde leben. Ich denke, es geht, wenn wir alles von innen nach außen strahlen lassen.“ Wir blieben lange still.

„Ich würde doch ganz gerne wissen, ob die hier Kontakt zur Erde herstellen können“, sagte ich schließlich.
„Warum sollten sie es nicht können?“, fragte Robert. „Wie wir bisher erfahren haben, ist ihnen nichts unmöglich, zumindest was die Technik anbelangt. Wir können es ja einmal in einem dieser Häuser auf dem Markt probieren.“
Wir machten uns auf und natürlich waren wir schon dort, bevor wir auch nur den Gedanken richtig fixiert hatten. Wie bei unserem ersten Besuch waren alle möglichen Leute unterwegs, aber immer noch kümmerte sich niemand um uns. Wir schlenderten zum Haus der Information, zur ersten Ebene. Es war ein schlichter Bau mit einem Säulengang davor und auf dem hellgelben Anstrich waren zarte Pflanzenmuster zu sehen, die sich langsam veränderten.
Auf der ersten Ebene war der Eingang zu einem großen Raum. An den Wänden waren eine Reihe Konsolen mit vielen Schaltern und Knöpfen. Darüber war die Wand in größere Flächen abgeteilt.
„Aha, Fernsehen“, sagte ich, vor einer der Konsolen stehend. „Ich denke, es funktioniert wie alles andere hier auf Befehl. Planet Erde“, sagte ich, „Anden, 5005er.“
Der Bildschirm leuchtete auf und aus einer Höhe von vielleicht 1000 Metern über dem Gipfel schauten wir auf unseren nun doch bestiegenen 5005er.
„Geh' doch mal an den Gletscherbruch heran“, sagte Karl.
Ich wusste nicht wie, aber er kam mir zu Hilfe. Er drehte an einigen Schaltern, drückte Knöpfe und schon änderte sich der Bildausschnitt und wir fuhren wie in einem Hubschrauber über den Gletscher hinab zum Bruch. Es war in der Tat unser Gletscher.
„Schau mal, ob unser Lkw noch da ist“, sagte Robert.
Karl erfüllte ihm den Wunsch, und wirklich, hinter dem Felsen stand treu und brav unser Lkw und wartete auf uns.
„Das ist toll!“, rief Robert. „Schau mal, ob die Kugelgarage da ist.“ Karl fuhr wieder am Felshang hinauf, und da war die graue Wand. „Und jetzt hinein!“, rief Robert.
Karl zögerte, meinte, es ginge nicht. Aber er probierte es schließlich und dann konnte er hineinzoomen. Es war wie bei unserem Abflug. Alles war unverändert, nur die Kugel war nicht mehr da.
„Unglaublich!“, entfuhr es uns. Gebannt starrten wir auf die leere Felswand auf der Rückseite der Kugelgarage. Es gab gar nichts Besonderes zu sehen. Aber für uns war es unglaublich, von diesem Planeten hier, weit weg von unserer Sonne, sich beliebig auf der Erde umsehen zu können, selbst in geschlossenen Räumen!
„Zum Titicacasee!“, rief Robert schließlich ein wenig heiser vor Aufregung. Karl konnte gar nicht so schnell an den Knöpfen drehen, wie wir zum Titicacasee reisten. Schon schwebten wir über dieser einmaligen Landschaft.
„Die Knöpfe sind eigentlich nur zur Feinabstimmung und zum Zoomen da“, sagte Karl wie zu sich selbst.

Schweigend hingen wir an dem Bildschirm, der uns, so wie Karl an seinen Knöpfen drehte, die Landschaft zeigte. Karl flog weiter nach Macchupicchu. Der Kegelberg kam in Sicht mit den Ruinen darauf. Wir konnten Menschen sehen, die herumgingen, und ihnen zuhören.
„Unglaublich!“, sagte Robert ein aufs andere Mal.
„So einfach können wir reisen“, lachte eine glockenhelle Stimme hinter uns.
Wir fuhren herum. Da standen sie, unsere drei Freundinnen, und lachten uns an. Wir starrten sie ungläubig an. Dann fielen wir ihnen in die Arme. Es war eine Begrüßung, wie wenn wir uns Jahre nicht gesehen hätten, ein tief bewegendes Wiedersehen.
„Die erste Rundreise haben wir beendet“, sagte Ülük. „Willkommen hier! Jetzt seid ihr angekommen. Jetzt können wir euch unsere Welt zeigen und ihre Geheimnisse, die eigentlich keine sind. Da freuen wir uns schon darauf.“
„Wir sind euch sehr dankbar für das, was wir erlebt haben“, sagte ich schließlich, „auch wenn es kein Zuckerschlecken war.“
„Was ist Zuckerschlecken?“, fragte mich Alasa. Ich nahm langsam ihren Kopf in meine Hände, schaute ihr tief in die Augen und küsste sie lange. „Das ist Zuckerschlecken“, sagte ich danach. Sie lächelte.
„Wir haben vorher gewusst, wie ihr seid“, lachte Geratl, „so war es keine Überraschung, wie ihr euch verhalten habt. Und doch hat es uns getroffen. Wir sind solche Gefühlsausbrüche wirklich nicht gewöhnt. Aber das ist jetzt überstanden. Ich hätte auch ganz gerne noch etwas von eurem Brot und eurem Schinken gegessen. Aber ihr habt uns ja schon die Freude damit gemacht, bei eurer Ankunft uns mit euren Speisen zu bewirten. Jetzt kommt Neues.“
Wir gingen nach draußen, standen auf dem Platz und freuten uns aneinander.

Die Aussicht

„Wir wollen euch zur Aussicht entführen“, sagte Alasa. „Sie ist für jeden Besucher unseres Planeten eine Sehenswürdigkeit.“
Sie nahmen uns bei der Hand und wir gingen nach draußen. Der Platz verschwand vor unseren Augen. Wir standen auf einer Ebene mitten in einem botanischen Garten - überall blühte es. In allen Farben leuchteten die Bäume. Sie hatten die gleichen großen Blütendolden, die wir auch schon an Bäumen in unserem Park gesehen hatten. Hier waren sie nur in einer größeren Vielzahl und Blütenpracht zu bewundern. Es gab auch Bäume mit Blütenkerzen, nach oben gerichtet und in allen möglichen Farben. Einige hatten Blütentrompeten, die direkt auf den Ästen saßen. Vögel, so bunt wie unsere Paradiesvögel, schwirrten von Blüte zu Blüte. Sie konnten wie Kolibris in der Luft stehen bleiben, wenn sie den Nektar tranken.
Es zwitscherte und tirilierte. Große Schmetterlinge taumelten dazwischen durch die Luft und die verschiedensten Tiere spazierten durch dieses Reich der Farben und Düfte. Wir taten es ihnen gleich. Fröhlich erzählten wir von unseren Erlebnissen mit den Aggressionen, als wären es angenehme Spaziergänge gewesen. Wir waren ja so froh, mit diesen liebenswerten Menschen wieder zusammen zu sein. Nach vielleicht zehn Minuten kamen wir an den Fuß eines Berges, den wir von weitem schon ausgemacht hatten.
„Jetzt geht es zur Aussicht“, sagte Geratl. „Damit wir alles gut sehen können, ist hier eine Plattform, die uns nach oben tragen wird.“
Sie stieg ein paar Stufen hoch auf ein Podest mit einem Handlauf. Als wir alle dort standen, begann das Podest nach oben zu schweben. Langsam ging es an der Flanke des Berges hoch. Ohne sichtbare Führung oder Stütze schwebten wir durch die Luft, die steile Bergwand hoch.
Die Landschaft entfaltete sich vor uns. Der botanische Garten gewann an Ausdehnung. Er grenzte ans Meer. Dort waren Strand und badende Menschen zu sehen. Schräg davor waren Häuseransammlungen. Es war das erste Mal, dass wir so viele Häuser sahen. Die Häuser standen recht eng beieinander und waren ineinander verschachtelt und übereinander getürmt.
„Dort ist unser Schulzentrum“, erklärte Ülük.
Zur anderen Seite hin dehnten sich lange flache Gebäude, die sich wie Stäbe in die Landschaft erstreckten.
„Hier entstehen alle Güter, die wir zum Leben benötigen“, sagte sie weiter. „Es sind sozusagen Fabriken. Aber sie sind ganz anders als jene, die ihr kennt.“
Wir stiegen immer höher an dem Berg hoch. „Dort in der Ferne, ein wenig hinter dieser Bergflanke, ist die Künstlerstadt“, sagte sie. „Dort werden unsere Ideen aufgenommen und zu Gegenständen umgesetzt. Wir entwerfen die Gegenstände des täglichen Gebrauchs häufig neu. Aus den Erstmustern, die von den Künstlern nach unseren Vorstellungen geformt werden, werden in den Fabriken

die Serien gemacht. Wir haben immer Abwechslung in allem, was uns umgibt. Ihr habt es vielleicht noch nicht so bemerkt, aber es wird immer wieder etwas ausgetauscht. Das geht ganz von alleine."
„Das war es!, rief Karl aus. „Heute Morgen habe ich mich gewundert, dass die Löffel in der Schublade etwas anders aussahen als gestern."
Geratl schmunzelte: „Dir entgeht so leicht nichts!"
Unsere Plattform war am Gipfel angekommen. Dort stand ein größeres Haus.
„Es ist die Aussicht", sagte Ülük.
Wir gingen hinein. Wie auch an vielen Aussichtspunkten auf der Erde drehte es sich langsam um seine eigene Achse. Wir gingen in einen der vielen Räume mit einer ganzen Wand als Fensterfront. Wir sahen auf das Felsmassiv, das sich, Felsenkamm um Felsenkamm, im Dunst der Ferne verlief.
„Hier ist ein Ort zum Träumen, Denken, und Miteinander-Sprechen", sagte Ülük. „Das Gebirge lässt das eigene Leben sich entfernen und doch kann ich die Welt mit den Augen wieder nahe herbeiholen."
Ihre Ausdrucksweise hatte sich verändert. Sie wirkte etwas abwesend.
„Ich verliere mich in den Bergen", sagte sie schließlich nach einer Weile. „Sie lassen mich verschwimmen. Ich gerate ins Träumen." Sie setzte sich so, dass sie die ganze Bergkette voll im Blick hatte. Uns schien, dass ihr Körper wie eine leere Hülle wirkte.
„Sie ist für die Berge sehr empfänglich. Es dauert eine Weile, bis sie wieder zurückkommt", sagte Alasa. „Ich will die Zeit nutzen, euch den Ursprung unserer Technik zu erklären. Dann werdet ihr auch leichter verstehen, wie es möglich ist, auf dem Bildschirm über eure Erde zu spazieren. Es ist ganz einfach. Raum und Zeit gibt es nicht." Sie machte eine Pause, als sie unsere verblüfften Gesichter sah.
„Ja, so ist es. Raum und Zeit sind Dehnfaktoren, die keine eigene absolute Qualität haben. Real und absolut vorhanden ist das EINE, das sich beliebig in Gegensatzpaare aufspalten kann. Wären nun Raum und Zeit nicht gegeben, würde sich diese Aufspaltung sofort aufheben und das Resultat wäre der Ausgangspunkt, das EINE."
„Wenn es aus dem Nichts aufblitzt und sofort wieder verschwindet, dann ist das ein neues Gegensatzpaar, das von Raum und Zeit nicht eingefangen wurde und so kehrt es zu seinem Ursprung zurück."
„Wenn Raum und Zeit ein solches Gegensatzpaar einfangen, treten sie als Dehnfaktoren auf. Sie schieben sich zwischen die beiden Teile eines Gegensatzpaares und trennen sie voneinander. Dann können sich diese nicht mehr sofort in das EINE auflösen. Der Raum trennt sie, oder die Zeit, oder beide tun es. Je weiter der Raum und je größer die Zeit sind, die dazwischen treten, um so größer ist die Lebensdauer dieses Gegensatzpaares. Nehme ich ein Gegensatzpaar aus Raum und Zeit wieder heraus, wird es sich augenblicklich im EINEN auflösen und dabei seine Energie als Lichtblitz abgeben."

„Das Bewusstsein ist das Instrument, das dies kann, die Gegensatzpaare wieder zusammenfügen. So steht es über Raum und Zeit und so gibt es im erwachten Bewusstsein Gleichzeitigkeit und Gleichräumigkeit. Also gibt es für dieses Bewusstsein weder Raum noch Zeit. Es kann Dinge und Ereignisse aus Raum und Zeit entfernen, dann sind sie nicht mehr vorhanden, oder es kann sie in Raum und Zeit einbringen, dann entstehen sie. So ist das Bewusstsein die schöpferische Macht, die den Menschen gegeben ist. Es wird ihnen von Anfang an immer so gesagt. Aber die allermeisten Menschen haben es vergessen, dieses Bewusstsein. Sie müssen es wieder lernen, ihr Bewusstsein wach zu machen, um so zu leben, wie es Menschen von ihrem Geburtsrecht her zukommt."
Wir hatten gebannt zugehört. Wir wurden unruhig. Es war zu viel auf einmal.
„Du meinst", sagte Karl, „dass die Kugel zum Beispiel über die Technik verfügt, das von einem erwachten Bewusstsein Gewollte in Raum und Zeit hineinzubringen, umzusetzen oder zu entfernen?"
„Genauso ist es", sagte Alasa. „Die Kugel ruht in Raum und Zeit. Sie hat eigentlich keine Ausdehnung, weder in Raum noch in Zeit. So ist sie eigentlich ein Punkt. Aus der Sicht des gestaltenden Bewusstseins jedoch ist sie in der gewünschten Form vorhanden. Aber sie ist damit immer noch nicht den normalen Gesetzen der Natur unterworfen. Sie steht außerhalb."
„Wenn ich meinen Willen äußere, gehorcht die Kugel und setzt diesen Willen um. So kann die Kugel euch hierherbringen über Lichtjahrtausende hinweg, in einem Sekundenbruchteil, genauer gesagt sofort. Aber weil ihr an Raum und Zeit gebunden seid, noch gebunden seid, hat die Kugel euch die Zeit verstreichen lassen, damit ihr in eurem Bewusstsein nicht auseinander fielt." Sie lachte über unsere dummen Gesichter.
„Alle Dinge auf eurer Erde sind Gegenstände, die Raum und Zeit unterworfen sind, weil dies dem Entwicklungsstand der Erde entspricht. Deshalb braucht ihr Raum und Zeit, um sie umzuformen und das daraus zu machen, was ihr haben wollt. Das kostet euch Kraft und Energie, denn die in Raum und Zeit gebundenen Gegenstände sind träge geworden. Die Menschen verfügen durch diese Bindung, bis auf ganz wenige Ausnahmen, noch nicht über ein erwachtes Bewusstsein. So sind sie nicht in der Lage, über den Dehnfaktoren zu stehen und zu materialisieren, was sie sich wünschen."
„Aus eurer Sicht sind alle Gegenstände, die ganze Materie und natürlich auch alle Ereignisse, die damit verbunden sind, beständig. Es gibt für euch die Materie in Gegenwart, Vergangenheit und Zukunft. Ihr seid Träumer in einer Welt des Gestaltens und Werdens. Die wenigen, ganz wenigen Menschen jedoch, die über ein erwachtes Bewusstsein verfügen, träumen nicht mehr. Sie haben die Macht über Raum und Zeit erfahren. Sie haben die Fähigkeit wieder erworben, Dinge und Ereignisse nach Belieben kommen und gehen zu lassen. Für sie existieren Raum und Zeit nicht und sie sehen Dinge und Ereignisse als ´Spiel des EINEN, in dem sie Mitspieler sind."

Stille senkte sich auf uns. Wir waren in unseren Gedanken verloren. Ich schaute verträumt auf das herrliche Bergpanorama vor uns, das sich langsam durch das Drehen des Hauses veränderte.
War unsere Physik, die wir gelernt hatten, falsch? Galten die Quantenmechanik und Einsteins Relativitätstheorie gar nicht? Waren wir völlig auf dem falschen Dampfer?
„Eure Physik ist wohl richtig“, sagte wieder Alasa, als ob sie meine Gedanken gelesen hätte. „Aber sie ist nur ein Spezialgebiet, eingebettet in eine übergreifende Physik. So wie die Newtonsche Mechanik ein Teilbereich der Quantenmechanik ist.“ Sie kannte sich gut aus, das musste ich ihr lassen.
„Wenn Raum und Zeit als reale Größen angenommen werden und wenn ich von der Lichtgeschwindigkeit abweichende geringere Geschwindigkeiten annehme, dann habe ich die Basis für eure Physik geschaffen“, sprach sie weiter.
„Eure Physik setzt das Vorhandensein isolierter Hälften von Gegensatzpaaren voraus. Dann gilt sie. Dann sind wir im Bereich der Träume, des Werdens und Vergehens in der Zeit. Dann haben wir Vergangenheit, Gegenwart und Zukunft. Aber es sind euren Physikern auch schon Experimente gelungen, die über diese Begrenzungen ihrer Physik hinausgehen. Sie haben gegensätzliche Teilchen zusammentreffen lassen und erlebt, wie sie sich in einem Lichtblitz aufgelöst haben.“
"Du willst mit dieser komplizierten Erklärung eigentlich nur sagen, dass ihr herausgefunden habt, wie es geht, wenn man über Raum und Zeit steht und wie sich das leben lässt“, sagte Robert.
„Genau, Robert“, sagte Geratl. „Einfach gesagt können wir Raum und Zeit so gestalten, wie wir es wollen und wir erhalten dann als Ergebnis die Dinge und Ereignisse, die unserem Wollen entsprechen. Sie bleiben so lange in Raum und Zeit vorhanden, wie wir es wollen, und sie lösen sich auf, wenn wir es ihnen sagen.“
„Wenn du sagst: Zum Meer! (Und ihr habt gestern viel Spass im Wasser gehabt)“ - lächelte sie verschmitzt - „dann geschieht genau das. Dein Körper huscht aus Raum und Zeit heraus, dein Bewusstsein gibt einen neuen Ort und eine entsprechende Zeit vor und dort materialisierst du dich wieder, ohne dass du davon etwas merkst. Oder es kann auch anders herum gehen: Dein Körper bleibt wo er ist und deine Umgebung materialisiert sich um.“
Sie lachte, als wir noch verwirrter blickten.
„Probier' es aus“, sagte sie. „Ich habe vom vielen Sprechen Durst bekommen.“
Erwartungsvoll schaute sie Robert an. Er blickte ratlos zurück, schaute in unsere Runde, wollte sich Hilfe holen. Aber wir warteten gespannt, was nun geschehen sollte. Wir waren genauso ratlos wie er. Auf einmal zuckte es um Roberts Mundwinkel. Ein Erkennen huschte über sein Gesicht. Er lachte. Er bog sich vor Lachen, was Karl und ich nun wirklich deplatziert fanden.

Plötzlich stand da ein dreibeiniges Nierentischchen - Design der 50er Jahre - vor uns nahe an der Glaswand. Darauf waren sechs Gläser mit Orangensaft. Wir waren verblüfft.
„Du hast eine gute Auffassungsgabe, Robert“, meinte Geratl, stolz auf ihren Musterschüler. „Du hast in der Schule gerne Orangensaft getrunken?“
„Genau“, sagte er. „Damals war er eine Kostbarkeit und da dachte ich, er wäre heute für uns alle gut. Und wirklich, ich habe es geschafft. Ich habe Raum und Zeit überlistet!“ Er konnte sich schon freuen, Karl und ich waren noch nicht so weit.
Wir tranken erst einmal von dem Saft, dann konnte Karl seine Neugier nicht mehr bändigen. „Wo hast du denn den her? Wie bist du da dran gekommen und wie hast du das alles gemacht?“
„Ich weiß es nicht“, war Roberts Antwort. „Ich habe Alasa und Geratl wörtlich genommen. Es ist doch nicht wichtig, woher der Saft und das Tischchen sind. Es ist doch eigentlich nur wichtig, dass er jetzt da ist und uns gut schmeckt. Ich habe ihn hergewollt“, meinte er nun doch etwas kleinlaut. Frag mich nicht, wie es geht. Aber es geht.“
„Ich habe einen Bärenhunger!“, sagte er und blickte Karl herausfordernd an.
Wir warteten gespannt, was nun geschehen würde. Karls Gesicht war zum Gefühls- und Gedankenfilm geworden. Kritik huschte darüber, Sich-veralbert-Fühlen. Heftiges Überlegen folgte. Zweifel lösten es ab. Resignation machte sich breit bis zu den Ohren. Übermut und weiteres Nachdenken folgten. Schließlich gab er seinen Widerstand gegen diese für seine naturwissenschaftlich geformte Seele unmögliche Physik auf. Ein Grinsen folgte - und dann stand neben dem Nierentischchen ein solider Bauerntisch mit 6 Stühlen, mit einer rot karierten Tischdecke, ein paar Blumen, einfachen Tellern und Bierkrügen. In der Mitte lag ein großer Laib Brot, und auf einem Holzbrett waren geräucherter Speck und Käse angerichtet.
Wir klatschten Beifall. Der Duft von Speck und Käse hatte sogar Ülük aus der Betrachtung der Berge zurückgeholt.
„Tut mir leid, Helge“, sagte Karl scheinbar verlegen. „In all der Aufregung habe ich es nicht fertiggebracht, auf den Käse zu verzichten. Er gehört halt zu einem Älplerfrühstück dazu. Wenn wir Berge vor uns haben, ist ein solches zünftiges Essen gerade richtig.“
„Ich weiß, ich weiß“, sagte ich. „Bei euch werde ich doch noch einmal zum Käseesser.“
Aber dann machte ich ein ernstes Gesicht, fletschte die Zähne, rollte die Augen, deutete mit magischen Gesten auf den Tisch - und der Käse war weg. Dafür war eine große Schale mit Obst da.
„Ich habe ihn weggewollt, den Käse“, sagte ich einfach. „Jetzt sitzt er in der Einheit und wartet darauf, von euch in kleinen Portiönchen abgeholt zu werden.“
Sie waren zuerst überrascht, dann lachten wir alle über den Scherz. Wir hatten die Lektion begriffen. Auch uns war es möglich, über Raum und Zeit zu

verfügen. Es war einfach. Wir ließen uns Bier und Speck, Obst und portionsweise den Käse schmecken.
Wir hatten nicht nur das Tischlein-Deck-Dich wieder gefunden. Wir spürten, dass wir viel mehr, sehr viel mehr gelernt hatten. Unser fröhliches Materialisieren und Entmaterialisieren war unterlegt von tiefer Ehrfurcht vor der Gestaltung dieses Kosmos und vor der Größe des Bewusstseins. Was wir wieder entdeckt hatten und was uns Alasa erläutert hatte, war nicht nur ein neues Weltbild. Uns schien, wir hatten wie Kolumbus Amerika - etwas, das er sich in seinen kühnsten Träumen nicht hätte vorstellen können - eine völlig andere Lebensweise entdeckt. Unsere bisherige Gewohnheit, das Leben auf der Erde zu betrachten, war zu einem Häufchen Teilerfahrung zusammengesunken. Es gab es noch, aber es war angesichts dieser uns hier gezeigten Möglichkeiten nur ein Teil des Lebens.
Die Fähigkeit, mit Raum und Zeit gestaltend, wollend umzugehen, hatte lustige Züge, wenn wir sie mit Orangensaft und Brotzeit ausprobierten. Aber uns war bewusst, dass sehr viel mehr damit verbunden war, als wir im Augenblick der Entdeckung ahnen konnten.
Geratl meinte: „Könnt ihr euch vorstellen, was diese Fähigkeit bedeuten würde, wenn sie einem von Ego und Macht besessenen Menschen gegeben wäre? Was würde ein solcher Mensch anrichten können, und welches Leid würde er schaffen? Es wäre die schlimmste Diktatur, die man sich nur denken kann. Es würde die Schöpfung zerstören."
„So ist es zu verstehen, dass diese Fähigkeit erst wieder ans Licht des Tages tritt, wenn das Ego aufgelöst ist und die Macht aus dem Menschen ausgezogen ist. Erst wenn ein Mensch aus dem Netzwerk der Macht ausgestiegen ist, wenn er die Verstrickungen der Macht leidvoll an sich erfahren hat, sie begriffen und sich von ihnen gelöst hat, wird er innerlich so frei und so friedlich sein können, dass er über Raum und Zeit verfügen kann."
„Eure Geschichten vom Teufel und den gefallenen Engeln enthalten diese Weisheit. Es ist eine in ihrem Kern wahre Geschichte von Menschen, die die Fähigkeit, über Raum und Zeit zu verfügen, noch nicht verlernt hatten, aber der Versuchung der Macht nicht mehr widerstehen konnten. Die Idee, zum Herrscher des Kosmos zu werden, trieb sie an."
„Aber dieser Kosmos ist so eingerichtet, dass die Versuchung nicht zur Realität werden kann. Diese Menschen fielen aus dem Bewusstsein heraus und müssen wieder mühsam lernen, sich ihres Egos und der Macht bewusst zu werden und sie dann abgeben. Am Ende dieses Wegs werden sie wieder der alten Fähigkeiten würdig sein. Ich denke, es ist genug der Theorie. Jetzt wollen wir Raum und Zeit genießen."
Alasa führte uns aus dem Haus heraus. Auf der dem Podest, das uns nach oben gebracht hatte, gegenüberliegenden Seite war der Bergrücken zu einem breiten Weg abgeflacht worden. An seinen Seiten war in jeweils etwa 5o Metern Abstand eine Aussparung im Geländer, und dort war dann wieder eine ähnliche

Plattform wie die, die uns hergebracht hatte. Es waren auf beiden Seiten des Weges jeweils fünf solcher Plattformen angeordnet.
Wir verteilten uns. Je ein Pärchen stieg auf eine Plattform.
„Wir fliegen jetzt durch das Gebirge“, sagte Alasa, als wir auf unserer Plattform standen. „Ich freue mich auf deine Entdeckungsreise“, sagte sie, an mich geschmiegt.
Ich schaute etwas erstaunt, dann sagte ich: „Ich weiß doch nicht, wo es hingehen soll. Ich soll Flugkapitän sein und Führer und das in einem unbekannten Gebiet?“
Sie gab mir einen Kuss. „Du schaffst das“, sagte sie. „Fang an.“ Sie hielt mich umarmt und wartete.
Ich dachte mir, es wäre am einfachsten, wenn ich uns wie auf einem Schiff nach Längen- und Breitengrad und Kilometer-Entfernung ausrichten würde. Es ging. Wir bewegten uns auf die nächste Bergspitze zu, unter uns eine Schlucht, in der ein Bach in großen Kaskaden zu Tal rauschte. Die Wände der Schlucht waren aus blauglänzendem Basalt. Die weiße Gischt des Wassers war das einzige belebende Element in dieser kalten Atmosphäre. Sie übte auf mich einen großen Reiz aus. So einfach darüber zu schweben, ohne jegliche Gefahr, war erregend.
Da kam mir die Idee, doch einmal zu versuchen, Raum und Zeit als Dehnungsfaktoren zu ändern und nachzusehen, wie diese Gebirgsbildung vonstatten gegangen war. Ich dachte: „vor zehn Millionen Jahren.“
Die Bergspitze, die wir fast erreicht hatten, die Flanken des Berges und die Basaltschlucht zusammen mit der ganzen Landschaft begannen sich zu bewegen. Wie wenn ein Künstler aus Lehm Berge und Täler formt, so begann sich die Landschaft zu verändern. Erst wuchs sie nach oben und hob uns mit hoch. Dann begann sie in mehreren Schüben flacher zu werden.
Ich dachte: „200 Millionen Jahre zurück“, und der Berg verschwand in noch größerer Geschwindigkeit unter uns. Er löste sich im Umland auf und Wasser tauchte auf. Aus dem Berg war ein Teil des Meeres geworden.
Alasa hielt sich immer noch an mir fest. Sie sah mit erstaunten Augen zu, wie sich ihre Welt veränderte. Dann verstand sie und schmunzelte: „Du bist aber schnell im Experimentieren. Wo sind wir denn jetzt?“
„Vor 200 Millionen Jahren“, sagte ich, „da war hier ein Meer, wie es scheint. Sollen wir landen?“
„Ich habe jetzt keine Lust zu baden“, sagte Alasa. „Ich möchte mit dir etwas anderes machen. Lass uns zurückkehren.“
Ich dachte: „210 Millionen Jahre voraus“ und in rascher Folge änderte sich die Landschaft zurück zu dem Bergmassiv, das wir ursprünglich besucht hatten.
Dann bat ich Alasa, uns zu einem Plätzchen zu bringen, das ihr gefallen würde. Die Plattform schwebte in die Schlucht hinunter, nicht weit, da wurde in den Basaltfelsen eine Höhle sichtbar, der Eingang der Sonne zugewandt. Dort ließ Alasa die Plattform halten. „Komm“, sagte sie, nahm mich bei der Hand und wir gingen in die Höhle.

Alasa ließ die Höhle beleuchten. Nach etwa 200 Metern im Fels änderte sich das Gestein. Wir kamen an den Rand des Basalts und nach einigen Metern Übergang weitete sich die Höhle. Die verschiedenen alten Gesteinsformen waren sichtbar. Aber was viel schöner war: überall funkelten Kristalle. Wir waren in eine Bruchzone gekommen, in der über Millionen von Jahre hinweg die Kristalle wachsen konnten. In dem von Alasa hergezauberten Licht funkelten die Felswände wie mit Diamanten übersät.

„Herrlich", rief ich begeistert. „Woher weißt du, dass ich Kristalle und Edelsteine so mag?"

Alasa lächelte. „Ich weiß sehr viel von dir, du bist mir sehr vertraut." Sie legte die Arme um meinen Hals. Ich spürte, wie sie sich an mich schmiegte, und mein Herz lief über. Wir küssten uns, wir hielten uns zärtlich umfangen. Wir waren Prinz und Prinzessin in einem Kristall-palast.

Ich spürte eine solche Nähe und Vertrautheit zu ihr, als ob sie schon immer mein Leben mit mir geteilt hätte. Wir brauchten nicht viel zu sagen, um dem anderen mitzuteilen, was uns bewegte.

Langsam ging ich an den Felswänden entlang. Dann entdeckte ich einen etwa fingerlangen, grünlichen Kristall, der aus der Wand ragte. Es war ein Smaragd, der so weit aus der Wand herausstand, dass ich ihn mit den bloßen Händen abbrechen konnte. Ich schenkte ihn Alasa.

„Das grüne Licht ergänzt deine Augen", sagte ich.

Sie machte ein Loch durch den Kristall. Dann hatte sie ein Goldkettchen in der Hand, fädelte den Smaragd auf und band sich die Kette um den Hals. Ich staunte, bis mir wieder bewusst wurde, dass sie ja, wie ich, über die Fähigkeit der Veränderung der Materie verfügte. Da war es gar nicht so schwer, ohne Gerät einen Smaragd zu durchbohren und eine Goldkette herbeizubringen.

Wir gingen zurück zum Höhleneingang. Dort waren auf einmal viele Kissen auf dem Boden. Wir machten es uns bequem. Die Sonne schien warm. Ich hatte Alasa im Arm und ich träumte vor mich hin. Welch ein schönes, ruhiges, sorgloses Leben!

Nach einer Weile war mir nach Abwechslung zumute. Ich bat Alasa auf die Plattform. Sie schwebte mit uns in die Schlucht hinunter. Vor einer der Wasserkaskaden des Baches machte ich halt. Es war ein frischer Wind, der mit dem Wasser den Berg hinunterfuhr. Es war kühl. Bevor Alasa noch etwas sagen konnte, machte die Plattform eine rasche Bewegung nach vorne, mitten unter die Kaskade. Wir wurden überschüttet von dem klaren, kalten Wasser. Wir prusteten. Wir waren ganz betäubt von dem Schwall. Dann, nach wenigen Minuten, war die Plattform wieder vor der Kaskade.

„Was ist das für ein Spass!", rief ich aus, hielt Alasa in den Armen und küsste sie stürmisch. Die Kleider klebten an der Haut. Zum ersten Mal konnte ich ahnen, dass Alasa einen sehr weiblichen Körper hatte. Sie lachte nun auch, nachdem sie es zuerst nicht als meinen besten Spass empfunden hatte.

„Noch mal!“, rief sie da - und schon war die Plattform wieder unter dem Wasserschwall. Wir mussten uns an der Reling der Plattform gut festhalten, um die Wucht des Wassers aushalten zu können, aber als wir uns daran gewöhnt hatten, hielten wir die Hände hoch, dass das Wasser so richtig am Körper entlangrauschen konnte.
Es war genug. Wir ließen die Plattform zurück nach oben und zum Höhleneingang gleiten. Alasa ließ uns trocknen. Sie hatte auf einmal andere Kleider an, ein leichtes, sehr kurzes, sehr weites hellrotes Kleid, das in vielen Falten vom Hals nach allen Seiten herabfiel. Sie war schön. Wir lagen auf den Polstern, ließen uns von der Sonne wärmen und spürten einander. Stille. Das leise Rauschen des Baches in der Schlucht, ein Vogel ab und zu, ein paar Wolken, die träge über den Himmel zogen.
„Du hast schnell gelernt, Helge“, sagte Alasa, verträumt den Smaragd in den Fingern drehend. „Solch kraftvolles Denken ist den meisten Menschen hier fremd geworden. Wer wäre von uns auf den Gedanken gekommen, einen Kristall abzubrechen oder unter einen kalten Bach zu fliegen? Aber es ist schön, das liebe ich an dir, dieses Irdische, das du mitgebracht hast.“
Ich lachte. „Es freut mich“, sagte ich, „dass du Spass daran hast. Wenn es dir Spass macht, kannst du mehr solcher Überraschungen mit mir erleben, aber beschwere dich dann nicht.“
„Das kann ich mir denken, bei deiner Vergangenheit“, sagte sie.
„Was meinst du damit?“, fragte ich. „Nun“, sagte sie, „ich will dir etwas zeigen. Sie machte den Smaragd vom Hals los und hielt ihn vor uns hin. „Schau hinein“, sagte sie. Ich sah durch den grünen Kristall hindurch die Schlucht und die gegenüberliegende Bergseite, unten den Rand der Höhle und oben ein Stückchen Himmel. Dann sah ich uns im Höhleneingang sitzen, wie wenn ich weiter in der Höhle drin wäre und hinausschauen würde. Wenn ich mich bewegte, bewegte sich auch das Abbild im Kristall. Es war ein Privatkino geworden.
„Schau nur weiter“, sagte Alasa. Ich schaute und dann sah ich wie in einem Zeitraffer, wie wir zu dieser Höhle geflogen kamen, noch nass vom Wasser, wie wir in die Höhle gingen, ich den Smaragd abbrach und ihn Alasa gab, wie wenn wir in die Vergangenheit geflogen wären und wieder zurück.
Dann wurde der Film schneller. Ich sah mein ganzes bisheriges Leben vorbeiziehen, immer weiter zurück, sah mich als Student, als Junge auf dem Fahrrad, als Kind, im Krieg, als Baby in meinem Korb, ich sah meine Geburt.
Aber es ging weiter zurück. Ich sah mich auf einmal als alten Mann auf einer Strohliege. Eine ältere Frau war über mich gebeugt. Es war Alasa, da war ich mir sicher, wie sie mir im Tod die Augen schloss. Dieses Bild erschreckte mich so, dass ich hochfuhr und beinahe in die Schlucht gestürzt wäre.
„Es gibt, wie du gesehen hast“, sagte Alasa, als ich von meiner Benommenheit zurück gekommen war, „Zeit und Raum wirklich nur in unserer Begrenzung. Wir brauchen einige Zeit, bis wir uns daran gewöhnt haben, die Begrenzung nicht mehr zu spüren. Ich wollte dich nicht erschrecken mit diesen Bildern. Ich

wollte dir nur zeigen, wie sehr wir miteinander verbunden sind." Sie strahlte mich an.
„Das Leben eines Lebens ist wie ein Tag im Leben deiner Seele", sagte sie. „Vor diesem Leben waren wir zusammen viele Jahre glücklich miteinander, und auch in vielen andern Leben war es so. Aber vielleicht ist dies doch ein wenig zu viel auf einmal", meinte sie weiter, etwas enttäuscht über meine Zweifel im Gesicht.
„Du meinst, dass wir schon miteinander gelebt haben? Ist das mit dem Smaragd Magie gewesen oder ist es echt?", brachte ich schließlich heraus.
„Ich lüge dir nichts vor", sagte sie. „Es ist wirklich so gewesen, wie du es im Smaragd gesehen hast. Ich bin sicher, du wirst bald so viele Erfahrungen aus deiner Vergangenheit nacherleben, dass du nicht mehr daran zweifeln brauchst."
Ich schwieg. Ich musste nachdenken. Ich brauchte Brot und Speck. Ich musste auf etwas herumkauen. Ich ließ beides kommen und erklärte Alasa, dass ich immer bei schwierigen Problemen auf etwas herumkauen müsste. Wir aßen. Wir schwiegen.
Es war ja wirklich so. Sie war mir von Anfang an als die Interessanteste von den Dreien vorgekommen. Sie war die Schönste, dachte ich, und sie war mir sehr vertraut, was ja wirklich seltsam ist, eigentlich von Tag zu Tag mehr. Sicher, das war leichter zu erklären, wenn ich mir vorstellte, dass wir schon öfter miteinander gelebt hatten.
Wir drei Männer hatten auf diesem Planeten schon viele Erfahrungen gemacht, die alle unser normales Vorstellungsvermögen überschritten. So konnte es ja auch möglich sein, dass dies stimmte, was ich soeben gesehen hatte: dass wir schon öfters miteinander gelebt hatten und dass das jetzige Leben nicht das einzige war.
„Kann man das prüfen, das mit den Vorleben?", fragte ich Alasa.
„Wenn du willst, können wir es gerne tun. Unsere Plattform hat ihre eigene Raum-Zeit-Struktur, die jetzt auf uns eingestellt ist. Deshalb hast du auch noch niemand sonst hier herumfliegen sehen", sagte sie weiter.
Ich stutzte. Es war mir noch gar nicht aufgefallen. Ich war so auf Alasa konzentriert gewesen, dass ich an andere gar nicht gedacht hatte. Als ich das sagte, war sie sehr geschmeichelt.
„Bin ich dir so wichtig?"
„Ja, sicher", sagte ich, „wie kannst du nur fragen?"
Es war so herausgeplatzt. Also kannte ich sie doch schon? Ich war zumindest über beide Ohren in sie verliebt. Nach einem schrägen Blick aus den Augenwinkeln und einem leichten Schmunzeln brachte mich Alasa auf das alte Thema zurück.
„Du musst dich nur auf dein Bewusstsein verlassen", sagte Alasa. „Die Plattform hat sich darauf eingestellt. So schafft sie, was immer dein Bewusstsein will, auch wenn wir jetzt gerade nicht darauf stehen, sondern etwas entfernt von ihr hier auf dem Boden sitzen. Wir sind jetzt in unserer eigenen Welt. Sie ist von der Welt der anderen Menschen, aller anderen, sei es von diesem Planeten oder

von sonst woher, getrennt. Es gibt, solange wir dies beide wollen, nur dich und mich und sonst niemanden."
„Das ist ja herrlich", rief ich aus. „Jetzt kann ich machen, was ich will und du bist immer bei mir!"
„Ja, das schon, aber es hat auch seine Grenzen. Ich bin immer noch ein eigenes Wesen und ich kann mich auch von dir trennen, wenn mir das, was du willst, nicht gefällt."
„Bitte nicht", rief ich aus, raufte mir die Haare und tat ganz verzweifelt. „Jetzt, wo ich dich gefunden habe, will ich dich nicht mehr verlieren, niemals mehr!"
Sie beruhigte mich. Sie wollte ja gar nicht weg. Sie wollte mir nur zeigen, was wir miteinander schon erlebt hatten. Sie nahm mich in ihre Arme und tröstete mich. Sie tröstete sehr gut.
„Wir haben diesen Berg, DIE AUSSICHT genannt, nicht alleine, weil man von hier oben wirklich eine schöne Aussicht hat, sondern weil die Plattformen so gestaltet wurden, dass sie die Aussicht auf das eigene Leben geben können." Das alles erklärte sie mir. Dann ließ sie mich wieder in den Smaragd schauen.
Ich sah nun ihre Welt. Zum ersten Mal erlaubte sie mir, sie zu ihrem Haus zu begleiten. Ich sah, wie sie wohnte und mit wem sie sich traf. Ich sah sie als junges Mädchen - frech und spitzbübisch schaute sie in die Welt - , sah sie als Baby in einer an der Decke aufgehängten Wiege liegen, und dann sah ich sie als ältere Frau, wie sie, ärmlich gekleidet, mit einer Reihe kleiner Kinder spielte, alles ihre Enkel. Ich selber war in diesem Bild dabei, aber ich saß auf einer Bank am Haus und schaute zu.
Ich träumte in diese Welt hinein, die sie mir von sich zeigte. Es war ein sehr friedliches Gefühl, so eng und über so viele Jahre miteinander verbunden zu sein und sich jetzt wieder gefunden zu haben.
„Du meinst", sagte ich dann, „dass es darauf ankommt, dass die Raum-Zeit-Koordinaten übereinstimmen müssen, damit man sich trifft?"
„Sicher", sagte sie, „wie sonst könntest du in mein Leben treten?"
„Aber dann bräuchte ich eigentlich nur die Koordinaten ändern, und schon wäre ich in einer anderen Welt?"
Alasa lachte. Natürlich ist das so. Denke doch einmal genau nach! Es gibt keinen Unterschied zu eurer Erde, nur dass wir hier die Koordinaten nach freiem Willen gestalten und ihr ihnen dort noch unterworfen seid. Damit ihr jemanden treffen könnt, müsst ihr euch durch den Raum bewegen. Und damit etwas bei euch geschieht, muss die Zeit reif sein dafür."
„Bei uns ist es anders. Wir sind uns bewusst, dass wir über Raum und Zeit herrschen, und so können wir die Koordinaten frei wählen. So ist es nicht möglich, mich gegen meinen Willen zu sehen, wenn ich meine Koordinaten verschließe. Dann bin ich in einer Privatsphäre, die für andere uneindringbar ist. Was ihr mit Sicherungssystemen und Schlössern versucht, ist eigentlich so viel einfacher zu erreichen."

„Aber es ist dir sicher auch schon zugestoßen, dass dir überraschend jemand zu Hilfe kam, als du Hilfe brauchtest. Das war Zufall, wirst du sagen, Helge. Aber daran ist nur eines richtig: Es ist dir frei zugefallen. Du hattest dazugetan. Aber es geschah deshalb, weil der Helfende deinen Ruf gehört hatte und seine Raum-Zeit-Koordinaten auf die deinen umstellte. So konnte er plötzlich erscheinen."
„Alasa, ist das dann auch so mit dem Parkplatz in Berlin?" Sie sah mich verständnislos an. Ich lachte. „Das ist so", sagte ich. „Immer wenn ich in Berlin unterwegs bin und einkaufen will, brauche ich auch einen Parkplatz. Parkplätze sind aber sehr rar. Was tun? Ich habe mir angewöhnt, vorher zu sagen, dass ich an einem bestimmten Ort einen Parkplatz brauche. Und wenn ich endlich mit dem Auto dort hinkomme, fährt meistens gerade jemand weg und ich habe meinen Platz. Gestalte ich mit Absicht diese Koordinaten?"
„Du sagst es. So geht es. Selbst auf der etwas trägen Erde ist es möglich, sieh an!" Alasa war ganz begeistert. „Unser Planet ist weiter. Er ist schneller geworden. Damit wird vieles leichter. Aber es ist ja klar: Die Gesetze des Kosmos sind überall die gleichen."
„Du merkst langsam", sagte sie, „wie es möglich ist, das Leben zu gestalten ohne Kampf und ohne Ego und ohne Macht, nur dadurch, dass man die Gesetze, nach denen es gewoben ist, besser kennt und anwenden kann. Wenn du den Alltag anschaust, mögen es viele verschiedene Gesetze sein, die ihn bestimmen. Aber wenn du mehr den Hintergrund betrachtest, wirst du feststellen, dass viele Gesetze auf wenige grundlegende zurückgehen. Diese gilt es zu beherrschen. Dann ist die Vielfalt der anderen Gesetze im Vordergrund ihnen treu ergeben und folgt, ohne dass du noch viel zu machen brauchst."
„Solange das Bewusstsein der Menschen fast nur auf den Vordergrund ausgerichtet ist, sehen sie sich einem fast nicht gestaltbaren Schicksal gegenüber. Ihre Reaktion darauf ist, sich soweit es geht zu fügen und einzupassen oder sich mit Macht darüber hinwegzusetzen."
„Gehst du mehr in den Hintergrund, nimmt die Zahl der zu gestaltenden Gesetze rasch ab und es wird leichter, das Leben nach den eigenen Vorstellungen einzurichten. Es erhält mehr Freiheitsgrade, würden eure Physiker sagen."
„Wenn du schließlich am Fundament angekommen bist, sind es ganz wenige Gesetze, die dich noch beherrschen. Aber um diese in deinem Sinne anzuwenden, ist eine innere Bereitschaft, Offenheit und Freiheit vom Ballast des Vordergrunds nötig. Ego ist ganz Vordergrund. Mit Ego ein Gesetz des Hintergrunds zu gestalten ist zwar möglich, aber es setzt voraus, dass du sehr sehr viel Energie ansammelst. Es ist auch gefährlich, denn es stört den Rhythmus des Lebens. Erinnere dich an die Geschichten vom Teufel."
„Die freie Gestaltung der Raum-Zeit-Koordinaten setzt die innere Befreiung des Bewusstseins von Ego und Macht und deiner leidvollen Vergangenheit voraus. Beides geht ineinander über. Je mehr du dich von dem allen frei machst, um so leichter kannst du die Hintergrundgesetze in deinem Leben frei gestalten. Das eine bedingt das andere. Es ist zwar ein leidvoller Prozess, sich von diesem

Ballast frei zu machen, aber ich denke, du hast deine Erfahrungen gemacht, die zeigen, dass es sich lohnt."
Alasa hatte langsam und eindringlich gesprochen. Sie wollte unbedingt, dass ich alles genau aufnehmen und nichts wieder aus dem Bewusstsein verlieren würde. Ich war sehr beeindruckt und ehrlich gesagt tief bewegt. Bisher war ich davon ausgegangen, dass die Qualität meines Lebens von meinem Studium, meiner Intelligenz und meiner Fähigkeit, mich mit den Menschen, mit denen ich zu tun hatte, gut zu verstehen, abhängen würde. Aber nun merkte ich, dass mein Leben von ganz anderen, viel gewichtigeren Faktoren bestimmt war, die ich bisher nie als wirkende Kräfte hätte beschreiben können.
Mehr ahnend und unbewusst hatte ich mir zwar schon gedacht, dass da noch etwas anderes sein musste. Aber ich kannte zu wenig davon, als dass ich mein Ego danach hätte ausrichten, geschweige denn dressieren können.
Ohne dieses Wissen um die Zusammenhänge, so wie sie mir Alasa erläuterte, war mein Leben einem Weg durch den Nebel vergleichbar, ein Stolpern über unbekannte Wege und ein beständiges Suchen nach dem rechten Ziel. Hier konnte ich die Möglichkeiten sehen, die es gab, das Leben bewusst zu gestalten und im klaren Sonnenschein mit Genuss eine schöne Allee entlang zu gehen.
Wir sprachen über viele Details, und einfühlsam half mir Alasa, meine Fragen, meine Unklarheiten, die mein Leben betrafen, zu beantworten. Die AUSSICHT, die wir hier genossen, war so wichtig geworden, die Aussicht auf das schöne Panorama, aber viel mehr die Aussicht auf mein Leben.
Hier entdeckte ich, wie ich in meinem Leben auf einer angenehmen Reise war, wenn ich die Entwicklung der Raum-Zeit-Koordinaten zuließ. Ich rannte aber gegen eine Betonwand an, wenn mein Ego sich dieser Entwicklung entgegenstemmte.
Wenn ich mich gegen sie stellte, konnte ich nur die Entwicklung bremsen, aber ihr keine andere Richtung geben. Dann herrschte Stillstand in meinem Leben, was auch nicht erfreulich war. Ich begann den Pfad, den ich bisher gegangen war, als einen folgerichtigen und sinnvollen anzusehen. Mein Lebensweg brachte mir zunehmend mehr Bewusstheit und weniger Ego.
„Jetzt ist es Zeit, zu den anderen zurückzukehren", sagte Alasa, „sie warten schon auf uns." „Woher weißt du das?", fragte ich erstaunt.
„Das wirst du auch noch lernen", meinte sie, „aber später."
Wir bestiegen die Plattform und schon ging es nach oben. Sie überquerte die Schlucht und setzte uns sanft auf dem breiten Kammweg ab, von dem wir losgeflogen waren.
Die anderen waren schon da. Karl, Robert und ich machten einen klareren Eindruck. Die Augen meiner Freunde waren offener, schien mir, und ihre Stimmen runder und tiefer. Ich schloss daraus, dass meine beiden Freunde ähnliche Erfahrungen gemacht hatten wie ich. Die Veränderung ging weiter.
Wir fuhren zum botanischen Garten hinunter und spazierten eine Weile über die herrlichen Wege. Was wir einander erzählten, war im Grunde die gleiche

Geschichte, wie ich sie hier für mich beschrieben habe. Wir waren drei Paare geworden, die sich nach vielen, vielen Jahren wieder gefunden hatten. Wir lebten jetzt wieder in den gleichen Raum-Zeit-Koordinaten. Der lange Weg von der Erde hierher hatte uns zu den lang ersehnten (und passenden) Frauen gebracht.

Die Geschichte

Wir warteten wieder einmal vor unserem Haus.
„Dass Raum und Zeit als Dehnfaktoren dienen, damit sich die Materie nicht auflösen kann, habe ich verstanden“, sagte Karl. „Aber ich habe meine Zweifel in anderer Hinsicht. Raum und Zeit haben als solche absolute Werte. Sie sind messbar und einteilbar. Das Urmeter in Paris hat immer noch die gleiche Länge wie vor fast 200 Jahren. Auch wenn es auf diesem Planeten nicht vorhanden ist, im Kosmos ist es da, da oben irgendwo - er deutete auf den Himmel - und gilt. Mit der Zeit ist es genauso. Jede Uhr misst die Zeit. Auch wenn die Einteilung anders sein kann und die Sekunden länger oder kürzer definiert werden, die Zeit ist als absolute Größe vorhanden. Wie kann ich dann behaupten, ich könne Raum und Zeit beliebig ändern?“
„Ich weiß auch nicht, wie ich die beiden Erfahrungen, hier die objektiven Größen von Raum und Zeit, dort beide Größen, als meinem Gestaltungswillen unterworfen zusammenbringen kann“, sagte Robert. „Ich habe meinen Spass gehabt, mit Raum und Zeit zu spielen. Aber mir scheint es eher ein Traum als Realität gewesen zu sein.“
Mir ging es genauso. „Probieren wir doch, ob wir eine von uns vorher festgelegte Strecke durch unser Wollen in der Länge verändern können“, sagte ich.
„Das ist eine gute Idee“, sagte Karl. Er liebte Experimente.
Er ging ins Haus und kam mit einem Bund Schnur und Stäben zurück. Er steckte einen Stab in den Boden, knotete die Schnur daran und ging ein paar Meter weiter. Dort steckte er wieder einen Stab in den Boden, schlang die Schnur darum und ging weiter. So steckte er ein etwa rechtwinkliges Areal ab. Dann suchte er fünf größere Steine. Mit einem markierte er den Schnittpunkt der Diagonalen. Die anderen vier verteilte er auf etwa halber Länge zwischen dem Mittelpunkt der Diagonalen und den Eckpunkten. Schließlich ritzte er die Erde mit einem Stab in Verlängerung der Seiten des Rechtecks über die Stäbe nach außen hin auf.
„Wenn wir jetzt die Größe des Rechtecks durch unser Wollen verändern können, müsste es an den Rändern Verschiebungen geben und das Bild, das die fünf Steine abgeben, müsste sich verschieben. Dann können wir die neuen Längen mit dem Rest Schnur hier ausmessen und mit den jetzt vorhandenen Längen vergleichen“, sagte Karl. Er maß die Längen des Rechtecks mit der Schnur ab und machte Knoten in die Leine. Schließlich war alles für das Experiment bereit.
„Ich will, dass das Rechteck jetzt die Größe von zwei Mal drei Metern hat“, sagte er. Nichts geschah. Die Knoten in der Schnur trafen immer noch genau auf die Stäbe in der Landschaft. Keine Länge hatte sich verändert.

„Jetzt will ich, dass das Rechteck vierzig Mal achtzig Meter misst“, sagte Robert. Wieder geschah nichts. Auch die erneute Überprüfung der Längen zeigte keine Veränderung. Wir waren ratlos.
Ich stellte mich in das Rechteck und sagte laut, damit es meine Freunde hören konnten: „Ich will, dass das Rechteck dreißig Mal dreißig Meter groß ist.“ Ich sah, wie sich die Stäbe verschoben und das Rechteck die von mir gewünschte Größe annahm.
Ich maß mit der Schnur nach und sie zeigte, dass sich das Rechteck von den ursprünglich ca. fünf Mal fünf Metern ganz erheblich vergrößert hatte. Die Knoten an der Schnur passten überhaupt nicht mehr zu den Eckpunkten. Das meldete ich meinen Freunden. Aber sie sagten, dass sich aus ihrer Sicht rein gar nichts verändert hätte. Die Wahrnehmung zwischen mir von innerhalb des Rechtecks und ihnen außerhalb, war verschieden. Meine Wahrnehmung entsprach meinem Wollen. Ihre Wahrnehmung zeigte dagegen keinerlei Veränderung.
Robert machte einen Schritt über die Schnur und ich sah seinem erstaunten Gesicht an, dass sich etwas tat. Er hatte wohl gemeint, ich hätte ihm einen Bären aufgebunden.
„In dem Moment, wo ich über die Schnur trete, ändert sich die Größe des Rechtecks“, sagte er. Er stand halb draußen und halb drinnen. „Wenn ich drin bin, ist das Rechteck groß“, sagte er weiter. „Bin ich draußen, ist es wieder so klein, wie du es abgesteckt hast, Karl.“
„Das geht über meine Hutschnur“, sagte Karl. Er kam, prüfte, und bestätigte. Wir standen zu dritt im Rechteck.
„Ich will, dass das Rechteck zwei Mal zwei Meter groß ist“, sagte er. Wir sahen, wie die Stäbe und die Schnur augenblicklich schrumpften und wir von dem viel kleineren Rechteck eingerahmt waren. Die fünf Steine hatten sich auch verschoben.
Wir standen und rieben uns das Kinn.
„Das Experiment siegt. Es zeigt die subjektive Natur der Raum-Zeit-Dehnung“, meinte Karl. „Ich muss Teil dessen sein, was ich will. Dann geht es. Stelle ich mich außerhalb, passiert nichts.“
„Das haben unsere drei Freundinnen ja auch gesagt: Es sei eine Frage des Bewusstseins. Wenn es drüber steht, sind Raum und Zeit Dehnfaktoren und gestaltbar. Steht es drin in Raum und Zeit, sind sie absolut. Und das Bewusstsein ist ihnen unterworfen“, sagte ich. „Sie haben damit gesagt, dass wir unsere eigene Welt verändern können, wenn wir drüber stehen, aber nicht die Welt von allen anderen. Jeder hat seine eigene Welt, das will das Ganze sagen.“
„Das ist doch noch nicht richtig, Helge“, sagte Karl. „Wenn wir innerhalb des Rechtecks sind, verändert sich das Rechteck für uns drei in gleicher Weise. Wenn wir draußen sind, ändert es sich nur für den, der drin ist und nicht für die, die draußen sind. Einmal sind wir mit unserem Bewusstsein drüber, einmal nicht? Das verstehe ich überhaupt nicht.“

Robert lachte. „Ich glaube", sagte er, „es ist wirklich eine Frage des Bewusstseins. Als wir mit dem Experiment anfingen, waren wir die alten Menschen von der Erde, automatisch in deren Kategorien gefangen, und haben ein irdisches Experiment gemacht. Dann wurden wir offener oder besser gesagt weicher, oder unser Bewusstsein konnte seine Flügel breiten, oder wie ihr wollt, und dann hat sich was getan. Also jetzt hier im Rechteck. Ich wette, wenn wir jetzt wieder nach draußen gehen und das Rechteck verändern wollen, wird es sich auch verändern."
Gesagt, getan. Wir standen wieder draußen und Robert wollte es fünfzig Mal fünfzig Meter haben. Und in der Tat, das Rechteck tat ihm den Gefallen. Es dehnte sich entsprechend und alle Teile mit. Auch die in den Boden geritzten Linien waren länger geworden.
„Ich will, dass es fünfzig Mal fünzig Zentimeter ist!", rief ich aus - und treu schrumpfte das Rechteck auf die Minigrößc. Das von ihm eingeschlossene Gras bildete jetzt keinen großen Haufen, wie ich insgeheim gedacht hatte. Es verschwand, was nicht auf die Minifläche passte.
Ich lachte. „Das ist irre!", rief ich aus und tanzte herum. Ich musste meiner inneren Verblüffung Raum geben. Wir machten mit dem Rechteck, was wir wollten. Es gehorchte. Auch wenn zwei von uns etwas ganz Verschiedenes wollten, folgte es der Reihenfolge: Wer zuerst kam, erhielt zuerst sein Rechteck. Dann kam der andere dran.
„Es ist wirklich alles, alles, allcs cinc Fragc des Bewusstseins", sagte Karl. „Wenn ich mir bewusst bin, dass ich der Gestalter bin, geschieht es. Wenn ich aber kleinlaut bin und meine, ich kann doch nicht die absoluten Größen des Universums einfach außer Kraft setzen, dann geschieht auch nichts."
Er hatte völlig Recht. So musste es sein.
„Irgendwo habe ich gehört, dass die Atomphysiker ähnliche Erfahrungen gemacht haben, auf der subatomaren Ebene, oder täusche ich mich?", kam es von Robert.
„Sie diskutieren die Subjektivität von Experimenten, aber ich denke nicht, dass sie die Zusammenhänge so sehen, wie wir sie hier erleben. Dafür ist das Ganze von der normalen Alltagswelt viel zu weit entfernt", sagte Karl.
„Vermutlich haben die Mystiker Recht, wenn sie behaupten, die Welt sei ein Traum, sie sei nur eine subjektive Erfahrung. Es gibt ja auch Berichte von Mystikern, die Materie erschufen und sie wieder verschwinden ließen. Wir haben diese Berichte in die Welt der Märchen und Geschichten eingereiht und sie nicht ernst genommen. Ich werde die Märchen von 1001 Nacht noch mal lesen", sagte ich.
„Wir erleben die Dominanz der subjektiven Physik über die objektive", sagte Karl. „Die objektive Physik, in der Zeit und Raum neutrale Werte sind, ist ein Spezialfall der subjektiven Physik. Das ist alles."
Wir lachten. Wir hatten die Welt unserer Physik auf den Kopf gestellt und fanden nichts dabei. Soweit war unsere Erfahrung mit der Gestaltung der Welt

schon gediehen, dass wir ganz leicht über eherne Grundtatsachen der irdischen Naturwissenschaft hinausgingen.
Wir waren mit unserem Physikerkindergarten, dem abgesteckten Rechteck, sehr zufrieden. Es hatte uns geholfen, vieles zu verstehen, an dem wir - ob wir es aussprachen oder nicht - seit gestern geknabbert hatten.
„Was ist eigentlich mit unseren Körpern bei dem Experiment?“, fragte Robert. „Wenn ich das Rechteck groß mache, müsste ich eigentlich auch wachsen?“
„Das würdest du gerne“, lachte Karl. „Aber ich habe nicht gesehen, dass du dich geändert hast, als ich das Rechteck klein machte. Wahrscheinlich sind die Koordinaten viel komplexer, als wir es uns jetzt vorstellen können. Ein Teil ist dem Wollen unterworfen, ein anderer Teil nicht, und dann ist da noch die Welt der anderen. Wir werden es erleben“, meinte er düster.
„Warum so düster auf einmal?“, fragte ich.
„Es ist schon schwierig genug“, sagte Karl. „Ich verstehe so wenig von allem hier und ich lebe in einem Vakuum, habe ich den Eindruck. Hier ist es schön, ich bin friedlich, aber ich bin auch nicht ausgeglichen. Irgendetwas fehlt.“
Wir waren so in unsere Experimente und deren Deutung vertieft, dass wir gar nicht bemerkten, wie unsere drei Freundinnen ein paar Meter von uns entfernt standen und uns zuschauten.
Ich lief auf Alasa zu und nahm sie in den Arm. „Wo bist du nur so lange geblieben?“, fragte ich zärtlich.
„Ich habe zugesehen, wie ihr experimentiertet. Wer experimentiert, darf nicht gestört werden“, lachte sie, „sonst ist das ganze Experiment ein Desaster. Ihr solltet Gelegenheit haben zu vertiefen, was ihr gestern erlebt habt. Es ist wirklich alles komplexer, als ihr es bis heute wisst. Jetzt machen wir eine Pause vom Experimentieren. Wir wollen euch zur Geschichte entführen“, sagte sie.
„Welche Geschichte?“, fragte Karl.
„Ihr werdet sie erleben“, sagte Ülük, „denn interessant ist nur das Subjektive. Das habt ihr ja auch schon herausgefunden, oder?“
Wir räumten Schnur und Stäbe in das Haus und heilten den Platz des Rechtecks. Dann ging es zur GESCHICHTE, was immer das sein mochte.
Wir waren in einem weiten Tal angekommen. Größere Hügel mit vielen Obstbäumen umrahmten es. In seinem Zentrum stand ein vielleicht siebzig Meter hoher, sehr dicker Turm.
„Dort werden wir euch durch die GESCHICHTE begleiten“, sagte Ülük. „Ich bitte euch, nie zwei Tatsachen zu vergessen, was immer ihr in dem Turm erleben werdet:
Ihr seid immer der Beobachter des Geschehens und nicht direkt davon betroffen.
Ihr seid Teil des Geschehens und sehr wohl davon betroffen.“
„Beide Tatsachen gelten gleichzeitig - für euch wie für uns. Der einzige Unterschied zwischen euch und uns ist, dass wir die Erfahrung der GESCHICHTE schon öfter erlebt haben. Wir können uns schon mehr als Beobachter empfinden, als ihr es zu Anfang können werdet. Mit unserer

Erfahrung helfen wir euch, falls nötig, immer wieder zum Beobachter zurückzukehren. Es ist für alle, die das erste Mal die GESCHICHTE betreten, zu verlockend, sich im Geschehen zu verlieren. Das soll aber nicht sein. So lernt man nichts. Deshalb hat jeder, der zum ersten Mal die Geschichte betritt, einen Begleiter oder eine Begleiterin zur Seite. Was ihr erleben werdet, soll euch informieren und euer Bewusstsein weiten. Ihr werdet euch danach besser verstehen. Das verhilft zu einem schöneren Leben."
Was Ülük sagte, beruhigte mich nur wenig. Im Grunde wird alles harmlos ausgehen, das Erlebnis in diesem Turm da, hoffte ich.
Alasa nahm meine etwas feucht gewordene Hand und lächelte mir ermutigend zu. Als das nicht so ganz half, blieb sie stehen, nahm meinen Kopf in ihre Hände und gab mir einen langen Kuss. Das half wirklich.
Als sie mich wieder los ließ, waren wir im Turm. Das heißt, ich war mitten in einem Film gelandet. Von den anderen gab es keine Spur mehr. Ich versuchte, immer wieder daran zu denken: Du bist nur Beobachter, nur Beobachter!
Die Ereignisse und insbesondere die Gefühle und Gedanken, die mich vom Film ausgehend überfluteten, waren aber rasch übermächtig geworden. Sie ergriffen mich mit einer solchen Vehemenz, dass ich den Beobachter verlor und zum Beteiligten wurde.
Ülük hatte Recht mit ihrer Warnung. Es ist ganz schön gefährlich, dachte ich. Da hörte ich eine Stimme neben mir fauchen:
„Du wünscht uns Unglück in dieser Stunde, Helgiros? Hätte ich dich doch nie mitgenommen. Die Reise ist vom Unglück begleitet, seit du dabei bist. Ich hätte dich besser den Göttern geopfert, als dich auch noch vor meiner Mannschaft zu schützen!", krächzte die Stimme.
Diese hasserfüllte Stimme ließ mich erzittern. Der Film war zum realen Geschehen geworden. Ich war in einer fremden Welt gelandet, mitten drin. Einzig mein kritischer Verstand funktionierte noch und offensichtlich trug er alle meine Erfahrungen mit sich. Er war mir geblieben, auch wenn er viel gröber arbeitete, als ich es gewohnt war.
Ich stand auf einem kleinen offenen Holzschiff. Es schaukelte wild in der Dünung eines langsam auslaufenden Sturms, irgendwo auf irgendeinem Meer. Es war kalt. Die Wolken wurden vom Wind tief über dem Wasser dahingepeitscht. Wir alle, etwa 20 Männer, waren nass bis auf die Knochen und froren entsetzlich. Wir waren zu Skeletten abgemagert. Die Hände und Füße waren aufgerissen. Sie bluteten, waren entzündet, eiterten. Die Haut hing in Fetzen vom Fleisch. Das Meerwasser brannte in den Wunden. Jeder Schritt war wie auf Nägeln gehen. Jedes Anfassen von Holz oder Tauwerk war von höllischen Schmerzen begleitet. Wir schrien heiser aus trockener Kehle. Die Augen waren verquollen, entzündet. Ich konnte kaum noch klar sehen, was von der Welt da war. Der Durst, viel mehr als der Hunger, ließ mich fast verrückt werden.

Blankes Entsetzen, Angst bis auf die Knochen, Verzweiflung, die größte Einsamkeit, die man sich vorstellen konnte, und Hoffnungslosigkeit ließen meine Augen vorquellen, machten mich zu einem blinden Tier, das nicht mehr überschaute, was es tat.
Wir wussten nicht, wo wir waren. Der tagelange Sturm hatte sein Spiel mit uns getrieben. Er hatte uns den Kurs verwischt, das Schiff zu einem halben Wrack geschlagen, die Segel zerfetzt und die Nahrung zerstört. Das wenige Trinkwasser, das uns geblieben war, reichte nur noch, um die geborstenen Lippen zu benetzen.
Das Schiff war halb voll Wasser gelaufen. Regenwasser von oben und Seewasser durch aufgebrochene Nähte hatten es tief ins Meer sacken lassen. Wir waren ständig damit beschäftigt, Wasser zu schöpfen mit kleinen hölzernen Bottichen, von rauhem Weidengeflecht zusammengehalten. Eine einzige Schinderei war es, ein beständiges den Körper Zwingen, doch noch einmal die Kelle zu führen. Jede Bewegung war eine Qual.
Stunde um Stunde verging, es gab nur Meer und graue Wolkenfetzen, Wind, der langsam schwächer wurde, hohe, wilde Dünung und einen diesigen Horizont. Niemand steuerte das Schiff, alle schöpften Wasser.
Wir waren Schiffbrüchige. Wir kämpften um unser Leben und wir hatten wenig Hoffnung, noch ein rettendes Ufer erreichen zu können. „Wo bin ich da hineingeraten?“; fragte ich mich ganz weit im Hintergrund meiner Seele. „Was soll nur werden? Was hat das für einen Sinn?“
Trotz aller Qualen, die das Wasserschöpfen bereitete, und trotz des geschundenen Körpers suchte ich begierig den Horizont ab nach einer festen Marke, nach einem Zeichen, einem Hinweis auf Land. „Land! Land!“, war meine Sehnsucht, dachte ich, hoffte ich, betete ich. Stunde um Stunde verging. Keiner sprach ein Wort. Nur die Blicke sagten viel: Ich war der ungebetene, der verderbenbringende Passagier. Ich war nur noch geduldet. Mein Leben hing an einem seidenen Faden, nicht nur wegen der körperlichen Strapazen, viel mehr wegen der dumpfen Meinung aller Männer im Boot, ich hätte den Sturm herbeigezogen.
Jetzt wusste ich: Zehn von uns waren schon gegangen. Von einer Welle erfasst und über Bord gespült, von einem Mast erschlagen, vor Erschöpfung gestorben, von alleine ins Meer gesprungen, waren sie einer nach dem anderen dem Meer anheim gegeben worden.
Beim ersten Opfer, einem schmächtigen Jungen von 14 Jahren, murmelten wir noch Gebete und gaben seiner Seele Geleit. Beim Letzten schauten wir nur stumpf blickend zu, wie er sich über Bord rollte. „Bin ich der nächste?“; dachte ich nur.
So wie die Mannschaft diesem einen nachgeblickt hatte und dann zu mir, wusste ich, nur noch ein Wunder konnte mich retten. Wir waren am Ende unserer Kräfte. Die kommende Nacht würde unser Schicksal besiegeln. Wer würde Morgen früh noch am Leben sein?

In mir spürte ich, wie sich Kräfte im Bauch sammelten, tief drunten. Ich wollte, ich durfte es nicht sein, der starb. Ich hatte eine Aufgabe, so groß und zwingend, dass ich überleben musste, und das Schiff auch. Tief im Leib des Schiffes verborgen war etwas versteckt, das mein ganzes Leben verändert hatte und das mir und den Meinen ein großartiges Leben versprach. Aber ich musste überleben, nach Hause kommen, heil ankommen.
Verzweifelt suchte ich den klarer werdenden Horizont ab, wieder und wieder. Es musste doch Land geben. Die Welt bestand nicht nur aus Wasser, dieser kalten, herzlosen Wasserwüste! Die Sonne stand schon tief. Bald würde die schreckliche Nacht nach uns greifen. Die Nacht, die den Hauch des Todes in sich trug, war nicht mehr weit.
Mit der Gischt jeder Woge, die das Wasser zu fletschenden Zahnreihen werden ließ, zu Hauern und Zähnen, die nach uns greifen würden, um uns in die Tiefe zu ziehen, kam sie näher. Ich wusste: Diese Nacht würde ich nicht mehr überleben. „Nur das nicht!“, hämmerte mein Herz gegen die bloß liegenden Rippen. „Nicht das Versinken im grauen, gleichgültigen Meer!“
Meine Augen brannten den Horizont entlang. Es musste irgendwo ein Zeichen geben, einen Hoffnungsstrahl, neues Leben verheißend! Da sah ich ein Glimmen, ein rötliches Glühen in den Wolken, tief am Horizont. So gut es die salzverklebten Augen erlaubten, blinzelte ich dort hin, sah zur Seite, schaute wieder und wieder. Es war beständig. Das Glimmen in den Wolken war geblieben. Die Wolken zogen daran vorbei. Mit sinkender Sonne gewann es an Röte. Rötlich weiß schaute es zu mir herab. Es war, es musste ein Berg sein, eine Bergspitze, verschneit, im Abendrot!
„Da“, - rief ich schwach – „ein Berg!“ Meine Stimme trug nur noch wenige Meter. Die beiden neben mir Knienden sahen mich an, ungläubig, sahen den Schimmer der Hoffnung auf meinem Gesicht, folgten meiner weisenden Hand. Sie rieben die Augen. Dann sahen auch sie das Glühen des Berges in der Abendsonne. Sie schrien es den anderen zu. Es ging durch die Reihen der Verzweifelten. Jeder schaute, schöpfte nicht mehr, schaute gebannt auf die Bergspitze, wie sie in den Wolkenfetzen auftauchte und wieder von ihnen verschlungen wurde. „Land! Land!“, ging es durch das Schiff.
Mit neuer Hoffnung, einem Schimmer Hoffnung, schöpften wir weiter. Der Berg war noch fern. Wollten wir ihn erreichen, mussten wir das Schiff am Schwimmen halten und dorthin steuern, einen Fetzen Segel setzen, es wieder in Gang bekommen.
„Land!“, krächzte nun auch unser Führer Asklepos. Er schwankte zum Ruder, steuerte das Schiff auf den neuen Kurs, rief den Männern zu, ein Segel zu richten, es zu hissen, es in den Wind zu bringen. Es gelang.
Wir anderen schöpften, was die Muskeln hergaben. Wir hatten auf einmal doppelte Kraft. Der Wind war wieder unser Freund. Er füllte das kleine Segel, das wir hatten setzen können. Das Schiff wurde von seiner sachten Hand getragen. Die Bugwelle rauschte erst leise, dann stärker. Die Wogen glätteten

sich, als sie wieder am Schiff entlangglitten und es nicht mehr fressen wollten. Wir waren in Fahrt. Wir hatten ein Ziel. Wir hatten Hoffnung, dieser grausamen Wüste des Meeres zu entkommen.

Das Schiff hielt dem Winddruck stand. Es neigte sich vor dem Wind. Es bot sich ihm dar. Es wollte von ihm geschoben werden. Das Wasser im Schiff nahm langsam ab. Es kam kein neues hinzu. Die Nähte hielten oder das sich im Wind wiegende Schiff war wie durch ein Wunder dichter geworden.

Unser Geist, stumpf nur auf das Überleben ausgerichtet, hatte nichts anderes im Sinn als Land, Land, Land. Alles, was wir tun konnten, um Land zu erreichen, war wichtig, nichts sonst.

Wir begannen zu murmeln: „Großer Zeus, Herr des Lebens und der Welt, besänftige das Meer! Gib dem Wind die Kraft, uns zum Berg zu geleiten. Sei uns gnädig gestimmt, erhalte uns das Leben!"

Die Nacht kroch über das Meer auf uns zu. Der Wind blies beständig weiter. Die Wogen wurden grau. Das Licht verließ uns. Aber der Berg strahlte immer noch rötlich weiß in der Sonne. So hoch war er! Er war eine gute Landmarke. Er war noch sichtbar, als wir schon längst in der Dunkelheit verschwunden waren.

„Mach weiter, mach weiter", murmelten wir, schöpften, schöpften schöpften, auch wenn der Arm nicht mehr bis zur Höhe des Dollbords kam. Wenn der Kamerad neben mir zusammensank und seinen letzten Schlaf tun wollte, rüttelte ich ihn wach. Erging es mir wie ihm, war er es, der mir das Leben gab. „Nicht in den Tod, das Leben ist vor uns!", so hielten wir uns wach.

Es wurde kalt, aber wir spürten es nicht mehr. Immer mehr Sterne zeigten sich zwischen den Wolken. Sie hätten Asklepos helfen können, die Richtung zu halten. Aber er war der Sterne unkundig.

„Du musst diesen Stern da", ich deutete auf die Wega, „unvermindert vor dir haben", rief ich ihm zu. „Dort ist Land!" Er folgte meinem Rat. Das erste Mal auf dieser Reise folgte er meinem Rat. Vielleicht erinnerte er sich dumpf an meine Erzählung von der Wanderung durch die Wüste, von dem Wissen um die Sterne und ihre Richtung, daran, dass ich von den Bewohnern der Wüste gelernt hatte, mich an den Sternen zu orientieren.

Es wurde die längste und schrecklichste Nacht meines Lebens. Zwanzig erbärmliche Häuflein Mensch duckten sich in dem Schiff, klapperten mit den Zähnen, den Knochen. Schwerfällig und unbeholfen konnten wir uns nur noch bewegen. Wir krochen mehr, als dass wir uns aufrichten konnten, mit gefüllten Bottichen an den Planken hoch, leerten sie mit letzter Anstrengung aus, sanken in uns zusammen. Wir wurden immer langsamer, aber wir wussten: Wer sich jetzt nicht mehr bewegt, wird den Tod spüren. Wir wussten auch, dass es ein sanfter Tod wäre. Einmal nur länger zusammengekauert im Wasser des Schiffes hocken, einmal nicht mehr wach gerüttelt werden, und der Tod behielt uns in seinen Armen.

Der Himmel wurde grau, der Morgen dämmerte. Das Meer hatte sich weiter beruhigt. Eine lange Dünung war geblieben. Sie schob uns auf das Land zu. Der

Wind war beständig, das Segel gefüllt, der Kurs der rechte. Oh, Segen des Himmels! Der Berg war groß geworden. Dunkel hob er sich vom Sternenhimmel ab. Die zunehmende Helligkeit ließ seine Flanken grau schimmern, immer heller werdend. Dann war das erste rosige Licht der Sonne zu sehen, wie es seinen Gipfel wachküsste. Wir waren voller Ehrfurcht. Solch ein herrlicher Berg wies uns den Weg zum Land.
Die Zunge klebte am Gaumen. Ich konnte nicht mehr sprechen. Das Blut floss schwer wie Blei durch die Glieder. Die Schmerzen an den Händen und Füßen spürte ich nicht mehr. Die ersten Strahlen der Sonne erreichten unser Schiff und tauchten das Segel ins Weiße, wenn wir auf der Höhe einer Woge waren. Auch wenn sie noch nicht wärmen konnte, erschien uns ihr Strahlen wie Wärme. Die Hoffnung kehrte zurück. Die Erlösung von den Qualen war nahe.
Wir konnten das Ufer erkennen. Es war noch weit, aber das Schiff machte gute Fahrt. Die Flanken des Berges reichten hinab bis zum Ufer. Dort waren Klippen! Hohe Wellen, die sich an den Klippen brachen, waren schon zu erkennen. Die Freude, zum Land getrieben zu werden, wich der Angst, an den Klippen zu zerschellen. Wir wussten, wir hatten keine Kraft mehr durch Brecher zu schwimmen oder über Klippen zu klettern.
Das Schiff musste uns über die Klippen tragen. Es musste eine Bucht geben mit freiem Strand, geschützt vor den Brechern, sonst waren wir verloren. Zwei unserer Kameraden rührten sich nicht mehr. Der Tod hatte sie in der Nacht erlöst. Sollte ich sie bedauern oder bemitleiden? Ich wusste es nicht. So kurz vor dem Ziel auf das Leben verzichten? Ich konnte und ich wollte nicht darüber sinnieren. Es war ihr Schicksal. Was brachte meines? Angestrengt versuchte ich die Gestaltung der Küste zu erraten. Welche der Flanken des Berges mochte eine Bucht vor unseren Augen verbergen?
„Asklepos, schau, dort, dieser Bergrücken steht schräg zum Wind. Er sinkt ins Meer. Dahinter muss eine Bucht sein!“, rief ich unserem Führer zu. Er hatte wie ich nach einem Weg aus der Wasserwüste gesucht, und in seiner langen Erfahrung war er zu dem gleichen Schluss gekommen. Wenn überhaupt, dann musste dort eine Bucht sein, die nicht direkt von der Dünung getroffen wurde. Dort konnte ein Platz sein mit niederer Brandung, der es uns erlaubte, trotz unserer schwachen Kräfte das Land heil zu erreichen.
Hier draußen waren die Wogen nicht mehr so hoch. Aber wir wussten, sie würden wie wilde Löwen ihre Zähne in das Land beißen, die Klippen hinaufschießen und alles zermalmen, was ihnen in den Weg kam.
Wir hatten das Schöpfen aufgegeben. Zitternd standen wir am Dollbord. Eng aneinandergedrückt suchten wir die Wärme des anderen. Erechthon hatte die Aufgabe übernommen, auf dem Bug zu stehen und einen Weg durch die Felsen zu weisen, die vor uns liegen würden. Der Weg schien frei, Asklepos steuerte auf die Bergflanke zu, die sich im Meer verlor. Dort um diese Flanke mussten wir drehen, um dahinter eine schützende Bucht zu finden. Die Klippen der Flanke kamen immer näher. Wir waren dicht unter ihnen.

Asklepos mit seiner langen Erfahrung auf See spürte die Tiefe des Wassers. Er sah an den Spitzen der Wogen, wo ein Felsen verborgen war und wo tieferes Wasser uns tragen würde. Wir rundeten das Kap. Wir holten das Segel ein. Es sollte uns nicht bis auf die andere Seite der Bucht auf die Klippen tragen.
Mit dem Schwung, den wir vom Wind noch hatten, trieben wir hinter den Bergrücken. Dort war es windstill. Dort tat sich wirklich eine Bucht auf. Flaches Land zeigte sich. Ölbäume standen in der Sonne. Frieden begrüßte uns.
Die Dünung des Meeres hatte sich abgeflacht, aber die Wogen trugen uns immer noch dem Land näher. Die Brecher an den Klippen der anderen Seite der Bucht wüteten die Felsen hoch. Wir waren ihnen gefährlich nahe. Asklepos konnte uns frei davonsteuern. Vor uns war es ruhiger. Die Brandung dort war noch nicht zu sehen, aber sie war uns sicher. Wir hatten die beiden noch verbliebenen Ruder in die Dollen gesteckt und alle, die noch konnten, zogen an den Riemen.
Asklepos ließ ganz dicht unter das von uns gerundete Kap rudern. Dort war die Brandung am geringsten. Wir kamen dem Ufersaum näher. Wir hörten die Brandung jetzt auch vor uns. Wir klammerten uns an das Schiff, das treue Schiff, das uns durch den Sturm hierher getragen hatte.
„Rudert!“, rief Asklepos, „Rudert so viel ihr könnt. Jetzt bringt uns über die Brandung!“ Er stand und schaute mit seinen verquollenen Augen auf jede Welle. Er ließ das Schiff die rechte Welle reiten. Sie brachte uns mit ihrem Schwung ein großes Stück der Küste näher. „Noch einmal eine solche Welle!“, betete ich. Es geschah. Die nächste Welle hob uns über eine kleine Sandbank in flaches Wasser. Die Wellen wuschen am Schiff entlang. Es war Ruhe im Schiff. Die Erlösung, der Durst, die überstandenen Ängste, die Schmerzen des Körpers, sie alle überfielen mich. Steif und mit der letzten Kraft wälzten wir uns über die Reling in das flache Wasser, torkelten den Strand hoch und suchten Wasser, Trinkwasser!
Wo Bäume sind, ist auch Wasser. Ich sah links von uns einen kleinen Bach sich zwischen den Bäumen durchwinden. „Dort!“, zeigte ich. Dort torkelte ich hin, fiel ins Gras, rollte an das niedere Ufer des Baches und tauchte meinen Kopf in das Wasser. Welche Köstlichkeit rann über meine Lippen! Es schmeckte salzig, aber es war trinkbar. Das Salz stammte von meinem Gesicht, aber das wusste ich erst später. Ich trank und trank und trank. Dann konnte ich nicht mehr trinken. Ich schleppte mich das Ufer hoch, taumelte zu einem Baum und schon lag ich in seinem Schatten. Ich hatte das Bewusstsein verloren.
Jemand berührte mich, drehte mich auf den Rücken, hob meinen Oberkörper hoch, nahm meinen Kopf in die Arme und träufelte mir etwas in den Mund. Es war mit Honig gesüßte Milch. Gierig trank ich. Die Lippen konnten den Becher nicht fest umschließen. Sie waren aufgesprungen und dick. Die Milch tropfte herunter, aber ich trank! Ein neuer Becher wurde mir an die Lippen gesetzt. Auch diesen trank ich aus. Ich spürte, wie mein Körper wieder Leben zeigte, wenig, aber er lebte immer noch.

Eine Hand wusch mir das Gesicht mit einem feuchten Tuch. Sanft und zart wischte sie die Salzkrusten aus den Augenbrauen. Ich richtete mich auf. Ich schaute in ein gütiges Gesicht. Braune Augen schauten mich an. Ernst und mit ein wenig Schalk in den Augenwinkeln schauten sie auf mich. Sie gehörten einer jüngeren Frau.
„Willkommen, Fremder!“, sagte eine helle Stimme.
Ich versuchte zu antworten, aber es kam nur ein Krächzen aus meinem Hals. Die Stimme versagte mir den Dienst. Das Gesicht lächelte.
„Willkommen in Phaselis, Fremder. Es ist immer noch Zeit zu sprechen. Jetzt schöpfe Kraft.“
Sie gab mir ein Stück Brot, einen Becher mit Milch und sie fütterte mich.
„Nicht so gierig“, sagte sie. „Es ist genug da und ich füttere dich bis du satt bist.“
Es schien eine lustige und fröhliche Frau zu sein, die sich um mich kümmerte. Ich schaute mich um. Meine Kameraden hatten jeder eine Hilfe. Um alle wurde sich gekümmert. Viele Menschen waren da. Männer besichtigten unser Schiff, prüften uns auf Waffen. Sie waren zufrieden, als sie feststellten, dass wir nur Händler und Reisende waren. Man gab uns Kleider.
Unsere beiden toten Kameraden wurden von Bord getragen und zur Bestattung vorbereitet. Wir wurden gut versorgt.
„In welche Geschichte bin ich hineingeraten?“, fragte mein Beobachter ganz, ganz leise, ganz im Hintergrund.
Nach einigen Stunden des Essens, Trinkens, des die Wunden Verbindens und des Kleidens konnten wir uns wieder bewegen. Mittlerweile hatten einige Männer unser Schiff provisorisch abgedichtet und leer geschöpft. Sie schoben es ins Meer und ruderten davon. Ich sah es mit vor Schreck geweiteten Augen. Jetzt stehlen sie unsere Habe. „Ich lebe zwar, aber jetzt ist doch alles verloren!“, schrie es in meinem Kopf.
Es waren Eselskarren angekommen. Wir wurden darauf gehoben. In langer Prozession ging es zwischen den Bäumen hindurch auf einem Weg den Hügel hinauf. Wir waren nicht weit gefahren, als wir Häuser auftauchen sahen zwischen den Bäumen, große Häuser. Die Stadt lag hinter dem Hügel. Wir wurden auf die Häuser verteilt. Man brachte mich in einen Raum, legte mich auf ein Bett, deckte mich zu und ließ mich schlafen. Ich versank in meinen Qualen. Lange schlief ich. Ich weiß nicht wie lange. Aber als ich aufwachte, war wieder dieses Gesicht mit den friedlich-lustigen Augen über mir. Ich fieberte. Ich fror. Die Wunden hatten sich entzündet. Meine Körperkräfte waren zu gering, als dass ich leicht davon gekommen wäre. Ich war viele Tage krank. Langsam erholte ich mich. Die Wunden heilten. Ich nahm an Gewicht zu und konnte mich wieder bewegen. Die ganze Zeit pflegte mich das Gesicht mit den braunen Augen. Es war Athesia, die Tochter des Hauses. Sie war heilkundig und probte ihre Künste an mir.

Als ich einigermaßen wiederhergestellt war, wurde ich auf den Platz gebeten. Alle meine Kameraden waren da. Ein weißhaariger Mann in einem hell leuchtenden Gewand stand eingerahmt von den Oberen der Stadt.
„Willkommen in Phaselis, Fremde! Friedlich sei euer Aufenthalt! Wenn ihr Ware an Bord habt, die unser Begehren stillt, mögen wir handeln. Sagt, woher kommt ihr?“
Asklepos antwortete: „Wir kommen von weit, aus dem Land der Gewürze und des Weihrauchs. Viele Tage waren wir auf See, reisten von Ort zu Ort. Nach Athen, der köstlichen Stadt, unserer Heimat, wollten wir. Doch grausige Stürme und widrige Winde haben uns abgetrieben. Unsere Vorräte gingen verloren. Wir waren den Schrecken des Meeres ausgeliefert. Aus einer frohgemuten Mannschaft, die sich auf die Reise gemacht hatte, waren wir zu Schiffbrüchigen geworden.“
„Ich bin Asklepos, der Händler und Führer des Schiffes. Dies sind meine Männer.“ Er stellte jeden einzelnen vor. „Habt Dank für eure Hilfe. Wenn der Sturm noch von den Waren etwas gelassen hat, wollen wir gerne mit euch Handel treiben.“
Wir wurden neugierig betrachtet. Von seltenen Gewürzen und Weihrauch hatte man schon gehört, aber es schien, dass man sie noch nicht gesehen hatte. Man war gespannt auf Kostproben. Unser Schiff war nicht gestohlen worden. Die Männer hatten es um das Kap herum auf die andere Seite des Berges in die größere Bucht gebracht, die als Hafen diente. Dort lag es gut vertäut und abgedichtet.
Die folgenden Tage verbrachten wir mit dem Sichten und Trocknen unserer Ladung, der Reparatur des Schiffes und der Erkundung dieser Stadt. Es war eine schön angelegte Stadt mit zwei Häfen, unter dem Schutz des großen Berges, den sie den Olympos nannten.
Als Asklepos die Zeit reif schien, bat er die Bürger der Stadt zum Handel. Ein größeres Stück Weihrauch hatte er als Dank für die Hilfe auf einem Teller angerichtet und schenkte es den Oberen der Stadt. Ein kleines Stückchen brannte er an und ließ den Duft vom Wind über die Menschenmenge streichen. Ein beifälliges Murmeln war zu hören. Der Duft berührte ihre Herzen. Das war, was wir erhofft hatten. Wir gaben auch etwas Pfeffer zum Kosten, warnten vor dessen Schärfe und erläuterten seinen Gebrauch. Die Männer drängten herzu, um zu kosten, waren verblüfft, erstaunt und erschreckt über den Geschmack und die schweißtreibende Wirkung.
Die folgenden Tage waren mit umfangreichem Handel ausgefüllt. Wir konnten einen guten Teil der noch vorhandenen Ladung eintauschen gegen Rosenöl, Leinwand und die noch erforderliche Schiffsausrüstung. Die Werftarbeiter halfen uns, das Schiff vollends seetüchtig zu machen. Wir waren zufrieden. Der Gewinn war zwar sehr viel geringer, als wir bei Beginn der Rückreise erhofft hatten. Aber wir waren dem Sturm entronnen, lebten und hatten gute Hoffnung,

doch noch Athen zu erreichen. Und dort, so hofften wir, konnten wir mit dem Rosenöl sicher einen Gutteil des Verlusts wieder wettmachen.
Ich hatte heimlich mein Gepäck durchsucht: Der wichtigste Teil, das Kostbarste und Seltenste, das ich bei mir hatte, war allen Gefahren des Meeres entgangen. Es war da, es war heil geblieben.
Nach etwa einem Monat stachen wir in See. Es galt, den Weg über das Meer nach Athen zu finden. Es war Frühsommer geworden. Der Wind kam beständig, aber schwach aus östlicher Richtung. Unser Kurs entlang der Küste und dann von Insel zu Insel, so wie die Männer von Phaselis uns den Weg beschrieben hatten, verlief ohne größere Schwierigkeiten. Im frühen Herbst schließlich erreichten wir Athen. Wir waren nur noch 15 Mann. Drei waren in Phaselis geblieben. Sie hatten sich in die Frauen verliebt, die sie gepflegt hatten, und sie waren der beschwerlichen Seereisen überdrüssig geworden. Die Schrecken des Sturms hatten das ihre dazugetan. Wir waren einmal über 30 Mann gewesen, als wir auf die Reise gingen. Das war vor mehr als zwei Jahren gewesen.
Unser Schiff war gut gefüllt mit Waren. Auch auf den Inseln, die wir besuchten, hatten wir Handel treiben können. Wir konnten uns einen schönen Gewinn versprechen. Als wir den Turm von Piräus rundeten, weinten wir. Endlich wieder in der Heimat sein! Welche Sehnsucht war erfüllt worden!
Sobald es möglich war, kramte ich meine kleine Last aus dem Schiff und verabschiedete mich von Asklepos. Wir waren in der Sturmnacht zu Freunden geworden. Er und alle anderen hatten mich endlich angenommen. Aber ich hatte es eilig weiterzukommen.
Zwei Wochen war ich zu Fuß unterwegs, bis ich in Tauros ankam, meinem Heiligtum. Erfreut begrüßten sie mich, hatten sie doch nicht mehr mit meiner Rückkehr gerechnet. Noch am Abend wurde ich zum Oberpriester gebeten. „Was bringst du für Kunde?“, fragte er.
Ich berichtete von der Reise gen Osten, über wildes Meer zu einer Küste bewohnt von dunkelbraunen Menschen, alle in schwarze Kleidung gehüllt. Ich erzählte von dem Marsch der Karawane durch die Wüste, immer weiter nach Osten. Schließlich berichtete ich von Indien, von Elefanten, von anderen Priestern und Tempeln und von der Macht über den Körper, die ich dort erlangt hatte. „Beweise!“, sagte er.
Ich holte den Elefantenzahn aus meinem Rucksack. Das erste Mal in meinem Leben sah ich, wie er die Augen aufriss und erschrak. Er hatte Angst. Mein großer Oberpriester hatte Angst! Zögernd befühlte er den glatten Zahn. „Welche Bewandtnis hat er?“, fragte er schließlich.
„Der Zahn ist nur Hülle“, sagte ich. Darin verborgen ist das Mittel, das, auf die Zunge getan, Macht über Himmel und Erde verleiht“, sagte ich.
Er war neugierig geworden und bat mich sofort um eine Probe. Das hatte ich erreichen wollen. Ich holte eine kleine Prise aus dem hohlen Zahn und streute das Pulver auf seine Zunge.
„Ich schmecke nichts“, sagte er.

Dann aber weiteten sich seine Augen. Er stand auf, torkelte durch den Raum, lachte, weinte, riss an seinen Kleidern. Er war in der anderen Welt, der Welt der Halluzinationen. Ich rief die Priester. Sie wussten nicht, was geschehen war. Sie sahen mit Entsetzen, wie ihr Oberpriester keinen klaren Gedanken mehr fassen konnte, wie er sie nicht mehr erkannte, wie er sich vor ihnen fürchtete und wie er unverständlich vor sich hinredete.
Ich hob den Elefantenzahn hoch und zeigte ihnen seine mächtige Größe.
„In fernen Ländern habe ich Gottes Willen auf die Erde gebracht. Er gab mir diesen Zahn aus seinem Gebiss zum Zeichen meiner Macht. Gottes Wille spricht durch mich. Ich lenke seine Geschicke auf dieser Erde“, rief ich ihnen zu. „Der Oberpriester wurde verwirrt von meinem Sein. Er ist kein Priester, nur ein kranker Mensch. Er hat Angst vor Gott. Wie will er ein Priester sein?“
„Ich werde dieses Heiligtum berühmt machen. Ich werde die Menschen heilen und wir alle werden ein schönes Leben haben.“
Sie erschraken vor meiner Rede und wichen vor mir zurück.
„Geht und bringt den Oberpriester auf das Feld, er soll die Ziegen hüten“, sagte ich. Sie rührten sich nicht. Da nahm ich den Zahn an meinen Mund und blies hinein. Ein dumpfes Röhren war zu hören.
Schreiend liefen sie davon, packten den verwirrten Oberpriester und schafften ihn zu den Ziegen.
Ich war jetzt der Herr des Heiligtums. Ich würde diese Macht gut zu nutzen wissen, dachte ich. Ein sorgenfreies Leben lag vor mir. Ich konnte mit den Tricks und der Magie, die ich in den fernen Ländern gelernt hatte, die Menschen betören und so den Glauben in meine Macht stärken, dass sie alles für mich tun würden. Was immer ich mir wünschen würde, sie würden es geben, sogar dankbar geben, denn ihr Seelenheil hing davon ab.
Meine Magie sicherte das Wohlgefallen der Götter, die gute Ernte, den Kindersegen und den Schutz vor Krankheiten.
Zufrieden saß ich am Fenster meines Hauses, dort wo gestern noch der Oberpriester gewohnt hatte. Ich schaute auf die schöne Landschaft. Die Reise, die Qualen und Ängste hatten sich gelohnt.
Plötzlich verschwamm alles vor mir. Ich wurde in einen Nebel gehüllt. Ich stand auf der Ebene vor einem riesigen Turm, im Schatten von Obstbäumen, eine Frau an meiner Seite.
Alasa schaute mich sorgenvoll an. Ich erkannte sie gar nicht. Es brauchte Zeit, bis ich wusste, wo ich war: bei Alasa, meiner Liebe, vor dem Turm der GESCHICHTE. Gerade noch war ich in Griechenland ein machtvoller Oberpriester gewesen, der sich ein schönes Leben gönnte.
Ich schaute an meinem Körper hinunter. Er war gekleidet wie gestern und heute und nicht wie ein Grieche. Es waren keine Narben von der schrecklichen Reise und dem Schiffbruch geblieben. Es war ein gesunder, frischer Körper. Auch war ich älter als der Priester mit dem Elefantenzahn.

„Deine erste Reise war intensiv, Helge. Ich konnte nicht länger bei dir bleiben. Ich habe dich zurückgeholt, wenn auch etwas unfreiwillig", lächelte sie. „Du wärst so gerne in den Genuss deiner Priesterschaft gekommen, oder?"
Ich setzte mich auf den Boden. Ich zog Alasa zu mir hinunter und legte meinen Kopf in ihren Schoss. Ich musste meine Verwirrung lösen. Ich brauchte Körperwärme, Liebe und Angenommensein.
Gerade noch war ich Priester in Griechenland, in einer fernen Zeit der Geschichte, jetzt lag ich im Gras auf einem fernen Planeten, den Kopf im Schoss meiner Liebe. Wo war ich wirklich? Wer war ich eigentlich?
Alasa ließ mir Zeit. Sie streichelte meine Haare und hatte einen Arm um meine Brust gelegt. Sie war still. Dann begann sie, wie auf ein kleines Kind auf mich einzureden.
„Du bist Helge. Du bist mit deinen beiden Freunden Karl und Robert in Peru gewesen. Ihr habt die Kugel entdeckt und seid zu uns geflogen. Du hast mich wieder gefunden nach vielen, vielen Jahren des Herumirrens in diesem Universum. Du lebst im Jahr 1985 deiner Zeitrechnung. Du hast soeben einen Teil deiner Vergangenheit nacherlebt, ein Leben in Griechenland im Jahr 252 vor deiner Zeitrechnung. Du bist aus dieser Geschichte wieder in die heutige Zeit zurückgekehrt. Alles, was du erlebt hast, war einmal Wirklichkeit, deine Wirklichkeit. Jetzt hast du nur deine Geschichte nacherlebt. Jetzt ist sie Vergangenheit und keine Realität mehr."
Ich setzte mich auf und versuchte das Gehörte in mich aufzunehmen. Langsam, sehr langsam kam die Erinnerung zurück. Der Beobachter kam in kleinen Schritten nach vorne in das Alltagsbewusstsein und berichtete mir, was ich gerade erlebt hatte in einer neutraleren Form. Die Intensität der Erlebnisse in Griechenland begann nachzulassen. Das Wissen darum gewann an Bedeutung. Die Gefühle ebbten ab. Das Denken setzte ein. Ich konnte mich wieder in der Zeit orientieren. Es war das Aufwachen aus einer Wirklichkeit, die aus einem realitätsnahen Traum bestand.
„Warum hast du mich nach Griechenland geschickt in dieses Erlebnis voller Qualen und Schrecken?", fragte ich Alasa.
„Das werden wir miteinander besprechen. Aber erst wollen wir baden gehen. Du brauchst Entspannung und den Genuss deines Körpers."
Wir waren am Meer, wie immer sofort. Niemand war außer uns zu sehen. Alasa ließ ihre Kleider fallen. Das erste Mal sah ich sie ganz. Ich war beglückt. Ich nahm sie in die Arme. Dann trug ich sie ins Wasser. Wir schwammen ein wenig. Dann tollten wir übermütig durch die Fluten, tauchten, spielten miteinander, umarmten uns, liebten uns.
Alasa ließ einen kleinen Tisch mit Obst und Säften anrichten. Wir aßen ein wenig, tranken ein wenig, liebten uns ein wenig, waren miteinander selig. Ich spürte den Mann in mir, lebendig, würdevoll. Ich war wieder hier, in dieser Zeit, in diesem Körper. Ich war wieder im Jetzt. Die Erlebnisse im Turm der

GESCHICHTE formten sich zur Vergangenheit, zu einem Film, den ich kannte, der mich aber nicht mehr beherrschte.
Nach einigen Stunden des Genusses miteinander meinte Alasa, es sei an der Zeit, die Erlebnisse in Griechenland zu betrachten und den roten Faden darin zu entdecken.
Sie sagte: „Zur Regie“ - und wir waren wieder in der Ebene vor dem Turm. Doch wandte sie sich nach rechts und ging auf ein Kristallgebäude zu, das ein wenig abseits stand. Ich hatte es beim ersten Mal nicht gesehen. Es war vielleicht auch nicht da gewesen. Ein halbrundes Gebäude funkelte in der Sonne. Wir gingen hinein. Wie ich es mittlerweile gewohnt war, waren wir alleine. Niemand sonst befand sich in unseren Raum-Zeit-Koordinaten. Wir wollten ja sehr Privates behandeln. Da hätten andere gestört. Es war ein Auditorium. Das ganze Gebäude bestand aus einem einzigen Saal mit einer halbrunden Projektionswand. Einige wenige Sessel waren im Raum verteilt. Wir setzten uns.
„Du hast in deinem Film Dramatisches erlebt, Helge“, sagte Alasa. Solche Dramen machen das Leben lebenswert. Aus der Sicht der großen Zusammenhänge sind die dramatischen Erlebnisse jedoch nicht der wichtige Aspekt im Leben. Sie helfen nur dabei, das, was dir bewusst wird, intensiver zu speichern und aufzunehmen.“
„Wichtig ist nur, dass das, was du dir in einem Leben bewusst machen willst, zu einem beständigen und nicht mehr veränderlichen Teil deiner großen Persönlichkeit wird.“
„Was wollte ich mir denn in Griechenland bewusst machen und meiner Person angliedern?“, fragte ich skeptisch.
Sie lachte. „Hier will dich niemand angreifen (sie hatte natürlich sofort meine Abwehrhaltung gemerkt) oder in deiner Freiheit beschneiden. Im Gegenteil, die Erfahrung mit deiner GESCHICHTE soll dich so frei machen, dass du hier und jetzt entspannt leben kannst.“
„Zusammengefasst hast du die MACHT kennen gelernt, zunächst die Ohnmacht, dann die Macht und schließlich den Schrecken der Macht. Das Ergebnis ist heute, dass du nicht mehr von ihr versucht werden kannst zu schlechtem Handeln.“ Aber im Einzelnen:
„In Griechenland ist dir bewusst geworden, dass die Annehmlichkeiten des Lebens, ein schönes Haus, gutes Essen und Trinken, schöne Frauen (sie lachte schelmisch und strich leicht über meinen Arm) dir nicht automatisch gegeben werden, wie du es als Kind erwartest, sondern dass du sie dir erarbeiten musst, dass du dafür etwas geben musst. Du hast gelernt, dass jemand, der erfolgreicher ist, der die bessere Strategie hat, mehr erhält als andere. Dir wurde bewusst, dass die geschickte Ausübung der Macht ein gutes Leben beschert.“ Alasa sprach langsam und eindringlich.
Ich hörte gut zu. Ich hatte mir bisher keine Gedanken über meine Motive gemacht, die mein Leben bestimmten.

„Aber ich bin doch kein Machtmensch, Alasa, kein Despot, der seine Herrschaft sichern will“, gab ich zu bedenken.
„Jetzt vergleichst du dich mit Menschen, die den Gedanken der Macht ohne jede Begrenzung verfolgen. Sicher gibt es sie. Aber es geht um dich, um deine versteckten Motive. Ich will dir jetzt einen Ausschnitt aus deinem damaligen Leben zeigen, der dir klar macht, warum du die Macht haben wolltest und wie du gemerkt hast, dass sie ein angenehmes Leben bescheren kann.“
„Ich will dir auch zeigen, wo die Ausnutzung der Macht hinführt.“
Auf der Projektionsfläche erschien ein Bild, dreidimensional und so lebensecht, dass ich nach wenigen Minuten des Zuschauens wieder ganz darin gefangen war. Aber ich hatte immer noch Alasa an meiner Seite, die meine Hand hielt und mir half, nicht völlig im Geschehen zu verschwinden.
Es war eine Episode, an die ich mich möglichst nicht erinnern wollte. Wenn sie doch hochkam, war ich so voller Wut, dass ich schier zu platzen schien.
Ich war in der Wüste, auf dem Weg nach Indien, wo ich Magie lernen wollte. Ich hatte mich als Gehilfe verdingt, um den Weg durch die Wüste ohne große Kosten bewältigen zu können. Der Herr der Karawane war ein dicker Mann, in einen weiten Burnus gekleidet, der bis zum Boden reichte. Er hatte einen Turban auf dem Kopf, langes Haar und einen großen Bart. Die schwarzen Augen lagen tief in den Höhlen. Sie funkelten wild, manchmal grausam. Er hatte einen Sohn, etwa in meinem Alter, Mitte 20. Er war ein drahtiger Bursche, der mit dem Einfluss und Reichtum seines Vaters vor allen prahltc.
Wir waren sieben oder acht Tagesmärsche gewandert, eine lange Karawane von Dromedaren, eine braunschwarze Schlange, die im gelbgrauen Einerlei der Wüste vorwärtskroch. Am Morgen inspizierte Arif, der Herr der Karawane, das Lager. Alle Männer verbeugten sich tief vor ihm. Ich war Grieche, ein freier Mann, selbstbewusst und stolz. Ich nickte ihm freundlich zu, wie ich es jeden Tag getan hatte. Sein Sohn war neben ihm. Er wurde zornig, weil er wohl meinte, ich hätte keinen Respekt vor seinem Vater. Er flüsterte diesem etwas zu. Arif kam näher. „Du hast die Wüste noch nicht genug genossen, Grieche, dass du deinen Kopf so hoch trägst“, sagte er. „Mir gefällt dein aufsässiger Blick nicht.“ Er stieß meinen Becher Wasser mit dem Fuß um. „Lerne, Grieche, ohne Wasser zu leben.“
Er ging weiter und gab Befehl, mir kein Wasser mehr zu geben. Ich wusste, was es bedeuten würde. Aber in meinem Stolz meinte ich, Arif schon zeigen zu können, was ein Grieche aushalten kann.
Wir beluden die Tiere und brachen auf. Langsam setzte sich die Karawane in Bewegung. Die Stunden bis Mittag waren wie die Tage davor. Ich ging hinter meinem Dromedar und achtete darauf, dass es im gleichen Schritt in der endlosen Kette der Tiere blieb.
Als wir zum Mittagsmahl rasteten, erhielt jeder seinen Becher Wasser, aber mir wurde weder Essen noch Trinken gereicht. Verstohlen musterten mich die

anderen Männer. Ich saß stumm da. Was hatte ich verbrochen? Ich hatte Arif nicht beleidigt. Ich war ein guter Gehilfe, anstellig und lernbegierig.
Der Nachmittag war heiß. Der Mund trocknete mir aus. Ich nahm einen kleinen Stein in den Mund und lutschte daran. Das half eine Weile. Der Nachmittag zog sich endlos dahin. Die Sonne wollte sich nicht zum Horizont neigen.
Endlich gab Arif Befehl zum Lager. Geschäftiges Treiben setzte ein. Ich entlud mein Dromedar, ordnete die Seile und richtete die Ladung ordentlich auf dem Boden aus. Er sollte keinen Grund zu weiterem Tadel haben. Die Zelte wurden aufgestellt. Es wurde Feuer gemacht und die Speisen wurden bereitet. Ich saß etwas benommen im Schatten eines Zeltes und wartete auf das Essen.
Arif kam. Breitbeinig stand er vor mir: „Wirst du mir jetzt die Füße küssen, Grieche, und mich deinen Herren nennen?“ Ich verstand nicht. So gewaltig war sein Ansinnen.
Ich stand auf. „Ich bin Grieche, ein freier Mensch, gleich allen anderen, nicht weniger und auch nicht mehr als sie. Ich achte dich, Arif, Herr der Karawane und ich diene dir treu und ergeben, wie es vereinbart ist. Habe ich eine schlechte Arbeit geleistet, zeige es mir, ich will es ändern. Aber du bist nicht mein Herr.“
„Ich bin Herr der Karawane und was ich sage, ist das Gesetz in der Wüste“, brauste er auf. „Du wirst lernen müssen, mich als deinen Herren zu sehen und dich als meinen Knecht, willst du dein Leben behalten.“
Er ging und gab Befehl, mir nichts zu essen und nichts zu trinken zu geben. Die Männer der Karawane schauten verlegen drein. Sie wussten genau, was es bedeutet, ohne Wasser zu sein.
Die Kälte der Nacht machte das Fasten erträglich. Die ersten Stunden des neuen Tages konnte ich noch gut mithalten, aber dann packte mich der Durst. Unerbittlich griff er nach mir, lähmte meine Schritte, ließ mich nicht mehr richtig sehen. Die Lippen sprangen auf, die Hände waren fahrig. Ich konnte mein Dromedar nicht mehr führen.
Die Karawane zog durch die Wüste. Ich taumelte neben her. Keiner sah mich an, alle gingen weiter. Ich halluzinierte, sah Bilder und verlor meine Beherrschung. Ich war nur noch ein Mensch, der nach Wasser lechzte. „Wasser! Wasser!“, schrie es in mir. Ich ging auf einen anderen Treiber zu. „Gib mir Wasser, bitte, gib mir Wasser!“ Er stieß mich von sich und ging weiter. Ich konnte nicht mehr Schritt halten mit der Karawane. Wenn ich ihr nicht mehr folgen konnte, war ich verloren. Das wusste ich.
Arif ritt auf mich zu: „Wirst du mich deinen Herren heißen?“, rief er von seinem Dromedar zu mir herab. Ich konnte nur noch lallen: „Herr vergib mir, du bist der Herr, ich bin dein Knecht.“ Dann fiel ich zu Boden.
Auf seinen Wink kam einer der Männer und gab mir zu trinken, einen kleinen Becher Wasser. Ich trank ihn in einem Zug leer. „Gib mehr!“, rief ich.“ Er stieß mich weg. Ich riss ihn an seiner Kleidung. „Mehr Wasser, gib mehr“, schrie ich. Aber er stieß mich zu Boden.

„Du bist noch zu aufmüpfig“, sagte Arif. „Du musst noch viel lernen.“ Er ritt davon.
Der Schluck Wasser hatte mich belebt. Aber es war teuflisch. Das Verlangen nach Wasser war nur mehr gewachsen. Ich taumelte weiter und versuchte Schritt zu halten mit der Karawane. Sie machte Mittagsrast. Ich erreichte sie endlich, als es schon fast wieder weiterging. Ich fiel in den Sand.
Arif stand vor mir. „Willst du mir jetzt die Füße küssen, Grieche, und mich deinen Herren nennen?“, fragte die Stimme hoch über mir.
Ich konnte keine Gefühle mehr spüren. Der Drang nach Wasser war das Einzige, was mich beherrschte. Ich war ein nach Wasser gierender Körper. Mein Stolz war in der Hitze der Wüste geblieben. Ich kroch zu seinen Füßen, küsste ihm die Stiefel und hieß ihn meinen Herrn.
„Wer ist der Herr?“, fragte er. „Du bist es, Herr!“, lallte ich. „Du wirst mir jeden Tag die Schuhe küssen“, sagte er und ging.
Ein Mann kam und gab mir zu trinken. Er gab mir reichlich. Ich bekam Essen und war wieder Teil der Karawane geworden. In der Nacht hatte ich einen Alptraum. Ich sah mich in der Wüste dahinwanken ohne Wasser und verdursten.
Nach ein paar Tagen war ich wieder körperlich hergestellt, aber Arif hielt Wort: Jeden Morgen musste ich ihm die Füße küssen und ihn seinen Herrn nennen. Jeden Tag grinsten die anderen mehr, johlten, hatte ihre Freude an meiner Erniedrigung. Die Schmach wurde von Tag zu Tag schlimmer.
Noch heute spüre ich die Wut wieder, wie sie von Tag zu Tag wuchs. Aber ich hatte meine Lehre erhalten. Ich tue alles, um Wasser zu haben. Wo war mein Stolz geblieben?
Ich saß im Auditorium, in Schweiß gebadet. Alasa hielt mich in ihren Armen und tröstete mich. Ich weinte.
„Woher weißt du um alle diese Dinge?“, fragte ich sie.
„Du bist ein großer Kämpfer, Helge“, sagte sie zärtlich. „Ich verstehe dich besser, als du meinst, und deine Geschichte ist auch meine Geschichte. Ich kenne deine Geschichte, wie du meine Geschichte kennst.“
„Aber ich kenne deine Geschichte doch gar nicht!“, rief ich aus.
Sie lächelte. „Deine Erinnerung ist noch ein wenig lückenhaft. Aber bald wirst du völlig darüber verfügen. Dann weißt du alles von mir.“
„Ist es nicht so, dass du dir damals geschworen hast, dass dich niemals mehr jemand erniedrigen wird? Dass du Macht haben willst, damit dies nicht mehr geschieht?“
Ich nickte. „Ich habe all die Monate nach der Reise durch die Wüste überlegt, was ich tun kann, damit ich so leben kann wie Arif. Herr wollte ich sein und nie mehr Diener. So wollte ich es“, sagte ich.
„Richtig“, sagte sie. „Damit hast du den Grundstein zu deiner Macht gelegt. Wer mächtig ist, kann sich vor Erniedrigung schützen. In Indien hast du gelernt, wie man mit der Macht umgeht und du hast beobachten können, wie die Priester als die Mächtigsten sogar von den Herren der Welt hofiert werden. Wer Macht über

das Seelenheil hat, der ist sehr mächtig. Du hast angefangen zu überlegen, wie du den Oberpriester beseitigen könntest."
Ich staunte über ihre Logik. Sie stimmte mit meiner inneren Überzeugung überein. Sicher, heute war eine andere Situation, aber ich war immer noch bestrebt, zur Spitze zu gehören, niemanden über mir zu haben.
„Trotzdem, heute bin ich kein Priester. Was hat denn der Priester damals mit mir heute zu tun? Wie ging es denn weiter mit meinem Leben?"
„Ich glaube, wir legen für heute eine Pause sein. Sicher, deine Frage ist wichtig. Aber die Antwort sollte erst kommen, wenn du den Weg zur Macht in dir angenommen hast. Denn dass du für die Macht bezahlen musstest, ist die Folge. Nur kannst du nicht alles auf einmal nacherleben. Das wäre zu viel."
Alasa hatte Recht. Ich brauchte eine Pause. Ich brauchte Brot und Speck. Sie lachte, als ich es ihr sagte. „Lade mich ein", schlug sie vor.
Wir gingen nach Hause. Meine Freunde sahen genauso mitgenommen aus wie ich, aber die drei Frauen strahlten sich an. Sie waren offensichtlich stolz auf ihre heutige Arbeit an und mit uns.
„Ich lade euch alle ein", sagte ich feierlich. „Wir halten Brotzeit."
Ich hatte hinter dem Haus ein echtes bayrisches Zelt erstellen lassen mit Bier, Speck, Brot und Musik dazu. Wir feierten. Wir tanzten, das heißt, wir zeigten unseren Frauen, wie man tanzt. Es war lustig, sie zu drehen und zu wenden. Es war ausgelassen, fröhlich. Spät verabschiedeten sich die Frauen. Wir gingen ins Haus.
„Hast du auch einen dramatischen Film über deine machtvolle Vergangenheit gesehen?", fragte Karl. „Sicher", sagte ich. „Ich bin gerade noch mit dem Leben davon gekommen." Wir lachten.
„Alles wegen der Macht", spottete Robert, in seinen heimischen Dialekt fallend. „Ich hätte nie gedacht, dass ich mit der Macht so machtvoll verbunden bin. Die Macht ist tief drin in mir und ich kann sie nicht so leicht herauslassen."
Er machte eine Geste mit dem Brotmesser, wie wenn er sich den Bauch aufschlitzen wollte. Er sprach weiter:
„Bisher hatte ich angenommen, dass Macht nur eine kleine Gruppe von Menschen begeistert, die Diktatoren, die Politiker, die Militärs. Aber jetzt weiß ich, dass wir alle Macht in uns haben. Ohne Macht geht es offensichtlich nicht im Leben auf der Erde und es ist nur die Frage, wie viel wir davon bewusst leben und wie viel wir davon unterdrücken. Das kommt dann woanders heraus, mit Sicherheit."
„Auf der Erde ist es sicher so", sagte Karl. „Aber hier ist es anders. Der ganze Planet ist ohne Macht. Und sie leben gut damit. Wie haben sie das geschafft?"
„So sollten wir auch leben können", meinte Robert verträumt.
Aber dann konnten wir nicht mehr. Die Erschöpfung des Tages hatte uns eingeholt. Wir gingen erst einmal zu Bett.
„Unsere Frauen sehen in der Macht viel, viel mehr, als wir das bisher getan haben", sagte ich, als wir am nächsten Morgen wieder wie üblich vor dem Haus

saßen. „Wenn ich meinen Leuten sage, was in der Firma zu geschehen hat, dann ist das eine notwendige Anweisung. Dann bin ich noch lange kein Machtmensch, denke ich."
Robert grinste. „Du bist überhaupt kein Machtmensch, Helge. Ich denke da nur an unsere letzte Herbstwanderung, als du nicht nach unserer Karte laufen wolltest. Wir waren machtlos. Du gingst deiner Wege und wir Trottel folgten dir brav."
„Aber es ist doch eigentlich nur sinnvoll von Macht zu reden, wenn wir bzw. einer von uns der Meinung ist, frei über Menschen verfügen zu können wie die Fürsten vor 300 Jahren oder so", verteidigte ich mich.
„Eigentlich hast du Recht", sagte Karl, das ist die herrschende Meinung. Das ist, was die Politiker uns vorleben. Aber wenn ich es recht betrachte, und meine Erlebnisse in den letzten Tagen hier sprechen eine lebendige Sprache, dann wollen unsere Frauen darauf hinweisen, dass es sich eigentlich um eine besondere Energie handelt, bei der es nur um die Qualität geht und nicht um die Quantität. Ihr habt eben von der Größe von Macht gesprochen, ab der ihr sie als solche sehen wollt. Aber wenn ich über das nachdenke, was ich erlebt habe, dann fängt es ganz woanders an."
„Ich habe in meinem Film erlebt, dass ich aus einer Grundhaltung zum Leben heraus Macht angewendet habe. Meine Frage war, wie kann ich mein Überleben am besten sichern? Daraus leitete ich ab: Ich sichere mein Überleben am besten, wenn ich mich durchsetze und das mit Macht. Das fing ganz klein an - nur ein bischen Macht, bitte! Dann wurde die Macht, mit der ich mein Leben lebte, immer größer. Auch bei mehr Macht war es immer noch Macht und nichts anderes. Die Qualität bleibt immer die gleiche und die Qualität führt zum Verhängnis."
„Der Ausgangspunkt" - Karl war in seine übliche Vorlesungsrolle geschlüpft - „ist doch, dass wir auf der Erde der Meinung sind, die Güter, die wir zum Leben brauchen, sind in der Menge begrenzt und reichen nicht für alle. Damit kommt es zwangsläufig zum Verteilungskampf, der natürlich von dem am leichtesten gewonnen wird, der über Macht verfügt. Mir ist heute Nacht klar geworden, dass wir als der gesittete Staat, als der Deutschland gelten kann, Gesetze haben, die die Machtausübung in vertretbare Kanäle leitet. Das macht es einigermaßen erträglich. Aber das respektiert nur, dass es Mächtige und Ohnmächtige gibt. Die Gesetze helfen, dass die Menschen sinnvoll miteinander und mit ihrer Macht leben und sich nicht gegenseitig umbringen. Das ist aber nur Macht mit Spielregeln, nichts anderes."
„Dazu gehört auch, dass es nicht immer klappt und dass dann die eine oder die andere Seite einen größeren Vorteil davon hat. Aber wir haben schon oft miteinander darüber diskutiert, dass wir offensichtlich in einer Zeit leben, wo sich immer weniger Menschen an die Gesetze halten oder von einer inneren Moralvorstellung aus leben. Immer weniger Menschen sind gesittet. Immer mehr Menschen nutzen die ihnen zur Verfügung stehenden Möglichkeiten

immer egoistischer aus. Sie wollen alles rausholen und nichts dafür tun. Die Macht und die Lust an ihr tritt offener zu Tage."
„Wir leben in einer Zeit, in der die große Masse erkennt, was Macht bedeutet und wie man sie anwenden muss. Da kann noch ganz schön was auf uns zukommen, wenn das so weitergeht."
„Und hier lernen wir wahrscheinlich, Macht als eine Energie zu sehen, die dem Leben nicht gut tut. Das verstehe ich noch nicht und ich weiß auch noch nicht, ob und wie wir diese andere Form auf der Erde leben könnten."
„Du hast Recht, Karl", sagte Robert. „Aber gerade weil die Erde so ist, wie sie ist, ist die Macht ein Faktor, der einbezogen werden muss. Wir können nicht ohne Macht leben. Das hat es noch nie gegeben."
„Ich weiß immer noch nicht, worauf unsere drei Frauen hinauswollen. Wollen sie uns umerziehen und machtlos machen?", fragte ich. „Dann müssen wir hierbleiben - was gar nicht so schlecht ist", träumte ich vor mich hin.
„Oder wollen sie uns nur lehren mit der Macht anders umzugehen, sie bewusster in ihrem Ursprung und in ihrer Wirkung zu sehen, um sowohl hier als auch auf der Erde besser leben zu können? Wisst ihr", sagte ich weiter, „eigentlich ist der Kosmos ein Ganzes. Da kann es nicht sein, dass es eine Gegend gibt, in der ganz andere Gesetze gelten als in einer anderen. Alles muss überall gelten können, denke ich mir."
„In jedem Fall erfahren wir eine ganze Menge über uns und lernen friedlicher zu sein", sagte Robert. „Dann wird sich Helge auch einmal freiwillig nach unserer Karte richten. Das wär' doch was, Karl!" Beide lachten. Ich war verlegen.
„Ihr habt ja Recht. Damals habe ich meinen Frust aus dem Büro bei euch abgeladen. Das war nicht fair. Ich entschuldige mich."
„Entschuldigung angenommen", kam es feierlich von meinen Freunden.
„Ist Macht schlecht?", nahm Karl den Faden wieder auf. „Können wir wie Heilige im Alltag leben? Können wir Anweisungen geben, ohne Macht einzusetzen? Geregelte Macht verhindert Chaos. Das ist ein guter Satz", meinte er zufrieden.
Wir saßen da und spannen am Faden der Macht. „Macht befriedigt. Macht ist lustvoll. Spiel mit der Macht, das macht dich lustig (oder lüstern?)!" War schließlich Roberts Reim auf die Macht. Wir lachten.
„Wenn ihr so herzlich lachen könnt, dann habt ihr das gestrige Erlebnis gut verschlafen", sagte eine helle Stimme hinter uns. Es war meine Alasa, die da stand. Ich stürzte auf sie zu. Wir hielten uns lange umarmt. Schließlich räusperte sich Karl vernehmlich. „Also", sagte er, „und wo bleibe ich?" „Und ich?", rief Robert entrüstet.
Alasa lachte. „Ihr bekommt auch noch, was ihr euch wünscht", sagte sie. Ich hole euch nur ab. Wir wollen weitermachen und sehen, was aus der Macht wird. Zur GESCHICHTE!", sagte sie, und wir standen wieder in der Ebene vor dem Turm.

Ülük und Geratl warteten schon auf uns. Karl und Robert waren nun dran, die Frauen zu umarmen, aber Alasa und ich standen nicht untätig herum.
Schließlich, etwas außer Atem, erklärte Ülük, worum es ging.
„Ihr habt beobachtet, dass viele Menschen sich der Energie der Macht gar nicht bewusst sind und sie so verwenden, wie sie meinen, dass es richtig ist. Dann leiden sie unter den Konsequenzen ihres Handelns, ohne dass sie den Zusammenhang erkennen würden. Irgendwann ist es dann soweit. Sie werden erwachsen und erkennen, was Macht eigentlich bedeutet und wie man sie handhabt. Dann wenden sie sie planvoll für ihre Zwecke an. Sie sind zu Machtmenschen geworden, die stolz darauf sind, mächtig sein zu können, und die wissen, wie man die Macht benutzt. Sie haben die Gesetze der Macht erlernt und wenden sie an. Gestern habt ihr in Schlüsselerlebnissen nacherlebt, wie ihr zur Macht erwacht seid und wie ihr angefangen habt, die Macht zu eurem Vorteil zu nutzen."
„Heute wollen wir euch die zweite Seite eurer Geschichte zeigen: was geschieht, wenn ihr Macht ausübt."
„Es genügt wieder, wenn ihr ein Schlüsselerlebnis aufmerksam verfolgt. Und denkt daran, ihr seid auch heute nur Beobachter. Ihr erlebt nur etwas nach, was zu eurer Geschichte gehört. Das Erleben soll euch helfen, euer Bewusstsein zu erweitern. Aber es ist heute keine Realität mehr. Es bleibt Vergangenheit."
Ülük wies den Weg. Wir traten in den Turm. Wie gestern war ich auf einmal allein und ich hatte einiges Herzklopfen, was ich denn diesmal erleben würde. Nach der gestrigen Erfahrung wollte ich viel mehr Beobachter sein und bleiben. Jetzt wusste ich ja, wie es funktioniert. Aber das dachte ich nur. Was dann geschah, war ganz anders als erwartet.
Im Turm herrschte ohrenbetäubender Lärm. Er schüttete mich buchstäblich zu. Ich meinte, die Trommelfelle würden mir zerreißen. Ich hielt mir mit beiden Händen die Ohren zu. Es half ein wenig. Langsam konnte ich aufnehmen, was die Augen sahen. Ich war in eine Schlacht geraten. Irgendwann im Mittelalter bekämpften sich zwei Heere und ich war mittendrin. Es war heiß, Pinien standen da und die Erde war staubig, zertrampelt von den vielen Füßen. Ein paar wenige Ölbäume standen noch. Sie waren aber mehr im Weg, als dass sie Schatten spendeten. Ich schwitzte entsetzlich.
Ich steckte in einer Rüstung. Ich fühlte mich durch sie eingekerkert. Durch die Sichtschlitze der Haube konnte ich kaum sehen und nur mit Mühe Luft bekommen. Mein Pferd, auf dem ich saß, und ich, waren nur noch ein Schatten unserer selbst. Die Entbehrungen des langen Marsches hatten uns arg zugesetzt. Aber jetzt galt es, den Sieg zu erringen. Es galt, das Christentum als die mächtigste Religion und den größten Glauben in der Welt zu verteidigen, mehr noch: ihm zum endgültigen Sieg zu verhelfen.
Dieser Gedanke: „Christus ist mächtig, er ist die Allmacht und er ist in mir. Ich bin sein gläubiger Nachfolger. Er wird mir den Sieg geben!", das berauschte mich, trieb mich an, gab mir ungeahnte Kräfte.

„Wie kann er nur so bestialisch draufhauen, dieser Ritter?“, fragte mein Beobachter im Hintergrund. Er war etwas lebendiger geblieben als gestern, aber immer noch viel zu schwach, als dass er mich vor der Indentifikation mit dem Ritter hätte bewahren können.
Ich hörte nicht auf ihn. Ich war entfesselt. Ich kannte keine Grenzen. Blind vor Wut, vor Begeisterung, vor Angriffslust, vor innerer Raserei hieb ich auf die Menschen ein, die mein Pferd umringten. Wir waren vor einer Stadt. Die Stadttore waren weit geöffnet und unser Heer drängte dorthin. Immer mehr Menschen kamen aus der Stadt auf uns zugelaufen. Sie waren ohne Waffen und uns schutzlos ausgeliefert, nachdem wir die letzten Reste ihres Heeres am Morgen niedergemetzelt hatten. Sie kamen mit ihrem Gold und boten es uns als Siegesgabe an. Sie baten um Schonung.
Einen winzigen Augenblick sah ich ihr Leid, ihre Verzweiflung, ihre Schutzlosigkeit, ihre Hilflosigkeit und ihr Entsetzen. Mir sank der Arm.
Da rief Herr Theobald, unser gewählter Führer: „Glaubt ihr an den Papst in Rom?“
Die Menschen schüttelten die Köpfe. „Wir glauben an Jesus Christus, den Sohn Gottes“, riefen sie, „der auferstanden ist von den Toten, der die Vergebung und die Liebe uns Menschen gebracht hat. Wir sind die Untertanen des Bischofs von Byzanz.“
„Byzanz, diese Hure?“, schrie Herr Theobald. „Ihr seid schlimmer als die Mameluken, die ihren Allah anbeten und Christus nicht kennen. Ihr aber wisst von Christus und lehnt doch seinen Vertreter auf Erden, den Papst in Rom, ab. Das ist Gotteslästerung! Gott wird euch am jüngsten Tage richten!“
Er gab den Befehl zum Angriff. Niemand sollte geschont werden. Wir ritten in die Stadt. Ich mähte die Menschen an meinem Pferd nieder. Ich schonte keinen. Wir metzelten die ganze Stadt, Männer, Frauen, Kinder, Greise, Arme, Kranke und Reiche nieder. Es gab kein Erbarmen. Wir mussten ihre Seelen vor dem Fegefeuer retten.
Wir wateten im Blut und stolperten über Leichen. Langsam ebbte das Schreien ab, das Wimmern, das Flehen. Die Stille eines Sarges hatte sich über die Stadt gelegt. Die Luft roch süßlich nach dem Blut Tausender. Die Fliegen schwirrten um die Leichen. Die Hunde leckten das Blut.
Rotgeränderte Augen sah ich bei uns. Die Wut der Berserker war durch sie hindurchgebrochen. Blutüberströmt und stinkend standen wir in der besiegten, der toten Stadt.
„Sucht euch eine Bleibe!“, rief Herr Theobald.
Ich ging auf das nächste Haus zu. Es war groß und wohl gebaut. Im ersten Stock - nirgends war ein Mensch zu sehen, es lagen auch keine Leichen herum - kam ich in eine Studierstube. Der Bewohner war Gelehrter gewesen. Jetzt lag er wahrscheinlich auf der Straße, von uns niedergemetzelt. Ich hatte meine Haube abgenommen, das Schwert noch in der Hand und setzte mich an den Tisch. Vor mir lag die Bibel. Sie war aufgeschlagen.

Ich las: Liebe deinen Nächsten wie dich selbst. Es waren die Worte aus der Bergpredigt.
Diese Worte fielen in meine müden Augen und sanken tief ins Herz. Ich saß und konnte mich nicht mehr rühren. „Was haben wir getan, heute, hier in dieser Stadt?“, ging es mir durch den Kopf. „Wer sagt denn, dass wir römischen Christen die richtige Religion haben gegenüber jenen Christen hier, die nun tot auf der Straße liegen? Und wer sagt, dass wir den rechten Glauben haben gegenüber den Kindern des Halbmonds?“
Unsere hohen Herren hatten es uns eingegeben. Mit vergoldeten Zungen sprachen sie. Aber sie wollten unsere Begeisterung nur für ihre Machtgelüste nützen. Das wurde mir langsam klar. Ich war eines ihrer Opfer geworden. Ich hatte geglaubt, es ginge nur um die Errettung der Seelen, um die Hilfe für Menschen, die noch nicht wussten, was rechter Glaube war. Aber darum ging es gar nicht.
Verblendet von dem Versprechen, Gottes Lohn und Gnade zu erhalten, getrieben von eigener Gier nach Macht, wollte ich meiner Sippe zu Hause beweisen, zu welchen Taten ich fähig war. Ich wollte ihnen beweisen, dass ich ein Held war, unbezwingbar und unverwundbar, weil Gottes Macht in mir wohnte. Und ich wollte als reicher Ritter mit üppiger Beute in unser Dorf einreiten.
Welch einfältiger Mensch war ich doch, dass ich unausgegorenen Trieben folgte, den schönen Reden der hohen Herren, die nur nach dem Gold der Menschen aus waren, nach mehr Land, das sie unterjochen konnten. Aber dafür brauchten sie solche Tolpatsche wie mich, die ihnen auf den Leim krochen. Aus blindem Gehorsam vor ihren Reden schlachtete ich die Menschen wie Vieh dahin und vergaß, was rechtens war.
Kein Krieg kann ein heiliger Krieg sein, kam es mir. Jeder Krieg ist nur ein Krieg um Macht, um materielle Vorteile, um Stolz oder um anderes, um das es nicht das Kämpfen lohnt. Wie kann es sein, dass Gott, der in jedem Menschen wohnt, sich selber bekriegt?
Es war schon dunkel geworden, als ich mich mühsam erhob. Die beiden Blätter mit den Worten der Bergpredigt riss ich aus dem Buch heraus. Ich nahm sie mit. Ich stolperte aus dem Haus. Ich band mein Pferd los. Grußlos ritt ich aus der toten Stadt, in der meine Kameraden ihren Sieg feierten und das Gold der Toten unter sich verteilten. Ich war keiner der ihren mehr.
Ich mochte eine Stunde geritten sein, als ich an einen Bach kam. Ich band mein Pferd so an, dass es saufen konnte, schälte mich aus meiner Rüstung und legte mich ins Wasser.
„Wasch ab meine Sünden, wasch ab meine Gier, wasch ab meine Machtgelüste“, sprach ich vor mich hin. Ich weinte. „Lass mich wieder Kind sein, klein und unschuldig“, rief ich in die Nacht. Ich wusste nicht, mit wem ich sprach, aber es musste doch jemanden geben, der mich hörte. Ich fror. Ich kroch aus dem Wasser. Ich machte Feuer. Ich saß am Feuer die ganze Nacht. Ich beschloss, nie

mehr den Verführungskünsten anderer zu verfallen, nie mehr den Mächtigen zu gehorchen, nie mehr die Macht zu missbrauchen zum Schaden anderer.
Wie konnte ich wieder gutmachen, was ich dort in der Schlacht angestellt hatte?
All dies ging mir durch den Kopf, als ich an meinem Feuer hockte. Ich musste eingeschlafen sein.
Als ich aufwachte, saß Alasa neben mir. Wir waren am Meer in der Wärme.
Sie nahm mich in die Arme, sie streichelte mich, sie legte meinen Kopf in ihren Schoss und sie summte ein Wiegenlied.
„Entspanne dich. Dann wollen wir baden und Freude am Wasser haben“, sagte sie.
Nach ein paar Stunden der Erholung am Meer und im Spiel mit Alasa war ich wieder ich selber, der Mensch, der heute lebt.
Natürlich bewegte mich der Gedanke, ob das, was ich im Turm erlebt hatte, wirklich so gewesen war. Ich konnte mir, so wie ich jetzt war, nicht vorstellen, wirklich an einem solchen Gemetzel aktiv beteiligt gewesen zu sein. Ich verabscheue alles, was mit Gewalt zu tun hat. Ich war gerade deswegen nicht zur Armee gegangen. Ich wusste absolut sicher: Gewalt löst kein Problem. Im Gegenteil: Gewalt schafft Probleme.
Schließlich trafen wir unsere Freunde in einem Restaurant, an dessen einer Seite eine Glaswand die Sicht auf das Leben im Meer freigab. Die Wogen schlugen oben dagegen und weiter unten war der Seeboden mit Algen und Krebsen. Fische schwammen an der Wand entlang, Seesterne krochen darauf. Ein Fisch mit großen Augen schwamm immer wieder auf die Wand zu, glotzte uns an und dachte vielleicht: Worüber die Menschen sich ihre Köpfe zerbrechen müssen? Das Leben ist doch so einfach: schwimmen, fressen und sich wohl fühlen.
Wir saßen auf Polstern, vor uns kleine Tische, die sich mit dem füllten, was immer wir begehrten. Wir schlemmten, wir fütterten einander, wir tranken uns zu und wir ließen es uns wohl ergehen.
Wir drei Lehrlinge waren besser drauf als gestern. Jeder von uns hatte sein Massaker erlebt, aber der Beobachter war heute schon stärker gewesen. Er hatte es uns ermöglicht, schneller aus der Welt der Vergangenheit wieder herauszufinden. Wir wussten jetzt, dass es um das Lernen ging und nicht um mittelalterliches Kämpfen.
„Was mich bedrückt“, sagte nach einiger Zeit Robert in die Runde, „ist, dass ich in diesem Massaker eine Lust am Dreinhauen, am Umbringen, am Vernichten spürte. Sie hatte keinerlei Grund. Es war der Spass am Morden. Ich verstehe nicht, dass ich zu solch einem Gefühl fähig bin.“
„Mir ging es genauso“, sagte ich. „Das hat mich sehr nachdenklich gemacht. Da ist eine Seite in uns, ein Erbe der Vergangenheit, das offensichtlich immer noch seine Bedeutung hat.“
„Ihr habt uns nicht in die GESCHICHTE geführt“, sagte Karl, „damit wir die Geschichte unseres Planeten nacherleben, sondern damit wir etwas lernen. Das hier ist doch so wie das In-die-Leere-Rennen vor einigen Tagen, als wir die Ego-

Aggressionen aus uns herausbringen sollten, oder? Dadurch sind wir angekommen. Was soll die Erfahrung von gestern und heute bewirken und in uns auslösen?“ Er schaute unsere drei Damen erwartungsvoll an.
Sie lachten. „Du hast Recht“, sagte schließlich Ülük. „Wir wollen euch helfen, in eurem Bewusstsein zu wachsen. Und wenn ihr die Lehre der Macht verinnerlicht habt, werdet ihr noch viel mehr die Männer sein, die wir lieben. Dann werdet ihr euch freier fühlen als je zuvor. Wenn ich sehe, wie ihr gewachsen seid in den wenigen Tagen, die ihr hier seid, bin ich begeistert. Als ihr das erste Mal aus der Kugel stiegt, wart ihr unsichere Krieger. Aber jetzt seid ihr schon Männer und sehr attraktive dazu.“
„Ihr lernt, die Macht als Energie zu sehen, die gezähmt werden will. Wie das Ego ein Teil des Lebens ist, ist die Macht auch ein Teil des Lebens, ohne den das Leben nicht sein kann. Aber so, wie es nicht darum geht, das Ego auszulöschen, geht es auch nicht darum, dic Macht zu beseitigen. Wir müssen lernen, beide Instrumente des Lebens sinnvoll einzusetzen. Und jede sinnvolle Nutzung von Lebensinstrumenten ist möglich, wenn das Bewusstsein darüber steht und sie beherrscht und nicht umgekehrt.“
Sie lehnte sich, scheinbar erschöpft von der langen Rede, entspannt in das Polster.
Wir schwiegen. „Woher wisst ihr eigentlich, dass wir schon mehrmals gelebt haben, dass wir seit Jahrtausenden auf der Erde leben?“, fragte ich nun doch. „Wir denken, wir werden geboren und sterben irgendwann. Das war es dann. Das Ergebnis der Aufklärung und der Jahrhunderte christlicher Prägung hat diese Vorstellung in uns zur Wahrheit werden lassen.“
Alasa sagte: „Aber Helge, wenn du nicht schon oft gelebt hättest und ich auch, wie könnten wir uns denn heute so lieb haben?“ Das machte mich sprachlos.
„Ok“, sagte Karl, „ein Indiz ist es schon, aber um den Beweis könnt ihr euch nicht drücken. Ich werde ihn immer wieder fordern. Das wissenschaftliche Denken stammt auch aus dieser Wahrheit. Sie hat uns den Fortschritt gebracht. Uns geht es so gut wie nie. Warum sollen wir diese Überzeugung ohne Beweise über Bord werfen? Ich denke, Ihr werdet uns bald einen Beweis liefern, den wir verstehen können. Aber abgesehen davon möchte ich die Gelegenheit nutzen, zu danken für all die Mühe, die ihr euch mit uns halsstörrischen Burschen macht.“
Wir stimmten begeistert zu. Wir standen auf: „Hoch soll'n sie leben - hoch soll'n sie leben!“, sangen wir ausgelassen.
Unsere drei Damen waren zunächst erstaunt, dann verwirrt und schließlich verstört von diesem unvermittelten Gefühlsausbruch. Es kam uns vor, als hätten wir Geishas beim Spielen im Sandkasten erwischt. Auf solch einen Heiterkeitsausbruch zu reagieren war ihnen nicht so leicht möglich. Es schien hier selten vorzukommen, dass man sich ausgelassen gebärdet. Wir wussten auch nicht, warum wir auf einmal ganz ausgelassen herumtanzten und über die Polster hüpften. Vielleicht mussten sich die durch den Film ausgelösten Gefühle auf diese Weise Luft schaffen? Jedenfalls fühlten wir uns bestens - wir zogen sie

aus den Polstern und tanzten mit ihnen durch den Raum. Ein fröhliches Tanzen war es. Immer mehr Fische schauten zu - ja, das kannten sie einfach nicht, die lieben Tiere. Schließlich war die Begeisterung über ein im echten Sinne überirdisches Abenteuer etwas abgeflaut und wir saßen wieder in den Polstern - artig nebeneinander.
„Ihr Erdenmenschen könnt uns immer wieder überraschen", sagte Alasa noch etwas außer Atem.
„Euer Leben ist fern von unserem", sagte Geratl, „aber gerade das lockt mich sehr, euch zu besuchen. Bis dahin muss ich innerlich stärker werden, damit ich die Energie der Erde aushalten kann."
„Das ist eine gute Überleitung zu dem, was wir erläutern wollen", sagte Ülük. „Das Bewusstsein ist eins und ungeteilt. Es verbindet sich mit der Materie. Diese Verbindung ist Leben. Leben ohne Bewusstsein ist nicht möglich. Alle Materie, alles Geschaffene, trägt Bewusstsein in sich."
Wir schauten verdutzt drein.
„Ich will das Leben nicht in eine Theorie pressen, wir ihr es von euren Wissenschaftlern gewohnt seid, aber einige Sätze will ich doch wagen, damit ihr das Erleben des Lebens besser auskosten könnt." Ungerührt fuhr sie fort: „Materie ist die Frucht der Dualität. Sie entsteht durch das Hinzutreten von Raum und Zeit, wie ich schon erklärte. Diese beiden Elemente erlauben es, dass die Materie in ungezählten Teilchen vereinzelt ist. Solch ein Teilchen im großen Reich des Kosmos ist die Erde, euer Planet genauso wie unser Planet, ebenso wie du und ich. Das ungeteilte Bewusstsein verbindet sich mit jedem Teilchen der Materie und dadurch wird sie belebt. Durch diese Verbindung erscheint nun das Bewusstsein nicht mehr als eins und ungeteilt, sondern als ob es dem jeweiligen Teilchen, mit dem es sich verbunden hat, entspräche und auf es begrenzt wäre. Es scheint so, als ob jeder Mensch sein eigenes, getrenntes Bewusstsein hätte. Subjektiv ist das zwar so, aber nicht objektiv." Sie machte eine Pause.
„Willst du damit sagen, dass es in Wirklichkeit nur ein einziges Bewusstsein gibt - etwa das, was wir Gott nennen?", fragte Karl kritisch.
„Ich wusste doch, dass dir solche Fragen durch den Kopf gehen", sagte Alasa. „Ich glaube, wir können es so nennen, obwohl die nähere Beschäftigung mit dem, was wir Bewusstsein nennen, noch ganz andere Facetten liefern wird."
„Machen wir weiter", sagte Ülük:
„Dieses eine Bewusstsein IST außerhalb von Raum und Zeit und hat deshalb keine Geschichte. Die Teilchen der Materie sind in Raum und Zeit. Nur sie haben eine Geschichte. Damit hat das Bewusstsein aber auch eine Geschichte. Wir können sie eine subjektive Geschichte nennen. Aber da es eins ist und ungeteilt, sind die Teilchen-Geschichten auch nur in Wirklichkeit eins und damit nicht vorhanden. Nur wenn ich etwas innerhalb von Raum und Zeit betrachte, kann ich eine Geschichte sehen. In Wirklichkeit ist alles eins. Es scheint nur vieles zu sein. So wie das Meer ein in sich beständiges Etwas ist. Aber wann

immer ich es anschaue, ist es anders. Das Meer ist (geschichtslos) und es ist immer anders (geschichtsvoll).“

„Das Bewusstsein geht durch seine Geschichte und es erlebt darin verschieden große Abschnitte, die wir getrennt benennen können. Da ist das verborgene Bewusstsein, die sogenannte tote Materie, am Anfang des Weges.“

„Da ist das aufscheinende Bewusstsein der Pflanzen und Tiere und des Menschen, der am Ende des Abschnitts des Unbewussten in die Welt tritt. Er lebt am Übergang vom Unbewussten zum Bewussten. Die meisten Menschen leben im Bereich des aufscheinenden Bewusstseins. Nur selten kommen in ihrem Leben Erlebnisse vor, die wir als bewusst bezeichnen können. Sie können nicht agieren, nur reagieren auf all das, was ihnen ihre Umgebung anbietet. Sie sind in einer Vielzahl von Bindungen gefangen, in die sie hineingeboren werden und die über die Jahre von einer Person an die andere weitergegeben werden. Sie brauchen diese Bindungen auch, denn sie geben ihnen den Halt, den sie nicht in ihrem Inneren haben, den sie aber für ein Leben brauchen.“

„Und doch kommen immer wieder Anstöße, die sie ohne ihr Wollen auf dem Weg des Bewusstseins weiterbringen. Sie helfen ihnen, bewusster zu werden, das Bewusstsein zu lernen. Meistens sind diese Anstöße heftig und schmerzhaft, lösen sie doch liebgewordene Bindungen auf. Nur so kann das Bewusstsein wachsen, in den Zustand hineinwachsen, in dem es von Anbeginn der Zeiten ist.“

„Dann kommt der Augenblick des Erwachens - auch er ist schmerzhaft. Es ist der Fall ins Leere. Alle Bindungen sind zerstört, kein Halt ist mehr außen zu spüren. Dann erst beginnt das Leben eigentlich und dann ist auch freies Handeln möglich.“

„Das bringt den zweiten Abschnitt des bewussteren Lebens. Es ist das Zeitalter der Macht. Dieses Zeitalter ist sehr viel kürzer als der Abschnitt des unbewussten. Aber es ist immer noch lang genug, wenn ich an das Leiden denke, das die Macht begleitet.“

„Das Zeitalter der Macht endet in Agonie. Sie ist sehr schmerzhaft. Es fühlt sich an, wie lebendig begraben, wie tot und doch beweglich sein. Diese Agonie ist ein längerer Prozess und keinesfalls so kurz wie das Erwachen, was ja eher ein plötzliches Geschehen ist. Es ist schmerzhafter, sich von der Macht zu lösen als von dem unbewussten Leben, weil durch das Handeln mit der Macht und über die Macht sehr viele emotionale Verbindungen entstanden sind, die in der Persönlichkeit haften und die eine nach der anderen gelöst werden müssen.“

„Ist die Agonie des Loslösens von der Macht überstanden, erleben wir endlich Frieden. Er leitet über in das Erschaffen. Das Erschaffen ist ein Abschnitt beliebiger Länge, der aus eigenem Wunsch beendet wird. Was ihr gestern erlebt habt, war das Erwachen vom Unbewussten. Ihr habt euch danach - und sofort - der Macht hingegeben.“

„Was ihr heute erlebt habt, war der Beginn der Agonie. Was ihr seither lebt, seit der Zeit, die ihr das Mittelalter nennt, ist zu lernen, die Macht zu bewältigen.

Dazu gehört das Erlebnis der Agonie, das Sich-daraus-Lösen und schließlich die Überleitung in das Erschaffen."
„Ich habe heute viel gesprochen. War es zu viel?", fragte sie in die Runde.
„Ich lebe das Bewusstsein auf meine Weise, Robert lebt das gleiche Bewusstsein auf seine Weise, nur anders, und Helge wieder anders?", fragte Karl.
„So ist es, mein Lieber!", sagte Geratl. „Du hast dein eigenes Leben, Karl. Doch was du in Jahrhunderten und Jahrtausenden erlebt und erlitten hast, ist in seinem innersten Grunde nicht verschieden von dem, was Robert und Helge erlebt haben. Unser aller Leben ist gleich, auch wenn es individuell und nach außen hin sehr verschieden aussieht. Wir atmen die gleiche Luft, wir ernähren uns von den gleichen Speisen und wir haben die gleichen Träume und Wünsche. Der Inhalt ist gleich, nur die Formen verschieden."
Eigentlich hatte sie Recht. Die inneren Themen des Lebens waren bei uns allen gleich. Nur hatten wir uns zum Erleben dieser Themen jeweils eine andere Umgebung und andere Umstände ausgesucht. Sie schienen das Ganze zu völlig anderen Arten von Leben zu machen. Aber eigentlich erlebten wir immer nur die gleichen Themen, einmal früher, einmal später als der andere, einmal in diesem Leben, einmal in einem anderen.
Was mich zu einem vereinzelten Menschen machte, lebte vom gleichen Nährboden, von dem auch alle anderen Menschen lebten, und - vielleicht hatte sie Recht - waren die Besonderheiten zwar vorhanden, aber gar nicht so wichtig, wie ich bisher immer geglaubt hatte.
„Jeder einzelne Mensch geht durch diese Entwicklung des Bewusstseins?", fragte ich schließlich.
„Genau", sagte Geratl. „Der einzige Unterschied, wie kann es anders sein, ist durch Verschiedenheiten in Raum und Zeit gegeben. Der eine erfährt die einzelnen Stufen früher, der andere später. Aber was sind schon Raum und Zeit?", fragte sie mit ihrem entwaffnenden Lächeln. „Es ist eine große Freude zu sehen, in welch ganz verschiedenen Formen diese Entwicklung abläuft. Das Bewusstsein ist immer überraschend frisch!" Wir schmunzelten.
„Ab und zu vermute ich, dass ihr unsere Gedanken lesen könnt", sagte Karl und schaute Geratl tief in die Augen. Sie lachte.
„Ist das die Folge davon, dass ihr in der Entwicklung des Bewusstseins weiter seid als wir und deshalb die Begrenzungen nicht mehr so eng gezogen sind?"
Die drei schauten sich verschmitzt an.
„Ich hatte gehofft, dass ihr es nicht gleich merkt", sagte Geratl schließlich. „Es ist nicht so höflich, zu offenbaren, dass man mehr weiß als das Gegenüber. Aber wenn du nun schon so genau fragst, dann muss ich zugeben, dass wir eure Gedanken lesen können. Je weiter ihr auf dem Weg des Bewusstseins geht, um so mehr erfahrt ihr. Um so größer ist auch die Versuchung, die weiter gewordenen Grenzen zum eigenen Nutzen zu verändern, was nicht so gut wäre."

„Ich bin doch seit Jahrhunderten kein Mensch mehr, der andere abschlachtet", sagte Robert. „Ich müsste schon lange die Macht verstanden und überwunden haben! Wieso muss ich heute solch einen grausamen Film nacherleben?"
„Das erscheint grausam", sagte Ülük liebevoll, „aber du hast vorhin gefragt, wieso das Morden in deinem Film mit so viel Lust verbunden war. Es ist wichtig, ganz ehrlich zu sein. Kommt es nicht auch in diesem Leben manchmal vor, dass du sagst: Den da könnte ich abmurksen, wie er mich ärgert!?"
„Du tust es natürlich nicht. Du hast sogar ein schlechtes Gewissen wegen diesen Gedankens. Aber dass du noch so denkst zeigt, dass Reste der brutalen Zeit in dir sind. Wir wollen sie euch bewusst machen und helfen, auch noch diese letzten Reste zu überwinden. Dann kann das Erschaffen so richtig losgehen."
„Welcher Zusammenhang besteht zwischen dem gestrigen Erlebnis, in dem ich zur Macht aufwachte und zum ersten Mal die Möglichkeiten der Macht bewusst einsetzte und heute, wo ich als Priester und Ritter die Menschen sinnlos abschlachtete?", fragte ich. „Ich sehe keinen Zusammenhang."
„Auf den ersten Blick sieht es so aus, Helge, wie du es sagst", sagte Alasa. „Wir haben die vielen kleinen Zwischenstufen weggelassen, die Jahrhunderte, in denen du mit Macht um die Macht gekämpft hast. Wir denken, dass ihr klug genug seid, sie euch selber zusammenzureimen. Kurz gefasst sind es die folgenden Stufen:
Bewusstes Anwenden von Macht ist nur möglich, wenn ich mich von den anderen Menschen abgrenze. Dann bewerte ich mich als höher und wichtiger als die anderen.
Diese Wertungsdifferenz muss ich immer wieder bestätigen und mir und den anderen beweisen. Ich muss mich verteidigen und die anderen angreifen. Das führt zum Krieg, im Großen wie im Kleinen.
Ich treffe auf andere, die genau wie ich dabei sind, Macht auszuüben. Dann muss ich nicht nur um die Erhaltung meiner Macht kämpfen, sondern beweisen, dass ich mächtiger bin als sie. Das geschieht am leichtesten durch den Angriff.
Ich bin dadurch ständig mit Angriff und Verteidigung beschäftigt und ich erleide zwangsläufig alles, was ich anrichte und angerichtet habe.
Angriff und Verteidigung sind die Folgen von Macht, weil Macht ein einziges, isoliertes Ziel hat: Ich will alles tun, damit es MIR gut geht."
„Man erlebt die Erfahrung mit der Macht. Ich gewöhne mich nicht nur an sie, umgekehrt bindet sie mich an sie. Ich werde das Opfer der Macht. Ich strebe zwangsläufig nach mehr Macht, immer mehr Macht. Das ganze Machtsystem hat die Folge, dass es sich selbständig macht. Es ist scheinbar nicht mehr in einen großen Zusammenhang eingebunden - so sieht es aus der subjektiven, machtorientierten Sicht der Dinge jedenfalls aus."
„Alles, was sich selbständig macht, tendiert zum Extrem. Das muss so sein, damit es sich wieder auflösen kann. Dies ist eine der Folgen von Raum und Zeit. Jedes ins Extrem wandernde System beinhaltet die Gewalt. Sie ist übersteigerte

Macht, Macht um der Macht willen. Erst das Erleben der Gewalt erlaubt die Auflösung des Systems“, sagte Alasa.

„Solange du selber nicht Opfer deiner Macht geworden bist, hast du kein Interesse daran, dich von der Macht zu lösen. Bis dahin genießt du die Süße der Macht und sonnst dich in ihr. So lange bist du blind gegenüber den Folgen, die deine Macht bei allen anderen hat. Du siehst sie nicht und du willst die Folgen auch nicht sehen. Du meinst, dass die von dir ausgeübte Macht nicht nur für dich gut ist, sondern auch für alle anderen, die du deiner Macht unterwirfst.“

„Hast du gestern nicht auch gut für deine Mönche im Tempel gesorgt, nachdem du Oberpriester geworden warst? Ging es nicht nur ihnen gut, sondern waren auch alle Menschen, die euch verwöhnten, zufrieden, weil du ihnen die Angst vor den Schrecken der Götter genommen hast? Aber du hast sie ihrer Freiheit beraubt und du hast im Verlauf dieses Lebens immer mehr über die Leute bestimmt und immer drückendere Macht auf alle diese Menschen ausgeübt, je älter du wurdest.“

Dies war Alasa's lange Rede. Wir waren stumm. Die Fische schwammen an der Wand entlang, als ob sie uns sagen wollten: Das Leben ist doch gar nicht so schwierig, schwimmt nur herum. Ich versank in meinen Gedanken und Gefühlen. Beispiele aus meinem Leben, aus den Biographien anderer, aus der Geschichte Europas zogen an meinen Augen vorbei. Es war, als ob ich tagträumte und die Zusammenhänge direkter sehen konnte.

Der 30-jährige Krieg, in dem es scheinbar um die rechte Religion ging, aber eigentlich nur um die Macht, wer in Europa der größte Herrscher war: der österreichische Kaiser oder die Fürsten

Alle anderen Kriege in Europa

Die Mafia, die ohne Rücksicht auf andere ihr Geld anhäuft

Meine Dominanz in der Familie und im Unternehmen. Gab es Ereignisse, bei denen ich nicht gedacht hätte, ich wüsste besser, was für die anderen gut ist?

Langsam spürte ich die innere Wahrheit: Macht sprengt immer ihre Grenzen und führt zu Gewalt.

„Aber wir haben in den zivilisierten Ländern der Erde gelernt, dass es um einen beständigen Ausgleich der Macht gehen muss, um das Gleichgewicht der Kräfte. Das ist die wahre Bedeutung der Demokratie!“, versuchte ich uns zu verteidigen.

„Wir haben viele Gesetze, die das Zusammenleben regeln und dafür sorgen, dass wir gut miteinander auskommen, und wir haben ein gut organisiertes Rechtswesen, das sich darum kümmert, dass die Gesetze auch eingehalten werden.“

„Das ist schon richtig“, sagte Ülük, „aber es zeigt nur, dass mittlerweile schon viele Menschen die leidvolle Erfahrung mit der Macht gehabt haben und nach einem gangbaren Weg suchen, eben über die Gewaltenteilung und die Gesetze und die Demokratie. Aber du weißt auch, dass immer mehr Menschen sich die Schlupfwinkel der Gesetze zunutze machen und sie umgehen, dass alles viel löcheriger wird, dass die Gewalt zunimmt zwischen allen Menschen in euren Ländern.“

„Dass es so sein muss, kann man von außen, von uns aus, sehen, aber weniger von euch aus, die ihr darin lebt. Die große Entwicklungsrichtung auf der Erde ist, dass das Bewusstsein über die Phase der Macht hinauswachsen soll. Diesen stillen Drang spüren viele, aber nicht alle können ihm folgen. Und die ihm nicht folgen können, verharren mehr und mehr in der Macht und ihr Ego wird immer stärker.“

„Du sagst, wir wären einem übergeordneten Trend unterworfen, der uns auf eine weitere Bewusstseinsstufe heben soll? Und dass während dieses Übergangs immer mehr Menschen ihre verborgenen Machtgelüste zulassen und offen ausleben?“, fragte Karl äußerst kritisch.

„Genau, klar, mein lieber Karl“, sagte Geratl. „Du kannst auch deine Gefühle nicht mehr so verbergen wie noch vor wenigen Jahren. Du bist nicht mehr der logische Verstand, der dein Institut regiert, ohne innerlich beteiligt zu sein. Auch du wendest immer mehr deine Macht an. Deine Gefühle gehen mit dir spazieren, wenn deine Leute nicht das tun, was du willst.“

Karl bekam einen roten Kopf. Er fühlte sich ertappt. Es traf uns alle, denn Robert und ich waren Karl viel zu ähnlich, als dass wir uns davon hätten freisprechen können, nicht mit der Macht leben zu wollen.

„Ok, ich habe verstanden. Ich habe lange nicht gewusst, dass ich die Macht gepachtet habe“, sagte ich schließlich. Dann geht meine Entwicklung also so vor sich:

Ich habe viele Leben unbewusst gelebt und das Leben so hingenommen, wie es war.

Dann hatte ich das Erlebnis in der Wüste und bin aufgewacht. Ich habe Macht haben wollen und einen Weg gefunden, sie mir zu eigen zu machen. Das war der Oberpriester.

Dann habe ich mit der Macht gelebt und immer besser gelebt und habe nicht mehr gespürt, dass ich ein immer größeres Ungleichgewicht schuf, je mehr ich der Machtmensch wurde und die Macht mit Gewalt verteidigte.

Schließlich das Gemetzel im Mittelalter, was mir zeigte, dass Macht nie eine gerechte Sache vertritt, dass sie das Menschliche zerstört.

Daraus habe ich gelernt, die Macht angemessener einzusetzen und die Gewalt zu vermeiden. Aber ich habe bis heute nicht von der Macht gelassen. Ich habe versucht, mich zu arrangieren, damit ich wenigen Menschen schade, wenn ich mein Leben absichere. Ich habe gesagt: „O.k. Leute, seien wir vernünftig, arrangieren wir uns unter gemeinsamen Regeln und stimmen wir ab, dass ich der Leiter sein soll. Dann haben wir ein ausgewogenes Gebäude der Macht und leben friedlich miteinander. Ich sorge schon gut für euch.“

„Jetzt verstehe ich die inneren Zusammenhänge. Ich sehe ein, dass ein Arrangieren mit der Macht kein dauerhaftes Glück und keinen beständigen Frieden bringen kann. Ich will aus der Macht aussteigen. Aber wie geht das?

Was soll ich denn anders machen? Ohne Macht geht gar nichts auf der Erde. Fressen und gefressen werden, das ist das Gesetz des Lebens."
„Wie geht es nun weiter, Ülük?", fragte ich.
„Ja, wie geht es weiter?", fragte sie zurück und schaute mir ruhig in die Augen. Nach einer Weile, als sie immer noch nichts sagte, wurde ich verlegen und sagte irritiert: „Du meinst, ich könnte mir die Antwort selber geben?"
Sie lachte: „Genau!"
Ich war ratlos. Wie sollte es weitergehen, wenn ich es noch nicht erlebt hatte, dieses Leben jenseits der Macht - oder hatte ich es doch?
Robert kam mir zu Hilfe: „Bevor wir den großen Wurf der neuen Lebensweise auf der Erde versuchen, will ich noch eine Frage stellen. Im zweiten Weltkrieg und in den ersten Jahren danach war die Hilfsbereitschaft zwischen den Menschen sehr ausgeprägt und wichtig. Jeder half jedem. Die Menschen waren zusammengerückt, wie meine Mutter das nannte. Sie waren offen zueinander, schützten sich und die anderen, soweit es ging. Warum war das so, wenn doch deiner Meinung nach die Macht in ihrer Ausübung immer zum Extrem führt?"
Ülük sagte: „Wenn den Menschen die Macht genommen wird, wie es im Krieg geschieht, dann entdecken sie wieder die Gemeinsamkeit jenseits der Macht. Aber du musst auch erkennen, dass gerade in solchen Zeiten die Hemmschwelle nieder ist und viele dann doch versuchen, das wenige an Macht, das sie noch haben, rücksichtslos für sich einzusetzen. Denke an den Kampf um ein Stückchen Brot im Gefangenenlager oder die Bauern, die den Städtern alles abgenommen haben für ein bisschen Butter, oder die Besatzungssoldaten, die die Leute gezwungen haben, die mühsam gepflückten Kirschen auf den Bahndamm zu schütten."
„Du weißt ja alles von unserem Leben", staunte Robert. „Ja, so war es wirklich. Aber das waren eigentlich nur die Ausnahmen. Die große Regel war, dass die Leute zusammenhielten und sich gegenseitig über diese Zeiten hinweghalfen."
„Wenn ich es richtig begriffen habe", sagte Robert weiter, „leben die Menschen nach anderen Regeln, wenn zum Beispiel der Staat ihnen die Macht genommen hat. Das verstehe ich. Oder es bilden sich unter diesem Dach, das der Staat aufspannt, andere Machtgruppierungen, wie es z.B. in den Gefängnissen und Lagern geschieht."
„Fressen und Gefressen-Werden, darauf läuft doch alles hinaus", sagte Karl. Er war sehr pessimistisch geworden. „Wir müssen die Größenordnung der Macht, die Einzelne oder eine Gruppe haben, begrenzen und wir müssen die Gesetze viel genauer formulieren, damit das Ausgleichen der unterschiedlichsten Machtinteressen in unserer Gesellschaft besser funktioniert. Wenn Gangster Autos klauen, dann brauchen wir eine schlagkräftige Polizei, damit sie in ihre Schranken gewiesen werden."
„Das funktioniert ja gerade nicht", meinte Robert. „Du kannst gar nicht so schnell sein mit der Abwehr, wie sich neue Machtgruppen bilden. Wir brauchen die Verstärkung der inneren Moral, damit sich möglichst viele an gemeinsame

Linien halten und Leute, die das nicht wollen oder können, so geächtet sind, dass sie keinen großen Schaden anrichten."
„Was ihr sagt, zeigt, wie zerbrechlich das Gleichgewicht ist, das ihr auf der Erde aufgebaut habt, um die Macht zu beherrschen", sagte Ülük. „Wenn ihr das Geschehen aufmerksam beobachtet, dann seht ihr auch, wie die Erde unter dem ungebremsten Ausleben der Macht leidet. Die Macht der Menschen über die Natur ist so gewaltig angewachsen, dass diese immer mehr leidet. Die Technik, die ihr habt, beutet das Aus. Die Organisationen der Erde schauen nur auf ihre Einzelinteressen und sehen nicht das Ganze, die Erde als Ganzes, wie es sich gehören würde. Daran seht ihr, wie weit weg ihr von einem Gleichgewicht seid."
„Dieses zarte Gebilde des Ausgleichs der Mächte hängt an einem ganz dünnen Faden. Wir beobachten, dass die Einzelinteressen auf der Erde weiter zunehmen. Auch die einfachsten Wünsche, die die Menschen haben, werden alleine schon durch das starke Bevölkerungswachstum immer weiter beschnitten."
„Das zarte Gebilde des Machtausgleichs ist der Anfang des Übergangs. Ihr drei erlebt in eurem Leben diesen Übergang, unabhängig von der Entwicklung der Erde. Es ist das Anwenden der Macht gepaart mit dem bewussten Verzicht auf die extreme Macht. Ihr lebt die Bereitschaft, euch einzufügen in ein Größeres. Damit kann auch etwas Neues angestoßen werden. Ihr seid nicht mehr die reinen Machtmenschen, die ihr vor Jahrhunderten wart. Aber ihr seid auch noch nicht Menschen jenseits der Macht."
Das war ein klares Urteil. Sie hatte Recht. Die Frage, wie man auf der Erde in diesem Machtgeflecht leben sollte als Mensch „jenseits der Macht", war nicht klarer geworden. Wir konnten mit dem bisher Besprochenen nichts Konkretes anfangen.
„Genug für heute mit der Diskussion über das, was nur durch das Leben gelöst werden kann", sagte Ülük schließlich, reckte sich und dehnte ihren Körper. „Wie wäre es, wenn wir euch zum Tanz auffordern würden?"
Im nächsten Augenblick waren wir in einem großen Saal, der wie ein Dom aussah, einer Halbschale, die das Himmelsgewölbe nachbildete. Eine Unzahl von Sternen leuchtete darauf. Wir konnten einige der uns mittlerweile bekannten neuen Sternbilder ausmachen. Der ganze Raum wurde von ihnen erleuchtet in sanften, leicht schimmernden Farben. Eine üppige Vegetation zauberte eine schwingende Landschaft herbei. Kleine Bäche und Wasserfälle belebten mit ihrem Rauschen das Bild. Viele Blumen und bunte Bäume brachten satte Farben hinein. Es war eine rhythmische, liedhafte, schwingende Musik zu hören. Ich schwebte in der Luft.
Ich ruderte mit Armen und Beinen, um auf den Boden zu kommen, aber das ging nicht. Ich sah, wie die anderen auch herumschwebten, unsere drei Freundinnen in anmutiger Form, wir Bergsteiger wild zappelnd. Es half alles nichts. Der Boden war nicht erreichbar. Wir hingen in der Luft. Langsam verlor ich die Angst vor diesem ungewohnten, hier aber schon öfters erlebten Schweben.

„Hört auf die Musik, lasst sie in euch einfließen und erlaubt dem Körper, sich zu bewegen. Hört auf, euch bewegen zu wollen, dann wird es zum Tanz!“, rief uns Alasa zu. Sie jauchzte und ließ sich in den Ästen der Bäume wiegen wie eine Elfe.
Wir schauten unseren Freundinnen zu, wie sie sich bewegten, und wir spürten, wie ihre Bewegungen sich aus der Musik ergaben. Natürlich bewegte sich jede unterschiedlich. Es war ein Bewegen mit der Musik, schön und anmutig. Ich hing kopfüber in der Luft. Robert war schräg unter mir und Karl hatte sich mit heftigen Rucken fast bis zur Decke katapultiert.
Ich hörte stärker auf die Musik. Ich fasste ein Liedstückchen auf. Es klang klagend. Meine Arme begannen, sich selbständig zu machen. Sie griffen den Rhythmus auf und von ihnen ausgehend nahm langsam mein ganzer Körper Form an. Das Gezappel hörte auf, ich begann zu schwingen. Das geschah durch eine Art Wollen des Körpers. Ich schaute zu, was er da machte. Es war keine Bewegung durch einen Rückstoß, wie ich zuerst gedacht hatte. Es war eher so, als ob Energiefäden in der Luft hingen, unsichtbar und nicht klebrig, an denen sich der Körper orientierte und die er für seine Bewegung nutzte.
Ich versuchte herauszufinden, was in meinem Körper geschah. Ich spürte ein feines Prickeln, als ob winzige elektrische Ströme hindurchflössen, ein Rieseln, das mich belebte. Und diese Ströme wurden durch die Musik in Art und Richtung verändert. Sie pulsierte darin. Die Muskeln des Körpers nahmen dieses Pulsieren wahr und gaben es auf ihre Weise wieder. Die Musik trug den Körper. Er tanzte. Es tanzte mich. Je mehr ich mich dem allen hingab, um so größer wurden auch die Bewegungen. Wenn ich nicht mehr wollte, begann der Körper fest zu stehen in der Luft. Das Schwingen in mir war dann kaum noch wahrnehmbar.
Dachte ich, ich sollte die Decke näher in Augenschein nehmen, dann tanzte es mich dorthin. Ich tanzte so auch durch die Baumkronen, in einen Bambushain hinein, über einen Wasserfall hinunter, an einer Felswand entlang und wieder zu den Sternchen hinauf. Es war ein Rausch in Schwingungen. Den Kopf hatte ich auf ein weiches Ruhekissen gebettet. Er war nicht mehr nötig. Ich war selig im leicht schwingenden Tanz.
Ich wollte mit Alasa tanzen. Es tanzte mich zu ihr. Sie lachte, sie freute sich, dass ich zu ihr kam. Es tanzte uns gemeinsam. Ein Rhythmus ließ uns zusammenklingen. Wir schmiegten uns aneinander und trieben voneinander weg, um nur wieder den Weg zueinander zu finden. Es waren leichte, sanfte Berührungen, ein Sich-miteinander-Wohlfühlen. Meine beiden Freunde hatten auch ihre Frauen gefunden. Alasa und ich schauten den beiden Paaren zu, wie sie ihr Lied tanzten.
Diesmal waren wir aber nicht alleine. Viele Menschen gaben sich dem gleichen Genuss hin. Die Musik veränderte sich ständig. Sie verließ jetzt das sanftere Terrain und wurde wuchtiger. Auch die Landschaft passte sich an. Sie wurde kraftvoller, die Konturen wurden schärfer, die Landschaft verlor ihre

Lieblichkeit. Es kamen kargere Böden zum Vorschein, eine Steppe. Die Luft wurde trockener. Wind kam auf und nahm uns mit. Unsere Körper, die sich sanft wie Schilf gewiegt hatten, wurden zu flatternden Schwalben. Rasch ging es hinauf und hinunter, hin und her.

Die Musik änderte sich weiter, jetzt wurden wir zum Adler, majestätisch und kräftig. Die Musik rauschte durch meine Adern. Sie hatte mich völlig eingehüllt. Es gab nur noch den Tanz.

Alasa und ich wurden hinweggefegt. Es ging durch den ganzen Dom, zur anderen Seite. Dort öffnete sich ein Gang. Er nahm uns auf. An seinem Ende war ein kleiner Raum, vollkommen ausgestattet mit allem, was wir uns nur wünschen konnten. Wir sanken hinunter auf den Boden. Die Musik war wieder weich und sanft. Wir nahmen uns in die Arme, ich drückte Alasa an mich, wir schmiegten uns aneinander.

Der Ursprung

Am nächsten Tag tanzten wir wieder in den Dom. Alasas und mein Körper waren in einer eigenen Harmonie. Auch unsere Freunde kamen wieder zum Vorschein. Sie waren durch eine körperliche Verwandlung gegangen.
Wir tanzten gemeinsam, alle sechs, und es zeigte sich, dass die Harmonie unter uns weiter zugenommen hatte. Wir waren nicht nur innerlich ruhig. Wir waren feinfühliger geworden und konnten leichter der Musik folgen.
Nach einer Weile führte uns Ülük aus dem Dom. Draußen stand eine Kugel, die kleiner als unsere war. Wir stiegen ein. Sie bestand aus einer kleinen Innenkugel mit Antrieb und Steuerung und einer äußeren Schale. Sie war unser Boden, auf dem wir standen und durch den wir nach draußen schauen konnten.
Wir verteilten uns im Kugelraum. Alasa hatte aus der Außenschale, unserem Fußboden, zwei Sitze hochfahren lassen. Da saßen wir aneinander geschmiegt und schauten zu, wie Geratl diesen Ausflug steuerte. Die Landschaft glitt schräg unter uns vorbei. Daran merkte ich, dass auch ich schräg in der Luft hing. „Es ist erstaunlich, wie sehr die von Geburt an eingeübten Denk- und Orientierungskategorien unser Sein beherrschen“, dachte ich. Wir nehmen Neues rasch auf, aber bis es zur selbstverständlichen Gewohnheit wird, braucht es lange. So schräg in der Luft das Unten zu spüren oder gar Robert und Karl zu beobachten, wie sie kopfunter in der Kugel hingen, war mir immer noch nicht selbstverständlich.
„Für mich ist die Schwerkraft immer noch dominant. Es gibt oben und unten, Erde und Luft, Wasser und Wolken, und das sind alles getrennte Elemente mit ihrem Eigenleben. Für euch ist es selbstverständlich, darüber zu stehen“, sagte ich zu Alasa.
Alasa legte ihre Hand auf meinen Arm. „Ich kann dich gut verstehen. Wenn wir euch besucht haben, wurden wir auch von der Schwerkraft beherrscht und es war für mich genau wie für dich. Wenn ich wieder hier war, brauchte ich einige Zeit, um mich wieder normal zu bewegen.“
„Ihr habt uns besucht?“, fragte ich erstaunt. Die drei Frauen - alle hatten uns zugehört - lachten fröhlich.
„Natürlich haben wir euch besucht. Wir waren oft da und haben uns über euch gefreut“, sagte Geratl. „Wir gehören doch zusammen.“
„Wohin geht es heute?“, fragte ich Geratl.
„Wir fliegen zum Ursprung“, sagte sie. Auf mein fragendes Gesicht gab sie keine Antwort. Sie war mit dem Flug beschäftigt, der mittlerweile über die Küstenlinie ging. Die beiden anderen Frauen fanden es auch selbstverständlich. Robert, Karl und ich waren wieder einmal die Einzigen, die dumm dreinschauten.
Die Oberfläche des Meeres kam näher. Die Dünung war zu sehen, ein wenig Schaum auf den Wellenkämmen. Dann waren wir auf dem Wasser. Die Kugel

zog einen Streifen Schaum hinter sich her. Sie sank weiter in das Wasser und tauchte unter.
Das Meer umgab uns. Einige Fische schwammen an uns vorbei. Ich hatte Angst. Ich fasste Alasas Arm. Sie zog mich an sich. „Es ist gar nicht schlimm", sagte sie. „Das Wasser ist wie die Luft zum Reisen da. Die Kugel ist für alle Elemente gebaut."
Die Meeresoberfläche war als schwach grünlich leuchtende Fläche zu sehen. Sie wurde dunkler. Wir sanken weiter in die Tiefe. Es wurde immer dunkler um uns. Die Beleuchtung der Kugel ging an. Wir waren ein kleiner heller Kosmos im Wasser. Wir drei Männer waren stumm. Durch das Meer zu reisen, war uns fremd.
Die drei Frauen plauderten angeregt über Belanglosigkeiten und ließen uns mit der neuen Situation allein.
„Hält die Kugel denn diesen Druck aus?", fragte schließlich Karl.
Ülük lachte. „Wir wollen nicht gemeinsam in den Tod gehen", sagte sie nun doch amüsiert. „Dafür haben wir euch noch viel zu wenig genossen. Sicher", sagte sie ernst geworden, „die Kugel kann noch viel mehr aushalten, sehr viel mehr, als ihr euch vorstellen könnt. Wir sind völlig sicher. Wir sind nicht das erste Mal hier."
Langsam entspannte ich mich. Die Schwärze um uns war unverändert. Von der Oberfläche war nichts mehr zu sehen. In dem schwachen Licht, das die Kugelbeleuchtung in das Wasser warf, waren ab und zu Meeresbewohner auszumachen, seltsam geformte Wesen, die dort lebten. Der Meeresboden kam erst in Sicht, als wir kurz darüber waren. Die Kugel folgte dem Boden. Sie zog einen Schlammwirbel hinter sich her.
Dann sank sie tiefer. Wir versanken im Schlamm. Die Reise ging in die Erde hinein. Ohne jede Mühe bahnte sich die Kugel ihren Weg. Sie spaltete das Gestein, ohne dass wir ein Brechen oder Knacken hören konnten. So wie sie die Luft und das Wasser gespalten hatte, spaltete sie auch das Gestein vor sich, und hinter ihr schloss es sich wieder. Kein Raum blieb zurück.
Die Kugel flog durch das Gestein. Ungläubig bestaunten wir dies. Ich merkte, wie ich ins Schwitzen kam. Sanft rieb Alasa meinen Arm.
„Wie du siehst, fliegt die Kugel überall. Es gibt kein Element, durch das sie nicht genauso leicht fliegen könnte wie durch die Luft", sagte sie zu meiner Beruhigung.
Sie strich mir über den Kopf, sie drängte sich an mich, sie zeigte mir mit ihrem Körper, dass sie mich schützte. Das beruhigte mich. Es ließ meine Gedanken von der seltsamen Reiseroute weg zu ihr gehen, zu dem warmen Menschen, der mich liebte und den ich liebte.
Es wurde heller um uns. Wir waren in einen großen Hohlraum geflogen. Die Kugel sank auf den Boden der großen Höhle und hielt. „Wir sind da", sagte Geratl, die Robert umarmt hielt, und stieg aus. Wir folgten. Ich konnte Alasas Hand nicht loslassen.

Drei Paare standen in einer sehr großen Höhle, mitten im Planeten. Die Luft war frisch. „Dort ist der Ursprung“, sagte Geratl und zeigte auf eine schimmernde Kugel in der Mitte mit einem Durchmesser von etwa zwei Metern. Die Kugel schwebte frei über dem Boden.
Geratls Worte verhallten in der Höhle. Wir gingen auf die schimmernde Kugel zu. In ihr war etwas in Bewegung. Wir schauten hinein. In ihrer Mitte blitzten Lichtfünkchen auf wie in einem Minifeuerwerk.
Im Verglühen formte sich aus den Fünkchen ein grauer Staub, der zu Boden sank. Er hatte seine eigene Strahlung. Ein sanftes Licht ging von ihm aus. Wir merkten, dass das Schimmern der Kugel von dem sanften Licht des Staubs ausging. Die Oberfläche der Kugel nährte sich davon. Sie zeigte ein Schimmern in allen Farben des Regenbogens. Aber nicht nur die Oberfläche der Kugel schimmerte. Das Schimmern ging über sie hinaus in den Raum der Höhle. Es umgab uns ebenso wie alles andere darin.
Wir spürten uns davon angezogen. Es drang in uns ein und ich hatte das Gefühl, von diesem schimmernden Glanz angefüllt zu werden. Er löste mich aus der Anspannung, die von der Reise hierher immer noch in meinem Körper gespeichert war. Die Muskeln ließen los und die Knochen entlasteten sich. Ich meinte, aufrechter zu werden. Meine Gedanken wurden frei und leicht. Ich legte eine Hand auf diese schimmernde Kugel. Die Hand schien durchsichtig zu werden. Die Kugel fühlte sich warm an. Mir tat es gut, sie zu spüren. Gebannt schaute ich weiter in die Kugel hinein.
Ich sah, dass sich nicht alle Lichtfünkchen in Staub verwandelten. Die meisten vergingen wie sie kamen. So wie sie aus dem Nichts auftauchten, verschwanden sie wieder im Nichts.
Der nicht nachlassende Strom von Lichtfünkchen, das Verschwinden im Nichts oder die Umwandlung in Staub waren nur ein Teil des Geschehens. Der Staub bewegte sich, er formte Spiralen und Mäander, er floß, er hatte eine Absicht. Aus einem Bereich des Bodens in der Kugel floss er ab, an einer anderen Stelle verdichtete er sich und wurde fest, wie es schien. Dort nahm das sanfte Glänzen an Stärke zu. Die Farbe änderte sich von dunkelrot zu hellrot. Dann schien diese Staubansammlung in sich zusammenzufallen. Sie formte ein festes Kügelchen. Es glänzte metallen, bleiern. Ich sah, wie überall in der Kugel diese Umformung von Licht in Staub und dann in bleiglänzende Kügelchen vor sich ging.
Aber auch diese Kügelchen waren nicht das Ende. Der Umformungsprozess ging weiter. Die Kügelchen verdichteten sich, kondensierten erneut und bildeten ganz verschiedene kleine Formen und Gestalten verschiedenfarbener Materie. Diese Materie schließlich verschwand aus der Kugel. Sie löste sich nicht auf, sondern bewegte sich aus der Kugel heraus. Ich konnte sehen, dass sie sich herausbewegte. Ich konnte den Bewegungspfad verfolgen bis zur Kugeloberfläche. Dann nicht weiter. Außerhalb der Kugel war nichts mehr sichtbar. Es war, wie wenn ich an einem Ufer nicht mehr das vorbeigefahrene Boot sehe, sondern nur aus den Wellen schließe, dass da ein Boot gefahren ist.

Konzentriert beobachteten wir das Geschehen in der Kugel. Wir staunten ehrfürchtig. Niemand sprach. Woher diese Ehrfurcht kam, weiß ich nicht. Ich wusste, ich war Zeuge eines ganz besonderen Geschehens, auch wenn ich es noch nicht verstand.

Im Grunde blieb das Geschehen gleich, aber doch veränderte sich ständig etwas. Es war lebendig, dieses Geschehen, dieses Lichtfeuerwerk, das Hinwegdriften der fertigen Materie.

Das seltsamste schien mir, dass das Geschehen alle möglichen Gefühle auslöste. Ich war empfänglich geworden, weich und warm. Ich spürte mein Herz. Ich fühlte mich ergriffen, innerlich berührt. Ein inneres Jauchzen war zu spüren. Ich hätte nicht sagen können, warum das so war, aber dieses Lichtfeuerwerk verursachte es zweifellos.

Freude durchströmte mich und ich fühlte mich sehr wach und voller Energie. Ich spürte ein sanftes Tanzen in mir, ein Sich-wiegen-Wollen, so wie die Lichtfünkchen in der Kugel tanzten, bevor sie sich verwandelten. All das war eingebettet in eine namenlose Ehrfurcht. Auch wenn immer noch niemand von den Frauen erklärt hatte, was es mit dieser Kugel tief im Planeten auf sich hatte, wusste ich, dass ich ein Geschehen betrachtete, das von allergrößter Bedeutung für diesen Kosmos war. Vor tausend Jahren hätte man es sicherlich ein heiliges Geschehen genannt und wäre davor in die Knie gesunken.

Immer wieder schaute ich zu, wie aus Licht zunächst bleierne Kügelchen und daraus Materieformen wurden. Ich versuchte den Weg der Materie aus der Kugel heraus zu verfolgen, aber das war nicht möglich. Ich wollte das Strahlen, das in mich einging, abstreifen mit den Händen. Aber je mehr ich an meinem Körper entlangstrich, um so intensiver spürte ich das Strahlen in mir. Es schien, als ob die Hände, die ich auf die Kugel gelegt hatte, von dem strahlenden Glanz ganz durchdrungen waren, sich aufgeladen hatten und dann die Ladung auf den Körper übertrugen.

Langsam wurde mir bewusst, dass auch meine Füße strahlten und ähnlich wie die Hände mehr aufgeladen waren als der Körper. Sie nahmen das Strahlen vom Boden auf. Aber auch meine Kopfhaut kribbelte und knisterte. Es fühlte sich an, als ob eine Lichtsäule aus meinem Kopf nach oben schösse, aus der Wirbelsäule hoch, über den Nacken in den Kopf und von da in die Luft darüber.

Ich schaute meine Freunde an. Ihnen ging es ähnlich. Als ich Alasa genauer musterte, meinte ich diese Lichtsäule auf ihrem Scheitel ruhen zu sehen. Sie lächelte mich sanft an. Sie schien leicht und schwerelos zu sein, so gelöst war sie.

Was meine Augen in der Kugel sahen, bildete sich mit großer Intensität in mir ab. Die Kugel hatte in mir das in Gang gesetzt, was in ihr geschah. Ich meinte, die Lichtfünkchen in mir auftauchen zu sehen. Sie vergingen oder sie wandelten sich um und schließlich wurde vielschichtige Materie daraus.

Ich sah alles mit größerer Intensität als sonst, klarer, durchdringender. Alles war heller geworden: diese Höhle, die Kugel, meine Freunde. Ich meinte, das Leben

neu in mir zu spüren und den Schöpfungsakt von der Kugel empfangen zu haben.
Mir wurde bewusst, dass meine Ohren in der Stille der Höhle etwas vernahmen. Zuerst dachte ich, es sei nur das übliche Rauschen im Ohr, das ich immer höre, wenn es um mich still ist. Aber es war etwas anderes. Es war kein Geräusch, es war ein Ton, ein sanfter, sozusagen stiller Ton, sehr tief und gleichmäßig, kein Brummen von Maschinen oder elektrischer Ladung. Eher war es ein Summen, ein klingendes Summen, ohne Anfang und Ende, ohne Quelle und Richtung.
Und schließlich spürte ich meine Haut. Jede Pore, jedes Härchen vibrierte. Meine Haut war so lebendig geworden! All dies war zwar intensiv, aber es überwältigte mich nicht. Es ergänzte mich. Es machte mich vollkommener. Das Geschehen vor meinen Augen gab mir, was mir gefehlt hatte, wovon ich aber bisher nicht gewusst hatte, dass es mir fehlte.
Was erhielt ich tief im Inneren des Planeten, das mir fehlte? Es schien mit dem sanften glänzenden Strahlen zusammenzuhängen, das sich in mir zu Empfindungen des Menschseins, des Ganzseins, des Sich-freuenden-Seins umwandelte. Ein belebendes Bad im stillen See bei Sonnenaufgang.
Ülük fasste uns an den Händen. Sie führte uns weiter in die Höhle hinein. Dort war eine Grotte. Warmes Licht strahlte von den Wänden. Der Boden war mit Polstern ausgelegt. Wir setzten uns. Alasa, Geratl und Ülük kredenzten uns ein tiefblaues, prickelndes Getränk aus blitzenden Kelchen. Das an der Kugel - dem Ursprung - Empfundene wurde durch dieses Getränk materialisierter. Ich trank jetzt, was ich dort empfunden hatte.
Alasa schmiegte sich an mich, ich berauschte mich an ihrem Duft. Unsere Seelen schwebten durch die Sternenräume. Das Gefühl für die Begrenzung meines Körpers war verloren.
Ich wachte auf. Alasa lag in meinem Arm. Sie schaute mich an. Wir hatten immer noch kein Gefühl für die Zeit. Sie war nicht wichtig. Das Licht in der Grotte war dunkler geworden. Musik war aus der Ferne zu hören. Langsam spürten wir wieder die Gegenwart der Höhle.
Alasa reichte Trauben. Wir aßen. Wir saßen beieinander und genossen die Früchte. Alasa stand auf und zog mich hoch. „Es ist an der Zeit heimzukehren“, sagte sie. Wir brachen auf.
Wir schlenderten durch die Höhle zum Ursprung. Dort war das Geschehen unverändert. Je näher wir kamen, um so mehr spürten wir wieder, wie dieses sanfte Glänzen uns erfüllte. Wir stiegen in unsere Kugel. Sie setzte sich in Bewegung nach oben. Ohne Furcht diesmal sahen wir zu, wie sie sich den Weg durch den Fels bahnte, am Meeresboden die Erde verließ und in das Wasser eintauchte. Die Schwärze des Meeres umgab uns wieder. Wir wussten, bald würden wir wieder die Sonne sehen und die Wolken, den Wind spüren und Wolken und Tiere begrüßen.

Über uns begann es grünlich zu schimmern. Wir waren der Meeresoberfläche nahe, als aus dem Dämmer des Meeres riesige Körper auftauchten. Drei Wale näherten sich der Kugel. Sie umschwammen uns.
„Wir werden begrüßt!“, rief Geratl freudig.
Die Kugel hielt an, damit die Wale uns - und wir sie - ruhig in Augenschein nehmen konnten. Nach einer Weile tauchte die Kugel aus dem Wasser. Sie blieb dicht über den Wogen stehen. Im Nu hatte sich Geratl ausgezogen und mit einem Freudenschrei sprang sie ins Meer. Ein Wal tauchte direkt unter ihr auf und nahm sie auf seinen Rücken. Geratl hatte sich darauf ausgestreckt. Sie ließ sich vom Wal dahintragen. Das Wasser rauschte ab und zu über sie hinweg. Dann meinte man, sie ginge unter, aber bei der nächsten Woge war sie wieder obenauf.
Ich hatte mich auch ausgezogen und sprang hinterher. Alle anderen folgten. Die Wale trieben neben uns. Sic prusteten ihre Fontänen in die Luft. Wir, im Vergleich zu ihnen winzige Wesen, schwammen um sie herum und plantschten miteinander. Dann nahm ein Wal auch mich auf seinen Rücken. Alle Viere von mir gestreckt, lag ich auf dem großen Leib. Alasa kam dazu. Wir lagen nebeneinander, hielten uns aneinander fest und ließen uns von dem Wal durch die Wogen führen. Er schwamm einen großen Kreis um die unbeweglich in der Luft hängende Kugel. Dann brachte er uns zurück und sank ganz sachte, so dass wir wieder schwimmen konnten, und ließ uns allein. Seine große Finne tauchte aus dem Wasser auf. Ein Schlag auf das Wasser, Gischt sprühte über uns, der Wal war abgetaucht.
Wasser, Luft und Wale. Wir spielten im Wasser. Kleine Kinder konnten nicht fröhlicher sein. Ülük rief die Kugel heran. Eine Treppe kam herab und bequem bestiegen wir unser Gefährt. Es waren Handtücher da. Wenig später waren wir gesittete Erwachsene, in den Kleidern verschwunden, in der Kugel auf der Reise zurück.
Die Kugel stieg rasch und nahm Kurs auf die Bergkette, die in der Ferne über dem Horizont des Meeres zu erkennen war. Rasch kamen die Berge näher. Auf einem der Gipfel war ein Gebäude auszumachen. Davor hielt die Kugel an. Wir stiegen aus.
„Den Sonnenuntergang wollen wir hier genießen und dabei gut essen“, sagte Geratl. Ein Bergpanorama breitete sich nach allen Seiten aus, so grandios, wie es sich vom Mount Everest bestaunen ließe, wäre er nicht so hoch und nicht so kalt. In dem Restaurant waren die Tische so angeordnet, dass der Blick ungehindert über die Berge schweifen konnte. Die Speisen tauchten aus dem Tisch auf, was immer wir uns wünschten.
Langsam sank die Sonne ins Meer. Die Berge empfingen ihr rötliches Licht. Die Schatten schimmerten bläulich. Am dunkler werdenden Firmament tauchten die ersten Sterne auf. Träumend folgte ich dem Tag in seinen Schlaf. Alasa strich mir leicht über den Arm. Wir standen auf. Sie ging auf eine Lichttreppe zu, die

im Hintergrund des Restaurants nach oben führte. Langsam stieg sie vor mir die Treppe hoch.
Eine Tür öffnete sich und wir traten in ein größeres Zimmer, das bis auf die Wand mit der Tür völlig rund war. Statt einer Decke wölbte sich eine Glashalbschale vom Boden an darüber. Das ganze Firmament, die untergehende Sonne, die Bergspitzen in ihrem bläulich schwarzen Dunst umgaben uns. Der Boden des Zimmers war weiß und in den Farben des Regenbogens mäanderten Muster darüberhin, sich langsam verändernd.
Alasa ließ ihre Kleider fallen. Sie ging zum Rand der Kuppel. Dort war eine Wanne im Boden eingelassen. Sie stieg in das Wasser. Fast ohne Geräusch glitt sie hinein. Sie legte den Kopf auf den Rand und schaute in den dunkler werdenden Himmel. Ich folgte ihr. Es war still. Wir trieben schwerelos im duftenden Wasser und schauten auf das Schauspiel, das uns der sich verabschiedende Tag und die herankommende Nacht boten.
Der Sternenhimmel entfaltete seine Pracht. So lagen wir den Sternen gegenüber, träumerisch entspannt, in den Gefühlen versunken. Ich spürte alle Fasern meines Körpers. Ein leichtes Vibrieren, das ich am Ursprung aufgenommen hatte, war immer noch da.
„Unsere Ahnen haben vor Jahrtausenden das Werden und Vergehen der Schöpfung ergründet“, begann Alasa zu sprechen. „Ihr Erleben haben sie uns in Geschichten und Beispielen mitgegeben. Die Eltern erzählen sie den Kindern oft, bis sie reif sind zum Erfahren.“
„Die Kinder machen dann die gleiche Reise zum Ursprung wie wir heute. Sie kehren als Erwachsene zurück. Wir nennen es die zweite Geburt. Wir feiern sie wie die erste Geburt. Ein großes Fest ist es jedes Mal.“
„Hier in diesem Gebäude, im Angesicht der Sterne, wird ihnen die Geschichte noch einmal erzählt, ohne jede Änderung. Doch diesmal können die jungen Erwachsenen zu den Worten die eigene Erfahrung hinzufügen. Sie können nun ihr eigenes Leben leben. Sie werden die Geschichte ihren Kindern genauso erzählen, wie sie sie gehört haben.“
„Ich will sie dir jetzt erzählen“, sagte Alasa. Sie glitt über mich und setzte sich auf meine Beine. Ihr Oberkörper hob sich dunkel gegen das Firmament ab. Augen und Zähne leuchteten hell. Halb singend sprach sie:
„Allein wirklich ist das EINE, das Ungeteilte. Darin sind wir geborgen. Es ist unsere Heimat.“
„Das Eine gebiert das Eine. Es gebiert das Eine immer wieder.“
„Nichts anderes kann das Eine erzeugen als sich selber.“
„Wie sind wir dann geworden, Erde Sterne, Kosmos und wir Menschen?“
„WARUM das Eine sich teilt und so die Welt entsteht, bleibt uns verborgen.“
„Doch geschieht beständig und vom Anbeginn der Zeiten dies, dass sich das Eine teilt.“
„In einem Blitz aus Licht und Freude erscheinen ein Teilchen und sein Gegenteil.“

„Sind Raum und Zeit nicht rasch genug zur Stelle, versinken sie vereint im Einen, ihrer Heimat.“
„Sind Raum und Zeit jedoch zur Stelle, fangen sie die Teilchen. Getrennt nun irren sie durch Raum und Zeit und suchen ihr Gegenteil. Sich Vereinen ist ihr sehnlichster Wunsch, im Blitz erlöst zu werden, heim zu kommen in das Eine. Das allein ist ihre Antriebskraft.“
„Raum und Zeit leben von der Energie des Teilchens. Es wird schwer, es kondensiert zu Staub. Doch auch im Staub sucht es sein Gegenteil und findet es nicht.“
„So formt sich die Materie, formen sich die Sterne, alles, was wir sehen, die Tiere, die Pflanzen und auch wir Menschen, aus diesem Staub.“
„Alles Erschaffene besteht aus den getrennten Teilchen. Die Sehnsucht nach dem Einen ist in ihnen unverrückbar eingegraben. Sie treibt sie durch die Schöpfung. Schwerkraft heißt sie in der Materie. Liebe nennen wir sie bei den Menschen.“
„Dein Weg, Helge, und meiner durch all die Leben - dieses hier genauso - ist ein Weg der Sehnsucht und der Liebe. Das Getrennte will zurück zum Einen.“
„Viele Dimensionen durchwandert so ein Teilchen in seinem langen Leben. Es trägt die Botschaft vom Einen in alle Winkel dieser Welt.“
„Wenn seine Anziehungskraft und seine Liebe geläutert sind, kehrt es zurück. Dann vollendet sich sein Weg. Sein Gegenteil erwartet es und in einem Blitz der Liebe und der Freude vereinen sie sich wieder. Sie gehen auf im Einen.“
Alasa verstummte. Ihr Kopf lag auf meiner Schulter. Wir hatten uns wieder gefunden. Wir waren eins.
„Über Raum und Zeit hinweg hast du zu mir gefunden“, flüsterte sie. „Zwei Teilchen mit großer Sehnsucht haben sich vereint. Wir leuchten wie die Sterne über uns.“
Das Wasser war gewichen und statt seiner waren wir in einen trockenen, warmen Schaum gehüllt. Aneinander geschmiegt schliefen wir.
Die ersten Sonnenstrahlen krochen über den Horizont. Sie weckten uns. So erfrischt und entspannt war ich! Alasa streckte sich, rollte sich über mich und versuchte mich festzuhalten. Ich versuchte loszukommen. Übermütig balgten wir uns im Schaum im ganzen Zimmer. Die hellen Sonnenstrahlen blitzten auf unseren Leibern. Wie schön, lebendig zu sein, wie schön, sich gefunden zu haben!

Der Schrecken

„Wir können das Heilige nicht lange ertragen“, sagte Ülük beim Spaziergang auf dem Weg am Hang den Berg entlang. „Welche Aussicht!“, jubelte sie.
„Wir brauchen zum Ausgleich das Körperliche“, sagte Geratl, strahlte Karl an und schubste ihn in ihrer Begeisterung fast vom Weg.
„Unsere Sinne wollen das Heilige in sich aufnehmen. Sie werden aktiviert, wach gemacht und dann haben sie verstärkten Hunger nach Erlebnissen. Das Essen schmeckt besser. Was die Augen sehen, ist intensiver und brillanter. Die Haut vibriert. Sie will spüren und gespürt werden“, sagte Alasa und nahm mich an der Hand.
„Wir haben gestern eine Reise zum Heiligen gemacht. Was dann folgte, war die Wirkung des Heiligen auf unseren Alltagskörper.“ Ülük erklärte es, wie meistens, wenn es um Zusammenhänge ging.
„Es war Genuss“, sagte Karl. So habe ich mich noch nie genossen - und euch auch nicht!
„Ihr seid besondere Menschen, ihr drei“, meinte Robert, und nach einer Weile des Nachdenkens: „Aber ich spüre noch nicht so richtig die Zusammenhänge. Also fangen wir doch noch einmal von vorne an. Da ist das Eine und es ist überall. Dann blitzen Teilchen auf und die allermeisten Teilchen versinken wieder im Einen. Aber einige werden durch Raum und Zeit voneinander getrennt, so dass sie nicht mehr in das Eine zurücksinken können. Daraus werden Atome und aus ihnen die Elemente der Materie - und aus der Materie formt sich diese ganze geschaffene Welt. Das verstehe ich fast.“
„Aber Menschen? Ich verstehe, dass wir mit dem Körper Teil des Kosmos sind. Der Körper wird irgendwann zu Staub und geht in den Kreislauf über, bis seine Teilchen sich irgendwann einmal wieder mit ihren Gegenteilchen vereinen können. Die materielle Seite kann ich erahnen.“
„Und die Seele? Was ist mit ihr? Ich weiß langsam, dass ich schon oft gelebt habe. Reise ich auch als Seele durch diese Welt der Trennung? Ist meine Seele auch ein getrenntes Teilchen wie die Materie? Und seid ihr dann unsere Gegenteilchen? Und wenn das so ist, warum haben wir uns noch nicht in einem Blitz vereint und aufgelöst? Aber ich bin doch auch unsterblich, das habt ihr gesagt. Dann wäre ich immer auch im Einen mit meinem unsterblichen Teil, also wie......“
Er wollte weiter sein Gedankengarn spinnen. Doch dazu kam es nicht mehr. Alles hatte sich aufgelöst und war nicht mehr da. Die Berge waren nicht mehr. Der ganze Planet war verschwunden mit seiner Sonne, der Luft, dem Wasser, den Wolken, dem Wind. Mein Körper war auch nicht mehr und ebenso wenig meine Freunde.
Es gab mich noch, denn ich konnte alles feststellen und beobachten. Aber was war ich denn, ich, der das beobachtete? Ich hatte keine Augen mehr und keine

Ohren, keine Arme und keine Beine. Aber ich war da. Ich registrierte den körperlosen Zustand in einem körperlosen Raum. Noch nicht einmal Licht gab es, aber auch kein Dunkel. Ich war in einen raumlosen und zeitlosen Zustand hineinkatapultiert worden. Die Vergangenheit, die Geschichte, die Ereignisse meines Lebens waren auch nicht mehr. Gedanken waren nicht mehr da, offensichtlich waren sie viel stärker mit dem Gehirn verbunden, als ich angenommen hatte. Was ich tat, war etwas wahrnehmen, etwas feststellen. Das war, dieses war nicht, so ist es jetzt, anders ist es nicht. Feststellen und registrieren war alles, was ich konnte. Gefühle konnte ich keine mehr spüren.

Die Gefühle waren vielleicht stärker mit dem Herzen gekoppelt, als ich bisher dachte. Aber doch fühlte ich ein sanftes Wohlsein. Es war kein normales Gefühl. Es war etwas vorhandenes. Ich konnte es feststellen.

Mich selber konnte ich nicht als ein Wesen feststellen, aber ich war eine abgegrenzte Einheit, auch wenn ich ihre Grenzen nicht feststellen konnte. Ich war nicht beengt, aber ich war auch nicht ausgedehnt. Dass ich keine Arme und Beine, keine Haut und keine Knochen hatte, fühlte sich nicht bedrohlich an. Ich kam mir nicht behindert oder hilflos vor.

Das faktische Feststellen von dem, was war, genügte mir völlig. Ich war vorhanden, ich stellte fest, dass ich war. Das war alles.

Das war die eine Seite, sozusagen mein Fenster nach außen. Ich konnte zwar kein Außen feststellen oder es sehen. Aber wenn ich feststellte, dass ein Außen da war, stellte ich fest, das es etwas von mir Getrenntes gab.

Es gab auch noch eine andere Seite, ein auf mich bezogenes Feststellen. Dass ich feststellte, dass der Körper nicht mehr vorhanden war, war eine auf das außen bezogene Feststellung. Es war, aus Alltagssicht, verwunderlich, weil ich normalerweise davon ausgehe, dass mein Körper zu mir gehört und dass das, was in ihm abläuft sozusagen sich auf mich und nicht auf ihn bezieht. Er ist im normalen Fall kein außen. Hier galt das nicht. Der nicht vorhandene Körper war eine Feststellung, die das Außen betraf.

Was ich neben dem Außen feststellen konnte, waren Inhalte. Ich war ein solcher Inhalt. Feststellen war ein Inhalt. Und eine Vielzahl von Funktionen waren Inhalte. Unter diesem Aspekt war mein Körper ein Inhalt. Meine Kindheit war Inhalt. Die Erde und die Sterne waren Inhalte. Diese Inhalte waren zu Fakten kondensiert. Es waren keine Geschichten im Sinne von Zeitabläufen oder Ereignissen und Erlebnissen.

Vielleicht kann man sagen, dass es wie das Aufzählen von Gegenständen in einem Lager war. Erde? Vorhanden. Körper? Vorhanden. Beruf? Vorhanden. Die Anden? Vorhanden. Kugel? Vorhanden. So ging es weiter. Auf was ich auch meine Aufmerksamkeit richtete, ich konnte es als vorhanden feststellen. Bis in jede Kleinigkeit war es möglich. Ich konnte mich auf Beliebiges ausrichten und feststellen, ob es vorhanden war oder nicht. Das war losgelöst vom Außen, in dem ich mich befand, das ich aber nicht feststellen konnte. Es war eher eine Abwesenheit von etwas.

Ich richtete meine Aufmerksamkeit auf Alasa. Sie war da. Sie war im Außen vorhanden. Sie war wie ein Punkt. Ein Vorhandensein ohne Körper, ohne Licht, ohne Farbe, ohne Ausdehnung. Ein Sein im absoluten Sinne. Zu diesem Sein hatte ich einen direkten Kontakt. Es gab ein Wissen umeinander. Dies bezog sich jedoch nicht auf das, was gestern oder heute Morgen oder vor Tagen gewesen war. Es bezog sich auf das JETZT.
Sie war im gleichen Zustand wie ich. Körperlos und losgelöst von allem war sie von mir getrennt, eine eigene Einheit. Aber dann war sie in mir und ohne jegliche Trennung vorhanden. Ich konnte direkt feststellen, was sie feststellte und ich wusste, dass sie es genauso mit mir konnte. Es war kein Austausch von Gedanken, die erst der eine dachte und dann abschickte und der andere später las. Es war das unmittelbare, ohne jegliche Trennung geschehende Feststellen: Sie stellt fest und ich stelle es gleichzeitig fest, dass gestern ihr Körper in ein hellgrünes Kleid gehüllt war....
Es war kein Feststellen aus meinen Inhalten heraus, sondern aus ihren Inhalten. Ich trug zusammen mit meinen Koffern voller Inhalte auch noch ihre Koffer, es war ein Austauschen ohne Grenzen. Nichts war mir verborgen, nichts war ihr verschlossen. Die vielen Gemeinsamkeiten zwischen uns waren mir sehr deutlich, aber auch die Verschiedenheiten, die mich und sie ergänzten.
In diesem seltsamen Zustand war mir bewusst und ich konnte es im Einzelnen feststellen, wie oft wir uns getroffen hatten, was zwischen uns geschehen war, was sie und was mich geprägt hatte. Es war ein Mir-bewusst-Werden, das praktisch gleichzeitig da war, auf einen Schlag, ohne jegliche zeitliche Verzögerung. Und ich wusste, dass sie wusste...
Ich lachte, sie lachte, es lachte. Ich richtete meine Aufmerksamkeit auf Robert. Es geschah genau das gleiche mit ihm wie mit Alasa. Er war da als dimensionsloser Punkt. Und auch mit ihm geschah das unmittelbare Wissen umeinander. So war es mit allen anderen auch. Ich lachte und tanzte. Alle lachten und tanzten, es lachte und tanzte.
Ein dimensionsloser Punkt der Achtsamkeit und des Bewusstseins war ich, verbunden mit allem, unmittelbar und direkt. Ganz gleich auf was ich meine Achtsamkeit richtete, das Jeweilige war mir bewusst und offenbar. Mit meiner Achtsamkeit überschritt ich jede Grenze. Eigentlich gab es keine Grenzen. Vorhanden war, worauf ich meine Achtsamkeit richtete, und das war vollständig vorhanden.
Ich achtete auf das Tal in den Anden, unseren Ausgangspunkt für diese Reise, und ich nahm in mein Bewusstsein auf, dass die Menschen ihre Häuser wieder aufbauten, den Schutt des Erdbebens beiseite räumten und das Heile vom Zerstörten trennten.
Ich achtete auf die Kugel, unsere Kugel. Sie schwebte unverrückt über ihrem Landeplatz. Ich „spazierte" durch sie hindurch und durch die Wände und achtete auf die komplexe Technik, die dahinter verborgen war. Ich achtete auf die innere Kugel, die Zentrale sozusagen, und ging durch sie hindurch. Dort im Inneren der

zentralen Kugel in unserer Kugel war eine gleiche Kugel vorhanden, wie wir sie im Inneren des Planeten gesehen hatten. Es blitzte dort auch aus einem Feuerwerk der Teilchen auf, Staub entstand und aus ihm das sanfte, sich wohlig anfühlende Leuchten, das die Materie umgab, zu dem die Teilchen und der Staub kondensierten. Aber auch hier war es mir nicht möglich trotz meiner völligen Freiheit von Raum, Zeit und Körper, den Weg der Materie aus der Kugel ihrer Entstehung heraus weiter zu verfolgen. Dies blieb ein Geheimnis.
Ich konnte auch nicht in diese innere Kugel eindringen. Ich nahm jedoch in mein Bewusstsein auf, dass dieser beständige Strom der Materie die Kugel speiste mit allem, was sie benötigte an Energie, Wissen, Gütern.
Alasa hatte mich auf diesem Weg der Achtsamkeit zur Kugel begleitet. Sie nahm auf, was in meinem Bewusstsein geschah und was ich in der Kugel feststellte. Sie freute sich über meine Entdeckungen.
„Du weißt nun, wie es geschieht“, war das, was ich von ihr feststellen konntc. „Alles speist sich aus dem Einen, das unerschöpflich und so köstlich freizügig aus sich heraus gibt. Nur wenig erreicht uns aus der Überfülle, die das Feuerwerk der Teilchen zu Anfang zeigt. Und doch ist es nicht nur genügend für uns, es ist weit mehr als wir benötigen“, schien sie mir mitzuteilen.
Ich nahm wahr, dass aus dem Einen ein nie versiegender Strom in diese Schöpfung floß, der sich auf unendlich vielfältige Weise kondensierte, konkretisierte und Gestalt annahm.
Ich achtete auf meinen Körper. So wie die Kugel ja auch vorhanden war, musstc er ja auch noch irgendwo existent sein. Er war da. Wir sechs Menschen standen auf dem Berg, unbeweglich, wie aus Stein gemeißelt. Die Körper existierten weiter, aber ohne das Bewusstsein, ohne Seele. Wir hatten das Bewusstsein der Persönlichkeit vom Körper abgezogen, so hatte er keine Aufgaben mehr. Er war geparkt. Er wartete, dass die Persön-lichkeit wieder kam. So lange funktionierte er weiter. Aber er brauchte die Seele, um in Gang zu kommen, um benutzt zu werden.
Bevor ich ihn wieder benutzen wollte, wollte ich ihn erst noch etwas besser kennen lernen. Ich reiste mit meinem Bewusstsein durch die Haut, das Fleisch, die Knochen, die Organe. Ich beurteilte ihren Gesundheitszustand und den Grad der Abnutzung. Ich reiste weiter auf der Suche nach einem Ort, ähnlich dem im Zentrum der Kugel. Denn ich hatte das Wissen, dass auch in meinem Körper ein solches Zentrum sein musste, ein Zentrum der Schöpfung, von dem er seine Energie und seine Regenerationsfähigkeit, seine Schöpferkraft bezog.
Es war mir klar, dass es nicht in den Gliedern oder den normalen Organen zu finden war. Auch im Kopf war nichts zu finden. Die Zirbeldrüse war zunächst mein Verdacht gewesen. Aber auch sie zeigte sich nur als Navigationszentrum, das Ströme von außen in die richtigen Bahnen im Inneren weiterleitete.
Ich reiste die Wirbelsäule abwärts. Je weiter ich nach unten kam, um so stärker spürte ich ein Strömen. Offensichtlich war ich auf dem rechten Weg. Schließlich ganz am Ende oder besser ihrem Anfang, traten Schichten auf, die spiralig

angeordnet waren. In ihrem Zentrum, in der Mitte der Spirale, entfaltete sich ein Raum, der wieder das gleiche Geschehen zeigte wie im Zentrum des Planeten und der Kugel: die mir jetzt schon vertrauten Lichtblitze, das Kondensat und seine Umsetzung in sanftes Strahlen. Das nicht weiter verfolgbare Hinausströmen des Ergebnisses dieses ganzen Prozesses beendete meine Schau.
Mein Körper war also genau wie alles andere an diesem Geschehen, das die Einheit mit der Schöpfung verband, angeschlossen. Ich wanderte in meiner Achtsamkeit zurück und stieg in der Wirbelsäule aufwärts.
Meine Achtsamkeit schien sich verstärkt zu haben. Zwischen den komplexen Gebilden der Zellen und der Nervenstränge nahm ich immer wieder einen Lichtblitz wahr, der aus der Quelle dort unten kam und nach oben drang, in die Zellen hinein und darin verschwand.
Es war kondensierte Einheit, die als Nahrung den Körper speiste. Ich wollte sehen, wie dies vor sich ging. Ich spazierte in eine Zelle hinein, in den Zellkern, in sein Zentrum. Dort war ich erneut an einem Ort, an dem Gleiches geschah wie am Beginn der Wirbelsäule, in der Kugel und im Planeten. Auch diese Zelle wurde aus der Einheit gespeist. Auf gleiche Weise geschah es, wie alles andere auch. In jeder Zelle, die ich besuchte, war es so. Alle diese komplexen physikalischen, chemischen und biologischen Strukturen, die in der Zelle ablaufen, wurden auf die gleiche Weise aus der Einheit genährt und aufrechterhalten.
Alasa war mir getreulich gefolgt. „Alles, was ist, ist aus der Einheit und es ist unmittelbar mit ihr verbunden“, kam von ihr herüber. „Alles, was ist, ist verwandelte Einheit, nichts anderes. Beständig nährt die Einheit ihre Kinder.“
In meinem Bewusstsein machte sich Verwirrung breit. Ich konnte nicht mehr einfach nur feststellen, dass etwas ist. Ich kam durcheinander. Ein Sog entstand, der mich fortriss. Einen Augenblick später war ich wieder in meinem Körper. Als normaler Helge stand ich auf dem Weg, schaute wieder durch meine Augen auf die Berge und sah Alasa und die anderen neben mir stehen. In mir hämmerte und dröhnte es. Es wirbelten die aufgescheuchten Gedanken durcheinander. Irritiert, verwirrt und orientierungslos taumelte ich. Ich setzte mich auf den Boden.
Alasa kniete neben mir. Sie hatte einen Becher in der Hand. „Trink“. Sie setzte den Becher an meine Lippen.
Ein berauschendes Getränk rann durch meine Kehle. Wie feurige Glut rieselte es durch meine Adern. Es pumpte mich auf. Heiß und kalt wurde mir. Gänsehaut kroch mir den Nacken hinauf. Meine Muskeln begannen zu vibrieren. Meine Hände griffen in die Luft. AH! AH! HA! HA! Brach es aus mir heraus. Ich schüttelte mich. Heiße Lust packte mich. Ich sprang auf. Ich lief los, den Weg entlang. Er machte eine Biegung. Dahinter kam eine Senke mit einem kleinen See. Ich lief zum Ufer. Ich zog mich aus und ich hechtete ins Wasser. Das tat gut! Es war kalt, das Bergwasser, aber die innere Hitze ließ es mich prickelnd an der Haut spüren. Ich schwamm quer durch den See. Das beruhigte, das

normalisierte mich. Ich war wieder ein Mensch mit Haut und Knochen, mit Gedanken und Wünschen, Gefühlen und Bedürfnissen.
Ein Schatten war über mir. Alasa war in den See gewatet, ohne dass ich es bemerkt hatte. Sie beugte sich zu mir herab, nahm mein Gesicht in ihre Hände und küsste mich. Lange, drängend, mit wachsender Lust. Ich fasste ihre Schultern, ich zog sie zu mir. Sie verlor das Gleichgewicht. Sie fiel auf mich. Wir gingen im Wasser unter. Eng umschlungen trieben wir im Wasser. Unten und oben machten keinen Unterschied. Ich brauchte nicht zu atmen. Das Getränk hat meinen Körper mit Sauerstoff angereichert, dachte ich. Alasas glatter Körper rieb sich an meinem. Ich strich darüber. Es prickelte in den Fingerspitzen. Es fühlte sich an, als ob kleine elektrische Funken zwischen unseren Körpern waren.
Alasa glitt weg von mir. Ich wollte sie festhalten, aber sie war im Wasser verschwunden. Dann war sie an meinem Rücken, dann wieder vor mir. Wir vollführten ein Ballett der Sinnlichkeit. Algen wehten an den Körpern entlang. Schwerelos trieben wir dahin.
Träge geworden schaute ich nach oben, wo sich an der vom Wind gekräuselten Oberfläche die Sonnenstrahlen brachen. Ein wanderndes Lichtfeld, das die Strahlen nach allen Seiten warf. Dort ist die Luft, dachte ich, hier bin ich tief im Wasser. Ich schaute nach unten, auf den Seeboden, dem ich sehr viel näher war. Wasser, ich bin tief im Wasser, dachte es in mir. Im Wasser. Ich brauche Luft, Luft! Luft!! Panik überfiel mich. Heftig strampelte ich mit den Beinen und ruderte mit den Armen. Alles in mir wollte nur noch nach oben aus dem Wasser. Kein Gefühl mehr von angenehmer Schwerelosigkeit im Wasser, nur noch Panik: Ich ertrinke! Mit größter Anstrengung schaffte ich es an die Oberfläche. Ich schnappte nach Luft, ich hustete. Ich hatte doch noch Wasser geschluckt.
Die Panikreaktion ließ nach, langsam konnte ich wieder schwimmen. Mit viel zu viel Krafteinsatz und prustend wie ein Walross hastete ich ans Ufer. Dort lag ich, atemlos, erschöpft, voller Entsetzen über den Gedanken, beinahe ertrunken zu sein. Das war ein Hexenzauber, der mich glauben ließ, ich benötigte keine Luft mehr im Wasser!
Ich lag mit den Beinen noch im Wasser, alles tat mir weh, der Körper ächzte. Ich fror, ich spürte in mir Grauen aufsteigen. Angstbesetzt vergrub ich die Hände in der Erde des Ufers. Ich musste mich festhalten, ich musste die Erde, das Normale wieder spüren, Boden unter den Füßen, die althergebrachte Ordnung, oben und unten, rechts und links.
Langsam wich die bläulich weiße Farbe aus meinen Händen, aber sie zitterten immer noch. Auch meine Füße spürte ich wieder. Ich rollte mich auf die Seite, dann auf den Rücken. Ich schaute in den Himmel. Die dahinziehenden Wolken gaben mir Trost. Sie kannte ich als vertraute Gebilde. Ich setzte mich auf. Mein Körper war braun vom Uferschlamm. Langsam und bedächtig wusch ich mich sauber. Ich spürte, wie wichtig mir mein Körper jetzt war, er war mir heilig. Es war gut, ihn lebendig und nicht als Wasserleiche zu spüren. Er war nicht so

leicht verrückt zu machen. Er wusste, was er brauchte, er wusste, wo oben und unten war. Er war für die Erdoberfläche geschaffen, nicht für das Fliegen in der Luft und schon gar nicht unter Wasser.
Wie war ich verblendet gewesen! Welcher Irrglaube, ich könnte mich aus den Normen des Lebens ausklinken und andere Reiche der Natur betreten, für die ich nicht geschaffen war! Diese drei Frauen und der komische Planet hatten mir den Kopf verdreht. Sie hatten mich in eine Sache hineinkatapultiert, die nicht die meine war. Ganz und gar nicht. Mit liebevollem Augenaufschlag und sanftem Lächeln, immer eine Überraschung auf Lager, hatten sie mich verführt - genau wörtlich zu nehmen: weg geführt vom Leben, weg von mir - und ich Esel hatte es nicht durchschaut.
Arglos und voller Neugier bin ich in ihre Falle gegangen. Von meinen Sehnsüchten nach Neuem und Exotischem, nach Liebe und Körperlichkeit getrieben, habe ich mich aufgegeben. Ich, der doch sonst so kritisch war, der distanziert die Dinge betrachtet, war kopflos geworden. Wie hatte man mir so übel mitspielen können! Was war ich für ein leichtgläubiges Kleinkind in ihren Händen. Ich hatte ihnen vertraut, den dreien. Wie hatten sie mein Vertrauen missbraucht, mich für ihre Machenschaften benutzt. Ihnen lag doch nur daran, auf geschickte Weise an mein Erbgut zu kommen, mir meinen Samen auszusaugen und ihn für ihre Versuche zu haben.
Jetzt sah ich alles klar und deutlich, jetzt durchschaute ich ihr Spiel! Ich hätte nicht erwartet, dass hinter ihrem so vordergründig liebevollen Handeln solch eine Verschlagenheit sitzen würde! Jetzt war ich aufgewacht aus diesem Verführungstraum. Jetzt wusste ich, dass alles nur eine Inszenierung war, um uns aufs Kreuz zu legen. Sie hatten uns vorgespielt, sie wären völlig ohne Eigennutz, sie hätten das Ego überwunden. Aber ich hatte sie durchschaut, sie waren das potenzierte Ego, perfekt gespielt war der Altruismus. Sie ließen mich glauben, die tiefsten Geheimnisse des Universums entdecken zu können, nur um eine Gelegenheit zu haben, sich an mir zu bereichern.
Vielleicht waren es gar keine Menschen, sondern perfekte Roboter, wie es in Science Fiction beschrieben ist. Sicher, so musste es sein, sie waren ferngesteuert, von den Herrschern dieses Planeten auf uns angesetzt. Das Unter-Wasser-Schwimmen war sicher die letzte Etappe, Ich sollte ersticken, damit sie meinen Körper leichter konservieren und untersuchen konnten. Oder man wollte mich in diesem verträumten Zustand belassen und wie ein halbbetäubtes Insekt im Museum ausstellen, von Scheinwerfern angestrahlt, die letzte Attraktion. Eine neue Spezies war gefunden worden, hurra!
Mich schauderte. Argwöhnisch schaute ich mich um. Ich war allein, von meinen Freunden war nichts zu sehen. „Sie sind schon verschleppt worden“, schoss es mir durch den Kopf. Von den drei Frauen war auch nichts zu sehen. Alasa war nicht mehr aufgetaucht, auch sah ich keine Kleider von ihr herumliegen. Dagegen waren meine Kleider noch da. Ich fror innerlich, aber es ging mir besser. Jetzt, nachdem ich das Schauspiel überblickte, konnte ich handeln. Jeden

Augenblick konnten sie kommen, mich zu holen. Ich zog mich rasch an. Ich beobachtete das Gelände nach verdächtigen Bewegungen. Es blieben eine leere Landschaft: die Berge, der See, ein paar Bäume und ich. Ein Baum schien mir Schutz zu bieten. Ich sprang auf ihn zu. Ich kletterte hoch. Da oben konnte man mich wenigstens nicht gleich sehen. Ich musste wieder zu mir kommen. Ich musste alle Sinne und meinen Verstand beisammen haben. Ich musste Karl und Robert finden. Wir mussten von diesem Planeten verschwinden, so rasch wie möglich. Wir mussten zur Kugel, starten, zurück nach Hause.
Mein Gehirn raste. Die Nerven glühten. Alle Muskeln waren angespannt. Ich suchte nach dem nächsten Schritt. Aus dem ingenieurmäßigen Abenteuer einer Reise in die Zukunft war ein Horrortrip geworden. Kein Wunder, wenn alle Filme die Außerirdischen als bedrohliche Monster zeigten, die nur darauf aus waren, uns zu zerstören.
Wie konnten wir annehmen, dass ein technisch fortschrittlicher Planet auch moralisch und ethisch besser sein müsste? Wieso sollte bessere Technik mit besseren Menschen einhergehen? Warum sollte nicht bessere Technik Moral und Ethik erst recht untergraben?
Bei uns wurde auch die allermodernste Technik zuerst für die Rüstung eingesetzt, für das Herstellen noch vernichtenderer Waffen, von noch mehr Tötungspotential. Und wie viele technisch primitive Völker waren den Europäern moralisch überlegen? Es bestand einfach kein Zusammenhang zwischen Technik und Moral.
Menschlichkeit und die Achtung vor dem anderen hingen nicht mit besserer Technik zusammen. Im Gegenteil, viele bisher moralisch einwandfrei lebende Völker wurden zu gewissenlosen Mördern, wenn sie von den Europäern Waffen erhielten. Erst diese Technik hebelte ihre Moralgesetze aus, zerstörte das gefestigte Gemeinwesen, ließ die Menschen degenerieren. Warum sollte es hier nicht genauso sein?
Menschen bleiben Menschen, zerrissen in der Dualität, überfordert von ihren Möglichkeiten. Wer vom Baum der Erkenntnis gegessen hat, ist nicht mehr friedlich. Der Garten Eden war ein Traum, ein Hirngespinst der Sehnsucht nach Frieden und freudigem, gefahrlosen Leben. Und er blieb es auch, ganz gleich in welchem Winkel des Universums, ganz gleich auch, über welche Technik die Menschen verfügen mochten.
Es konnte zwar sein, dass elegantere Technik die Ausübung der Macht geschickter machen würde. Wir waren nicht mehr so primitiv, dass wir mit der Keule zuschlugen. Wir waren eleganter geworden im Handhaben der Macht und geschickter im sie Verpacken. So wird es hier auch sein, ging es mir durch den Kopf, auf meinem Baum sitzend. Aber ich war bereit. Ich war nicht das harmlose Opfer, das man in mir vermutete.
Ich stellte mich tot. Das würde mich vielleicht uninteressant machen. Es konnte sein, dass sie uns zu einer Sendung im Fernsehen brauchten, dass sie unsere Abenteuer und jetzt auch meine Flucht als spannende Unterhaltung sahen, dass

ich ihnen gar nicht mehr entkommen konnte. Vielleicht war gerade jetzt eine Kamera so platziert, dass sie mich in der Totalen hatte. Es war ein überlegener Gegner, ich die Marionette. Jeder meiner Schritte und jede meiner Möglichkeiten waren schon durchdacht und wurden laut diskutiert. Wetten wurden auf meinen Kopf abgeschlossen, war ich mir sicher. Eine ohnmächtige Wut tobte in mir. Aber das war wohl auch beabsichtigt. Wo wäre der Nervenkitzel geblieben, wenn ich mich einfach in mein Schicksal gefügt hätte?
Womit konnte ich sie so verblüffen, dass ich Zeit gewann, dass ich wieder der Handelnde war und sie mich zumindest suchen mussten? Ich hatte, dachte ich, das Problem ausreichend erkannt. Dann musste es auch einen Ausweg ausgeben. Sollten sie warten, ich hatte Zeit. Ich musste mich entspannen, gelenkiger werden, elastischer in den Muskeln.
Warum hatte ich jahrelange Erfahrung im Meistern von Überraschungen erworben? Das kam mir hier zugute. Langsam bewegte ich jeden Muskel. Gezielt achtete ich auf die Umgebung. Die innere Fixierung war überwunden. Es war warm, es war später Nachmittag. Ich war nicht hungrig und ich war auch nicht durstig. Ich war fit, ich war in Ordnung. Jetzt konnte der nächste Schritt folgen.
Das einfachste war, sie im Glauben zu lassen, ich hätte ihr Spiel nicht durchschaut, ich wäre noch voller Vertrauen. Es war mir klar, dass unsere Kugel am alten Platz wartete, aber sie war sicher so programmiert worden, dass wir sie nicht nach unseren Wünschen fliegen konnten. Es gab aber andere Kugeln, die nicht programmiert waren. Eine solche Kugel musste ich finden, meine Freunde holen, einladen und weg.
Ich glaubte, den Zipfel einer Chance in der Hand zu haben, das Überraschungsmoment, an das sie nicht gedacht haben konnten. Sie konnten nicht so primitiv direkt denken wie ich. Ich musste dumm und einfältig wirken, einen Haken schlagen, sie verwirren, eine andere Kugel finden. Dann wäre ich frei. Ich konnte sie überlisten, wenn ich scheinbar auf ihr Spiel einging, das war meine Chance. Nachdem ich öfters diese Gedanken durchgespielt hatte, fand ich keinen Fehler darin. Sicher, es war nicht einfach, eine entsprechende Kugel zu finden, aber ich dachte, in der Nähe des Marktplatzes müssten welche geparkt sein.
Ihre Technik hatte sie dazu verleitet, vieles von ihr machen zu lassen und nicht mehr selber etwas tun zu müssen. Ich war aber noch nicht so degeneriert. Ich konnte improvisieren, sie sicher nicht mehr. Das war mein Vorsprung vor ihrer Technik. Damit musste ich sie täuschen. Ich musste sie auf meine primitive Fährte setzen und sie mit meiner auf schwierige Situationen eingestellten Improvisationskunst verblüffen.
Der nächste Transportplatz, von dem ich zum Marktplatz kommen konnte, war etwa 100 Meter vom Seeufer und meinem Baum entfernt auf einer leichten Anhöhe. Dort musste ich hin, ohne dass sie merkten, was ich vorhatte.

Ich kletterte, den Verstörten spielend, von meinem Baum. Sie sollten ruhig denken, dass ich mich bedroht fühlte. Ich brach einen Ast ab. Er sollte mir als Waffe dienen. Das war hoffentlich primitiv genug. Dann schlich ich geduckt vom Baum weg. Ich wollte nicht direkt auf den Transportplatz zulaufen, damit sie nicht sofort meine Absichten durchschauten. Nach allen Seiten lauernd, schlich ich in einem größer werdenden Kreis um den Baum.
Es tat gut, sich zu bewegen. Ich wurde immer schneller und näherte mich in einer Spirale dem Transportplatz. Ich war etwa bis auf 50 Meter an den Transportplatz herangekommen, da geschah das Unglaubliche.
Die Erde, das Gras, der ganze Boden gaben nach, alles war weich und dünnflüssig geworden und mit einem Entsetzensschrei versank ich in der Erde bis zum Hals!
Panikwelle um Panikwelle rauschte durch mich hindurch. Ich wollte aus der Erde herausklettern, aber es ging nicht. Überall wo ich nach Gras griff, wurde es in meinen Händen flüssig. Ich trampelte verzweifelt, ich wollte zu meinem Baum zurück. Ich konnte in der Erde auf ihn zuschwimmen, aber ich kam nicht aus ihr heraus.
Je näher ich meinem Baum kam, um so fester wurde die Erde. Sie hielt mich fest, immer fester. Ich wurde von der Erde umklammert, sie machte mich bewegungsunfähig. Ich stak fest. Mein Körper stak bis auf den Kopf in der zu Beton gewordenen Erde.
Ein wilder, entsetzlicher Schrei brach sich Bahn. Unmenschlich brüllte es aus mir heraus. Ich konnte nicht mehr denken und nichts mehr fühlen. Die Panik hatte mich völlig im Griff.
Da schoss ein heißer Strahl die Wirbelsäule hoch. Wie eine Rakete schoss ein weißgoldenes Feuer in meinen Kopf und durch die Schädeldecke. Das nächste, was ich sah, war mein Kopf. Er stak in der Erde, die Augen weit aufgerissen, der Mund, das Gesicht, eine einzige Grimasse des Entsetzens. Das sah ich, aber ich fühlte das gesehene Entsetzen nicht. Ich stand auf der Wiese und betrachtete diesen Kopf, der vor mir in der Erde steckte. Er schnaufte vernehmlich. Er wurde ruhiger, das Gesicht entspannte sich, die Augen schlossen sich, der Kopf in der Erde schlief.
Was sollte ich davon halten? Der Baum war noch der gleiche, die braune Rinde aber leuchtete intensiver, die Blätter waren grüner und der Himmel blauer als vorhin. Die ganze Landschaft schien von innen heraus zu leuchten. Ich sah an mir hinab, auch mein Körper leuchtete. Ich ging auf der Wiese umher. Dann nahm ich meinen alten Weg wieder auf. Ich wollte ja zum Transportplatz.
Ich bemerkte, dass das Gras an meinen Füßen nicht niedergedrückt wurde. Es ging durch meine Füße hindurch. Das war zu viel.
Jetzt bin ich tot, dachte ich, an Herzschlag gestorben. Mein armes Herz hat es nicht mehr bewältigt. Erst die Entdeckung, dass diese Menschen mich missbrauchten, dann das Versinken in der Erde. Das Herz war gebrochen. Jetzt war ich ein Geist ohne Körper. Aus, vorbei, das war das Leben gewesen. Das

stellte ich fest, emotionslos. Die Panik, die Pläne, die Aufregung, alles konnte ich mir sparen, es war nicht mehr nötig.
Jetzt konnte mir nichts mehr passieren. Wer tot ist, kann nicht toter werden. Ich setzte mich ins Gras, legte mich auf den Rücken und sah den Wolken zu. Ein heiterer, gelassener Frieden hatte mich eingeholt. Er wiegte mich in seinen Armen. Wie gut das war! Nach diesen entsetzlichen Stunden des Wahns, welche Erlösung! Ich genoss jedes Atom meines Seins, jedes Fleckchen Licht, jede Farbe, alles um mich, in mir, das Ganze war nur noch Frieden. Es gab nichts mehr zu tun. Ich brauchte nicht zu fliehen. Niemand stellte mir nach. Kein Museum wollte mich ausstopfen, niemand mich jagen. Alles waren Hirngespinste. Es hatte allein in meinem Kopf stattgefunden, nichts war real davon. Dies hier auf der Wiese, das war real.
Ich stand auf der Wiese in einen verträumten Glückszustand gehüllt und ich war sehr irritiert. So hatte ich mir den Zustand nach dem Tod eigentlich nicht vorgestellt. Ich fand mich noch viel zu menschlich denkend und fühlend. Nach dem Tod sollte sich doch die menschliche Verbindung zur Welt rasch auflösen und den Übergang zu anderen Welten freimachen. Aber nichts dergleichen geschah. Ich schaute kritisch prüfend nach meinem Kopf in der Erde.
Er lebte. Er war durchblutet, nicht wachsbleich. Die Nasenflügel bewegten sich leicht beim Atmen. Der Kopf war noch lebendig. Dann würde der Körper, der daran hing, auch noch leben. Es gab mich zweimal. In der Erde gefangen als schwerer Körper und auf der Wiese stehend als leichter Körper. Wer war echt, ich auf der Wiese oder der Körper in der Erde?
Ich sehnte mich nach meinem Körper. Sofort war ich wieder in dem in der Erde gefangenen Körper. Bewegungsunfähig stak ich da drin. Die Entsetzensgefühle überwältigten mich wieder. Ich riss die Augen auf und sah das Gras direkt vor mir. Ich spürte den Betonkäfig um mich, wie er mich unerbittlich festhielt. Ich versuchte mit aller Macht freizukommen, aber es war und blieb vergeblich. Ich schrie verzweifelt nach Hilfe. Rauh strich mein Entsetzensschrei über den See und ließ das Wasser sich kräuseln. Ich schien zu platzen.
Da stand ich wieder auf der Wiese. Die Panik wich augenblicklich dem friedlichen Glücksempfinden. Mein Kopf in der Erde war noch knallrot mit verzerrter Grimasse im Gesicht, aber das Blut wich rasch. Es kehrte auch bei ihm Frieden ein. Die Augen schlossen sich und er schlief.
Ratlos und verwirrt stand ich da, innerlich glücklich, mit einem Kopf voller Fragen. Dabei wusste ich nicht, welchen Kopf ich meinte, den auf der Wiese oder den in der Erde. Wer war ich wirklich? Wer war dieser Körper, der auf der Wiese stand? Den in der Erde steckenden Körper kannte ich. Er hatte mich bisher durch das Leben getragen. Aber wer war der andere Körper?
Ich konnte sehen, dass der in der Erde steckende Körper friedlich war. Ihm machte es ohne mich nichts aus, in der Erde zu stecken. Aber wenn ich drin war, das wusste ich mit Sicherheit, platzte er vor Panik und Entsetzen.

Also war ich jetzt, der die Welt bewusst erlebte, draußen, außerhalb dieses Körpers. War meine Seele ausgestiegen oder mein Ego oder auch mein Verstand oder was? Jedenfalls empfand ich mich als das ganz normale Ich, das in einem anderen unbekannten Körper auf der Wiese stand.
Konnte es so sein, wenn ich noch gar nicht gestorben war? Eigentlich ging das doch nicht, diese Trennung von Seele und Körper zu Lebzeiten. Hier schien es aber, als ob es doch ginge, auf diesem seltsamen Planeten zumindest. Ich konnte bestätigen, dass ich nicht tot war. Aber ich wusste immer noch nicht, ob meine Freunde dies auch bestätigen würden. Mein Körper in der Erde lebte und ich konnte in ihn hinein. Aber das wollte ich auf gar keinen Fall. Ich wollte nicht noch einmal dieses Entsetzen des völligen Gefangenseins spüren. Das wollte ich nicht noch einmal aushalten.
Ich war meine ausgetretene Seele - dachte ich als Hilfskonstruktion - ,die durch die Panik solche Energie erhalten hatte, dass sie aus dem Körper herauskonnte. Ich hatte den gleichen Körper und ich war auch angezogen, wie ich es vorher war. Aber dieser Körper war unmaterieller. Er stand zwar auf der Wiese, aber er drückte das Gras nicht herunter. Er hatte kein Gewicht.
Ich konnte gehen, die Arme schwenken, umherschauen, atmen und denken und ich fühlte, jenes friedliche Gefühl des Lebendig-Seins. Das war umwerfend. Ich fühlte mich so ganz und vollkommen wie noch nie im Leben. Nichts fehlte mir, nichts ging mir ab. Ich hatte keine Bedürfnisse.
Das gibt es einfach nicht - dachte ich - ,ein Helge mit zwei Körpern. Je nach Lust und Laune konnte ich wechseln. Wo war mein Bewusstsein? Was würde denn sterben, wenn ich stürbe? War ich auf der Wiese eine Illusion von mir? Hatte die Panik, die beim Versinken in der Erde in mir ausbrach, mich verrückt gemacht und Wahnvorstellungen ausgelöst? Das musste es sein, dachte ich. Das war die Lösung, ich war schizophren geworden. Endlich befreit von der Unsicherheit, wer ich denn wäre, atmete ich tief durch - da war ich wieder in dem einbetonierten Körper, lebendig begraben!
Wieder entfuhr mir der Entsetzensschrei. Das konnte doch nicht möglich sein. Wie kam ich aus diesem Teufelskreis heraus? Ich wollte nicht länger in der Erde stecken. Das war nicht auszuhalten, dieses Gefängnis. Ich wollte raus! Und zwar sofort!
Schon stand ich wieder friedlich geworden in meinem anderen Körper auf der Wiese. War ich friedlich, stand ich draußen. War ich mehr materiell orientiert und an meiner Vergangenheit haftend, war ich in der Erde. Fühlte ich mich eingeengt, dann war ich es auch. Vorstellungen von Verfolgung und Vernichtung machten mich so materiell, dass ich in der Erde versank. War ich innerlich friedlich und frei, glücklich und zufrieden, dann war ich so leicht, dass ich schwerelos auf der Wiese stand.
Das Gefühl zu ertrinken, tief drunten im See, führte zu Panik. Sie löste den Verfolgungswahn aus. Er ließ mich zum primitiven Menschen werden, der auf den Baum flieht, der sich mit der Keule verteidigen muss, der überall nur Feinde

sieht. Das hatte mich so schwer gemacht, dass ich in der Erde versank, versinken musste.
Alle meine seit der Geburt gehegten Empfindungen und Erfahrungen von Feindschaft, Gefahr, Kampf, Raub, Bedroht-Sein, Friedlosigkeit, usw hatte ich in meinem Unterbewussten gespeichert und als Last mit mir herumgetragen. Das war hier zum direkt gelebten Schauspiel geworden. Was in meinem Unterbewusstsein gespeichert war, zeigte sich mit aller Deutlichkeit in meinem Körper und in der Reaktion der Erde auf ihn.
Die Erde gab nach. Sie wollte dieses Gewicht nicht mehr tragen. Sie verschluckte mich. Bis zum Hals stak ich drin. Es geschah auf unvorstellbare Weise. Meine Panikreaktion, wenn ich in dem materiellen Körper stak, förderte mein ganzes Unterbewusstes nach oben. Diese Panikenergie schleuderte mich explosionsartig aus dem Körper heraus.
Es zeigte mir, dass ich in meinem Körper in einem Gefängnis gehalten wurde, in einem Gefängnis aus unterbewussten, halbbewussten, gedachten, gemeinten und fest geglaubten Gefühlen von Bedrohung und Angst. Ich hatte sie schon immer mit mir herumgetragen. In meinem Alltag waren sie selbstverständlich und ich empfand sie kaum noch als Last.
Aber hier, wo nichts meinem Alltag glich und wo die beständige Lebensbedrohung nicht vorhanden war, kamen sie als Explosion an die Oberfläche und beherrschten mich. Dieser Planet war friedlich, aber dieser Friede war für Unsereinen nicht auszuhalten. Ohne Gegenpol musste alles, was dem Frieden in mir nicht entsprach, aus mir herausplatzen. Das brachte den Fluss zum Überschäumen und mich in die Erde hinein.
Ich war frei, so frei zu leben, wie ich wollte. Das spürte ich in dem auf der Wiese stehenden Körper. Aber ich war als ganzer Mensch nur so frei, wie es meine in mir gespeicherten Gefühle zuließen. Sie bestimmten letztlich darüber, welche Art von Leben ich wirklich leben würde. Waren die friedlichen Gefühle in mir in der Oberhand, war es friedlich. Kamen die Gefühle von Angst und Verfolgung hoch, war alles in Panik und mein Körper zu schwer für die Erde.
Wirklich frei war ich nur, wenn ich nicht mehr von diesen Gefühlen bestimmt wurde. Aber das war nur möglich, wenn ich sie nicht mehr fühlte, wenn sie nicht mehr da waren, wenn ich sie nicht mehr mit mir herumschleppte, offen oder versteckt.
Jetzt stand ich außerhalb meines Körpers auf der Wiese. Jetzt war ich frei von den gespeicherten Gefühlen, jetzt ging es mir gut, jetzt konnte ich das gute Leben spüren. Saugte ich aber die alten Gefühle hoch, wie vorhin, war ich sofort in meinem Körper in der Erde gefangen, in der Angst, der Panik, dem Entsetzen über das Leben. Dann zeigte mir der Planet, was wirklich in mir steckte. Dann war er der Herr über mich. Dann waren die Gefühle meine Regenten.
War ich denn wirklich nicht der Herr meiner Gefühle? Konnte ich sie nicht beseitigen, sondern nur ignorieren und unterdrücken? Sicher, darin war ich mein

ganzes Leben lang Meister gewesen, im Ignorieren und Unterdrücken, aber nicht im Lösen.
„Hier auf diesem Planeten geht das aber nicht mehr. Hier bist du direkt deinem Gespeicherten ausgeliefert. Hier musst du dir alle deine Gefühle vorführen lassen“, tönte es als Echo in mir. „Hier wirst du mit allem Unangenehmen konfrontiert. Hier kannst du nicht so weiterleben und dich arrangieren mit deinen aufgestauten Gefühlen, wie du es bisher dein ganzes Leben getan hast.“
Es war ein schrecklicher Gedanke. Ich wusste ja gar nicht, wie ich mich frei machen konnte von den mich niederdrückenden Gefühlen. Ich wusste noch nicht einmal, ob ich das überhaupt wollte! Ich wusste nur eines: Ich wollte mein Leben so leben, wie ich es wollte. Ich wollte nichts aufgezwungen bekommen, wie hier schon so oft und qualvoll geschehen. Damit sollte nun Schluss sein!
Ich merkte, ich war in der Zwickmühle. Ich stand zwar jetzt außerhalb meines Körpers auf der Wiese und mir ging es gut. Aber den materiellen Körper in der Wiese in der Erde stecken zu lassen, war ja auch keine Lösung. Und immer darauf achten, dass Gefühle von Angst und Panik nicht hochkamen, war schwierig. Ich wollte wieder ein einzelner, einfacher, ganzer Mensch sein, einer mit einem Körper und einer, dem es gut ging und der so lebte, wie er wollte. Ich wollte meinen Körper wieder haben, ihn aus der Wiese herausholen und mich mit ihm frei bewegen können.
Ich hatte das vage Gefühl, dass ich in diesem Dilemma solange gefangen blieb, bis ich meine Gefühle bearbeitet hatte und mich von ihnen trennte. Dann würde es wieder mit mir - meinem Körper – aufwärts gehen. Dann würde er wahrscheinlich aus seinem Erdgefängnis freikommen. Aber wie macht man das? Musste ich mich von allen Gefühlen befreien, auch den angenehmen? Oder reichte es, sich von den niederdrückenden Gefühlen zu trennen? Aber sie hingen doch alle miteinander zusammen.
Bisher erlebte ich Gefühle einfach. Meistens störten sie mich und machten den Alltag schwieriger. Deshalb versuchte ich, nüchtern zu sein, sie zu ignorieren. Und wenn es nicht anders ging, dann joggte ich durch den Wald, bis ich wieder frei von ihnen war. Hier war ich am Ende der Fahnenstange. Hier staken sie in der Erde als gefangener Körper.
Nachdenklich umkreiste ich meinen schlafenden Kopf im Gras. Hier war mein Körper geparkt, perfekt geparkt in der Erde. Wahrscheinlich war er auch so konserviert, dass er dort lange Zeit bleiben konnte. Hier verdarb nichts. Das hatte ich schon gemerkt. Hier wurde sich um alles gekümmert, auch um einen in der Erde geparkten Körper.
Ich hatte Zeit, viel Zeit. Ich musste eine Lösung finden, wie ich meine Gefühle loswurde, möglichst rasch, elegant, ohne viel Arbeit. In diese Problematik versunken, spazierte ich über die Wiese. Ohne es zu merken, ging ich auf den See zu und auf ihm weiter. In meine Gedanken versunken stand ich auf dem Wasser und spazierte weiter, wenn ich eine Lösungsmöglichkeit verwerfen musste. So ging es, bis ich etwa in der Mitte des Sees angekommen war und

realisierte, wo ich stand. „Das auch noch!“, durchfuhr es mich. Jetzt kann ich auch noch über Wasser gehen.
Spöttisch bückte ich mich und spritzte Wasser hoch. Es war echt. Jetzt bekam ich es mit der Angst zu tun - ich sank ein Stückchen ins Wasser ein. Nein, nein, nur das nicht! „Ein Problem reicht mir“, durchzuckte es mich. „Ich habe keine Angst, nein, ich bin voller Vertrauen. Ich bin froh und glücklich“, hämmerte ich mir ein. Das Absinken kam zum Stillstand. Langsam hob ich mich aus dem Wasser. Ich stand wieder auf dem See. „Ich kann, ich bin leicht, ich bin frei, ich bin ein friedlicher Mensch“, sagte ich mir weiter vor. Ich muss einfach glücklich sein, ich muss. Ich bin dazu verdammt, glücklich zu sein, so komisch das klingt. Verdammt, das Wort hätte ich nicht denken sollen. Es ging wieder nach unten. Das verdammt war zu schwer für meinen Zustand. Ich strich es aus meinem Wortschatz. Ach wie schön ist diese Welt, wie herrlich, lebendig zu sein! Und schon stieg ich wieder.
„Ich liebe mein Leben! Ich möchte nicht ohne es sein! Ich freue mich über jede Minute dieses Abenteuers!“ Schon stieg ich weiter. Wie herrlich ist diese Welt, wie schön, ein Mensch zu sein! Das ließ mich ein Stückchen über dem Wasser schweben. Aber es hielt nicht sehr lange an. Ich sank auf das Wasser zurück und stand wieder sicher darauf.
„So geht es, so ist es richtig“, durchfuhr es mich. Dieser leichte Körper, der jetzt meiner war, war nur so leicht, solange ich das friedliche, freudige Erleben im Vordergrund hatte, wenn er sanft und zufrieden war. Wenn ich auch nur ein wenig meiner irdischen, starken und meist negativ gepolten Gefühle zuließ, wurde er sofort schwerer und konnte nicht mehr auf dem Wasser bleiben.
Das war schon was. Damit konnte ich weitermachen. Ich tanzte auf dem Wasser herum. Jeder freudige Gedanke ließ mich einen kleinen Hüpfer machen. Ich war begeistert. „Ich habe vielleicht einen Weg gefunden, wie ich meine Gefühlslast kleiner machen oder gar lösen kann“, dachte ich. Ich experimentierte herum. Dachte ich, ich sei jetzt verrückt geworden, sank ich sofort tiefer. Dachte ich an das Glück, das ich mit Alasa erlebt hatte, schwebte ich hoch. „Das ist ganz einfach!“, durchfuhr es mich. Alle die schweren negativen Gedanken und Gefühle haben gar keine so große Bedeutung, wie ich ihnen bisher immer zugewiesen hatte. Ich konnte sie wie eine Herde junger Hunde betrachten, die ein wenig zu fressen und ein paar Streicheleinheiten brauchten. Dann waren sie friedlich.
Es war niemand da, der mir helfen konnte. Alles musste ich alleine machen. „So ein Mist!“, dachte ich und schon bekam ich nasse Füße. „Mist!“ Noch tiefer sank ich. Das Wasser trug mich nicht mehr. Ich ging unter. Ich strich „Mist“ aus dem Repertoire, gab ihm ein paar Klapse zur Beruhigung auf den Rücken, wendete mich davon ab und schon stieg ich wieder hoch. Jetzt hatte ich herausgefunden, wie ich mit diesem lichten Energiekörper umgehen musste. Ich konnte nach eigenem Wollen und Ausrichten das Gewicht verändern, je nach meiner Gemütslage.

Mein Energiekörper wollte friedlich, freudig und leicht sein. Dann diente er mir gut. Er wollte nicht in negativen Gedanken und Gefühlen gefangen sein. Diese Entdeckung war viel, aber nicht genug. Ich musste noch einen Weg finden, mit meinem materiellen Körper zurechtzukommen. Ich spazierte weiter über den See.

Noch einmal von Anfang an: Der Körper war solange in der Erde, wie er von den Gefühlen beherrscht wurde, von allen Gefühlen. Konnte ich ihn davon freimachen, kam er auch wieder frei. Konnte ich ihn halb leeren, würde er vielleicht zur Hälfte freikommen, wer weiß. Wie konnte ich ihn von Gefühlen freimachen? Das war die Kernfrage. Ich war mir sicher: Wenn ich alte Gefühle löste, würden neue nachwachsen, ohne Ende. Die Hydra war nichts dagegen.

„Jetzt hier auf dem Wasser habe ich immer noch negative Gefühle und Gedanken", dachte ich. Ich brauchte nur Mist und Unsicherheit empfinden und schon sank ich ein. Das bedeutete, dass ich nie ganz frei davon war. Vielleicht war das auch gar nicht möglich. Vielleicht war es nur nötig, die Gefühle nicht die Oberhand gewinnen zu lassen?

Würde ich dabei nicht versucht sein, Gefühle zu unterdrücken? Unterdrücken würde nicht helfen, das hatte ich erfahren. Es war keine Lösung, Gefühle zu unterdrücken. Es war auch keine Lösung sie zuzulassen und es war keine Lösung gegen sie zu kämpfen. Was war denn dann eine Lösung?

Vielleicht war es wirklich die Lösung, das, was ich in diesem leichten Körper gelernt hatte, auch im materiellen Körper zu machen: die Gefühle als junge Hunde zu betrachten, die ein wenig Aufmerksamkeit brauchten, die nicht unterdrückt werden wollten, die leben wollten, aber die auch nicht bestimmen wollten. Vielleicht sollte ich sie streicheln, lieb haben und ihnen ein wenig Futter geben?

Ich probierte es aus. Hier in diesem leichten Körper war die Reaktion unmittelbar und sofort. Das Wasser war mein Testgelände. Wenn ich ein von sanfter Freude abweichendes Gefühl zuließ, sank ich ein. Rasch ging das und sofort. Wenn ich mich davon löste, stieg ich wieder. Wenn ich es zuließ und sanft betrachtete, es streichelte, aber mich nicht direkt mit ihm verband, dann blieb ich irgendwo in der Schwebe. Erst wenn das, was ich mit dem Gefühl tat, echt war, stieg der Körper auf das Wasser auf. Wenn ich nur so tat, als ob ich das Gefühl streichelte, weil ich es eigentlich doch nicht mochte, sank er zwar nicht weiter ab, aber ich kam auch nicht hoch.

War ein Gefühl da und ich versuchte, es zu ignorieren, sank ich ab, unweigerlich. Ich probierte weiter herum. Ich lernte, eine solche Haltung zu all den mich umtreibenden Gedanken und Gefühlen einzunehmen, dass ich mich beständig auf der Wasseroberfläche hielt. Ich konnte absichtlich einsinken und ich konnte hochkommen. Nur das Schweben über dem Wasser war so nicht möglich. Das ging erst, wenn ich innerlich völlig frei war von Gefühlen und nur in der Seligkeit des friedlichen Seins ruhte.

Zurück zum Problem: Ging das, was ich hier trainiert hatte, auch mit dem materiellen Körper, der von viel massiveren Gefühlen angefüllt war und der viel langsamer reagierte? Von draußen konnte ich nichts machen, das war klar. Ich konnte ihn nur von innen heraus aus der Erde holen. Welch ein schrecklicher Gedanke, in den mittlerweile erdkühlen und gefangenen Körper eintauchen zu müssen! Kaum hatte ich diesen Gedanken, als ich auch schon auf dem See einsank. Also, vielleicht ist es ganz gut, die Arbeit hinter mich zu bringen? Schon stieg ich wieder.
Ging das Herausschaufeln aus der Erde, indem ich die gespeicherten Gefühle nur „streichelte“? Eine andere Lösung hatte ich noch nicht. Ich musste es ausprobieren.
Zunächst musste ich meine Aversion überwinden, in diesen kalten Materiekörper einzutauchen. Aber ich brauchte ihn. Ich wollte nicht ohne ihn leben. Er war mein einziges Gefährt in diesem Leben, auf das ich mich verlassen konnte. Ich musste ihn freibekommen.
Aber wenn ich wieder in diesem Körper steckte, wie konnte ich denn all die gespeicherten Gefühle wahrnehmen, damit ich sie streicheln konnte? Ich hatte durch die Erlebnisse der letzten Tage erfahren, dass ich voller alter Gefühle war, die auch noch aus anderen Leben stammten und die ich mit meinem normalen Bewusstsein überhaupt nicht wahrnehmen konnte. All die Aggressionen, geboren aus Macht und Kampf und Ego und Herrschen-Wollen, wie sollte ich an sie herankommen?
Wenn ich an das jetzige Leben dachte, war nicht viel davon zu spüren. Ich hatte bisher ohne Brutalität und Krieg, Kampf und Aggression gelebt. Was ich bisher in den vergangenen Jahren erlebt hatte, war nicht so gewichtig gewesen, ohne viele und massive Gefühle. Die extremen und wilden Gefühle, die ich hier erlebt hatte, konnten nicht aus diesem Leben stammen. Sie mussten in hunderterlei Leben entstanden sein. Als Neandertaler, als Pirat, als Knecht, als Ritter, als Geschäftsmann, als was auch immer musste ich Gefühle erlebt und gespeichert haben.
Die hässlichen Überbleibsel aus vielen Leben hatten meinen Körper in die Erde getrieben. Sie hatten mich versklavt und gezwungen, ein Leben ohne innere Freude zu führen. Es galt, sie zu lösen, angemessen mit ihnen umzugehen. Jetzt wusste ich, dass es sich lohnte, sich davon zu trennen, denn das beständige, schöne Gefühl der Freude, das ich in diesem leichten Lichtkörper hatte, war es wert, auch in den schweren materiellen Körper einzutauchen und das ganze restliche Leben lang friedvoll mit ihm zu leben.
Ich wollte die Arbeit tun. Ich musste ein Verfahren finden, wie ich sie sinnvoll angehen konnte. Ich musste lernen, dass ich mit meinem Bewusstsein nicht von den Gefühlen bestimmt war, sondern dass ich über ihnen stand als der, der sie als junge Hunde betrachtete. Das war sicher der Schlüssel zur Arbeit. Ich konnte wahrscheinlich nicht alle Gefühle auf einmal lösen und mich von ihnen freimachen. Aber ich konnte als Erstes anders mit ihnen umgehen als bisher.

Dann sollte ich doch in der Lage sein, sie als Fremdlinge anzusehen, die ich besser behandelte. Aber ich sollte mich nicht mehr mit ihnen identifizieren müssen wie bisher. Das hatte zum Unterdrücken geführt, zum Ignorieren. Und es hatte sie in mir gespeichert. Mit dem Versklaven war Schluss, beschloss ich, und mit dem Unterdrücken auch. Das sie Streicheln und Zulassen, um sie gehen zu lassen, das wollte ich versuchen. Wenn es klappte, um so besser. Wenn nicht, musste ich weiter nach einem anderen Lösungsweg suchen.
Die Gefühle zulassen, sie akzeptieren und sie dann vergeben, weggeben, das schien mir ein einleuchtender Weg zu sein. Dazu würde ich sicher nicht alles nacherleben müssen, was zu diesen Gefühlen geführt hatte, hoffte ich. Es wäre endlos gewesen und hätte bedeutet, alle Jahrtausende, die ich schon gelebt hatte, noch einmal zu durchleben. Wie grausam wäre das gewesen!
Ich hoffte, dass mein inneres Wollen, die Bereitschaft, mich zu reinigen und leicht zu machen, genügend Antrieb für die Arbeit abgeben würden. Wenn es nicht ging, hatte ich zumindest die Möglichkeit, mich auch wieder aus dem Körper hinauszukatapultieren, wenn die Panik zu groß würde. Wenn ich es zwei Mal geschafft hatte herauszukommen, müsste es auch ein drittes Mal möglich sein. „Wer nicht wagt, gewinnt auch nicht!“, sagte ich mir.
Ich ging über den See zurück zur Wiese und zu meinem immer noch aus der Erde schauenden Kopf. Er schlief. Ich stellte mir die Wut vor, als ich meinte, Alasa hätte mich verraten mit dem Tanz im Wasser. Kaum hatte ich sie zugelassen, als ich auch schon in meinem Körper steckte und im kühlen Erdreich gefangen war. Aller Frieden, den ich noch eine Sekunde vorher gespürt hatte, war verflogen. Das Entsetzen über das Gefangensein kroch in mir hoch, so schnell, dass ich es kaum fassen konnte. Es drohte, mich wieder zu überwältigen. „Halt!“, schrie ich, „halt!“, so laut, dass die Blätter im Baum rauschten. „So nicht!“, schrie ich. Ich wollte, ich musste die Oberhand behalten. Das Beste war festzustellen, was da war, dachte ich.
Ich riss die Augen auf. Ich sah das Gras vor mir an, Grashalm um Grashalm. Ich zählte die Halme. Ich sah den Baum an. Jedes Detail, jedes Blatt prägte ich mir ein. Ich schaute den Wolken nach. Dann spürte ich meinen Körper entlang, die kalten Finger, den mühsamen Atem, die rasenden Herzschläge, die kalten Füße. Ok. Das war, das war die Realität, das war ich.
Ich konnte sehen, ich konnte analysieren, ich konnte denken. Ich hatte eine Aufgabe vor mir. Ich wollte sie erledigen, ich musste sie erledigen, ich musste Erfolg haben. Es galt, jetzt galt es mein Leben! Ich wollte wieder frei auf der Erde stehen. Ich wollte fröhlich leben, ohne diese quälenden Gefühle.
Das gab mir Mut, den Kampf zu wagen, den Kampf gegen die Panik, gegen das Entsetzen, gegen alle Gefühle in mir, die einer aufgewühlten, kochenden See glichen. Ich musste anfangen, jetzt, sofort, solange ich einigermaßen die Oberhand hatte. Ich dachte an den Ausflug in den See, an Alasa, die mich verraten hatte. Die bekannte Wut kam hoch, kaum dass ich den Gedanken hatte.

„Ich bin ich, ich bin nicht diese Wut“, schrie ich ins Gras. „Sie ist alt. Sie hat mit dem Hier und Jetzt nichts zu tun! Das bin ich nicht. Das ist Alasa auch nicht. Das ist alt, ganz alt, sehr alt“, schrie ich weiter. „Die Wut ist in mir, ok, aber ich bin nicht die Wut!“ Tränen rannen mir übers Gesicht, aber ich spürte langsam, wie die Macht der Wut über mich nachließ. Ich behielt die Oberhand, auch wenn es nur ein winziger Millimeter war, aber ich war nicht mehr total von der Wut gefangen. Es ging! Es war ein Weg. „So weiter!“, dachte ich.
„Ich vergebe dir, du Wut. Ich vergebe dir alles, was dich in die Welt gebracht hat und ich vergebe mir alles, was ich von dir geerbt habe. Ich vergebe den Verrat, alles, was dich zur Wut gemacht hat“, sagte ich laut und oft vor mich hin. „Ich finde, du bist eine prima Wut. Du bist treu bei mir geblieben, auch wenn ich dich nicht mehr brauche. Und jetzt brauche ich dich nicht mehr. Geh und lass mich allein! Du hast ausgedient. Du hast deine Schuldigkeit getan, und jetzt brauchst du nicht mehr zu bleiben. Ich bin frei von dir und du bist frei von mir“, schrie ich heraus.
Es kämpfte in mir. Die Eingeweide krampften. Sie wollten noch nicht einsehen, dass wir die Wut nicht mehr brauchten, dass wir besser ohne sie leben konnten. Das Herz schlug unregelmäßig, setzte aus, kam wieder. Dann auf einmal ging ein kleiner Ruck durch meinen Körper. Die betonierte Erde gab ein winziges bisschen nach. Ich schwitzte am ganzen Körper. Kalter Schweiß rann mir den Nacken hinunter. Es war ein Erfolg! Es funktionierte wirklich. Ich konnte mich mit den Gefühlen auf diese Art auseinandersetzen, ohne in ihnen hängen zu bleiben. Ich verschnaufte.
Die Grashalme vor meinem Gesicht sahen nicht mehr so finster aus. Ich hatte Hoffnung, aus dem Gefängnis freizukommen. Immer wieder kamen Gefühle von Verrat und Wut hoch. Immer wieder vergab ich sie, schrie sie in die Luft. Immer wieder ließ ich sie los. Immer wieder bestätigte ich ihnen ihre Wichtigkeit, aber nicht ihre Macht über mich.
Bei jeder neuen Welle an Gefühlen spürte ich immer besser, dass ich sie nicht war, sondern dass sie in mir waren, ich aber ein von ihnen getrenntes Wesen war. Sie hatten mich bisher nur sehr gut im Griff gehabt. Jetzt war es anders. Jetzt war ich der Herr und ich ließ sie alle gehen. Sie sollten mich verlassen, auf immer und ewig.
Fast greifbar spürte ich, wie die Leichtigkeit in meinem Körper wuchs, wie die Erde sich um ihn weitete, wie das Atmen einfacher wurde. Aber immer noch war ich fest verankert in der Erde, nur der Spielraum war ein wenig gewachsen. Das aber zeigte mir, dass ich auf dem richtigen Weg war. Ich konnte mich befreien, aus eigener Kraft aus der Erde ziehen, auch wenn es eine große Anstrengung war.
Die materialisierten Gefühle waren schon andere Kaliber als jene, mit denen ich auf dem See experimentiert hatte. Sie hatten ganz andere Kräfte und ein viel größeres Gewicht. Sie waren so selbstverständlich in mir verankert, dass es zuerst einer großen Einbildung bedurfte, die mir sagte, dass ich sie nicht wäre.

So sehr hatten sie mich im Griff. Aber sie waren genauso zu bändigen, wie die schwächeren Gefühle auf dem Wasser. In der Methode gab es keinen Unterschied.
Als Nächstes überfiel mich der Hass, ein Hass auf alles Lebendige, Fröhliche, Liebliche, Hass auf alles Gesunde, auf das Funktionierende. Ich schien zu platzen vor Hass. Hass auf diese ganze vermaledeite Schöpfung, die nur mein Elend produzierte, die Armut wachsen ließ und Leid, Krankheit und Tod. Oh, wie ich hasste! Der Hass konkretisierte sich auf die Frauen, die mir nicht gaben, was ich brauchte, die mich verletzten, die mir nahmen, was mein war, die mich lächerlich machten - oh ja, das war es, das Lächerlich-gemacht-Werden. Der Hass vernebelte mein Gehirn. Er rieselte mir heiß und kalt den Rücken auf und ab. Ich glühte vor Hass.
Der Hass richtete sich auf jeden Grashalm, auf den singenden Vogel im Baum, die Wolken und natürlich auf diese drei Frauen, die so obergescheit dahinwandelten und uns in unser Leid stürzten.
Wie ich diesen Planeten hasste! Wie ich all die Menschen hasste, die mich benutzt hatten und ausgenutzt, die mich vor ihre Karren gespannt hatten und die ihre Spielchen mit mir trieben. Wenn ich nicht so einbetoniert gewesen wäre, hätte ich wieder als Berserker durch das Land rasen können und alles auf meinem Weg zerstören.
Da merkte ich, wie sich die Erde wieder fester um mich schloss. Wie das Gefängnis mir die geringe Freiheit wieder nahm, die ich mir vorher mühsam erkämpft hatte. Es war höchste Zeit, mich vom Hass zu lösen, bevor mich die Erde vollends erdrückte.
Es war zwar berauschend, mich im Hass zu aalen. Aber er half mir nicht zu einem glücklichen Leben. Ich beobachtete mich. Langsam kam mir zu Bewusstsein, dass der Hass mich für seine Zwecke nutzte, dass etwas in mir war, das mich hassen ließ, aber dass ich und der Hass zweierlei Einheiten waren. Es hasste in mir, aber ich war nicht der Hass. Das war schon viel. Der Prozess der Verengung meines Gefängnisses war wenigstens zum Stillstand gekommen.
Ich begann mit dem Vergeben: allen Frauen, der Erde, der Schöpfung, den Tieren und Pflanzen, den Ereignissen in meinem Leben, den Männern, allen Menschen und schließlich auch Gott, der dies alles geschaffen hatte. Ich vergab, was ich nur vergeben konnte. Ich wollte frei werden.
Anders als bei der Wut steckte der Hass viel tiefer in mir. Je mehr ich mich beobachtete, um so mehr sah ich, mit wie vielen, unendlich vielen Fädchen der Hass in mir fixiert war. Jede Faser meines Körpers war von Hass umsponnen. Jedes dieser Körnchen Hass gab ich ab, schickte es ins Weltall, ließ es los, dieses unbändige Gefühl.
„Aus, weg, ich brauche dich nicht mehr für mein Glück auf der Erde! Wir sind geschiedene Leute. Du bist mir fremd, du Hass“, sagte ich. Er hatte seine Aufgaben in meinem Leben erledigt. Jetzt konnte er sich verabschieden und mit seinem Lohn, der Anerkennung, die ich ihm gab, das Weite suchen.

Ich spürte, wie ich langsam wuchs und wie sich der Körper aus der Verkrampfung löste, in die er versunken war. Ich spürte, wie die Erde nachgab, wie ich die linke Hand drehen konnte in einer schon weicheren Erde, wie schließlich der Unterarm freier wurde.
Ich versuchte, die linke Hand nach oben zu bringen ans Licht, an die Luft. Aber ich musste noch viel vergeben, bis es mir gelang. Dann spürte ich die Grashalme an den Fingerspitzen. Die Hand brach durch das Erdreich. Sie war frei! Bleiche Finger sah ich zwischen dem Gras. Ich jauchzte, ich weinte. Nie war mir das Berühren von Gras so kostbar erschienen. Die Arbeit gelang, ich machte Fortschritte.
Da packten mich Mordgelüste. Sie rumpelten über meine Freude ob des Gelingens dieser Arbeit hinweg, als ob ich nie etwas vergeben hätte. Sie brachen sich mit einem grölenden Brüllen Bahn.
„Wenn ich frei bin, bringe ich euch alle um!", schrie es aus mir heraus. „Ihr Sadisten, ihr Schreibtischtäter, ihr verlogenen Herrscher, ihr Machtgierigen, die ihr über Leichen geht! Ich will Rache für das Unrecht, für das von euch verursachte Leiden. Ich will eure Köpfe rollen sehen!" Ich sprühte Blitze. Meine Blicke konnten das Gras mähen, so blitzten sie.
Die Erde reagierte sofort. Wie Tore, die ins Schloss fielen, kerkerte sie mich ein. Die mühsam gewonnene Freiheit war vorbei. „Nur das nicht!", durchfuhr es mich. Lieber vergebe ich. Lieber sollen doch die verlogenen Herrscher und Despoten, die Politiker und Machtgierigen selber sehen, wo sie hinkommen mit ihrem Leben.
Und wieder kämpfte ich mit mir und den Gefühlen. Allen vergab ich, allen Mächten. Allen Großen vergab ich, was auch immer sie getan hatten. Ich vergab. Es half mir ja nichts, wenn ich auf meinen Mordgelüsten sitzen blieb. Und ob es ihnen und der Welt helfen würde, wenn ich auf meinen eigenen Gefühlen sitzen bliebe, konnte ich nicht überschauen. Nur mein Eigenes konnte ich wirklich sehen. Wieder und immer wieder vergab ich ihnen und mir, ihnen und mir. Es dauerte lange, ehe ich eine Wirkung spürte und sich die Erde weitete. Ich wurde leichter. Ich wuchs wieder. Die Erde wurde weich und mit einer großen Anstrengung konnte ich auch den rechten Arm aus der Erde strecken und mich bis zum Oberkörper hinauswinden.
Ich fiel nach vorne und vergrub das Gesicht im Gras. Die Freude über das Erreichte war groß. Ich streichelte meine Hände, meine Arme, meinen Hals, mein Gesicht. Kalt und bleich sahen sie aus, meine Hände. Sie sehnten sich nach dem Licht der Liebe, dem Tanz, dem Wind.
Ein Gedanke wuchs die Wirbelsäule hoch, kroch durch mein Gebein, nahm Gestalt an und setzte sich fest: Ich will nicht leben. Ich will nicht dieses entsetzliche Leid wieder und wieder erleben, das mit dem Leben verbunden ist! Es ist genug, was ich erlebt habe in den Jahrtausenden. Es ist nicht schön, zu leiden, alle anderen Menschen leiden zu sehen und zu wissen, dass es so sein

muss. Das will ich nicht. So will ich nicht leben und wenn es anders nicht geht, will ich lieber sterben.
Ich will nichts verändern, mich nicht und andere nicht und die Welt nicht und sonst auch nichts. Ich will nicht wachsen, ich will nichts Neues erfahren, ich will nicht arbeiten, ich will gar nichts. Ich will in Ruhe gelassen werden. Ich will weg, ich will heim, ich habe das Leben nicht gewollt. Ich wollte nie geboren werden. Alle Leben sind nur eine Kette von Straflagern, ein Dahin-Vegetieren, ein vergebliches Haschen nach einem winzigen Stückchen Freude. Und wenn ich ein solches Stückchen einmal erhaschen konnte, musste ich teuer dafür bezahlen.
„Wie Hunde sich um die vom Tisch fallenden Reste balgen, so leben wir Menschen unser Leben. Das ist unwürdig. Das will ich nicht mehr für mich und auch nicht für jemand anderen. Ich will nicht, NICHT MEHR! Lasst mich in Ruhe! Lasst mich sterben!“, schrie ich auf.
Wie mit Schraubzwingen schloss sich die Erde um den noch in ihr steckenden Körper. Ich glaubte, ich steckte in einem Folterinstrument. Es passte genau zu dem, was ich spürte: Das Leben ist Leiden, endloses Leiden!
„Nein, das will ich auch nicht!“, schrie ich. „Ich will frei sein!“
Ich hieb auf das Gras ein. Ich zerrte an mir, um mich aus der Erde zu befreien. Es war vergeblich. Es half alles nichts, ich musste auch dies vergeben. Ich musste mich von meinem Nicht-leben-Wollen verabschieden, so schwer es mir fiel. Es war nur meine Sicht des Lebens, meine Zusammenfassung der Schöpfung, meine Erfahrung über die Jahrtausende, in der ich die schönen Seiten ausgeklammert hatte. Aber ob es wirklich und real so war, konnte ich doch nicht beurteilen. Dafür war ich ein viel zu kleiner Mensch, als dass ich einen Überblick über die ganze Schöpfung und alle Rätsel des Lebens gehabt hätte.
Das war der helfende Gedanke. War es nicht bei anderen Menschen anders? Gab es nicht auch Menschen, die einfach nur glücklich lebten und die ein zufriedenes Leben lebten? Gab es diese Seite nicht auch?
„Ich vergebe, ich vergebe“, sagte ich. „Es ist ein Gefühl wie jedes andere, kein absolutes Wissen, es ist nur meine einseitige Sicht der Dinge, nichts weiter. Es ist mein Ego, das leidet. Nicht mein wirkliches Ich leidet.“
„Leiden ist, wenn mein Ego nicht erhält, was es sich erträumt. Ich verstehe, ich verstehe, ich vergebe euch. Allen Wesen dieser Welt vergebe ich. Gott vergebe ich. Ich lasse das Rätsel, das das Leben umgibt, ein Rätsel sein. Ich bin ignorant dem Leben gegenüber, wenn ich meine, es sei nur aus Leid geformt. Wie will ich das denn wirklich beurteilen können?“
„Das einzige, was ich weiß und was ich will, ist frei sein. Ich will kein Sklave mehr von irgendwelchen Gefühlen sein, auch wenn sie mir vormachen, sie seien die richtigen und einzig wahren Gefühle.“
Es half nur, mich von ihnen zu trennen. Gerade das Ich-will-nicht-leben hatte mich viele Jahre begleitet und war mir so wichtig gewesen. Es hatte mich

aufrecht erhalten, so seltsam es klingen mag. Es jetzt loslassen? Dann wäre ich ja ganz leicht. Das konnte doch nicht richtig sein?
So würgte ich alles aus mir heraus, was überhaupt noch da war. In meinem Bemühen um das Vergeben auch des allerletzten Gefühls, das noch in mir war, merkte ich gar nicht, wie mich die Erde freigegeben hatte. Ich lag im Gras. Mein ganzer Körper bis zu den Zehenspitzen lag im Gras. Ich war frei, wirklich frei geworden.
Es war vollbracht. Ich war neu geboren, aus der Erde geboren worden. Leer, ausgepumpt lag ich da, erschöpft. Aber ein sanftes Gefühl des Friedens durchströmte mich. Wie ein kleines Feuer wärmte es meinen erdkühlen Körper, belebte ihn, machte ihn stark. Etwas Neues war erreicht. Ich hatte mich vom Ballast der Jahrtausende befreit. Ich war keiner Gefühle mehr fähig. Es war eine große Leere in mir und eine unbeschreibliche Leichtigkeit. Es gab keine Angst, keine Wut, kein Empfinden von Verrat, keine Begeisterung, keine laute Freude.
Ich lag in der Wiese. „Das Gras ist aber grün!“, dachte ich. „Der Himmel ist aber blau! Wie zart die Luft ist auf meinen Armen!“ Es fühlte sich alles so gut an. Etwas anderes kam mir nicht in den Sinn. Ich schlief ein.
Spät wachte ich auf. Die Wolken begannen sich rosa zu färben. Voll von kindlichem Staunen schaute ich diesem Schauspiel zu, als ob ich es zum ersten Mal sehen würde. So ganz und gar war ich davon eingenommen, voll darauf konzentriert. Ich war auch so wach, überwach. Es war, wie wenn ich das, was ich sah, ganz ungeteilt, ohne jegliche Ablenkung sah. Was ich spürte, war ein gleiches Empfinden. Ungeteilt war es. Wenn ein Gedanke kam, war sonst nichts da. Nur dieser Gedanke war in meinem Bewusstsein. Er füllte mich ganz aus.
Die große Arbeit an den Gefühlen hatte jedes Abgelenkt-Werden verbannt. Es gab nichts anderes als das JETZT für mich. Jetzt färbte sich der Himmel, jetzt war ich wach, jetzt hatte ich Hunger, jetzt Durst, jetzt wollte ich nach Hause. Jetzt. Jetzt lebe ich, jetzt geht es mir gut, jetzt tanze ich im Strahl des Lebens wie das Staubkorn im Sonnenlicht. Jetzt ist alles und alles ist das, was mir die Sinne schenken. Jetzt wiegt mich der Rhythmus des Lebens in seinen Armen.
Jetzt stand ich auf. Jetzt schaute ich mich nach dem Baum um, auf dem ich gekauert hatte. Jetzt sah ich den Ast, meinen Knüppel, im Gras liegen. Jetzt hob ich ihn auf, jetzt steckte ich ihn in die Erde, an den Ort, der mich gefangen gehalten und der mich befreit hatte.
Jetzt möge er Wurzeln treiben und neue Blätter. Jetzt möge er ein Baum des Gedächtnisses werden auf dieser Wiese. Jetzt streichelte ich das Gras, das vor meinem aus der Erde ragenden Kopf gestanden hatte. Es war mir das letzte Zeichen von Leben gewesen. Jetzt war ich frei. Jetzt konnte ich wirklich leben! Jetzt ging ich zum Transportplatz, jetzt flog ich nach Hause. Jetzt stand ich vor unserem Haus. Jetzt ging ich hinein. Sie saßen da. Sie hatten auf mich gewartet. Ich strahlte sie an. „Ich habe Hunger!“, sagte ich.
„Dann wollen wir ein Abendessen machen, ein großes Fest!“, rief Karl. Seine Augen blitzten. Robert lachte leise. Beide hatten sich verändert.

„Wart ihr auch irgendwo gefangen?“, fragte ich. „Na klar“, meinte Robert, als ob nichts gewesen wäre. „Ich steckte in einem Felsen, so 200 Meter über dem Boden, in einer Steilwand. Ich bin noch nie schwindelfrei gewesen, und da steckte ich in dem Felsen. Kopf nach unten stierte ich in die Tiefe!“
Er erzählte voller Begeisterung, als ob es sich um das schönste Erlebnis seines Lebens gehandelt hätte.
„Und ich erst“, rief Karl aus der Küche. „Mich hat es in einen Eisberg getrieben. Ich war im Eis eingeschmolzen und die Kälte kroch mir ins Gebein. Hellgrün schimmerte das Eis, eine herrliche Farbe. Ich konnte nach draußen sehen. Wie durch dickes Glas sah ich das Meer und die Möwen.“
„Wie bist du herausgekommen?“, fragte ich.
„Das war eigentlich ganz einfach“, sagte er mit einem verschmitzten Lächeln. „Als ich erst einmal die Panik überwunden hatte und mich von außen sah, war mir klar, dass ich das Eis zum Schmelzen bringen musste. Aber ich denke, ihr wisst wie es ist, außerhalb des Körpers zu sein?“ Wir nickten.
„Mit meiner üblichen Gefühlskälte war das aber nicht möglich, das Schmelzen in Gang zu bringen“, erzählte er weiter. Ich trieb alle Gefühle auf, die ich nur finden konnte und trieb sie aus. Sie rieben sich so stark in mir, dass ich anfing zu glühen und das Eis langsam schmolz. Jetzt ist mein Abdruck im Eis immer noch zu sehen. Wollen wir noch mal hin?“
„Später“, sagte Robert. „Ich habe Hunger und Durst. Ich will mein neues Leben genießen, das alte ist mir bekannt genug. Darauf habe ich keine große Lust.“
Wir holten unsere Speisen, setzten uns wie üblich vor das Haus in die untergehende Sonne und genossen die Luft. Die Worte verstummten. Schweigen tat gut.
Ich war kaum eingeschlafen, als ich von schwachen Geräuschen geweckt wurde. Jemand war in meinem Zimmer. Ich hörte Kleidung rascheln, tapsende Schritte auf dem Boden. Ein Körper glitt neben mich, warm, weich, so vertraut: Alasa war gekommen. Wir sprachen nicht. Sie lag in meinem Arm, an mich geschmiegt. Ich trank ihren Atem. Es gab nichts zu sagen, es war gut wie es war. Wir schliefen ein, wir versanken im Traum.
Ich träumte so intensiv, dass ich beim Aufwachen dachte, ich wäre die ganze Zeit über wach gewesen. Ich hatte Alasa und mich in vielen Leben erlebt und offensichtlich alle diese Leben nachgeträumt. Was war denn die Wirklichkeit? War sie das Wachbewusstsein oder war sie das Traumbewusstsein oder war sie beides? Ich wurde die Fragen nicht los, aber ich fand auch keine Antworten. „Lassen wir das Fragen“, dachte ich.

Ins All

Zu sechst frühstückten wir. Wen wundert's, dass wir wieder komplett waren? Ohne viel über die gestrigen extremen Erfahrungen zu sprechen, saßen wir am Tisch. Wir waren durch eine Reinigung gegangen, durch eine sehr tiefgehende. Natürlich wussten die Frauen, was mit uns geschehen war, hatten sie selber eine solche Reinigung erlebt. Sie wussten, dass man hindurchgehen und nicht stecken bleiben wird. Sie wussten auch, wie es danach ist: Das Sprechen über die Erfahrung ist nicht mehr wichtig. Wenn ich gebadet habe, spreche ich nicht begeistert vom Badewasser.

Wir Männer hatten uns von etwas getrennt, was nicht mehr zu uns passte. Wie alte Kleider aussortiert und weggeworfen werden, war es uns mit den gespeicherten Gefühlen gegangen. Sie waren weg. Wer denkt schon über alte Kleider nach, wenn sie nicht mehr da sind?

Wenn Sie lesen, was wir erlebt haben, werden bei Ihnen sicherlich gespeicherte Gefühle angeregt. Sie liefern Ihnen vielleicht dramatische Bilder und Vorstellungen, wie Sie sich fühlen würden, wenn Sie in einer solchen Situation wären. Vielleicht läuft Ihnen dabei ein Schauer den Rücken hinunter. Uns wäre vor der Reinigung auch unwohl bei einem solchen Gedanken gewesen. Aber danach war es anders. Jetzt empfanden wir, dass Störendes weg war. Wir hatten viel Müll, Seelenmüll ausgeleert. Wir waren befreit davon. Wir waren in der Gegenwart angekommen.

Einfaches war einfach, Kompliziertes war Vergangenheit. Sanfte Gefühle durchströmten uns, das Annehmen dessen, was ist. Wir verstanden uns mit wenigen Worten. Wir hatten eine Ebene des Spürens erreicht, wo vieles direkter gesagt und wo viel leichter verstanden wird, was Worte sonst ausdrücken. Deutungen und die Risiken des Missverständnisses waren nicht mehr wichtig.

„Ich kann mir nicht mehr vorstellen, mein Institut zu leiten“, sagte Karl. „Was wir erforschen ist Kinderkram im Vergleich zu dem hier.“

„Was hat Wirtschaften nach kapitalistischem Muster noch für einen Sinn?“, kam es von Robert. „Es geht um etwas anderes: um das Leben an erster Stelle und dann um das Wirtschaften nach dem echten Bedürfnis des Lebens. Wie sollen wir auf der Erde Geld verdienen? Die Erde funktioniert nach kollektiven Programmen, die anderes fordern, als wir jetzt noch geben können. Sie lassen uns nicht so leben, wie wir jetzt sind. Das macht es schwer. Ich bin jetzt ganz anders als noch vor ein paar Wochen. Hier kann ich so leben, aber auf der Erde?“

„Ich habe auch meine Zweifel“, sagte ich. „Wir haben uns verändert, zu unserem Besten. Aber wir sind nicht von hier. Wir tragen das Erbgut der Erde, das uns über Jahrmillionen ihre Art der Lebensbewältigung eingeprägt hat. Werden wir nicht beim Landen auf der Erde wieder in die alten Muster zurückfallen müssen?“

„Was passiert, wenn die verschiedenen Lebensweisen zusammenprallen, wenn wir wieder dort sind? Eigentlich will ich gar nicht mehr zurück. Das Leben hier gefällt mir total."
Die drei Frauen hatten schweigend zugehört. Alasa strich mir über den Arm, wie wenn sie mir Trost spenden wollte.
„Ich verstehe dich. Ich hatte auch Zweifel nach der großen Reinigung. Ich dachte nicht mehr zu wissen, wie ich im Alltag leben soll", sagte sie. „Aber das Leben ist so elastisch, dass es dir den Weg zeigt, wie es geht, sich frei zu fühlen und doch sich dem zu beugen, was der Alltag von uns erfordert."
„Trotz meiner gestrigen Erfahrung und des Anders-Seins", sagte ich, „habe ich heute Nacht einen Unterschied gespürt. Du hast dich völlig hingeben können. Ich konnte das nicht ganz. Frauen, denke ich, können es leichter. Aber vielleicht ist mein Vertrauen in mich und das Leben nicht so groß, dass ich mich sorglos dem Leben hingeben könnte. Auf der Erde gibt es Probleme mit uns."
„Ich spüre, wie stark Liebe sein kann", sprach ich weiter. „Das spüre ich bei euch dreien. Aber reicht diese eine Reinigung, dass mein Vertrauen in das Leben und die Liebe jetzt beständig wachsen kann? Ich möchte auch so leben und sein wie ihr: so völlig vertrauend, so ganz auf das Hier und Jetzt ausgerichtet, so offen, so weich, so lebenslustig. Aber ich habe die Schwelle dahin doch noch nicht ganz überschritten, fürchte ich."
„Wir sind von der Erde", sagte Karl. „Dort denken wir in dualen Paaren, in Macht und Ausgeliefertsein, in Kampf und Frieden, in Schutzlosigkeit und Geborgenheit. Hier habe ich gelernt, dass beide Seiten zusammen gehören, dass das UND viel wichtiger ist. Dann ist die angenehme Seite, die Geborgenheit zum Beispiel, im Vordergrund, aber die Schutzlosigkeit ist auch noch da. Das ist doch so?" Karl schaute seine Geratl an. Sie gab ihm einen Kuss.
„Genau", sagte sie. „Auch hier sind beide Seiten lebendig. Auch dieser Planet ist Teil der großen Schöpfung. Er steht nicht außerhalb der Dualität. Aber wir haben gelernt, beide Seiten zu lassen, so dass sie sich sinnvoll ergänzen. Dann können wir die angenehme Seite der Dualität leben. Dann wird das Leben leicht, einfach. Dann können wir schöpferisch leben, unserem Auftrag folgen. Ihr werdet auch noch erfahren, wie das ist."
„Ich meine, auch auf eurer Erde lässt es sich einrichten. Dann wird sich der Alltag verändern, nicht nur für euch. Dann werden die Energien in andere Formen gelenkt und das Bewusstsein wächst."
„Hat das Problem nicht mit etwas zu tun, was zu Anbeginn des Lebens geschehen ist?", fragte Robert. „Was will die Geschichte vom Garten Eden und dem Baum der Erkenntnis sagen? Wir haben irgendwann in früher Zeit von diesem Baum gegessen. Wir haben damit unsere Unschuld verloren, weil uns die Gesetze der Dualität bewusst wurden. Sie gaben uns Macht über die Natur. Aber seitdem sind wir den Mächten der Dualität auch ausgeliefert. Wir leben nicht mehr im Paradies. Wir sehnen uns danach zurück, nach dem einfachen Leben innerhalb der Dualität. Habt ihr den Weg zum Paradies hinter euch gebracht?

Habt ihr uns am Schopf gepackt und ein gutes Stück vorangebracht? Reicht das aus? Können wir wirklich zurück in den Garten Eden, auch auf der Erde?"
Ülük schmiegte sich an ihn. Ihre Leidenschaft brach so ungestüm aus ihr heraus, dass ich meinte, sie würde Robert vor unseren Augen verführen. Aber dann war sie wieder zart, nahm seinen Kopf und bettete ihn in ihren Schoss.
„Ich liebe dich wegen deiner Zweifel und diesem Hinterfragen. Es macht mich wild nach dir. Aber ich will dir sagen, wie es uns geht."
„Wir sind wie ihr nicht mehr im Garten Eden. Wir leben bewusst in der Dualität und wir haben unsere Geschichte, wie sie in unseren Chroniken aufgezeichnet ist. Sie sagt uns, dass wir den gleichen Weg gegangen sind wie ihr. Es besteht kein Unterschied."
„Wir sind euch nur ein wenig voraus und ihr habt seit eurer Ankunft in großen Schritten aufgeholt. Es macht uns stolz, dass ihr das geschafft habt. Es geht nicht darum, wieder aus der Dualität herauszuschlüpfen in einen Zustand der Bewusstlosigkeit. Wir können das Rad der Entwicklung nicht zurückdrehen."
„Es geht darum, immer bewusster mit der Dualität umzugehen, ihre Gesetze zu erkennen und anzuwenden. Das wichtigste Gesetz ist, dass immer beide Seiten vorhanden sind. Nur sind ein Teil und sein Gegenteil durch Raum und Zeit voneinander getrennt. Wir lernen, beide Seiten zu begrüßen und beiden ihr Recht der Gestaltung in dieser Welt zu lassen. Dann lassen sie uns zufrieden, nichts bleibt an uns hängen."
„Eure gestrige Erfahrung war das Nachholen von Einseitigkeiten, die ihr irgendwann nicht zugelassen habt, als sie lebendig wurden. Sie wurden gespeichert und waren eine Last während vieler Jahrhunderte. Gestern habt ihr sie zugelassen. Jetzt seid ihr davon frei."
„Optimal ist, gleichzeitig beide Seiten zu gestalten, beiden ihr Lebensrecht zu lassen. Dann seid ihr Meister. Dann wird alles zu eurem Diener und ihr könnt entspannt ein angenehmes Leben führen. Das werden wir weiter erläutern an Beispielen, damit ihr es wirklich begreift und ...."
Sie sprach nicht weiter. Wir sahen, wie sich mit leisem Brummen eine große graue Wand vom Himmel herabsenkte. Sie ging um unser Haus herum. Dann neigte sich die Wand am oberen Rand nach innen. Wir waren in einer Halbkugel eingeschlossen.
„Was hat das schon wieder zu bedeuten?", rief Karl.
„Lass dich überraschen", sagte Geratl, warf sich auf ihn und bedeckte ihn mit Küssen.
Ich schaute Alasa an. Sie zog meinen Kopf an ihren Busen. „Es geht los", sagte sie mit verhaltener Erregung.
„Was geht los?", murmelte ich an sie gepresst.
„Die große Reise", rief sie. „Wir machen die große Reise gemeinsam, wie herrlich!" Sie war sichtlich aufgeregt.
„Unser Vertrauen in die Schöpfung soll weiter wachsen", sagte Alasa schließlich, als sie meine fragenden Blicke sah. „Die Erfahrung mit der bösen

Seite der Schöpfung soll für immer schlafen. Wir sind auf der großen Reise. Sie wird dir und uns die Schöpfung erzählen."
Sie ging auf die Wand zu. Sie legte ihre Hand auf die Wand. Eine Tür ging auf. Wir kamen in einen sehr großen, hohen Raum, rund geformt. Er war schwach ausgeleuchtet, so dass man die Größe des Raumes nur ahnen konnte. Im Raum verteilt standen ähnlich große Halbkugeln wie die, die unser Haus umschloss. Bei einer davon tat sich eine Tür auf. Eine Gestalt war zu sehen.
Alasa winkte ihr zu. Sie winkte zurück.
„Es ist wirklich so!", rief sie strahlend aus. „Wir sind auf der großen Reise!" Sie schwenkte ihre Arme vor Begeisterung. Die Gestalt in der anderen Tür tat es ihr gleich. Ülük und Geratl kamen hinzu. Sie winkten auch.
Karl und Robert standen weiter hinten. Sie waren wie ich viel zu benommen von dieser neuen Änderung unserer Lebensumstände, als dass wir hätten reagieren können.
„Was hat das alles zu bedeuten?", fragte Karl schließlich.
Geratl nahm Karl in den Arm und schwenkte ihn begeistert durch den Raum. „Wir sind", sagte sie, „auserwählt worden zur großen Reise. Einmal im Jahr wird eine große Reise gestartet. Sie führt in die letzten Geheimnisse des Universums. Wie die Teilnehmer ausgewählt werden, weiß niemand."
„Sie sind verschwunden und nach einiger Zeit kommen sie wieder. Sie sprechen nicht über das, was sie erlebt haben. Niemand hat das bisher getan. Aber die Reiseteilnehmer haben sich verändert. Sie sind nicht mehr den Widrigkeiten dieses Lebens ausgesetzt. Sie sind von da an bedeutende Lehrer für uns. Wir haben großen Respekt vor ihnen."
Ülük sprach weiter: „Wir sechs sind mitsamt unserem Haus aufgenommen worden. Wir sind in einem großen Raumschiff auf dem Weg. Dahinten, in den anderen Halbkugeln, sind die restlichen Teilnehmer der Reise. Wir werden sie noch kennen lernen."
Wieder einmal waren wir ratlos. Aber an der überschäumenden Begeisterung unserer drei Frauen konnten wir ablesen, dass es sich offenbar um eine ganz besondere und sehr begehrte Reise handeln musste. Alleine die Größe des Raumschiffs, in dem wir mitsamt unserem Haus und dem Garten jetzt waren, musste gigantisch sein. Es standen noch sechs solcher Halbkugeln wie die unsere in der Halle, alle ähnlich groß. Auch an den restlichen Halbkugeln gingen Türen auf und Menschen winkten uns zu.
„Wo soll's denn hingehen?", fragte Karl wieder.
„Das wissen wir auch nicht", sagte Ülük. „Wir werden es bald erfahren."
Wir traten aus unserer Halbschale heraus in die große Halle. Die Menschen aus den anderen Halbschalen kamen dazu. Wir begrüßten uns. Insgesamt waren wir 42 Menschen, die herumstanden und nicht genau wussten, was sie tun sollten. Die Begeisterung war ihnen allen gleich.
Das Licht in der Halle wurde stärker. Sie hatte einen Durchmesser von vielleicht 200 Mal 200 Metern und war etwa 50 Meter hoch. Die sieben Halbschalen der

Teilnehmer waren in einem großen Kreis angeordnet. Wie wir waren auch die anderen mitsamt ihren Häusern hertransportiert worden. Je heller das Licht wurde, um so durchsichtiger wurde auch der Boden der Halle.
Ich glaubte, in einen Spiegel zu schauen. Dort unten, direkt unter uns, waren auch solche sieben Halbschalen. Menschen standen davor und sprachen miteinander. Sie bewegten sich. Daran konnte ich sehen, dass es kein Spiegel war, in den ich blickte, sondern durch den Boden hindurch. Das witzige war, dass diese Halbschalen und die Menschen von uns aus gesehen auf dem Kopf standen.
Ich deutete nach unten. Unsere Gruppe blickte ratlos fragend auf das Schauspiel dieser anderen Hälfte. Wir wurden von ihnen bemerkt. Sie winkten uns zu, wir winkten zurück. Wir konnten sie nicht hören. Aber auch für sie war dieses Schauspiel ungewohnt.
„Das ist es!", rief Karik, der ältere einer Gruppe, die neben uns geparkt war. „Sie sprechen immer von den beiden Dörfern, wenn sie überhaupt etwas von der großen Reise erzählen. Ich habe es nicht verstanden. Jetzt ist es offenkundig. Wir sind das eine Dorf und dort unten, auf dem Kopf, ist das andere Dorf."
„Wer sind die da unten", fragte ich ihn, „und worüber sprichst du?" Karik schaute mich prüfend an. „Du bist nicht von hier", sagte er schließlich. „Du schaust anders." Aber ihn interessierte nicht, woher ich kam. Dass ich da war, schien Legitimation genug. Er nahm den Faden wieder auf.
„Die Weisen des Landes sprechen so, wenn es auch nicht häufig vorkommt. Sie sprechen von der Entdeckung, die jeder Teilnehmer auf der großen Reise macht. Sie hängt mit den beiden Dörfern zusammen. Aber um welche Entdeckung es sich handelt und wohin die Reise geht, hat niemand gesagt. Ich habe nichts darüber herausfinden können."
Wir waren eine bunt gemischte Gruppe, wir 42 im mittleren Alter, gleich viele Männer wie Frauen. Ich hatte den Eindruck, dass wir uns ähnlich waren. Sie alle wirkten erfahren, abgeklärt, nachdenklich. Ich fühlte mich aufgehoben und wurde wie meine Freunde selbstverständlich akzeptiert.
Was wir noch über das Ziel der Reise erfahren konnten war wenig, eigentlich nur, dass es eine Reise in die Tiefen des Kosmos war, an einen unbekannten Ort. Es ging um eine innere Entdeckung, die durch das Außen angestoßen werden würde. Das Ergebnis sei eine Wandlung, ein Neu-geboren-Werden. Die Reise sei sehr gefährlich. Eigentlich aber sei sie nicht gefährlich, weil bisher alle Teilnehmer, wenn auch zu unterschiedlichen Zeiten, zurückgekehrt wären.
So wie sich die Rückkehrer verhalten würden, könne man sagen, dass die Wandlung tiefgreifend sei. Sie würde neue Menschen hervorbringen.
Diese Mutmaßungen waren genauso vage wie der erste Satz, den Alasa in ihrem Überschwang sagte: „Wir sind auf der großen Reise. Alles andere wird sich ergeben."
„Jetzt habe ich Hunger", sagte ich. „Ich würde gerne in der Sonne sitzen und ein frisches Windchen um die Nase haben."

Die anderen lachten. Karik hatte mich erkannt: „Wenn es Neues in deinem Leben gibt, musst du etwas zu essen haben", schmunzelte er.
„Sicher", sagte Karl, „mit einer guten Reserve im Bauch lässt sich leichter reisen." Wir luden sie ein, zu uns zu kommen. Auf dem frischen Gras vor unserem Haus lagerten wir und unsere Küche musste sich anstrengen, alle Wünsche der 42 zu befriedigen. Das Picknick entspannte. Es brachte uns einander näher.
Ein Mann, der vielleicht zwei Köpfe größer war als ich, war nachgekommen. Er hatte einen Luftballon in der Hand. Er ließ ihn los. Er stieg in unserer Halbschale nach oben. Auf einen Wink blieb er in der Luft stehen. Dann begann er zu leuchten.
Laban, so hieß der baumlange Kerl mit langen wehenden Haaren und buschigen Augenbrauen, wie sie selten sind, hatte ein grobschlächtiges Gesicht mit einer großen Hakennase. Seine Augen blitzten lauter Schalk in dic Luft. Er rief in die Runde: „Hier haben wir die Sonne, wenn auch nur ein kleines Format!" Wir klatschten Beifall.
Die wärmenden Strahlen brachten auch die Luft in Bewegung. Es entstand ein Klima wie am Meer. Die Speisen, die Sonne, die Getränke, die Hochstimmung auf der großen Reise zu sein ließen unsere Gruppe fröhlich und ausgelassen sein. Jeder redete mit jedem. Jeder erkundigte sich nach dem Woher des anderen.
Laban kam zu mir und bat mich, meine Lebensgeschichte zu erzählen. Fasziniert hörte er zu.
„Ich habe unsere Geschichte studiert", sagte er. „Ich weiß von Kolonisierungsflügen, die in alle Richtungen des Universums ausgegangen sind. Aber jetzt ist es das erste Mal, dass ich durch dich unsere Vergangenheit vor mir habe. Dass wir mit der Kugel auch den Weg zu uns dort gelassen haben, war mir nicht bekannt. Unsere Vorfahren haben an alles gedacht." Er lachte.
„Und eure Frauen", er deutete auf Alasa, Geratl und Ülük, „was haben sie zu tun?" Ich erklärte, dass sie uns begrüßt hatten, dass sie uns seit langem kannten, uns auf der Erde beobachtet hätten und dass wir einander liebten.
Er strahlte. „Wir haben euch immer in unserer Obhut gehabt", freute er sich. „Es ist schon richtig: Man überwindet große Zeiträume nicht so einfach. Es braucht Hilfe und noch mehr eine große Portion Mut dazu. Jetzt werden wir die Zeit völlig überwinden, denke ich."
Er beugte sich nah zu mir herunter. „Was ich aus unserer Geschichte weiß, lässt mich vermuten, dass wir auf einer Reise in die Zukunft sind. Aber mehr weiß ich auch nicht", sagte er, als er meine neugierigen Blicke sah. Er lachte wieder. „Freue dich, es wird eine Menge zu entdecken geben."
„Wir sind beides", sagte ich versonnen, „uralt und ganz jung. Warum sollen wir nicht auch in die Zukunft reichen? Was ich bisher erfahren habe, hat mein Verständnis von Zeit und Raum völlig geändert. Ich fühle mich wie auf den Kopf gestellt, aber ich fühle mich gut! Sehr gut! Wir stehen nicht von ungefähr auf zwei Beinen, der Vergangenheit und der Gegenwart, und bewegen uns in die

Zukunft. Wir können alles bewältigen. Nur der Körper scheint mir träger zu sein, als es angebracht wäre."
Ich streckte mich und erklärte: „Ich habe in meinen ganzen Zellen Muskelkater, so könnte man es nennen. Das kommt, denke ich, von den Zeitverschiebungen, durch die ich in den letzten Tagen gegangen bin. Vielleicht ist mein Körper gerade dabei, die Gene neu zu sortieren, damit ich euch entsprechen kann", schmunzelte ich.
„Du kannst Recht haben", meinte Laban. „Die Trägheit nimmt zu, je weiter wir vom Ursprung entfernt sind, und das ist beim Körper eher der Fall als bei unseren Gefühlen."
Karl kam zu uns. „Ich suche nach dem Ausgang aus der Halle", sagte er, „wir können doch nicht zwischen den verschiedenen Häusern sitzen bleiben und nur Feste feiern."
Laban fand es lustig, diese Forscherseele von Karl zu beobachten. Aber er machte mit. Wir gingen an den äußeren Rand der großen Halle. Bedächtig gingen wir die Wand entlang. Sie hatte die gleiche Struktur wie die Außenhaut unserer Kugel. „Wir müssen nur den Aufzug finden", sagte Laban. „Darin seid Ihr Meister", meinte er, zu uns gewandt und fuhr fort: „Wir sind es nicht mehr gewohnt, uns um Türen und Aufzüge und Maschinen zu kümmern. Wir haben dafür gar keine Augen mehr."
Wir ließen unsere Hände über die Wand streichen. Ich spürte Energieunterschiede in der Wand, aber ich war mir nicht so sicher, ob dies auch bedeutete, dass wir an einen Aufzug gekommen waren. Aber die Energieunterschiede nahmen zu.
„Ich denke, da ist es", sagte ich zu Karl. Er nickte, er hatte auch die Unterschiede gespürt. An der stärksten Stelle legte er seine Hand fest auf und schon war er weg. Der Aufzug hatte ihn erfasst und verschwinden lassen.
Ich erklärte Laban den Mechanismus, zeigte ihm die Stelle, dann war auch ich verschwunden. Laban folgte sofort. Wir standen in einem Gang der nach außen gekrümmten Schale der großen Halle. Wir standen sozusagen wieder einmal auf dem Kopf. Es war eine riesige Kugel, in der unser Lagerraum mit den Häusern war, ein Raumschiff außergewöhnlicher Größe.
Ein kleiner wuseliger Greis kam auf uns zugeschossen.
„Ich wusste es, ich wusste es", rief er aus und tanzte um uns herum: „Ihr seid die Neugierigsten von allen, von allen da drin." Er zeigte mit der Hand auf den Boden. „Wir sind schon auf dem Weg zu euch, aber ihr habt es nicht aushalten können. Das ist prima! Immer so ungeduldig, das ist eure Natur", rief er uns zu. Er blieb nicht vor uns stehen. Er war ständig in Bewegung. Tänzelnd drehte er sich um uns.
Er beäugte uns kritisch von schräg unten, zupfte an den Kleidern, strich uns hastig über das Gesicht. Dann rief er in die Ferne, man solle sich beeilen, es seien die ersten Neugierigen aufgetaucht. Er habe sie rechtzeitig erwischt, bevor sie Unfug machen konnten.

Wir sahen eine Gruppe von drei Männern und zwei Frauen in stahlblauen langen Gewändern im Gang auftauchen, die Köpfe zuerst. Dann kamen die Körper bei jedem Schritt mehr zum Vorschein. Würdevoll blickten sie, ganz im Gegensatz zum Alten, der immer noch herumwuselte. Mit gemessenen Schritten kamen sie auf uns zu, erstaunt, uns hier zu sehen.
„Ihr seid uns zuvorgekommen", sagte der Anführer. „Ihr seid wirklich neugierig. Er lächelte sanft. „Dann wollen wir jetzt alle Reisenden begrüßen", meinte er, ging auf den Aufzug zu und verschwand. Wir folgten ihm und standen wieder in der großen Halle.
Als unsere Dorfgemeinschaft merkte, dass wir Gäste mitgebracht hatten, wurde es still. Ehrfurchtsvoll standen sie auf. Alle neigten den Oberkörper. Die fünf und der Alte schienen bekannte und sehr geachtete Personen zu sein.
„Wir begrüßen euch auf der großen Reise. Wir begleiten euch. Das Raumschiff Altana, in dem wir stehen, ist euer zu Hause. Möge die große Reise von tiefer Erfahrung und großer Erkenntnis gekrönt werden", sagte der Anführer, der sich als Karara vorstellte.
Alle verneigten sich wieder voreinander.
„Erkenntnis kommt vom Aufbruch in Neues. Ihr seid erwählt worden, weil ihr nach der großen Erkenntnis strebt. Euer sehnlichster Wunsch wird erfüllt werden", sprach Karara weiter.
Er sprach wohl gesetzt, fast steif, ganz anders, als ich es bisher kennen gelernt hatte. Ich hatte nicht gewusst, dass ich einen großen Wunsch nach tiefer Erkenntnis hatte. „Aber er mag Recht haben", dachte ich. Vielleicht konnte er das Unterbewusste lesen und vielleicht war darin mein Wunsch nach mehr Erkenntnis über die Zusammenhänge der Welt gespeichert?
Karara sah mir direkt in die Augen. „Es ist, wie du denkst", sagte er zu mir. „Dein Unterbewusstes hat uns gerufen und um Erkenntnis gebeten. Wir haben dir den Weg gezeigt. Du bist ihn gegangen." Seine Augen blickten fest, aber nicht unfreundlich. Ich spürte, er war eine besondere Persönlichkeit.
Ich fühlte mich erkannt. Aber ich fühlte mich auch ertappt, als wenn ich etwas Unrechtes getan hätte. Ich kam mir ausgeliefert vor. Er lächelte nun doch über meine Gedanken und Gefühle.
„Du wirst dich immer stärker fühlen. Je stärker du bist, um so leichter kannst du es anderen erlauben, deine Gedanken zu lesen. Deine Kraft der Persönlichkeit hilft dir, offen und frei zu sein und ohne Schutz zu leben. Ich bin genauso schutzlos wie du. Meine Gedanken könnt ihr alle lesen." Das war an die Runde gerichtet. „Wir haben voreinander keine Geheimnisse. Wir sind Menschen, die einander helfen, das Leben zu erfassen, um besser zu leben als bisher."
„Wir brauchen nichts voreinander zu verbergen. Wir sind gleich. Wir haben alle unsere guten und unsere schlechten Gedanken und Gefühle. Nur in der Zeit und in der Stärke variieren sie. Wir sind alle auf dem gleichen Weg, auf dem Weg zu Weisheit und Stärke - Stärke des Geistes und nicht der Muskeln", schmunzelte er. Wir lachten befreit auf.

Ich war, wie ich nun merkte, nicht der einzige, der sich unbehaglich gefühlt hatte. Mit seinen Worten hatte Karara unsere Befangenheit genommen.
„Ich lade euch ein, Altana kennenzulernen“, sagte er abschließend. Er ging voraus. Wir folgten ihm durch einen anderen, größeren Aufzug auf die Außenseite der großen Halle. Dort warteten wir, bis der Letzte da war.
Wie Laban, Karl und ich schon festgestellt hatten, standen wir auf der Außenseite der Kugelschale, in der unsere Häuser standen. Der Boden war von uns weg geneigt und die Decke des Raumes, in dem wir wartend standen, war gleichfalls gewölbt. Es war ein hoher Raum, von einem sanften Licht erhellt. Vom Weltraum war nichts zu sehen.
„Ich, Golis, bin Ratgeber, Diener, Faktotum, Entertainer. Was immer ihr euch wünscht, das bin ich“, rief uns der alte Mann zu, lebhaft gestikulierend und mit einem äußerst beredten Mienenspiel. Er konnte wohl keine Sekunde stillhalten. Alles an ihm war in Bewegung. Als er sprach, tanzte er wieder herum wie bei unserer ersten Begegnung, wippte auf den Füßen vor und zurück, krabbelte sich in seinem grauen Bart. Die Augen rollten hin und her. Er war wie eine Marionette, die mit etwas zuviel Energie bewegt wird. Sein Körper, der dem Alter entsprechend etwas gebeugt war, war so lebhaft und hampelte teilweise so grotesk herum, dass man meinen konnte, die einzelnen Glieder seien nicht recht verschraubt.
„Ich leite die große Reise. Auf mein Wort müsst ihr achten. Die anderen hier“ - er deutete auf die drei Männer und zwei Frauen, die sich würdevoll bewegten und mit wenig Gesten ihre Bedeutung unterstrichen - „sind meine Assistenten, Helfer, Ratgeber, Überwacher oder Spielkameraden, ganz wie ihr wollt. Ihr Wort ist wichtig, aber nicht ganz so.“
„Wir heißen euch willkommen. Seid zu Hause, fühlt euch wohl, genießt das Leben, solange ihr noch könnt. Entdeckt, was es hier zu entdecken gibt, und seid einander Freund.“ Er verbeugte sich gestenreich, immer wieder, während er sprach. Seine fünf Begleiter begrüßten uns mit einem freundlich-distanzierten Nicken und einem Handschlag.
„Es gibt alles, was ihr euch wünscht. Nichts ist unmöglich, natürlich. Das ist eine der Qualitäten der großen Reise. Ihr sollt Probleme kennen lernen und lösen. Dabei ist ein körperlicher Mangel nicht sinnvoll“, sprach er weiter. „Was ihr erleben werdet, wird euch wandeln. An dem Erlebten werdet ihr zu Hause weiterarbeiten. Die Entwicklung unseres Planeten, des Orion und des ganzen Weltalls, des ganzen Kosmos, des Universums ist von euch abhängig. Die Zukunft ist nicht zukünftig, sie ist gegenwärtig!“, rief er pathetisch aus, beide Arme hochgereckt, ein Volksredner in seiner Begeisterung gefangen.
„Ihr werdet in die Zukunft reisen und die Vergangenheit an euch vorbeigleiten sehen. Ihr werdet die Gegenwart genießen und sie mit Zukunft würzen. Ihr werdet das Wissen aus dem Nichts befreien und es uns dienstbar machen. Ihr werdet euch in einzelne Teile zerlegen und in anderer Form wieder zusammensetzen. Ihr werdet Dinge sehen und erfahren, die nie jemand zuvor

erfahren hat. Ihr werdet auf dem Kopf stehen, das Innere ins Äußere bringen und das Rechte mit dem Linken vertauschen."

Seine Stimme eskalierte. Er hüpfte immer schneller um uns herum. Schließlich endete er mit einem heiseren Misston, die letzten Worte flüsterte er. Er war ausgepumpt, schien es. Er hatte die Theatralik so überzogen, dass wir seine Worte amüsiert quittierten und in die Hände klatschten.

„Das ist aber ein seltsamer Kauz", flüsterte ich Alasa zu.

Schon war er vor mir: „Seltsam kauzig bin ich und nicht zu fassen. Das hast du richtig gemerkt, mein Helge. Noch siehst du richtig", sagte er mit scharfem Blick, aber bald wirst du nicht mehr richtig sehen, was zu sehen ist", rief er lachend in die Runde. Ihr alle werdet nicht mehr richtig sehen können. Ich freue mich darauf, euch verwandelt zu erleben, sanft meinen Spuren folgend, träumerisch Leben gebärend, am Anfang wie am Ende."

„Weich werden die Wogen der Zeit euch tragen. Sanft seht ihr ins Buch der Geschichte. Träumend nur tragt ihr das Leben in euch. Möge es gelingen, der Flamme der Sehnsucht Nahrung zu geben - hoch auf lodere sie im beglückenden Wissen um Raum und Zeit!"

„Möge euch der Saft des Lebens durchpulsen, vibrierend vor Leidenschaft die Zellen weitend, damit ihr den Tanz entdeckt, der die Zeiten durchwandert, loderndem Nebel gleich die Sterne einhüllend. Euch finden werdet ihr, euer Innerstes enthüllen, euch finden in den Tiefen des Alls!"

Erschöpft hielt er wieder inne in seiner mit allen Gliedmaßen vorgetragenen Körpermimik. Schweiß stand ihm auf der Stirn, die Augenlider flackerten. Er war sichtlich am Ende seiner Kräfte. Seine fünf Begleiter waren stumm und starr wie eine Mauer. Ohne Ausdruck zu zeigen, ließen sie ihn seinen Tanz aufführen. Was sollten wir von diesem Schauspiel halten?

Waren wir an einen Psychopathen geraten? Karl sah sich ratsuchend um. Ülük lauschte andächtig. Ihr schien die Komik dieser Situation nicht erkennbar zu sein. Robert klatschte begeistert in die Hände.

„Wohl gesprochen, edler Herr, so sehr mir aus dem Herzen. Vibrierend, jubilierend gar steigt mir die Seele empor, oh könnt ich doch der Welten Last verwandeln nur und schwebend mich mit dir im Jubeltanz, im Reigen, drehn!"

Ich staunte nicht schlecht über die altertümliche, romantisierende Wortgewalt, mit der Robert dem Alten antwortete.

Noch mehr staunte ich über seine Körperbewegungen. Auch er fing an herumzuhampeln und zu tanzen, mit allen Gliedern um sich zu werfen, sein Gesicht in eine beredte Mimiksprache verwandelnd. Schließlich sah ich mit Staunen, wie er vom Boden abhob, weiter mit den Armen rudernd und tanzend. Mit einem verklärten Lächeln, leicht wie eine Feder, schwebte er durch den Raum. Sehr zur Freude des Alten, der ihn mit weiteren Sprüchen altertümelnder Sprache anführte, und Robert antwortete entsprechend exaltiert, begeistert, lachend, sein Herz ausschüttend.

Fassungslos starrten auch die anderen auf dieses Schauspiel. Der Alte hüpfte immer höher. Er ruderte immer schneller mit seinen Armen, und das alles übertrug sich auf uns, um die er herumtanzte.
Alasa streckte die Arme von sich. Wie Lilien im Winde bewegte sie die Arme und der Körper folgte weich und geschmeidig.
„Oh könnte ich die Welt in meinen Armen tragen, ich küsst' sie sachte wach. Mit Schleiern hüllt' ich ein die Blößen. Streichelnder Hände sanfte Gewalt würd' lindern das Leid, vermehren die Freud'!“, deklamierte sie und auch sie begann zu schweben. Verklärt, entrückt, einer Welle gleich schwang sie durch den Raum.
Ich hatte mich an die Wand neben den Aufzug gelehnt und betrachtete das sich ausweitende Schauspiel vor mir. Mittlerweile schwebten schon die meisten unserer Gruppe durch den Raum, alle mit verzückten Sprüchen auf den Lippen, die das Schweben auslösten. Sie hatten ihrer seelischen Begeisterung die Freiheit gegeben, sich zu entfalten. Es wurden immer mehr, die gegenseitig mit ekstatischen Sprüchen die Begeisterung weitertrieben. Schließlich war ich der Einzige, der noch an der Wand stand und das Schauspiel betrachtete. Auch die fünf Begleiter standen abwartend da, völlig unbeeindruckt von dem Schauspiel.
Der Alte tänzelte auf mich zu. „Verlockt es nicht, gleich ihnen zu schwingen Arm und Bein, der Last befreit, die sie zum Grunde zieht? Hast Blei du in den Füßen, Gedanken voller Hast? Lass' ab von deiner Skepsis, von Denken und Vernunft. Hier bist du nur ein leichtes, enterdet's Seelchen, das sich im Tanze schwingt!“, rief er mir zu, stupste mir mit dem Zeigefinger auf die Brust - und schon schwebte ich wie die anderen durch den Raum.
Kein Strampeln half mir, kein Rudern mit den Armen, nur schneller wurde ich dadurch. Und schon stieß ich mit dem Kopf an einen Dicken, der sich verzückt um seine eigene Achse drehte. Er lachte aus vollem Hals, als ich mit ihm kollidierte. Es schien ihm großen Spass zu machen.
„Ich schwebe der Feder gleich, die sich dem lauen Lüftchen in die Arme wirft. Ich bin ein Leichtes, ein Flüstern nur im Wind, ein Hauch von dem, was ich gewesen“, rief er mir zu und stieg, durch meinen Anstoß beschleunigt, rasch nach oben der Decke zu und verschwand.
Genauer: Der halbe Mensch stak in der Decke. Die Beine ruderten in der Luft. Sein Lachen war noch zu hören. Kopf und Oberkörper waren verschwunden. Andere hatten die Reise des Dicken durch die Decke auch verfolgt. Sie ruderten nach oben, um genauer zu sehen, was mit ihm geschehen war. Da wurden sie von der Decke angezogen. Sie sog sie auf, bis auch sie zur Hälfte über der Decke und zur anderen Hälfte noch da waren. So erging es in wenigen Minuten allen anderen. Auch ich konnte mich nicht dagegen wehren. Im Gegenteil, meine Abwehrbewegungen ließen mich eine höhere Geschwindigkeit erreichen und mit einem großen Knall brach mein Kopf durch die Decke. Es war eine zähe Masse, in der ich steckte. Mein Kopf und der Oberkörper schauten heraus. Ich sah alle anderen, auch meine Alasa, bis zum Bauch im Boden stecken.

Dort in dem neuen Raum ging ein grau gekleideter Mann herum. Er hatte einen lichtblitzenden Stahl in der Hand. Mit dem hieb er auf einen der aus dem Boden ragenden Köpfe ein. Der Kopf spaltete sich genau in der Mitte. Der Hals spaltete sich und der Körper ebenfalls, bis zu der Stelle, an der er aus dem Boden ragte. Eine Lichtscheibe fuhr zwischen die beiden Körperhälften. Die beiden Hälften klappten wieder zusammen, aber man sah deutlich, dass sie durch den schmalen Lichtspalt voneinander getrennt blieben.
Bald kam er auch zu mir. Der Stahl fuhr herunter. Ich spürte gar keinen Schmerz, aber fassungslos und ohne sagen zu können, wie es möglich sein sollte, war mein Kopf gespalten. Ich sah meine beiden Körperhälften. Ich konnte in mich hineinblicken. Dann kam die Lichtscheibe. Sie trennte beständig die Hälften, die wieder zusammenklappten.
Ich blieb intakt, nur gespalten. Als die Prozedur beendet war, schien ich wieder der Alte zu sein. Aber ich täuschte mich. Meine Gedanken hatten sich geändert. Ich sah zwar mit meinen Augen wie vorher, roch mit der Nase wie sonst auch und konnte ganz normal hören. Aber ich dachte anders - ‚genauer gesagt waren es zwei, die dachten, zwei ganz verschiedene Wesen!
Es war keine Instanz mehr da, die über diesen beiden Wesen stand, die sie auf eine gemeinsame Linie gebracht hätte. Ich war gespalten. Ich war zwei Hälften, keine sich ergänzenden Hälften, sondern sich bekriegende Hälften. Ich konnte mir auch nicht zuhören. Ich war die eine Hälfte, die dachte, dann war ich gleichzeitig die andere Hälfte, die darauf reagierte. Die eine meinte, schöne Farben zu sehen, die andere beurteilte sie aber ganz anders. So ging es weiter mit meinem inneren Fragen und Überlegen.
Wer war ich wirklich? War ich schon immer so gewesen? War ich schon immer ein gespaltenes Wesen und hatte es nur nicht gemerkt, weil da noch jemand war, der die Spaltung mehr schlecht als recht überbrückte? War ich die linke oder die rechte Hälfte? Aber ich war doch beide Hälften. Nur schienen sie mich jetzt abwechselnd, mehr oder weniger abwechselnd, zu regieren. Bizarr!
Dann merkte ich, dass das Körperempfinden genauso geteilt war. Mal war ich links, spürte die linke Körperhälfte, dann war ich rechts und fühlte nur die rechte Seite; dann sprang meine Wahrnehmung wieder um.
„Hej, das ist prima, das ist gut. Da können wir die Sau rauslassen!“, brüllte ich begeistert.
„Bist du übergeschnappt? Das muss genauestens analysiert werden. Logisch ist es gar nicht möglich, so zu leben“, rief meine linke Hälfte dazwischen.
Ich merkte, wie ich jeweils den Kopf leicht nach links oder rechts drehte, je nach der Seite, die gerade dran war. Auch mein Mund verzog sich in die entsprechende Ecke des Gesichts. Und ich sah auch anders. Jeweils war es das linke oder das rechte Auge, durch das ich blickte. Das Gesichtsfeld verschob sich so schnell, wie das Denken die Seiten wechselte.
Die anderen, die mit mir in diesem zähen Boden staken, waren genau wie ich geteilt, und ich konnte sehen, wie sie mit dieser Spaltung zu tun hatten. Die

beiden zu einem Menschen gehörenden Hälften waren verselbständigt. Sie verfolgten ganz verschiedene Ziele. Dann sah ich, ich weiß nicht, welche meiner Hälften gerade dran war, wie sich die Körperhälften der vor mit im Boden Steckenden vergrößerten oder verkleinerten. Die jeweils aktive Seite war größer als die inaktive. Und die Köpfe wuchsen oder schrumpften entsprechend.
Es entstand ein Sog im Boden. Ein Druck von unten kam hinzu. Ich merkte, wie ich nach oben gedrückt wurde und mein Körper, der Rest, der noch im Boden stak, langsam nach oben kam. Wir wuchsen aus dem Boden.
Als ich wieder auf den eigenen Füßen stand, sah ich, dass sich mein ganzer Körper verändert hatte. Die rechte Hälfte war kräftiger, athletischer, die linke dagegen kleiner und schwächer. Der Brustkorb war rechts schön gewölbt, links mehr eingefallen. Ich war schief. Auch das rechte Bein war länger als das linke. Das linke war schon fast wie bei einem Krüppel, dünn und schwach. Auch der rechte Arm war länger als der linke. Ich war ein schiefer Körper. Ich konnte nur humpeln, nicht mehr richtig laufen!
„Entsetzlich! Mir graut!", schrie ich in den losbrechenden Tumult hinein, denn alle anderen machten ähnliche Erfahrungen und konnten ihre Ängste und ihren Schrecken nicht mehr im Zaum halten. Keiner meiner Freunde sah noch aus wie vorher. Alle waren schief, verkümmert, mal rechts, mal links stärker, mal oben, mal unten verbogen. Ein Haufen behinderter Krüppel gestikulierte wild und schrie, was die Lungen hergaben.
Ich suchte Alasa. Meine geliebte Alasa sah nicht mehr aus wie zuvor. Nur die Augen blickten gleich vertraut. Aber ihr Gesicht war schief. Es war spitz geworden, links größer als rechts. Die Nase war krumm, der Mund hing nach links herab. Das Haar war links grau und strähnig, rechts glänzte es noch. Rechts hatte sie einen großen Busen, links war kaum etwas davon zu sehen. Auch sie humpelte.
„Wer bist du geworden?", stotterte ich heraus. Sie lächelte ein schiefes Grinsen.
„Ich lächle noch", sagte sie, „aber du bist auch nicht mehr der Alte, du rechter Athlet. Du bist so kantig geworden", sie strich über meine Schultern. „Was zeigst du nun für eine Gestalt, die in dir steckte?", fragte sie mehr zu sich selber gewandt. „Was hast du vor mir verborgen, das ich nicht sah?"
Ich betrachtete sie näher. Sie hatte etwas von einer Hexe an sich. Die eine Seite war hart, gespannt, knöcherig, die andere dagegen überweich und übervoll. „Auch du bist eine andere, meine Alasa", sagte ich. „Du zeigst zwei ganz verschiedene Menschen. Wer bist du wirklich?"
„Wer bist du wirklich? Bist du die linke oder die rechte Seite, Helge, oder bist du noch ein ganz anderer Mensch, als du es hier zeigst? Zeige mir dein wahres Gesicht, mein Lieber, das Gesicht, das ich von Anbeginn der Zeiten liebe, nicht diese Fratze, die ich jetzt sehe." Sie schüttelte mich. Sie war verzweifelt.
„Ich will dich sehen, dich in deiner Schönheit. Ich will keine Verkleidungen, keine Bilder, keine Verzerrungen. Ich will dich so, wie du wirklich bist, ich will dich ganz!", rief sie mich mächtig schüttelnd.

Ich war ratlos. Ich wusste doch auch nicht, wer ich war. Ich war über diese Körperveränderung genauso entsetzt wie sie. Aber wie sollte ich ihr den Helge zeigen, der ich wirklich war, wenn ich selber nicht wusste, wer ich war? War ich die eine oder war ich die andere Hälfte, oder war ich weder die eine noch die andere Seite? Oder war ich noch jemand ganz anderes?
Waren diese zwei verschiedenen Seiten von mir ein Teil meiner Geschichte? War es die Vergangenheit, war es das Unterbewusste, die sich hier zeigten?
Da tanzte auch schon Golis heran, der Alte, der Marionettenmensch. Er hatte uns seinen Namen eingetrichtert, als wir durch den unteren Raum schwebten. Er rief immer wieder: „Golis bin ich! Golis, merkt's euch! Golis ist ein wichtiger Name! Golis sollt ihr rufen, immer Golis rufe!"
Jetzt wirbelte er wieder herum und lächelte meckernd: „Welch schöne Begrüßung für euch, zeigt nur wer ihr seid! Zeigt wie schief ihr seid, schief und krumm und bucklig, voller Falten im Gehirn, nach außen kehrt sich das Sein, verkörpert, was es ist: Gedanken in Materie. Denkst du rechts, dann bist du rechts. Denkst du links, wie ist es dann? Wer bist du; Helge? Links oder rechts, das ist die Frage."
Ich schaute meinen Körper an. Wahrscheinlich war ich rechts, wenn ich meine stärkere rechte Hälfte betrachtete, vermutete ich.
„Rechts ist er, ein Rechter, ein Denker, ein Zweifler, ein Frager durch und durch. Vor lauter Fragen sind deine Muskeln geschwollen und deine Brust und alles", rief Golis lachend in dic Rundc. „Scht, ein Rechter will leben!"
„Aber ich habe doch auch ein Gefühl", stotterte ich verwirrt.
Sobald ich dies sagte, änderte sich mein Körper. Die linke Seite wuchs. Sie konturierte sich, wurde weich. Ich spürte meine Gefühle, wie sie über mich hinwegschwappten. Die rechte Seite verlor an Bedeutung, die Muskeln schwanden, das Bein wurde kürzer, ich humpelte auf dem rechten Bein.
Mir graute vor mir. Hatte sich mein Körper selbständig gemacht? Aber es war sicher so, wie es Golis den anderen auch demonstrierte: Der Körper bildete getreu das ab, was in mir vorherrschte: Verstand oder Gefühle. Aber das war nur die Spitze des Eisbergs.
Was passierte denn mit den Zellen im Körper, mit den Organen? Kamen sie mit bei der ständigen Veränderung? Immer mehr analysierte ich meinen Zustand - da veränderte sich der Körper schon wieder. Die linke Seite nahm ab, die rechte wurde stärker. Mein analytisches Denken war wieder in den Vordergrund getreten und mit ihm die rechte Körperhälfte.
Robert hatte den kurzen Dialog zwischen Golis und mir mitbekommen - er war auch ein Rechter, ein Denker, rechts größer als links. Er kam näher, betrachtete mich kritisch, prüfend, dann meinte er:
„Du bist gar nicht mehr so hübsch wie sonst. Aber du bist wirklich ein Denker: Wenn du denkst, dann bist du rechts. Dann bist du auch rechts größer. Und wenn du fühlst, dann bist du ein Linker. Dann ist links aufgeblasen."

Robert wuchs rechts - dachte er. Ich schaute traurig den schiefen Freund an. Seine alte Statur fehlte mir. Sie war verlässlich, mit ihr konnte ich umgehen. Aber dieses schiefe Etwas vor mir? Mir kamen die Tränen vor Mitleid, auch vor Selbstmitleid. Ich war so mit meinen Empfindungen beschäftigt, dass ich gar nicht merkte, wie mein Körper sich getreulich anpasste: Ich wuchs links und rechts schrumpfte ich.
„Jetzt siehst du fast wieder aus wie früher!“, rief Alasa.
Das war just der Fall. Ich fühlte mich insgesamt stark und ausgeglichener. Ich beobachtete meinen Körper genau und merkte, dass ich beinahe wieder ein einigermaßen vertretbares Ebenmaß erhalten hatte. Aber der Veränderungsprozess ging weiter. Je mehr ich ihn zu kontrollieren versuchte, um so mehr wuchs die rechte Seite und ich wurde schief nach rechts. Ich konnte mir anders nicht helfen: Wenn ich wieder einen einigermaßen ausgewogenen Körper haben wollte, musste ich beständig mein Denken und Fühlen ins Gleichgewicht bringen.
Robert war mehr rechts, wie ich ihn auch kannte. Das Gefühl war ihm nicht so wichtig. Und Alasa, sie war mehr eine Linke. Aber mir schien, dass sie langsam auch ausgeglichener wurde. Ich nahm sie in den Arm.
„Du bist so schön. Ich mag deine Augen. Sie blicken unabhängig von der Veränderung zu mir rüber“, sagte ich. Sie lächelte, noch schief, aber schon ausgeglichener als vorhin.
„Du bist mir lieb, auch wenn du wieder deine Gestalt veränderst, wie jetzt.“ Sie lächelte und strich über meine stärker werdende linke Seite.
Ich küsste sie. Dabei merkte ich, wie mein rechtes Bein kürzer wurde. „Du bist fast nur Gefühl“, sagte ich zu ihr. „Wieso bist du dann nicht ganz schief? Denkst du denn anders?“
„Vielleicht“, meinte sie, „ich weiß es nicht so richtig. Vielleicht denke ich fühlend? Schon in der Schule hatten die Zahlen Gefühlscharakter für mich. Sie waren Farben. Ich mischte die Farben und das farbige Ergebnis übersetzte ich. Es war meistens richtig. Ich kann heute leichter spüren, ob sich ein Gedanke richtig anfühlt oder nur so dahingesagt ist, oder ob er wirklich wahr ist. Ich fühle, ob du mich anlügst“, sagte sie.
„Aber ich lüge doch gar nicht!“, sagte ich.
Sie lächelte. „Nein, richtig lügen tust du nicht. Aber du zeigst auch nicht, wer du wirklich bist. Du versteckst dich hinter deiner Logik, deinem Verstand. Deine Gefühle zeigst du selten. Hier kannst du dich nicht mehr verstecken. Hier zeigst du, was gerade da ist. Die Körpertrennung hat doch ihr Gutes“, strahlte sie, „wir werden dadurch viel ehrlicher.“
Sie lachte. Sie freute sich, dass ich meine innere Befindlichkeit durch einen sich ständig nach links und rechts verschiebenden Körper zeigen musste, auch wenn ich es gar nicht wollte.
„Ich denke logisch, sinnvoll, eins nach dem anderen, nach Gesetzen und Verläufen. So muss es auch sein. Dann fühle ich mich wohl“, sagte ich trotzig.

Ich war stolz auf die spontan gefundene Definition meines Seins. „Ich denke sexuell“, sagte ich weiter. „Ein Gedanke macht Lust oder keine Lust, je nachdem. Diese Sinnlichkeit spüre ich am ganzen Körper. Und wenn es richtig ist, dann macht mich Denken high. Denken ist sinnlicher Genuss. Denken kann mich zum inneren Orgasmus bringen. Denken ist ein Lebenselixier“, sprudelte es heraus.
So hatte ich es bisher noch nicht gesehen. Aber es war durchaus denkbar, dass das in mir drin war. Ich spürte, wie mein Körper sich ausgewogener zeigte. Offensichtlich war ich auf dem richtigen Weg, mich zu einem ganzen und ausgeglicheneren Menschen hinzuentwickeln.
Alasa schmiegte sich an mich. „Du bist ein denkender Fühler und ich eine fühlende Denkerin. Wenn das so ist, dann sind wir zusammen ausgewogen. Wenn wir die eine Seite überhand nehmen lassen, sind wir schief. Aber mein denkender Fühler, ich mag dich so als denkender Fühler. Fühle mich, wie ich denke“, sagte sie und legte meine Hand auf ihren Busen.
„Aber das geht doch nicht“, stammelte ich, „hier vor all den Leuten.“
Sie lachte. „Sie haben längst unsere Gedanken und Gefühle aufgenommen. Wir können nichts mehr voreinander verbergen, auch nicht die Lust aufeinander.“
Ich stutzte. Daran hatte ich nicht gedacht. Sie hatte Recht. Man hatte uns ganz zu Anfang gesagt, dass wir keine isolierten Wesen waren, die eine Sphäre für sich hatten, in die ein anderer nicht eindringen konnte. Es war schon so. Ich konnte jeden von unserer Gruppe gedanklich lesen, wenn ich mich auf ihn ausrichtete.
Alasa hatte bei meinem Reden über Denken, Fühlen und Sinnlichkeit sofort gelesen, dass ich Lust auf sie hatte und sie hatte entsprechend ihre Lust gezeigt. Es zuckte und vibrierte zwischen uns. Ein silbriger Glitzerregen an Gefühlen rieselte durch uns. Jede Zelle meines Körpers trank aus ihr, und jede Zelle gab ein freudiges Blitzen an sie ab. In den Fingerspitzen prickelte es, und als ich über ihr Haar strich, leuchtete ein Funkenregen darüber hin. Alasa schnurrte wie eine Katze vor dem Kaminfeuer.
In meinem Kopf gewitterte es. Die Gedanken rieselten hindurch, hinaus in den Körper, in ihren Körper, setzten sich um in vibrierende Zellen, in Säfte, die dahinrauschten, die mich berauschten, die erregten, die in die Welt um uns hinausströmten. Ich hielt Alasa hielt in den Armen. Wir waren für uns. Alasa hatte meinen Kopf in ihre Hände genommen. Sie wiegte ihn hin und er. Er fühlte sich an, als ob er gar nicht mehr fest auf dem Hals sitzen würde, so weich war er geworden.
Musik strömte durch den Raum, kraftvolle Musik, die das innere Vibrieren und Schwingen verstärkte. Sie lud mich noch mehr auf. Die Ohrmuscheln merkten als Erste, was die Musik wollte. Sie wuchsen. Sie zitterten in den Schwingungen. Es kitzelte und ich musste niesen. Ich legte mein Ohr auf Alasas - es rauschte hin und her. Die Musik hatte mich nicht nur in einen Rausch versetzt, sie hatte mir auch mein Gewicht genommen. Ich war leicht wie eine Feder und Alasa, genauso leicht, schwebte in meinen Armen.

Wieder einmal schwebten wir durch den Raum. Aneinander geschmiegt schwangen wir im Rhythmus der Musik in der Luft. Wir tanzten mit den Molekülen um die Wette. Ich dehnte mich aus und schien keine Begrenzung mehr zu haben.
Aber ich spürte auch die Trennfläche zwischen uns. Es war der Strom des Lebens zu spüren, wie er von ihr zu mir pulsierte und wieder zurückschwang. Ich begann zu schwitzen. Die Handflächen und die Fußsohlen glühten. Die Hände waren ganz rot geworden. Trunken schaute ich um mich, nicht mehr erstaunt darüber, dass wir nicht die Einzigen waren, die als Paare durch die Luft tanzten.
Alle anderen waren auch als Pärchen eng aneinander geschmiegt im Tanz vereint. Hatte ich vergessen zu sagen, dass wir in der Gruppe nur Pärchen waren, genauso viele Männer wie Frauen?
Die Musik wurde leiser. Das Rauschen wurde stärker. Die Musik war das Rauschen im Ohr, in der Nase, in den Augen, im Mund, im Herzen. Alles war Rauschen. Die Luft um uns war das Rauschen. Es nahm an Intensität zu, nicht an Lautstärke. Die Luft wurde dichter, fester, träger. Sie wurde steifer. Sie war starr geworden.
Wir konnten uns nicht mehr bewegen. Die Luft umschloss uns selbstverständlich hautnah und sie war ein Panzer geworden. Wie Fische im gefrorenen Eis staken wir darin, eingemauert, bewegungslos. Die Luft war immer noch gleich durchsichtig wie sonst und atmen konnten wir auch noch, was nicht zur Steife der Luft passte, aber diese hatte völlig ihre Beweglichkeit verloren. Sie war feste Materie geworden. Alasa und ich und alle anderen staken darin.
Ein heiseres Röcheln war alles, was ich hervorbringen konnte. Alasa schwitzte vor Panik, ich auch. Was eben noch ein seliges Dahinschweben im prickelnden Strom des Lebens war, war zum Alptraum erstarrt. Ich hatte meinen Kopf in Alasas Halsbeuge gelegt, mich vertrauend an sie geschmiegt. Jetzt konnte ich sie nicht mehr ansehen. Ihre meinen Kopf haltenden Hände waren daran festgefroren. Nichts bewegte sich mehr. Ich konnte keinen Finger rühren, keinen Fuß drehen. Die Luft gab keinen Millimeter nach.
Ich stemmte mich auf, vergebens. Ich presste nur Alasa zusammen. Sie stöhnte, aber sowenig wie ich konnte sie sprechen. Gesicht und Mund waren genauso in der Luft festgefroren wie alles andere. Das Einzige, was ich bewegen konnte, waren die Augen. Ich konnte sie drehen. Über Alasas Schulter hinweg sah ich, dass alle anderen Pärchen genauso mit Panik und Entsetzen, mit Befreiungsversuchen und ihrer Vergeblichkeit kämpften wie wir. Ersticktes Röcheln, heisere Schreiversuche durchbrachen das Rauschen in der Luft. Atmen konnten wir. So war Schreien möglich.
Alasa und ich schwitzten entsetzlich. Im Nu waren unsere Kleider durchgeschwitzt. Gegen starre Luft kämpfen ist völlig vergeblich. Ich war nahe daran, verrückt zu werden. Diese Situation war nicht mehr tolerierbar.

Die steife Luft zwang mich unerbittlich, mich hinzugeben, mich in diese Situation so hineinzufügen, dass ich sie als natürlich akzeptierte. Etwas anderes war nicht möglich. Mein eigenes Handeln war ausgeschaltet. Ich konnte Alasa auch nicht helfen.

Golis war offensichtlich der Einzige, der sich frei und so unbeschwert wie sonst durch die erstarrte Luft bewegte. Er tanzte im Rauschen der Luft im Raum herum. Er hüpfte mal auf einem Bein, mal streckte er einen Arm aus. Dieser wurde immer länger, bis er uns erreichen konnte und mit diesem ellenlangen, ausgezogenen Arm beschrieb er Bögen um die in der Luft hängenden Pärchen.

Immer lauter pfiff er ein Lied, immer schneller wirbelte er herum. Er stieß an die Wand. Dort, wo er dagegen gestoßen war, begann die Wand zu glühen. Das Glühen breitete sich aus, bis die ganze Wand, die Decke, der Boden glühte. Alles war in tiefes Rot getaucht. Die Luft rauschte immer noch und das tiefe Rot der Wände wuchs in die Luft hincin. Wie Spinnenfäden zuerst, dann immer dichter werdend, kroch das Rot auf uns zu. Ein tausendfältiges Geflecht von Lichtfäden, vielfältig gekrümmt und miteinander verwoben, wuchs das Rot in den Raum. Es kroch durch die Moleküle der starren Luft, umgarnte sie, verschluckte sie.

Wenn sich zwei dieser Lichtfädchen trafen, blitzte es am Knotenpunkt auf. Überall entstanden diese Lichtblitze. Das rote Licht kam auf uns zu. Es hüllte uns ein. Es wollte weiter. Es machte sich an unseren Kleidern zu schaffen. Das rote Licht begann, die Kleider aufzulösen. Millimeter um Millimeter löste es die Kleider auf. Sie schmolzen dahin und verschwanden im Licht. Schicht um Schicht entfernte das rote Licht die Kleidung. Hilflos gefangen in der Luft musste ich erdulden, dass ich nackt gemacht wurde. Auch Alasa und allen anderen im Raum erging es genauso.

Als ich ganz von dem Licht ausgezogen worden war, war es mit seiner Arbeit noch nicht am Ende. Es suchte nach Öffnungen im Körper. Es suchte nach den Poren. Es drang in den Körper ein. Langsam und unaufhaltsam drang es in meinen Körper ein, stach zwischen den Zellwänden hindurch, bohrte sich an Tausenden von Stellen in den Körper. Es ließ nichts aus. Es füllte mich an, ein weiteres Medium neben Blut und Lymphflüssigkeit.

Es war als sanftes Prickeln zu spüren. Es nahm das Rauschen der Luft mit. Ein rauschendes Prickeln drang in den Körper. So konnte ich spüren, wie weit es schon vorgedrungen war. Es kitzelte, es zwickte, es vibrierte, es pulsierte, es gab mir das Gefühl der Ausdehnung, des Angefüllt-Werdens.

Es erreichte meine Körpermitte vom Rücken aus. Es ging weiter zum Bauch und zur Brust, erreichte die Haut dort, wo ich an Alasa geheftet war, und sprang auf sie über. Es war überall, bis kein Stückchen Körper mehr ohne dieses rote Licht war. In dem Maße wie das rote Licht vorgedrungen war, wurde der Körper durchsichtig. Alle, die ich aus meinem begrenzten Blickwinkel sehen konnte, wurden durchscheinend. Sie hingen als rote Schemen im Raum, als dunkelrote

Schemen von Menschen, durchdrungen von diesem materialisierenden Licht, das mit seiner Macht die Grenzen der Zellmaterie überwunden hatte.
Dunkelrot leuchteten ich und Alasa, Robert und Karl und alle anderen. Golis tanzte immer noch herum, tanzte seinen seltsamen unverständlichen Tanz und lachte sein kicherndes Lachen.
Das Rauschen der Musik, vom Licht in den Körper getragen, vermischt mit dem Geräusch des roten Lichts, ließ meinen Körper in einen Zustand gleiten, der mit Schwingen und Vibration nur unvollkommen beschrieben ist Es war ein Schwirren der Zellen um einen Ruhepol, einem Mückenschwarm vergleichbar. Wie ein unbeweglich im Raum stehender Kolibri schwirrte mein Körper. Alle Zellen schwirrten. Dadurch schmolz jeglicher Widerstand, der noch in mir war, auf geistiger wie auf körperlicher Ebene.
Durch die von der erstarrten Luft erzwungene völlige Starre des Körpers war dessen Durchlässigkeit für das Licht möglich geworden. Das rote Licht, dieses hochfrequente Schwirren bewirkte, dass ich den Kampf gegen die auferzwungene Starre endgültig aufgab. Alles andere, was nicht ich war, was in meinen Tiefen an Widerstand gegen mich, gegen andere, gegen das Leben vorhanden gewesen sein mochte, schmolz dahin.
Ich schwirrte im Raum, in der Zeit, im Sein, im ICH BIN, vereint mit Alasa, die immer noch an mir klebte und der es wie mir zu ergehen schien. Das Licht hatte uns so durchlässig gemacht, wie wir noch nie gewesen waren. Alles, was uns trennte, war dahin. Ich setzte dem Leben, mir und Alasa und allem anderen keinen Widerstand entgegen. Ich konnte gar nicht mehr, weil ich selber gar keinen Stand mehr hatte, von dem aus ich einen Widerstand hätte leisten können.
Wir waren vereint auf vielen Ebenen und auch dieses in aller Nacktheit Aneinenander-geschweißt-Sein beinhaltete vielfältige Empfindungen. Ich spürte, wie das Licht als Bote zwischen Alasa und mir hin- und herschwang. Es brachte mir Alasa weiter in mein Bewusstsein und ich wusste, es würde ihr so gehen mit mir. Das Licht würde ihr zeigen, wer ich wirklich war, als ganzer Mensch, als fehlbarer und als gefallener Mensch, als Kind und als erwachsener Mann, als hassenswert und liebenswert, als dumm und ignorant, als weise und verstehend.
Es gab keinen Schutzwall, hinter dem ich hätte verbergen können, was ich nicht zeigen wollte: meine häßliche Seite oder wie auch immer ich es benannt hätte. Alles an mir wurde ihr mitgeteilt, ohne Ausnahme. Ich wurde ihr völlig und total mitgeteilt. Ich erhielt sie als Botschaft zurück. Ich erkannte sie in ihren Tiefen, Vorlieben und Abneigungen, Befürch-tungen und Wünschen.
Der erste Schreck vor solch bedingungsloser Offenheit war durch die Wirkung des Lichts auf mich gemildert. Er verflog, als ich mir sagte, dass nun nichts mehr zwischen uns stehen konnte, das uns trennte. Wenn sie mich so total und vollkommen wie nur möglich kennen würde, könnte sie mich auch total und ganz lieben und brauchte keine Sorge mehr zu haben, es kämen aus verborgenen Nischen irgendwelche Ungeheuer, die uns trennen würden.

Ich war total, denn vieles, was das Licht offenbarte, hatte und wollte ich vorher nie wahrhaben. So wie ich wirklich bin, war ich jetzt. Ich brauchte mich nicht mehr zu schützen, herzurichten, zu verteidigen, oder mir und anderen etwas vorzumachen. Ich war ich, ich war ICH geworden, ein vielfältiges, komplexes, oft widersprüchliches, aber totales ICH.
Ich spürte Toleranz gegenüber den anderen, denn ich spürte zuerst mit Alasa, dann mit den anderen im Raum, dass sie kaum von mir zu unterscheiden waren. Sie waren genauso ganz und gleichzeitig unvollständig wie ich. Sie hatten genau wie ich die Verletzungen und die unschönen Seiten, die sie sonst gerne verborgen hätten. Ich spürte, dass zwischen uns kein, fast kein Unterschied bestand. Wir waren Menschen der gleichen Qualität und Güte.
Wäre ein Mensch noch liebenswert, wenn er keine Fehler hätte? Was wäre schwieriger zu ertragen als ein solcher Mensch? Wir lebten in der Dualität dieser Welt. Wir hatten unsere guten und unsere schlechten Seiten. Wir alle hatten sie, auch wenn wir die eine oder die andere Seite nicht immer in ihrer vollen Größe zeigen wollten.
So sinnierte ich vor mich hin, etwas weniger schwitzend, rot leuchtend, an Alasa geschmiedet mit Tausenden roter Lichtfädchen, unbeweglich im Raum erstarrt, nackt und durchscheinend. Ich wurde offenbart, ich wurde ihr und allen anderen im Raum offenbart, so wie ich wirklich war, in meiner ganzen Größe und Schönheit, in meiner ganzen Schlechtigkeit und Negativität. Ich konnte und wollte dem keinen Widerstand mehr entgegensetzen.
Das rote Licht beruhigte mich, es streichelte meine Nerven, es lullte mich ein. Ich war eingeschlafen. Eigentlich war es schade, das alle Grenzen meiner Persönlichkeit sprengende Gefühl des Durchdrungen-Seins nicht mehr zu spüren, aber es war mehr als ich in so kurzer Zeit verkraften konnte. Ich hatte keine Energie mehr, es auszuhalten. Ich brauchte Schlaf.
Es war, als wenn ich gar nicht schlafen würde. Ich nahm alles um mich nach wie vor auf, aber ich war tief und fest am Schlafen. Ich war nach wie vor das rote Licht, ich war das Rauschen, ich war die Luft, ich war Alasa, ich war das alles und ich schlief gleichzeitig. Ich war in einem Zustand des gelösten Seins, ein Baby in Mutters Schoß.
Wie lange dieser Zustand anhielt, weiß ich nicht. Als ich wieder in meinem Wachbewusstsein war, waren das Rauschen der Musik und das rote Licht unverändert. Es waren andere Menschen im Raum, die uns wie aus einem Eisblock aus der Luft schnitten und abtransportierten. Der Luftblock mit Alasa und mir in einem Container. Wir wurden in einen kleinen Raum gebracht. Die Decke wölbte sich sacht. Sie war durchscheinend. Wir konnten Sterne sehen, wie sie an uns in großer Geschwindigkeit vorbeizogen. Wir schauten ins Weltall hinaus.
Dort war ein großes Becken. Wir wurden ins Wasser geschubst. Unser Block Luft trieb darauf. Die Luft begann zu schmelzen. Langsam sanken wir ins Wasser. Man sorgte dafür, dass unsere Köpfe über der Oberfläche blieben. Nach

etwa einer halben Stunde war die Luft geschmolzen und hatte uns freigegeben. Wir lagen im Wasser und die Körper leuchteten immer noch rot. Die Durchsichtigkeit hatte sich nicht gegeben.
Ich bewegte meinen Mund, prüfte Arme und Beine, wirklich, es war wieder alles zu gebrauchen. Mit Ausnahme der Durchsichtigkeit und dem roten Licht war ich der Alte. Ich konnte fühlen, dass ich immer noch völlig offen und durchlässig war, dass ich frei war, frei von allem Ballast, den das Herrichten einer nach außen sichtbaren Fassade dargestellt hatte.
Das Wasser strömte in die Poren. Es nutzte die vielen Kanälchen, die das Licht in den Körper gegraben hatte. Es strömte in uns hinein und durch uns hindurch. Wir waren wie ein Schwamm so durchlässig.
Ich konnte Wasserfädchen sehen, wie sie auf dem Handrücken eindrangen und am Handteller wieder herauskamen. Das dunkelrote Licht unserer Körper dehnte sich auf das Wasser aus. Es färbte es schwach rot, dann auch die Umgebung und das ganze Zimmer. Auch die Luft begann sanft rot zu leuchten. Wir waren zum Lichtquell geworden für die Umgebung.
Neben dem Wasserbecken wuchs ein Tisch aus dem Boden, gedeckt mit den Köstlichkeiten des Kosmos, mit den Früchten des Lichts, mit dem Nektar des Nichts, dem Amrith, dem Trank der Götter, dem Duft des Einen, der Weite, vergehend auf der Zunge. Es war der Duft, der durch die Poren dringt, der Duft, der satt macht.
Wir labten Körper und Seele. Wir sanken auf ein Bett. Eine weiche Decke hüllte uns ein. Wir schliefen in des anderen Arm - die Körper weich, die Gelenke entspannt, die Haut wie Samt. Kein Traum störte das im Schlaf Dahin-Treiben. Grenzen waren noch da, aber so durchlässig geworden, dass sie nicht mehr störten. Auch dieser Schlaf war von anderer Qualität als sonst. Wir waren schlafend wach oder wachend am Schlafen. Vielleicht ist es so wie bei einem Tier, das tief schläft und doch sofort ganz wach ist und davonlaufen kann.
Eine Stimme rief uns zur Besprechung: „Kommt, kommt gleich hierher, alle, gleich, sofort. Kommt und hört und sprecht."
Wir folgten der Stimme durch ein Labyrinth von Gängen in einen großen Kuppelsaal. Was dieses Raumschiff für eine Größe haben musste! Die Kuppel war übersät mit Sternen, Spiralnebeln, Kugelhaufen, schleierhaftem Staub der Sterne, sich langsam verändernd, bewegend. Wir sahen, dass unser Raumschiff rasch durch alle diese Sterne glitt. Ständig tauchten neue Galaxien auf.
An der einen Seite des Saals stand Golis vor der Phalanx der stummen und steifen Garde seiner fünf Begleiter, wie immer eine quirlige Person. Keine Minute konnte er stillstehen. Er rief uns zu:
„Nur her zu mir, nur her! Kommt her zu unserem Spass. Nur nicht zögern. Nehmt, was es zu geben gibt. Gebt und hört, die Welt ist da!"
Sein seltsames Gebaren und seine komischen Worte waren zu seinem Markenzeichen geworden. Sie störten nur noch wenig. Richtig ernst konnte ich ihn auch nicht mehr nehmen, obwohl er, als wir in der Luft eingefroren waren,

gezeigt hatte, dass er der Meister über alles war, was hier geschah, dem allen nicht unterworfen. Er musste über besondere Fähigkeiten verfügen. Warum nur verbarg er sich dann hinter dieser lächerlich wirkenden Fassade? Wollte er sich über uns lustig machen?
Wie dem auch sei, wir gingen auf ihn zu, immer noch fast nackt. Wir hatten in unserem Schlafraum statt Kleidern nur längere Schals gefunden. Damit hatten wir ein Phantasiekleid um uns drapiert. Alle waren ähnlich leicht gekleidet. Diese mit verschiedenfarbigen Schals eingehüllten Menschen standen nun vor Golis. Ich staunte immer noch über die rasch vorbeiziehenden Galaxien an der Kuppeldecke.
Golis wirbelte herum, tanzte um unsere Gruppe. Mit einem irre wirkenden, bellenden Gelächter rief er: „Es ist vollbracht, die Schwelle überschritten. Nach vorne nur geht unser Flug. Dahin geschwind ist alle Last, befreit von gestern, heute, morgen, stürzen wir hincin. Kein Halt mehr, keine Rettung. Das Ende wird's nicht sein, doch Änderung, die wird es geben!"
Das letzte Wort rief er so laut, als wolle er die nächste Galaxie übertönen. Ich erschrak. War er wirklich irre geworden und waren wir auf einem zum Untergang bestimmten Schiff? Ich riss Alasa in meine Arme und hielt sie ganz fest. Von ihr wollte ich auf gar keinen Fall getrennt sein.
Eine der steifen Gestalten trat vor:
„Ich bin das Versorgen. Man hat mich ausgeschaltet."
Der Nächste trat vor:
„Ich bin der Schutz. Man hat mich ausgeschaltet."
Der Dritte trat vor:
„Ich bin die Maschine. Man hat mich ausgeschaltet."
Die vierte trat vor:
„Ich bin die Intelligenz. Man hat mich ausgeschaltet."
Die fünfte trat vor:
„Ich bin die Steuerung. Man hat mich ausgeschaltet."
Ich konnte meine bei diesem ganzen Theater auf einmal wieder hochkommende Wut nicht mehr bezähmen. Jähzornig war ich schon immer. Ich schrie: „Was soll das Theater? Seid ihr alle verrückt geworden? Ich will sofort wissen, was das Ganze soll. Wohin geht unsere Reise? Was ist das Ziel und was soll euer komisches Reden?"
Alle schauten mich an. Offensichtlich hatte ich die Spielregeln der Höflichkeit übertreten. Golis lachte. Er lachte sich halbtot über meinen Wutausbruch. Schließlich konnte er herausbringen:
„Das sag' ich immer, das sag' ich immer, mitfahren ohne Vorbereitung wird zur schönsten Reise. So will ich es. So lobe ich mir die Passagiere. So soll es sein, so soll's sein. So sollen wir von der Reise schweigen, der Spass soll bei den Neuen bleiben."

Und zu mir gewandt: „Du hörtest klar und deutlich, was die Mannschaft sagte: Das Raumschiff hat keinen Antrieb mehr, keine Versorgung, keinen Schutz, keine Intelligenz und keine Navigation. Das alles brauchen wir nicht mehr."
„Wir sind dem All ausgeliefert, unterworfen der äußeren Energie. Sie treibt uns dahin, unaufhaltsam angezogen, aufgesogen, hingetrieben zum Zentrum unseres Alls. Ein Weg zurück ist nicht gegeben. Nichts vermag unser Schiff aufzuhalten. Ihm einen anderen Kurs zu geben ist nicht möglich. Zurückkehren ist vergeblich. Die Reise ohne Wiederkehr, sie ist begonnen und wird vollbracht. Das Ziel ist bald erreicht. Es löst sich auf, was noch verbunden. Erfahren werdet ihr, was sonst nur kühnste Gehirne sich gedacht. Bar jeder Realität für diese, wird's eure Realität sein. Euch ist sie gegeben, die absolute Realität, die transzendierte Realität. Das Undenkbare, das Unfühlbare und das Unvorstellbare - euch wird's zu Füßen gelegt. Ihr werdet es erleben und ersterben. Dann ist NICHTS."
Das Letzte war nur geflüstert. Golis war mit jedem Wort geschrumpft. Jetzt hüpfte er als kleines Kind vor uns auf und nieder, seine Augen, groß, staunend, aufgerissen. Sein Mund verstummte.
Wir hatten einen Kreis um ihn gebildet. Ein Raunen und Flüstern ging durch die Gruppe. Es wurde lauter, erregter. Alle sprachen auf die anderen ein. Wortfetzen vernahm ich nur am Rande. Ich war so intensiv auf Golis Worte ausgerichtet, dass ich die anderen kaum wahrnahm. Gedanken schossen ins Kraut. Was schließlich aus meinem Gedankenwirrwarr herauskam war, dass das Raumschiff offensichtlich mit voller Absicht in einer Situation war, wo es nicht mehr steuerbar war, nicht mehr zurückkonnte und einem Energiestrom ausgesetzt war, der es nach seinen Wünschen - und nicht nach unseren - lenkte.
Wir waren zum Korken auf einem Energiefluss im Weltall geworden, der uns mit sich führte. Das hatte ich verstanden. Angst kroch in mir hoch. Was hatte er mit dem Ziel gemeint, mit dem Auflösen der äußersten Realität?
Karl, Robert, Geratl, Ülük, Alasa, uns allen schien es gleich zu gehen. Wir waren sprachlos, aber seltsamerweise nahmen wir das Ganze recht fatalistisch auf. Mir graute, wenn ich daran dachte, was es bedeuten könnte, aber es war ein kaum noch wahrnehmbares Grauen.
Ich blickte zur Kuppel hoch und staunte nicht schlecht über die sichtbar größer gewordene Geschwindigkeit, mit der die Sterne an uns vorbeizogen. Wir waren in der kurzen Zeit schneller geworden und wir wurden immer noch schneller. Das war zu sehen.
„Wir werden von einem Ort sehr großer Masse angezogen", sagte Karl schließlich. „Wir fallen drauf zu, wie ein Stein, der vom Himmel fällt. Das kann nicht gut gehen."
„Das haben sie aber schon oft gemacht", sagte Ülük mit einem unsicheren Lächeln. „Alle, die auf die große Reise gegangen sind, sind auch wieder zurückgekommen."

„Sie sind nicht auf die Zerstörung von uns und allem anderen aus", sagte Alasa schließlich unsicher. „Unsere Kultur zerstört nicht. Veränderung, Umformung und Wachstum wollen wir. Vielleicht hat es mehr damit zu tun?"
„Wir sind auf einer uns unbekannten Reise", sagte Geratl. „Wir werden gemeinsam erfahren, was es bedeutet, und so wie man uns gestern schon umgeformt hat und uns unserer Schalen der Verteidigung entfernte, wird die Umformung weitergehen. Was weiter kommt, kann ich mir auch nicht vorstellen. Ich weiß nur, die Rückkehrer sind Menschen, die ganz friedlich sind und ganz hier und jetzt leben, die nicht mehr viel fragen und nicht mehr mit Sorgen und Nöten belastet sind. Sie sind sehr geachtet. Sie sind unserer Vorbilder."
„Ich weiß von diesen Geschichten", sagte Ülük, „aber es macht mir Angst." Robert nahm sie in seine Arme.
„Ich habe auch Angst", sagte er. „Aber wir bleiben zusammen. Das ist das einzige, was ich dir versprechen will."
Karl hatte unschlüssig in die Runde geblickt. Er schaute zu Boden. Staunend wies er nach unten: Der Boden, auf dem wir standen, war durchsichtig geworden. Wir blickten in einen Kuppelsaal, der dem unseren völlig glich. Wir sahen eine Gruppe Menschen ähnlich ratlos herumstehen, wie wie wir es taten, und heftig miteinander reden. Wir sahen Golis durch die Gegend springen, wie er gerade auch bei uns herumsprang, immer noch als ein kleines Kind.
Das Erstaunlichste war, dass die anderen auf dem Kopf standen. Unser Boden war ihr Boden. Wir sahen wie durch ein Loch im Boden nach oben, wenn wir nach unten blickten. Wo ihre Füße waren, waren unsere Füße. Sie schienen genauso selbstverständlich auf ihrem Boden zu stehen wie wir auf unserem.
Golis sprang dort und hier herum. Nicht dass er identisch war. Er sprang dort an anderen Orten herum als bei uns und seine Gesten waren verschieden, aber er war zwei Golis, in sich völlig identisch. Auch die fünf von der Mannschaft waren doppelt. Sie standen dort so steif herum wie hier. Nur die Menschen waren verschieden. Ich ordnete sie als die zweite Gruppe der Passagiere ein. Sie waren genauso viele wie wir, auch nur Pärchen. Sie hatten diese Schals um sich gewunden. Sie waren, schien es, durch die gleiche Prozedur der Befreiung von Schlacken gegangen.
Warum waren sie auf der anderen Seite? Warum standen sie auf dem Kopf? Warum war die Raumschiffmannschaft doppelt? Dieses Phänomen beschäftigte uns viel mehr als die Frage, wohin denn die Reise ging. Dann sahen wir, wie diese Menschen dort entgeistert in unsere Augen blickten. Sie hatten uns jetzt auch entdeckt.
Sie waren so erstaunt wie wir, und sie konnten sich offensichtlich auch nicht erklären, wieso wir aufgetaucht waren und, von ihnen aus gesehen, auf dem Kopf standen. Die zwei Golis hüpften herum, lachten und freuten sich. Es war für sie ein Riesenspass, unsere Entgeisterung zu erleben. Eifrig zeigten die beiden jeweils auf den anderen von ihnen, auf die andere Gruppe, auf die

ratlosen, verblüfften Gesichter. Sie deuteten nach oben auf die Kuppeln, wo die Galaxien immer schneller an uns vorbeizogen.
„Das Raumschiff kann ja doch nicht nur aus diesen beiden Kuppelsälen bestehen - je eine Halbkugel und sonst nichts. Wo ist unser Haus geblieben? Wo sind die anderen Räume, in denen wir waren?", rief ich.
„Du täuschst dich, du täuschst dich, du täuschst dich immer wieder", meckerte es hinter mir. Golis sprang um mich herum. „Er täuscht sich, er fragt sich, er sortiert. Was soll der Verstand? Wo führt er hin?", sang er immer wieder.
Ich wurde wütend. „Ich will wissen, was los ist. Jetzt und sofort sagst du mir, was los ist", brüllte ich ihn an. „Ich will es wissen, sofort", ich sprang auf ihn zu, um ihn zu packen und zu schütteln, aber er war viel schneller als ich. Schon war er sechs Meter weiter weg. Ich wollte ihm nach, aber mein linkes Bein war so kurz geworden, dass ich hinfiel.
Ich lag auf dem Boden und weinte. Es war zu viel. „Ich will mein Bein wieder haben, ich will mein Bein wieder haben", weinte ich. „Ich will sein wie früher. Ich mache das nicht mit, ich will heim", schluchzte meine linke Seite. „Es ist zuviel, ich kann ich nicht weiter, es geht über meinen Verstand", brüllte die rechte Seite.
„Ich will wieder ganz sein, nicht zerfleddert, keine Einzelteile mehr." Ich krümmte mich und wand mich, die eine Seite, die linke, war theatralisch, die andere kühler, wütender. Verstand produziert Wut, durchfuhr es mich.
Sie standen um mich herum. Alasa kniete neben mir und versuchte mich zu trösten. Es war vergeblich.
„Lasst ihr euch das gefallen?", schrie ich.
Beifälliges Gemurmel war zu hören. Einige riefen genauso laut wie ich: „Schluß mit dem Spektakel! Klare Linie! Was ist das Ziel der Reise? Wo geht es hin? Was soll das?"
Alasa lag auf mir. Sie war auch fertig. Sie weinte, sie zitterte wie ich, sie drückte sich an mich. Wir waren ein Häufchen Elend, hilflos in einem aus der Kontrolle geratenen Raumschiff, das irgendwohin raste. „Ich will heim! Ich will heim!", schluchzte ich immer wieder. Immer mehr aus der Gruppe riefen das Gleiche. Alle wollten heim. Alle versuchten, Golis zu fangen, aber er war nicht zu erreichen. Er war der Einzige, der über allen Gefühlen stand, der herumhüpfte und seinen Spass an unserer Verzweiflung hatte.
„Ihr Armen, ach ihr Armen, verloren im All, ohne Ziel dahintreibend, ohne Möglichkeit zurückzukommen, abgeschnitten von allem Lebenden. Ihr wollt heim, heim wohin? Was ist euer zu Hause? Wo ist euer zu Hause? Ihr wollt wieder ganz sein? Wo ihr doch nie ganz gewesen seid. Wo ist der Mut geblieben? Wo ist die Freude geblieben? Wo ist die Begeisterung geblieben? Was ist in euch gefahren? Seid ihr nur verschreckt oder seid ihr keine Menschen mehr? Wollt ihr keine Grenzen überwinden?"

So ging es weiter. So verhöhnte er uns. So amüsierte ihn unser Seelenleid. Es war ein großer Tumult, nachdem wir merkten, dass wir in der Falle saßen und noch nicht einmal wussten, woraus sie wirklich bestand.
Die fünf von der Mannschaft standen unbeteiligt an der Wand und schauten zu bei dem, was sich vor ihnen zeigte. Auf der anderen Seite des Bodens, in der Spiegelwelt, ging es ähnlich dramatisch zu. Sie waren auch vergeblich dabei, den anderen Golis zu fangen. Sie schafften es nicht. Er schien sie genauso zu verhöhnen, wie er es mit uns tat.
Golis lief wie zu seinem Schutz hinter die fünf von der Mannschaft. Diese streckten die Arme aus und erstarrten zu fester Materie. Sie verformten sich zu lebloser Masse. Diese formte ein Podest mit dahinter liegender Schalttafel und einem Bildschirm. Auf diesem Bildschirm war Golis zu sehen. Er schrie mit mächtiger Stimme, die ich noch nicht an ihm gehört hatte:
„Ruhe!“
Sein Befehl ließ uns verstummen. Wir gruppierten uns um den Bildschirm. Der Clown Golis war verschwunden. Vor uns zeigte sich eine gewichtige, Vertrauen erweckende Persönlichkeit, deren Augen ruhig schauten und die wusste, wovon sie sprach. Golis hatte sich verwandelt.
„Ich bin Meister des Raumschiffs, nur mir gehorcht es“, sagte er. „Ich bin sehr erfahren auf der Reise, auf der wir sind.“ Er strahlte auch diese Autorität aus. „Das Schiff ist ein sicherer Ort. Noch ist es sicher“, korrigierte er sich. „In der Tat gibt es keinen Weg zurück. Vor einigen Stunden schon haben wir den Punkt im All überschritten, an dem wir hätten umkehren können. Aber da habt ihr alle geschlafen, wie ich es beabsichtigt hatte.“
„Ich bin glücklich, dass ihr die duale Transformation leicht und rasch überstanden habt. Ihr habt euch in die Wesen verwandelt, als die ihr geboren seid: gespaltene Wesen, die zwei Seiten haben, zwei Herzen, zwei Welten bevölkern. Alle Verkrustungen, die diese Trennung der beiden Seiten verdeckt haben, sind von euch gefallen. Ihr lebt nun wirklich, wer ihr seid: gespaltene Wesen. Aber ihr seid mehr als das, viel mehr. Das andere, das noch nicht Erfahrene, das werden wir erleben.“
Er machte eine Pause und blickte ruhig in die Runde, um zu prüfen, ob seine Worte auch bei uns angekommen waren. Dann bediente er einige Hebel und Knöpfe. Auf dem Bildschirm tauchten Landschaften auf von Oreandra, von dem wir gestartet waren. Die meisten riefen ah und oh und blickten sehnsüchtig nach ihrer Heimat.
„Wir werden zurückkehren, wenn wir die große Transformation geschafft haben. Wo die äußeren Mächte uns jetzt hinbringen werden, darüber ist keine Vorhersage mehr möglich. Alles kann geschehen und nichts kann geschehen. Das liegt nicht mehr in meiner Macht.“
Er sprach mit fester Stimme, in der weder Unsicherheit noch Angst mitschwang. Wir spürten, dass er es ernst meinte, völlig ernst. Er hatte einen anderen Knopf

gedrückt. Ein schwarzer Fleck zeigte sich in der Mitte des Bildschirms.Von allen Seiten liefen Lichtstrahlen in Spiralen darauf zu und verschwanden.
„Dort ist unser Ziel, genau die Mitte“, sagte er und deutete auf die Lichtstrahlen. „Das sind fast alles Raumschiffe, die auf dem gleichen Kurs sind wie wir. Aus allen Bereichen des Kosmos haben sie sich aufgemacht zur großen Transformation.“ Er deutete auf den schwarzen Fleck. „Das ist ein beliebter Treffpunkt für Menschen aus allen Ecken des Universums“, versuchte er zu scherzen. Aber er wurde sofort wieder sehr ernst. „An diesem Ort kehrt das Geschaffene zu seinem Schöpfer zurück und vereint sich mit ihm.“ Jetzt war er ruhig, würdig, sprach voller Wärme, aber auch mit der bestimmenden Selbstverständlichkeit, die aus dem schon häufig Erfahrenen stammt.
„Unser Weg dorthin wird uns, obwohl kurz, sehr lang vorkommen. Wir werden bis dahin noch sehr viel an uns arbeiten müssen, sehr viel wird sich ändern. Jenseits dieses Orts aber ist das nicht mehr Sagbare. Es gibt dort nur das Erfahrbare. Jenseits ist das Geschehen. Von ihm werden wir neu gestaltet werden.“ Das sagte er abschließend. Das Podest und der Bildschirm verschwanden. Er stand wieder als der kleine Golis vor uns.
„Wir wollen feiern“, rief er wieder herumhüpfend. „Es ist nicht nur ein feierlicher Augenblick, er ist auch zum Feiern. Es ist auch ein fröhlicher Weg, den wir gehen. Es kann uns nichts Schöneres widerfahren.“
Kaum hatte er das ausgesprochen, standen wir auch schon in einem Ballsaal, einem der Säle von Versailles ähnlich. Die hohen Fenster gewährten Ausblick auf einen Park mit Bäumen, Büschen und Kieswegen. Die Sonne beschien die nach einem Regen noch feuchten Blätter. Wir waren festlich gekleidet in weichen Roben. Weit waren sie, in zarten Pastellfarben gehalten. Eine sanfte Musik ertönte, die Kronleuchter schimmerten, als ob sie aus Diamanten bestünden. Das Portal an der Stirnseite des Saals ging auf und in feierlicher Prozession trugen in rote Uniformen gekleidete Männer einen langen, fertig gedeckten Tisch herein.
An den Uniformen waren kleine Schleierfähnchen, die beim Gehen wehten. In der Mitte des Saals fand der Tisch seinen Platz. Eine andere Gruppe Männer, gleich gekleidet, trugen die Stühle herein. Kaum standen auch diese, verschwanden die Männer auf einen Schlag.
Golis führte uns in Schritten, die feierlich sein sollten, aber eher einer Parodie auf Feierlichkeit entsprachen, in langsamer Prozession und im Rhythmus der Musik im Halbkreis um den Tisch, bis wir locker darum gruppiert waren. Dann klatschte er in die Hände.
Er verkündete: „Es ist angerichtet.“ Schon saßen wir.
Der Tisch war mit meinen Lieblingsspeisen gedeckt: mit Bratkartoffeln, Spiegeleiern, Buchstabensuppe, Hefeklößen, Weincreme, viel Obst, und das für alle! Ich staunte nicht schlecht. Als ich es Alasa sagte, die neben mir saß, glaubte sie mir nicht. „Ich sehe nur meine Lieblingsspeisen“, sagte sie. Und als

ich Geratl, die an meiner anderen Seite saß, fragte, was sie sah, meinte sie: „nur meine Lieblingsspeisen. Alle sind sie da!“
Robert rief mir zu: „Sie haben alles hergebracht, was ich gerne esse!“
Das hörten andere und sie riefen, dass sie nur ihre Lieblingsspeisen sähen. Wir sahen nicht mehr, was alle sahen. Wir sahen nur noch, was wir selber sehen wollten. Wir sahen und erlebten, was offenbar unser Unterbewusstsein als angemessen erachtete.
Ich probierte die Buchstabensuppe. Sie schmeckte wie von zu Hause und sie roch auch so! Alasa meinte: „Für dich mag es sein. Aber für mich duftet es süß nach Früchten wie bei uns zu Hause. Du isst gerade die gelben Nudeln mit rosa Fruchtsoße.“ Ich widersprach. Es war einfach nicht so, wie sie es sagte. Es war meine Buchstabensuppe und nichts anderes.
Die Tatsache, dass jede Speise auf dem Tisch die Lieblingsspeise von jedem Gast war, dass wir nicht sahen, was es für den anderen war, sondern nur was es für uns selber war, führte zu Gesprächen über die Frage, was denn Wirklichkeit wäre. Wie war es möglich, dass wir jetzt nur noch das eigene sahen?
Ich fragte Alasa, wie denn der Ballsaal aussähe. Sie beschrieb mir begeistert einen Raum, den ich nicht sah. Es war ein Festsaal aus ihrer Schule, erzählte sie. Wir mussten feststellen: Alles, was wir erlebten, war völlig auf die einzelne Person abgestimmt und hatte nur für sie Bedeutung.
Ich hatte Hunger und nach allen aufregenden Erlebnissen der letzten Zeit war mein Hunger gewaltig. Ich wollte zur Ruhe kommen. Also: erst mal essen, bevor es weitergeht. Ich bediente mich ausgiebig. Es schmeckte.
Golis sprang um uns herum, jubelte, hüpfte vor Freude auf und ab und sang seine Litaneien vom herrlichen Leben. Die Musik spielte, was ich mir gewünscht hatte, obwohl ich nicht wusste, was ich mir gewünscht hatte.
Mein Magen hat seine Grenzen. Ich begnügte mich mit immer kleineren Happen.Es ging nur noch um den Geschmack. Ich wurde müde. Das Essen hatte mich entspannt. Es hatte die Zunge gelockert. Vielleicht lag es an der Weincreme? Ich begann Reden zu schwingen von mir als Helden im Mittelpunkt natürlich.
Robert stand auf und sang: „Sah ein Knab′ ein Röslein steh′n.“ Er erhielt viel Beifall. Eine kleine, rundliche Frau am anderen Ende der Tafel mit schwarzen lockigen Haaren und ausdrucksvollen schwarzen Augen begann zu tanzen, langsam, lasziv, weiblich, verlockend. Die Musik hatte sich ihrem Tanz angepasst. Sie wollte Männer umgarnen. Wir sprangen auf und tanzten ausgelassen mit. Tafel und Stühle waren verschwunden.
Diese ständigen Wechsel von angenehm zu unangenehm, diese Überraschungsmomente hatten mich nicht nur verwirrt, sie hatten mich aus meinem normalen Verhalten gelöst. Nun waren wir alle durch die Trennung in die zwei Hälften sowieso nicht mehr normal im eigentlichen Alltagssinn. Das innere Befinden schwankte ständig zwischen den beiden Körperhälften, zwischen Verstand und Logik auf der einen und Gefühl und Intuition auf der

anderen Seite. Es hatte Orientierungslosigkeit zur Folge und löste mich aus der normalen Betrachtung der Welt. Es war so leicht, mich zum Tanzen zu verführen.
Ich war dem jeweiligen Augenblick immer mehr zugetan, ich genoss ihn, und wenn ich traurig war, dann genoss ich auch diese Traurigkeit oder das Verlassenheitsgefühl, das vorhin da war. Was kümmerte mich noch, wo ich herkam, und was sollte mich belasten, wo es hinging? Ich hatte keine Vergangenheit mehr, die mich band, und ich hatte keine Zukunft, vor der ich mich fürchten musste. Ich war nur noch jetzt, und jetzt war ich da.
Kein Gedanke kam an meinen Beruf, an morgen und ob meine Beziehung zu Alasa andauern oder wie sie sich gestalten würde. Alasa war da und ich liebte Alasa. Das war alles. Das war wirklich ALLES. Gab es noch ein Gestern? Ich hatte vergessen, wie es war, in der Luft eingefroren zu sein. Gab es ein Morgen? Vielleicht war dieser schwarze Fleck auf dem Bildschirm wirklich das Ende. Nun, dann konnte ich nichts mehr machen. Dann konnte ich erst recht nur noch hier und jetzt tanzen.
Real war dieser Tanz. Real waren die Menschen um mich. Eine andere Realität gab es nicht. Meine Gedanken und Worte hatten sich zu leeren Hülsen verändert, zu einer Metapher, die nichts mehr sagte, die keinen Inhalt hatte. Gab es ein Morgen? Was war das Morgen?
„Ich bin ich und ich bin lebendig", sang ich laut. Dieser Singsang ging auf die Beine über, sie tanzten ihn. Mein Körper bewegte sich entsprechend. Es tat gut zu sein, einfach zu sein. Ein Gefühl des Glücks strömte beständig, denn Glück ist an das Jetzt gebunden. Glück ist das Zeichen des Jetzt.
Waren die Speisen mit berauschenden Substanzen getränkt worden? Oder lag mein ekstatisches Gefühl an der wie von Zauberhand veränderten Umgebung, dem Ballsaal, dem Auftauchen und Verschwinden des Tisches? Es war nicht wichtig.
„Ich bin ich und ich bin jetzt!", sang es und tanzte es und ich wirbelte herum. Alle schienen ähnlich ergriffen von der Einmaligkeit unserer Erfahrungen, von dem, was die direkte Erfahrung der genauen Teilung in die Gegensätze hervorbrachte. Niemand war mehr in der Vergangenheit gefangen. Sie waren alle hier, nur im Jetzt.
Von außen betrachtet war es eine Gruppe Menschen in einem Raumschiff irgendwo im All dahintreibend zu einem unbekannten Ziel, losgelöst von ihrer Basis. Was war daran berauschend? Darin war kein Sinn und kein Inhalt zu entdecken. Es war eine Party im Nichts des Alls, ohne jeden Bezug zu irgendetwas. Aber das ist oft der beste Ausgangspunkt für eine Party.
Die Musik wandelte sich in Rhythmus und Gestalt. Es kamen gedehntere Passagen, sehnende Passagen, fordernde Passagen. Die Musik war weniger durchgängig als vielmehr eine Aneinanderreihung sehr verschiedener Themen. Ohne dass ich es wollte, änderte sich mein Tanzen entsprechend. Ich tanzte sofort die verschiedenen Inhalte der einzelnen Passagen. Aber ich tanzte nicht

nur. Auch mein Körper veränderte sich. Er nahm die Gestalt an, die eine Passage forderte. Mein Körper war eine weiche Masse Ton, von der Musik beliebig formbar.
„Ich bin ich und ich bin jetzt. Ich habe einen Körper, aber ich habe keine feste Struktur mehr. Ich bin immer noch der Gleiche, und mein Körper ist auch noch der alte“, sang ich laut. Aber wenn die Musik zackiger wurde, zeigte mein Körper einen Krieger. Meine Gefühle wurden kämpferischer, ich hatte Macht. Wurde die Musik sehnsüchtiger, entstand Fernweh. Mein Körper wandelte sich zum Entdecker, zum Piraten, zum Freibeuter, zum Nomanden, der nicht bleiben kann.
Mit der Zeit hatte die Musik sich durch alle möglichen Formen des Lebens gespielt und mein Körper war ihr getreulich gefolgt. Ich tanzte eine Vergangenheit, die ich einmal erlebt haben musste. Ich war nicht mehr gebunden, aber obschon längst vergessen, war sic in Bildern gespeichert. Diese Bilder tanzte ich. Ich tanzte vergangene Bilder und so erloschen sie, eines nach dem anderen. Auch so löste ich mich von den letzten Resten meiner Vergangenheit. Offensichtlich sollten wir völlig frei sein von irgendwelchen Verhaftungen an Altes.
Die Musik machte eine Pause - absolute Stille. Dann setzte Trommeln ein, ein hartes Trommeln, so schnell, dass mein Körper mit diesem neuen Rhythmus nicht mitkam. Die harte Musik, die Trommelwirbel forderten mich auf, mich schneller zu bewegen, immer schneller und noch schneller. Aber es ging nicht. Die Masse des Körpers war träger als die Musik es verlangte.
Da flog mein rechter Arm davon, der Trommelwirbel riss ihn mir vom Leib. Meine Hand flog zur Decke. Im Nu schwirrten Einzelteile anderer Körper durch die Luft. Es tanzte mich weiter. Ich war dumpf geworden, ein tanzender Automat. Ich stampfte mit dem Rest meines Körpers hart auf den Boden. Jedesmal verlor ich mehr von ihm.
Jetzt rutschte ein Auge aus der Höhlung und driftete durch die Luft. Ich versuchte es mit dem einigermaßen noch intakten linken Arm zu fassen, aber das führte nur dazu, dass sich dieser vom Rumpf trennte. Das ließ mich mich um die eigene Achse drehen. Die Ohren machten sich selbständig, der Hals wurde immer länger.
Ich konnte den Tanz nicht abbrechen. Ich war nicht mehr Herr meines Handelns. Das Trommeln hatte uns alle übernommen. Es wollte, dass sich die Körper auflösten.
Mein in der Luft umherschwirrendes Auge zeigte mir immer noch seine Bilder. Vom anderen Auge aus sah ich den Saal so wie bisher. Aber da mein Hals so lang geworden war, wankte der Kopf darauf weit hin und her. Die Bilder, die ich vom verbliebenen Auge erhielt, waren verwirrend und nicht mehr zusammenzubekommen. Mir wurde schwindlig.
Welche Identität hatte ich? Reste der Beine waren noch da, Stücke des Rumpfs, keine Arme, ein zu einer Schnur gedehnter Hals, ein Torso von einem Kopf. Die

Schnur des Halses riss und mein Kopf flog davon. War ich mein Körper, wie ich bisher gedacht hatte? War ich ohne Körper? War ich beides? Ich selber, ich, der alles bewusst erlebte, hatte immer noch von allen Teilen meines Körpers die genaue Meldung, was mit ihnen los war. Ich sah durch meine Augen, die nicht mehr an meinem Körper waren, sondern irgendwo im Raum. Ich spürte meine Hände, die sich verteilt hatten, und ich wusste, wie sich mein Fuß am Boden anfühlte.

Aber ich hatte sie nicht mehr beisammen in einem hübsch gepackten Körper und ich konnte die Einzelteile nicht nach meinem Willen bewegen. Teile anderer Körper schwirrten auf mich zu, berührten mich an irgendwelchen meiner Körperteile. Es entstand eine völlige Vermischung. Trotzdem war ich immer noch in meinem Empfinden ein Ich mit einem Körper, auch wenn dieser mittlerweile weit im Raum ausgedehnt war.

Der Auflösungsprozess ging weiter: Die Einzelteile, in die mein Körper zerfallen war, lösten sich weiter auf. Die Haut trennte sich von den Muskeln, die Muskeln und Sehnen lösten sich von den Knochen. Die Adern lösten sich heraus und schließlich merkte ich, dass sich mein Körper in seine einzelnen Zellen auflöste. Jede Zelle machte sich selbständig, löste sich aus dem Organ und Körperverband heraus und lebte für sich alleine weiter.

Es entstand eine Zellsuppe, die sich im ganzen Raum verteilte, eine immer gleichmäßiger werdende Zellsuppe. Ich hatte immer noch nicht das Empfinden, ohne Körper zu sein, im Gegenteil, je mehr er sich in die Zellen auflöste, um so mehr bekam ich einen umfassenden Eindruck vom Raum und von den Menschen darin und um so mehr konnte ich jeden spüren.

Ich fühlte genau, wie die Ornamente der Decke aus der Nähe aussahen, wie die Kronleuchter beschaffen waren und die Musik. Meine Zellen waren direkt dort an all den Orten und meldeten mir, was sie erlebten. Meine Erfahrung mit der Realität wurde weiter. Überall im Raum war etwas von mir vorhanden. Überall im Raum war etwas von den anderen vorhanden. Wir waren auf der Zellebene miteinander vermischt. Getrennte Körper gab es nicht mehr.

Ich tanzte weiter. Die Musik hatte mich immer noch nicht losgelassen. Ich tanzte durch all die Zellen hindurch, meine eigenen und die anderen. Ich konnte gar nicht mehr unterscheiden: Waren es noch meine eigenen Zellen oder fremde, durch die ich tanzte. Wenn ich mich umschaute, mit welchen Augen schaute ich? Ich hatte mich aufgelöst, aber ich war immer noch ich und ich war jetzt. Das empfand ich genauso stark wie vorhin beim Essen an der Tafel.

In diesem diffusen Brei von Zellen in der Luft sah ich leicht leuchtende Körperumrisse herumschweben. Sie tanzten. Mein Materiekörper war zu einem Zellbrei verkommen, mein Lichtkörper war frei geworden. Er tanzte. Alle waren nur noch Lichtkörper. Alle tanzten weiter. Ich hatte immer noch differenzierten und beständigen Kontakt zu allen meinen Zellen, keine war verloren gegangen.

In meinem materiellen Körper war ich über die Zellen im ganzen Raum verteilt, was dazu führte, dass ich den ganzen Raum mit all seinen Inhalten als einen Teil meiner Selbst betrachten konnte. Er war zum Innenraum geworden.
Darin tanzte mein Lichtkörper. Ich konnte mich sozusagen von außen und innen sehen. Ich sah aus meinem Lichtkörper heraus und ich sah in meinen Körper hinein.
Alasa spürte ich in ihrem Lichtkörper. Robert und Karl und all die anderen, sie hatten sich so gewandelt wie ich. Wir waren nicht in der Lage, hierüber zu reflektieren. Der analytische Verstand hatte sich aufgelöst.
Einzig Golis sprang herum im Raum, wie immer tanzend und hüpfend. Er hatte seinen Körper. Lustig blitzten seine Augen. Er nahm keine Rücksicht auf die Lichtkörper. Er tanzte einfach durch sie hindurch. Es schien ihm und mir und allen anderen nichts auszumachen.
„Es löst sich, es löst sich, es löst sich“, sang er seinen neuen Singsang. Von Mal zu Mal mehr betonte er das Ö und dehnte es, bis der ganze Satz kaum noch verständlich war: „Es lööööööööst sich!“
Aus jedem dieser gedehnten Ö's wurde ein Lichtkreis, ein Ring, der durch die Luft flog. Der Ring drehte sich wie ein Wirbel. Er kreiste in sich. Jeder Lichtwirbel begann herumtreibende Zellen aufzusaugen. Sie verschwanden in ihm. Immer mehr Ö´s trieben durch den Raum, brachen sich an der Decke, an den Wänden und saugten alle verfügbaren Zellen auf.
Wurden Zellen von mir aufgesaugt, verlor ich den Kontakt zu ihnen. Sie verschwanden auch aus meinem Bewusstsein. Die Luft leerte sich. Immer weniger Zellen trieben frei herum, bis schließlich keine mehr zu sehen waren. Mein materieller Körper war verschwunden. Ich bestand jetzt nur noch aus dem Lichtkörper.
„Gelöstes gesammelt, gegeben ans Nichts!“, sang Golis munter weiter.
Nun lösten sich auch die Wände und der Saal auf. Die Ö's verrichteten ganze Arbeit. Alles Materielle, alle Moleküle wurden aufgesogen und verschwanden! Kam ein Ö auf mich zu, ging es durch mich hindurch, ohne dass ich etwas merkte oder dass ich selber weniger wurde. Das Ö war nur ein Staubsauger für Materie, nicht zuständig für Licht oder Bewusstsein.
Langsam verschwanden der Palast und der Park – aber zum Vorschein kam nicht etwa das Raumschiff, in dem sich alles abspielen musste. Das Raumschiff war nicht mehr da - es und alle Materie hatten sich aufgelöst.
Unsere Gruppe von 42 Lichtkörpern war im Weltall, in dem wir wie Sternchen herumtrieben. Einzig eine Lichthaut trennte uns vom umgebenden Nichts. Es war eine Lichthaut, die in sich zweigeteilt war: Die eine Hälfte bevölkerten wir, die andere, von uns säuberlich getrennt, bevölkerte die andere Gruppe Menschen, die wir durch den Boden auf dem Kopf stehend im Raumschiff gesehen hatten. Es waren unsere Antipoden, die in der anderen Blase umhertrieben.

Sie und wir waren nur noch Lichtkörper, die sich frei in der Lichthaut bewegten. Wir wurden noch von der Musik gelenkt und tanzten weiter. Der Ursprung der Musik war nicht auszumachen. Aber die gleiche Musik bewegte uns und die Menschen, die Lichtkörper, in der anderen Hälfte.
Ich konnte sprechen und mich mitteilen. Es war ein viel umfänglicheres Mitteilen als mit dem materiellen Körper. Ich war von meinen Freunden kaum noch getrennt. Mein Lichtkörper konnte durch den Lichtkörper von Alasa fliegen, ohne dass ich meine Identität verloren hätte. Aber ich konnte mit ihr so umfänglich wie noch nie kommunizieren.
Ich konnte alle genau unterscheiden. Nur anfassen konnte ich meine Alasa nicht mehr. Ich tanzte in sie hinein, ich spürte das Einende mehr als das uns Trennende. Es war eine besondere Herzenswärme, die ich dann spürte, eine verträumte Nähe, die so rasch schwand, wie ich aus ihrem Lichtkörper wieder auftauchte, wenn die Musik mich nicht länger dort ließ.
Tanzte es mich durch Robert oder Karl oder einen anderen unserer Gruppe, waren die gleichen Empfindungen gegeben. Es bestand im Empfinden kein Unterschied zwischen Alasa oder einem anderen unserer Gruppe. Alle differenzierenden Gefühle, die zur Identität einer Person gehörten, waren nicht vorhanden. Die schlichten Gefühle des Herzens, der Liebe, der Vertrautheit waren zurückgeblieben.
„Es geschieht, Geschehen ist Sinn!“, war Golis Singsang nun. Er war als Einziger in einem normalen Körper, der sich in der Lichtblase nach wie vor so bewegte, wie wenn er auf dem Parkett des Ballsaals seine Hüpfereien aufführen würde. Wir anderen waren eine Wolke aus tanzenden Lichtgestalten, nur getrennt von den Antipoden in der anderen Lichtblase. Zu ihnen war keine Kommunikation möglich. Nur sehen konnten wir sie.
Ich beobachtete sie eine Zeit lang, soweit es mein Tanzen erlaubte. Sie verhielten sich gegenteilig zu uns. Jeder von uns hatte dort eine Entsprechung und wenn ich nach oben gewirbelt wurde, wirbelte mein Gegenteil, eine „sie“, nach unten. Sie war mein genaues Gegenteil. In allem? Ich vermutete, in allem. Wahrscheinlich war sie einmal eine Frau gewesen, dachte ich, wenn ich ein Mann gewesen war. Ich wusste gar nicht mehr, wie es sich als Mann anfühlte, soweit war ich vom körperlichen Empfinden entfernt.
„Teil und Gegenteil, der Tanz ist groß!“, Golis Singsang hatte sich wieder geändert. Er hatte die andere Blase mit einbezogen und er bestätigte meine Beobachtung, die auch die anderen gemacht hatten, dass es offensichtlich um die Auflösung der Gegensätze ging.
Es waren immer weniger Sterne und Galaxien zu sehen, kein Vergleich mehr zu den vorhin noch mit großer Geschwindigkeit an uns vorbeiziehenden Sternwolken. Die, die ich noch sehen konnte, leuchteten immer schwächer. Das konnte auch mit dem heller leuchtenden Hintergrund zu tun haben, auf den wir zutrieben.

Das Licht um unsere Blase wurde heller. Es sog die noch sichtbaren Sterne auf. Es wurde immer blauer. Ein Teil des sichtbaren Alls wurde blauer, der andere Teil änderte auch seine Farbe und wurde röter. Unser Weg war aus dem rötlichen Teil in den blauen Teil.
Das leere Weltall um uns schien dichter zu werden. Es machte den Eindruck, dass mehr darin war, ohne dass ich hätte sagen können, was. Die uns umgebende Leere des Alls füllte sich. Wir mussten sehr schnell sein.
„Ich bin ich und ich bin jetzt und jetzt ist das Geschehen.“ Das war mein Spruch. Nur dieser Spruch blieb.
Wir Lichtgestalten wirbelten immer schneller in der Blase herum und unsere Antipoden auch. Wir begannen die Konturen zu verlieren. Der Auflösungsprozess ging weiter. Unerbittlich nahm er mir weitere Teile meiner Identität, meines Lichtkörpers. Wir wurden heller, der bläuliche Anteil des Lichts stieg. Wir wurden immer blauer.
Wir waren nicht nur körperlich in einen außergewöhnlichen Zustand geraten, auch physikalisch Außergewöhnliches bahnte sich an. Meine rasch abnehmende Körperlichkeit war eines. Das immer schneller werdende Verwirbeln, Tanzen, Durcheinander-Rasen aller Körper in unserer Blase war ein anderes. Schließlich löste sich die Identität der Lichtkörper auf. Wie Zucker im Kaffee verloren wir unsere Lichtgestalt. Da schmolzen sie dahin, die heißgeliebten Körper, die ach so vertrauten Gebilde der Materie, des Lichts, des Seins in der Welt, die Identitäten, die Einzigartigkeiten meiner Person. Sie alle galten nicht mehr.
Als sich meine restliche körperliche Identität, die ja nur noch aus Licht bestand, auflöste und in einen Teilchenregen überging, ging ein heller Ton durch mein Wesen wie das Schwirren einer einzelnen Harfensaite. Dann war Stille, absolute Stille, so total, wie man sie sich nicht vorstellen kann. Das gleiche geschah mit den Empfindungen und sonstigen Wahrnehmungen. Sie lösten sich auf. Sie waren kein Teil mehr von mir.
Mit Ausnahme des sichtbaren Wahrnehmens waren alle anderen Wahrnehmungsebenen verschwunden. Ich spürte kein Hin und Her des Tanzens mehr, weder warm noch kalt, weder oben noch unten, rechts oder links, Begrenzung oder Ausdehnung.
„Ich bin ich und ich bin jetzt“, das blieb.
Ich hatte eine Geschichte, eine Erinnerung, gewiss, aber sie waren nicht mehr wichtig. Jetzt hatte ich unmittelbaren und direkten Kontakt zu allem Sein im Weltall. Ich war unbegrenztes Denken geworden. Dabei ist das Wort „Denken“ nicht ganz richtig, aber ich finde kein besseres Wort für diesen identitätslosen Zustand.
Der Gedanke „Alasa“ führte mich unmittelbar in diese Person, als ob ich sie war. Es gab nichts, was mir verborgen blieb. Ich war sie und sie war ich. Alles, was sie darstellte, war mir bewusst, direkt und grenzenlos bewusst. Ich war ihre gesamte Geschichte über die Jahrtausende hinweg und sie war meine Geschichte. Aber mit mir war es genauso. Zum ersten Mal in meinem Leben sah

ich mein ganzes Leben. Ohne durch Raum und Zeit verschoben zu sein, sah und empfand ich mich vom Anbeginn der Zeiten. Ich brauchte mich nicht an irgendetwas zu erinnern, es war alles sofort da. Ich war so gegenwärtig, so vollständig und total.
Es gab keine Zeit mehr für mich und Raum als Begrenzung war nicht mehr gegeben. Das Einzige, was ich erfuhr, war ein mich beständiges Ausdehnen. Ich hatte die Zeit nicht mehr als einen Maßstab. Ich hatte nur das Ausdehnen als einen Gradmesser meiner Persönlichkeit.
Ich verschmolz mit meiner Gruppe, so wie Alasa und ich uns zusammengetan hatten zu einer neuen und weiteren Einheit. Allmählich kamen alle anderen hinzu und wir zu ihnen. Wir verschmolzen zu einer Person, die aus 42 einzelnen Personen bestanden hatte.
Es geschah als Ausweiten, als ein Ausdehnen der Erfahrung, als ein Einschließen von Zeitabläufen und Raumgrenzen dieser 42 Personen in einem großen Einen. Mein Bewusstsein weitete sich. Es war ihr Bewusstsein. Es war ein neues Bewusstsein, das sich bildete und das sich in großer Geschwindigkeit weitete. Die individuellen Geschichten addierten sich. Ich erhielt eine mehrdimensionale, eine multiple Geschichte.
Die Grenze zu den Antipoden bestand immer noch, genau wie die Grenze zum Rest des Alls. Alles, was davon zu sehen war, hatte eine rasante Entwicklung genommen. Es war draußen nicht nur heller geworden, sondern auch voller. Außerhalb unserer Lichtblase wurde das Licht immer dichter. Es sammelte sich Materie, ungestaltete Materie. Es war nur eine Richtung zu spüren, in der sich alles bewegte. Die Bewegungsgeschwindigkeit wurde immer größer. Es musste eine Geschwindigkeit sein, die die Grenzen des vermeintlich physikalisch Möglichen längst überschritten hatte.
Wohin es gehen sollte, war mir immer noch nicht klar. Auch unsere kollektive Person konnte sich keinen Reim darauf machen. Das Einzige, was WIR-ICH wussten, war wo wir herkamen. WIR-ICH wussten, dass solche Reisen immer wieder stattfanden, dass aber nie Details dieser Reisen bekannt geworden waren. Es war jedoch sicher, dass alle Reisenden zurückgekommen waren, wenn auch verändert: ruhig und selbstbewusst.
Die Strömung der Teilchen außerhalb unserer Blase war nun sehr deutlich zu sehen. Lichtfädchen gleich strömten sie dorthin, wo das Blau immer dichter, lichter und immer härter wurde. Wenn WIR-ICH dorthin schauten, wo wir herkamen, wurde es dunkler und bald war nichts mehr zu sehen. Es war ein schwarzes Loch, in das wir sahen.
Die Begrenzung unseres Bewusstseins nahm weiter ab. Wir dehnten uns an der Grenze zu den Antipoden aus. Diese Grenze wurde durchlässig. Wir sogen die Antipoden in uns auf oder sie sogen uns auf. Das Verschmelzen mit ihnen empfand ich trotz der fehlenden differenzierten Wahrnehmungsmöglichkeiten als Schock. Nicht dass es weh getan hätte.

Nein, es war der Schock, den der Verlust des Rests der Individualität auslöste. Da drangen aus der Welt der Antipoden Persönlichkeitsmerkmale in unsere Welt ein. Sie suchten ihre entsprechenden, aber gegensätzlichen Teile bei uns. Mit diesen verschmolzen sie und lösten sich in einem Lichtblitz auf. Und genauso war es mit den Teilen, die von uns aus in ihre Welt trieben. Sie suchten zielsicher ihren jeweiligen Gegensatz, verschmolzen mit ihm und ein kleiner Lichtblitz zeigte, dass sie sich ausgelöscht hatten. Es blieb nichts zurück. Es wurde nicht mehr, sondern weniger. Es gab immer weniger Individuelles.
Ich spürte den Verlust direkt und unmittelbar als Schock. Ich ging immer weiterer Teile meiner Individualität verlustig. Besonderheiten, Eigenarten, Geschichte, Vergangenheit, das Unverwechselbare meines Ichs gingen verloren. Was ich bei der Auflösung meines Lichtkörpers und dem Aufgehen im WIR-ICH als eine Ausdehnung, als eine Bereicherung, eine Vermehrung empfunden hatte, war zum Gegenteil geworden.
Unser WIR-ICH, diese große, reiche, weite, kollektive Persönlichkeit wurde von den Antipoden aufgefressen. Aber wir lösten sie genauso auf, und wir beide, sie wie wir, wurden dadurch immer weniger. Die Lichtblase, in er wir waren, begann so zu schrumpfen wie die Teile ihr Gegenteil fanden und sich auflösten. Die nur noch als transzendental zu betrachtende Ausdehnung der beiden Persönlichkeiten des WIR-ICH, das wir darstellten, und des ANTIPODEN-WIR-ICH nahmen an räumlicher Ausdehnung ab, lösten sich auf im NICHTS.
Trotzdem blieb ich als bewusstes Etwas bestehen. Mein Körper hatte sich aufgelöst, mein Lichtkörper, meine Erfahrung, meine Vergangenheit, mein individuelles Sein hatten aufgehört zu bestehen, und doch war ich immer noch ein Ich, kein Ego-Ich mehr, nur noch ein Ich. Das individuellere war an die Gruppe übertragen worden, die eine Ausweitung erfuhr. Diese Gruppe löschte sich mit der anderen, der Antipodengruppe, auf. Es blieb nichts Getrenntes übrig.
Jetzt verstand ich auch, weshalb die Menschengruppe, die ich Antipoden genannt hatte, bis dahin fein säuberlich von uns getrennt gewesen war. Man hatte für die große Reise zu jedem Menschen unserer Gruppe den jeweils passenden „Gegenmenschen“, also sein Gegenteil, ausgesucht. Wir mussten voneinander getrennt bleiben, bis die Zeit der Auflösung gekommen war.
Jetzt da das Individuelle aufgelöst war, konnten auch diese Gegensätze aufeinander zugehen und sich auslöschen. Was ich als Eigenheiten und Besonderheiten des Individualisten gesehen hatte, war auch eine räumliche Ausdehnung. Nachdem das Individuelle von uns ausgelöscht war, schwand auch die Ausdehnung. Alles, was eine Alltagsperson ausmacht, war unaufhaltsam geschwunden. Mich als ein Ich gab es schon lange nicht mehr. Nun gab es auch keine kollektive Person mehr. Die Blase aus Licht, die uns noch vom All getrennt hatte, war gewichen. Ich war zu einem Punkt ohne Dimension geworden.

Ich fühlte mich sauberer, leichter, befreiter und auch, so fremd es anmutet, individueller als vorher, als ich noch mit dem allen umgeben war, was im Laufe der Jahrmillionen sich um mich gerankt hatte an Verletzungen, Erfahrungen, Glück und Freude. Vor dieser auslöschenden Vereinigung hatte ich mich zwar ausgedehnter gefühlt, nun, nach der Auslöschung, war ich ein dimensionsloser Punkt, aber frei, rein, ganz, vollständig. Ich hatte vorher auf vieles Wert gelegt, was keinen Wert hatte und ich hatte Grenzen betont, die fast schon lächerlich waren.

Es war das Abwerfen alter, abgewetzter Kleider, das ich hier erneut empfand, wie schon oft auf dieser Reise. Ich hätte nie gedacht, dass ich aus so vielen komplexen Schichten bestehen würde! Natürlich war es ein Schock, alle lieb gewordenen Dinge loszuwerden, aber was dahinter zum Vorschein kam, lohnte die Mühe. Ich konnte mich, frei von allem, als wirklich identisches Wesen begreifen.

Alle anderen von unserer Gruppe wie von den Antipoden, empfanden es gleich: den Schock des Verlusts der Scheinidentität und die Freude am Gewinn der wahren Identität. Die erstere Identität war die besitzende Identität: Ich bin etwas Besonderes, weil ich einen bestimmten Körper besitze, usw. Die zweite Identität war die seiende: Ich bin, weil ich ich bin und nicht weil ich etwas habe. Das, was ich als absolute Identität bezeichnen würde, strahlte. Wir leuchteten als 84 dimensionslose Punkte in der Unendlichkeit des Alls.

Die Strömung und das Verdichten der Materieteilchen war mittlerweile weiter vor sich gegangen. Nun schien der Punkt erreicht zu sein, wo wir uns in diesen Prozess des Dahinströmens einfügen konnten als Punkte. Wir waren genau wie alle anderen Teilchen in diesem Strömen, ohne Dimension, allen sehr ähnlich.

Das, was außen gewesen schien, und das, was innen war, gab es nicht mehr. Ich war ein Punkt und als solcher war ich eines der unendlich vielen Teilchen in diesem Dahinströmen. Gleichzeitig empfand ich dies erneut als eine Ausdehnung, denn ich als Punkt umfasste alle diese Teilchen. Sie waren alle ich. Ich konnte durch sie hindurchsehen, über sie hinweg, sie einbeziehen und ich wusste um ihre individuelle Geschichte.

Jetzt sah ich das Weltall und die Strömung, von der ich Teil war. Ich sah, dass wir in einer Spirale strömten, die aus den Tiefen des Alls ihre Nahrung aufsaugte und sie über die Windungen der Spirale verdichtete und beschleunigte. Um die Galaxien herum wand sich diese Spirale auf einen winzigen Punkt zu, der noch nicht zu orten war. Im Zentrum der Spirale war das Ziel, dem wir zuströmten und dem wir schon sehr nahe gekommen waren.

Ich sah, wie sich alle Teilchen, die einmal Materie oder Individuen gewesen waren, im Strudel dieser Spirale von Spiralarm zu Spiralarm immer mehr verdichteten, sich desintegrierten, sich auflösten. Was ganz außen am Anfang noch konkrete Materie war, Felsen, Wasser, Menschen, Gegenstände, Planeten, Sonnen löste sich auf dem Weg ins Innere der Spirale langsam, aber unaufhaltsam auf. Von den Gegenständen ging es zu den Molekülen und von dort zu den Atomen. Diese lösten sich zu Atomteilchen auf und diese wiederum zu subatomaren Teilchen. Genauso erging es den Individuen, die ihrer Körper entledigt wurden, dann ihrer Gefühle, ihrer Gedanken, ihrer Vergangenheit, ihrer Erfahrung, ihrer Erlebnisse, um zu Punkten zu werden, solchen dimensionslosen Punkten, wie ich einer war.

Der Teilchenstrom wurde zum Energiestrom. Das war etwa der Punkt, an dem sich unser Raumschiff aufgelöst hatte. Wir waren jetzt schon viel weiter, die Veränderungsgeschwindigkeit hatte erheblich zugenommen, und obwohl ich-wir den Überblick über immer weitere Bereiche des Kosmos erhielten und gleichzeitig damit auch seine Geschichte direkt erfuhren, wurden ich-wir zum Mittelpunkt der Spirale hineingezogen. Dadurch verflüchtigte sich, was immer noch an Individualität in diesem Ich-Wir gewesen war. Es fand im Teilchenstrom sein Gegenteil. In aufbrechenden Lichtblitzen verschmolzen Teil und Gegenteil zu Nichts.

Das, was Materie gewesen war, war längst umgewandelt in Energie. Sie war auf ihr Gegenteil, die Antimaterie, gestoßen irgendwo in diesem Prozess und hatte sich aufgelöst in Energie. Auch dieser Energiestrom verlor immer weiter an Besonderheit. Er näherte sich dem Punkt, an dem er wie ich nur noch ein Punkt war. Er war von mir nicht mehr getrennt.

Je mehr ich-wir den Überblick über den Kosmos erhielten, um so mehr spürten ich-wir, dass in diesem Strom andere Lebewesen waren, die auf gleiche Weise desintegriert worden waren und sich mit ihrem Bewusstsein dem Bewusstsein von mir-uns anschlossen. Unser Bewusstsein wuchs und wuchs, ich-wir wuchsen. Ich hatte den Eindruck, immer größer zu werden, obwohl ich ein immer kleiner werdendes Partikelchen wurde, denn ich verlor immer noch an Individualität. Ich war nicht mehr ich. Was ich war, wurde immer weiter, und immer mehr war in mir alles.

Hätte ich noch ein Gefühl besessen, ich hätte dieses Erleben extatisch genannt. Aber so war es ein Erleben, nur ein Erleben, nicht mehr und nicht weniger als ein Erleben. Je näher ich-wir dem innersten Punkt der Spirale kamen, um so weniger individuell waren ich-wir.

Ich hatte einmal gedacht, dass auf der Ebene der subatomaren Teilchen Schluss sei mit der Möglichkeit, Bausteine dieser Teilchen zu finden. Dann käme plötzlich der Übergang zur Energie und das wäre es gewesen. Aber weit gefehlt. Jetzt stellte ich fest, dass die Hierarchie der Teilchen noch viel weiterging. Jedes Teilchen hatte seine Bausteine, nur dass immer stärker die duale Form der Gestaltung sichtbar wurde. Alles Geschaffene bestand aus Gegensätzen, die im Prozess der Auflösung zum zentralen Punkt in der Mitte der Spirale immer weiter abgebaut wurden.

Damit wurde der Materie-Teilchen-Energie-Kausal-Wirkungsstrom im-mer kleiner. Er vereinzelte sich wie ein Fluss, der sich in seinem Delta verästelt und verzweigt, um sich langsam, fast behäbig mit dem Meer als seinem eigentlichen Ziel zu vereinen. So verästelte und verzweigte sich dieser Strom, aus dem die

Teilchen bestanden. Auch hier wurde durch das Auflösen der Gegensätze die Vereinigung mit dem All fast sachte erzielt.
Was als mächtig fließender Strom, als grandiose Turbulenzen auszumachen war, wurde immer friedlicher, je näher wir dem Mittelpunkt kamen. Der Prozess des Auflösens von Gegensätzen war fast zu seinem Ende gekommen. Nur noch vereinzelt blitzte es auf, wenn wieder einmal ein Teil auf sein genaues Gegenteil stieß. Den Übergang in die Auflösung hatte ich als einen Schock empfunden, nun war es nur noch ein gelegentliches Reinigen von lästigen Unreinheiten, die mir geschahen.
Zum Punkt geworden, empfand ich mich frei, leicht, identisch. Ich war in meinem Bewusstsein gewachsen. Immer weitere Bereiche des Alls waren in mir. Das Ich-Wir umfasste alles, was es überhaupt in der Schöpfung gab. Es stieß an die Grenzen des Kosmos, die es gar nicht gab.
Ich, dieser Ich-Schreiber, dieser Ich-Lebender, wurde immer mehr auf das eigentliche reduziert. Ich spürte, was mich ausmachte. Nicht Körper oder Denken oder Ideen waren es, die mich ausmachten, sondern eine ganz einfache Tatsache: Ich lebte, ich war ich, ich war alles. Der Prozess des Findens des Gegenteils machte mich frei von allem Ballast, ließ mich erkennen, dass das wesentliche nicht Veränderbare das eine ist: Ich lebe.
Ich-Wir waren mittlerweile dem inneren Punkt so nahe, dass kaum noch ein Auflösungsprozess stattfand. Das Licht wurde schwächer. Es reduzierte sich das Leuchten. Es wurde immer dunkler. Es hatten sich so viele Gegensätze aufgelöst, dass fast nichts mehr übrig blieb, ein Lichtblitz und dann Nichts. Da geschah es mit mir: Ein Blitz durchfuhr mich und ich hatte meinen Namen verloren, es gab kein Ich mehr. Ich war von meinem totalen Gegenteil getroffen worden. Wir vereinten uns. Der Blitz löschte unsere Identität. Ich war eingetaucht in das Nichts. Ich hatte jegliche Grenze hinter mir gelassen. Es gab nichts mehr, was mich noch getrennt hätte. Ich war im Mittelpunkt der Spirale angekommen.
Mit diesem Blitz war mein Bewusstsein ins Unendliche gewachsen, sprunghaft hatte es sich ausgedehnt und die Grenzen des Kosmos überwunden. Es gab nichts mehr außerhalb von mir. Alles war in mir beschlossen. Die Spirale war ein kleiner Teil von mir, wie alle Galaxien, Sterne, Planeten, Lebewesen und die ganze Materie in mir waren. Das Außen hatte seine Bedeutung verloren.
Es gibt keinen Raum, es gibt keine Zeit.
Es gibt keine Grenzen, es gibt keine Gegensätze.
Es gibt keine Reise, es gibt kein Ziel.
Es gibt keine Bewegung.
Ich bin nichts, ich bin alles, ich bin in nichts und in allem.
Ich bin unendlich. Jetzt wusste ich, was unendlich bedeutete.

Zwischenspiel

Wissen Sie, was zeitlos ist? Der Zustand, in dem keinerlei Abfolge ist? Jeder Ton, jeder Laut erstreckt sich in der Zeit. Eine Symphonie genießen wir, weil sie sich in der Zeit, vom ersten Ton bis zum Finale, erstreckt. Nur so kann sie etwas mitteilen, das Gefühl von Hochstimmung vielleicht, von innerlichem Berührtwerden oder nur davon, dem Alltag entrückt zu sein.

Ist eine Symphonie außerhalb der Zeit, hat sie weder Anfang noch Ende. Sie ist nie gespielt worden oder gleichzeitig sind alle Töne auf einmal da. Ihre ganze Botschaft ist gleichzeitig da, unverrückbar, für immer.

So ist es mit allem. Wenn die Zeit nicht vorhanden ist, ist nichts vorhanden oder es ist alles gleichzeitig vorhanden. Sie mögen es nicht glauben, aber ich habe erfahren: Nichts ist vorhanden, absolut nichts und gleichzeitig ist alles vorhanden, absolut alles.

Sie sagen, das kann nicht sein? Sie haben Recht. In unserer Welt gibt es das nicht. Es ist absolut und völlig unmöglich. Diese Welt ist durch das Hinzukommen von Raum und Zeit entstanden. Raumlosigkeit und Zeitlosigkeit ist unmöglich. Sie sind in ihren Spielregeln nicht definiert.

Aber diese Reise durch das Weltall hatte mich - und alle Mitreisenden - in einen Auflösungsprozess getrieben, der so vollständig und unaufhaltsam war, dass ich erst begriff, was geschah, als er zu seinem Ende kam. Etappe um Etappe, Schritt um Schritt hatte sich alles aufgelöst, was überhaupt existierte. Der Prozess war in einer Dimension nach der anderen erfolgt, indem er die in einer Dimension herrschenden Gegensätze beseitigte. Das geschah durch das Zusammenführen von genau gleichen Gegensätzen am gleichen Ort und zum gleichen Zeitpunkt. Die Gegensätze lösten sich zu Null auf und gaben die in ihnen gespeicherte Energie frei.

War eine Dimension auf diese Weise gelöscht, sprang der Prozess auf die nächste über. Das gleiche Schauspiel lief wieder ab. Vielleicht waren es 12, vielleicht aber auch 24 Dimensionen, die wir durchliefen, bis ich mitten im All, schließlich im Nichts, ankam.

Die niederen Dimensionen waren in den höheren enthalten und so war es nötig, zuerst die niederen zu löschen, ehe die nächst höhere Dimension gelöscht werden konnte.

Jede Dimension war dem Aufspüren eines oder mehrerer Gegensatzpaare vergleichbar. Die Gegensätze können nur existieren, weil sie durch Raum und Zeit voneinander getrennt sind. Kommen sie durch die Macht des Auflösungsprozesses wieder zusammen, lösen sie sich auf.

Jetzt war ich im Zustand nach der vollkommenen Auflösung. Der Prozess war zu Ende. Ich war durch kein noch so kleines Quantum an Raum oder Zeit mehr von mir getrennt. Ich war ganz, vollkommen, unendlich, ein absolutes Nichts, ein absolutes Alles. Alle Symphonien aller Zeiten hörte ich gleichzeitig. Ich war

sie und so wie ich keinen Raum mehr umfasste, war ich der ganze Raum, unendlich ausgedehnt, unendlich klein, zur gleichen Zeit.
Sie merken schon, es ist Worten auf Papier nicht gegeben, diesen Zustand beschreiben zu können. Worte auf Papier haben Raum und es braucht Zeit, sie niederzuschreiben - wie soll ich den Zustand jenseits von Raum und Zeit in einer durch Raum und Zeit beherrschten Welt beschreiben können?
Ich versuche es anzudeuten und Sie zu einem inneren Spüren zu verleiten, das es Sie ahnen lässt. Ich will es durch das Aufzählen von Paradoxa andeuten:
Wenn es keinen Raum gibt, gibt es nichts - oder es gibt alles in einem einzigen Punkt.
Wenn es keine Zeit gibt, entfaltet sich nichts - oder es hat sich alles in einem Augenblick entfaltet.
Ohne Raum und Zeit gibt es keine Grenzen. Alles ist in mir - nichts ist in mir.
Es gibt auch keine Hierarchie - nichts ist über mir und nichts unter mir.
Es gibt auch keine Richtung, keine Bewegung, kein Licht, keinen Ton - und alle Richtungen, alle Bewegungen, alles Licht, alle Töne, alle Materie und alle Geschehnisse sind in mir vorhanden.
Nichts ist verborgen, alles offenbar, aber es ist auch nichts vorhanden.
Alles ist schon gewesen, nichts ist neu. Alles, was je gedacht wurde und gedacht werden wird, ist schon - und immer noch - da.
DieGeschichte des Universums ist mir gegenwärtig, aber es gibt keine Geschichte.
Alle Begriffe wie ewig, unendlich, nichts, null, alles, Raum, Zeit, Geschehen endeten. Sie hatten ihren Zweck erfüllt, sie hatten sich gleichfalls aufgelöst.
Vielleicht ist es am einfachsten, sich eine kleine Haselnuss anzuschauen. Sie hat zwar (noch) eine Form und Ausdehnung, aber ansonsten zeigt sie nichts. Sie ist nur vorhanden. Wir wissen aber, dass das gesamte Potential eines großen Haselnussstrauchs in ihr enthalten ist. Die Nuss und der Strauch sind das Gleiche. Was sie voneinander trennt, sind Raum und Zeit. Der Strauch braucht Zeit, um aus der Nuss zu wachsen, und die Nuss braucht einen Ort, an dem sie keimen kann.
Aber bevor Raum und Zeit ihr Werk beginnen können, sind Strauch und Nuss schon da,. gleichzeitig da, am gleichen Ort - oder - sie sind nicht da, nicht vorhanden. Ich war Nuss und Strauch. Nichts trennte mich davon.
„Wie kann ich von einem Ich, von mir als einer Person, sprechen?“, werden Sie fragen, „wenn der Auflösungsprozess doch so weit gegangen ist, dass er die Person auch aufgelöst hat?“
Sie haben Recht. Es ist nicht möglich, in diesem Zustand von einem Ich zu sprechen. Sicher, wäre ich dort geblieben, gäbe es dieses Buch nicht. Also muss ich wieder zurückgefunden haben. Hier habe ich versucht, den Zustand des Absoluten anzudeuten, damit Sie eine Vorstellung davon erhalten können, was hinter allen Dingen ist. Nicht umsonst haben die Bewohner von Oreandra von

den Rückkehrern der großen Reise keine Details gehört. Wer das Nichts noch nicht erfahren hat, kann es sich nicht vorstellen. Warum also davon sprechen?
Sicher ist eines: Den, der ich war, als ich geboren wurde, aufwuchs und mein Leben lebte, gab es nicht mehr. Ich hatte erfahren, wie mein individuelles Ich Dimension um Dimension seiner Besonderheiten beraubt wurde, wie es davon entkleidet wurde, wie die Gegensätze verschwanden. Jedesmal starb ein Ich, in jeder Dimension erneut. Jedes Mal bedeutete es Verlust, ehe ich die Befreiung von der Last der Individualität erfahren konnte.
Als mein Körper starb, gewann ich alle Materie hinzu.
Als mein Mannes-Ich starb, gewann ich alle Männer und Frauen hinzu.
Als meine Gefühle starben, gewann ich alle Ereignisse hinzu.
Als mein Ich starb, gewann ich das All hinzu.
Der Name, begriff ich, enthält die letzte Dimension vor dem Nichts. Mein Name fasste mich zusammen, trennte mich vom All. Auch er musste sterben, damit ich das All erfahren konnte. Der Prozess der Auflösung war ein Prozess, in dem zunächst etwas starb, was mir wichtig war. Dann konnte ich das, was gestorben war, in verdoppelter Form in mich integrieren. Es war die Addition von Teil und Gegenteil. Ich war zu Teil und Gegenteil geworden. Beide zusammen sind null, aber auch alles gleichzeitig.
Das in meinem Ich Vereinzelte hatte Form und Richtung, unterlag Zeit und Raum und konnte sich darin entfalten. Das, was ich hinzugewann, wenn ein Teil dieser Vereinzelung starb, war das Potential, die Möglichkeit der Entfaltung vor der Entfaltung. Das ist das Alles.
So blieb ich gleichzeitig als Potential zurück, in dem alles enthalten ist, das aber das Nichts darstellt. Ich war am Beginn der Schöpfung angekommen, genauer gesagt war ich jenseits der Schöpfung, in dem Zustand, bevor die Schöpfung begann.
Ich will nun nicht weitererzählen, wie es dort ist, denn es ist langweilig. Es geschieht ja nichts. Unser Bewusstsein aber will sich entfalten. Es braucht ein Geschehen. So will ich berichten, wie ich aus diesem Zustand des Alles und des Nichts wieder hierhergekommen bin, denn dann erst ist das Buch wirklich geschrieben.

Der Weg zurück

Ich trieb im Nichts, das alles war. Ich war ALLES und alles war ICH und es war gut so.
Ich kann nicht sagen nach welcher Zeit - aber es schien nach unendlich langer Zeit zu sein, wenn ich es am Erlebten messe - ich das Erleben aller einzelnen Wesen, die jemals in der Schöpfung gewesen waren, mit- und nacherlebt hatte. Ich hatte alles Werden und Vergehen aller Zeiten und aller Welten betrachtet. Es gab nichts Neues mehr zu erfahren. Ich war damit auch ganz zufrieden. Ich war voll von allem und alles war, wie es war. Es war gut.
Ich ruhte in meinem Sein.
Dann, auch wenn es keine Abfolge von Geschehen gab – ich denke, dass diese Form der Beschreibung am besten passt - geschah es, dass ich mich einsam fühlte. Ich hatte alles, was man sich nur wünschen kann. Insbesondere fühlte ich mich voller Frieden und war glücklich, so glücklich wie ich es noch nie vorher (und auch nie mehr nachher) war. Was wollte ich mehr? Aber da war ein Drang in mir nach Gestaltung und Entwicklung, nach einem Geschehen und einem in diesem Geschehen aktiv sein. Dieser Drang wuchs und wurde größer. Immer mehr bestimmte er mein Sein. Ich ruhte weiter völlig in mir und doch geschah ein Drang nach Veränderung. Sicher war er zunächst ein winziges Etwas, ein sich nur unwesentlich von null abhebendes Säuseln eines zarten Windes in einer völligen Flaute, und doch war es verschieden von meinem Sein.
Ich merkte, dass es sich in dem Maße weiterentwickelte, wie ich meine Achtsamkeit darauf lenkte, und wie sehr ich mich mit einem solchen Sehnen nach Veränderung und Gestaltung beschäftigte. Gab ich dies auf, schwand das Säuseln der Empfindung. Nahm ich die Idee wieder auf, wurde es stärker spürbar. Ich spielte damit. Ich ließ es anschwellen, davonfliegen, wieder näherkommen, sich eine Form suchen und ich ließ es einfach aus meinem Bewusstsein schwinden. Dann war nur noch das sich selber reflektierende Sein, eine völlige absolute Stille. Nichts kräuselte das Wasser meines Seins, absolut mir selber bewusst war ich und sonst war nichts.
Doch die Sehnsucht nach Gemeinsamkeit, nach Veränderung und Gestaltung war nicht einfach aufzugeben, sie hatte ihr Eigenleben. So war das Säuseln nicht mehr völlig auf null zu bringen, sondern ich spürte, wie es sich verselbständigt hatte. Offensichtlich war mein Wunsch nach einer Gemeinschaft größer, als ich dachte. Er verselbständigte sich. Er wurde eine eigene Kraft. Sie erhielt von mir die Energie, die sie brauchte, um sich zu entwickeln. Ich hatte meine Freude daran und beobachtete, was sich tat.
Es war ein Prozess der Erschaffung von etwas, was noch ohne Form war. Ich beobachtete mehr, als dass ich die Gestaltung übernommen hätte. Es reichte aus, etwas zu wollen und das Gewollte geschah. So einfach war es und so leicht war es, etwas zu erschaffen. In die Unendlichkeit meines Seins hinein geschah eine

Bewegung, eine sich nach außen öffnende spiralige Form, ein Ziehen in eine bestimmte Richtung, und alles war dem unterworfen. Ich folgte diesem Ziehen genauso wie alles, was in mir enthalten war.
Und es geschah ein Sog. Unmerklich zuerst und dann doch stärker zu spüren, geschah im ruhenden Eins-Sein ein Sog. Es zog mich wohin. Dann war Ruhe und es kehrte sich um. Ich driftete weg. Wieder geschah der Sog, wieder zog es mich hin, um sich später ins Gegenteil zu verwandeln. Ich bemerkte, dass es ein Schwingen war. Ich war Teil des Meeres, das zur Küste schwang und sich wieder zurückzog.
Im Einen ist nur das Eine, sonst nichts, dachte ich. Wenn ich mich dort als seiend empfand, war im Einen auch noch anderes möglich, warum nicht auch ein Schwingen, ein Pulsieren? Aber was sollte es? Warum war es gut?
Da geschah die Sehnsucht, ein winziges Empfinden von Berührt-Werden, von Mich-spüren-Wollen. Ich ruhte total in mir. Ich war alles. Nichts gab es sonst. Ich war ich, ich war ich, ich war ich, die totale Identifikation. Raum und Zeit existierten nicht. Sie hatten mich in die Freiheit des Eins-Seins entlassen. Welch ein Genuss war das! Das höchste, was ich mir als Mensch vorstellen konnte, war geschehen: Es gab keine Grenzen mehr..... Und doch, da war etwas, das dieses Schwingen auslöste und diese Sehnsucht.
Nur war sie im Vergleich zu irdischen Maßstäben unendlich klein, so zart und schwach, aber aus den Augen des Einen gesehen war es eine Sensation. Eigentlich konnte sie gar nicht vorhanden sein. Was war dahinter, welche Kraft nährte sie und trieb sie an? Was störte mein so wohltuendes Empfinden des Eins-Seins? Ich schaute nach, es war mir ja nichts verborgen.
Voller Erstaunen sah ich, dass ein winziger Teil von mir Sehnsucht nach sich selber hatte. Aber er hatte doch mich, alles, das Ganze zu seiner Verfügung! Warum war dieses winzige bisschen Etwas nicht zufrieden?
„Ich spüre mich nicht. Wenn ich das Ganze spüre“, meinte dieser Teil, „spüre ich keinen Unterschied. Alles ist gleich. Ich liebe mich doch, aber meine Liebe hat kein Gegenüber, das die Liebe empfangen kann. Meine Liebe ist ohne Sinn und Zweck, ohne Aufgabe und Richtung, wenn nicht ein Gegenüber da ist.“
Ich verstand nicht. Ich war doch vollkommen eins und identisch mit mir. Nichts fehlte, rein gar nichts. Noch nicht einmal dieses winzige Teilchen, das sich nach einem Gegenüber für seine Liebe sehnte, fehlte. Es war ich.
Ich stutzte. Sicher, es war ich. Warum stutzte ich dann? Ja, da hatte ich selber diese Sehnsucht. Auch wenn es nur ein winziger Teil war, war ich diese Sehnsucht genauso und dieser Wunsch nach einem Gegenüber für meine Liebe.
Was ist das überhaupt Liebe, dachte ich.
Alle Gefühle lagen weit hinter mir, auch alle Gefühle der Liebe natürlich. Aber doch war diese Liebe, die Sehnsucht nach Liebe da.
Liebe muss etwas anderes sein, sagte ich mir, vielleicht eine Form von Energie? Aber Energie war ich doch selber. Ich hatte sie aufgelöst. Sie war unwiederholbar verschwunden, nachdem sich Raum und Zeit aufgelöst hatten,

denn sie war an beide gebunden gewesen. Ohne diese beiden gab es keine Energie. Wenn sie sich entfalten wollte, brauchte sie beide zu ihrer Manifestation. Deshalb war im Nichts, im Einen, unendlich viel Energie. Es musste nur der Pfad für sie bereitet werden, dann floss sie, ohne je versiegen zu können, aus dem Nichts ins Geschaffene, an beliebiger Stelle, zu beliebiger Zeit. Energie war mein Instrument zum Gestalten, dafür war sie da. Aber in meinem Sein, im Eins-Sein, gab es kein Gestalten. So gab es auch keinen Bedarf an Energie. Es gab sie nicht. Ich hatte nichts zu gestalten.
Was war Liebe dann?
Ich ergründete die Tiefen meines Seins. Nirgends wurde ich fündig. Bibliotheken und Berater gab es nicht. Ich war sie alle. Ich fand keine Antwort.
Da geschah wieder dieser Sog, das Hin- und Herdriften, die sachte Sehnsucht. Es irritierte mich sehr. Wie konnte es dieser winzige Teil wagen, mich in der unendlichen Betrachtung meines Seins zu stören? Welches Recht hatte er dazu? Gar keins. Nichts konnte mich stören. Ich war die Allmacht. Aber er war da, der Störenfried. Er wollte sich bemerkbar machen. Schließlich bequemte ich mich, auf ihn zu hören. Sollte er doch sagen, was ihn störte. Das schmächtige Stimmchen sagte:

„Liebe ist sich selber spüren,
danach sehne ich mich so sehr.
Spürst du dich ??"

S T I L L E

Ich war so verblüfft, dass sich nichts regte. Mein ganzes Sein war wie erstarrt. Es hielt, bildlich gesprochen, die Luft an.
„Bin ich denn nicht genug? Reicht es nicht zu sein, die Früchte der gewaltigen Arbeit des Auflösens der Dualität zu genießen, einfach nur zu sein und sonst nichts? Was bildest du Winzling dir ein? Hast du vergessen, wie es war in der Dualität?", brauste ich auf.
„Sicher weiß ich, wie es in der Dualität aussieht, wie weh sie tut. Aber mich selber nicht spüren zu können, das tut nicht nur weh, das ist entsetzlich!", rief das schmächtige Stimmchen mir zu.
„Eins-Sein ist entsetzlich??", rief ich zurück, dass es in der Unendlichkeit hallte. „Eins-Sein das ist das Höchste! Das Allerhöchste!"
„Du hast Recht", rief das Stimmchen. „Was uns fehlt ist nichts, rein gar nichts."
Wieder trat absolute Stille ein. Alles-Nichts-Eins-Sein dachten nach, versuchten zu spüren, was da gesagt worden war.
War das alles? War es wirklich das Höchste, so im Sein zu ruhen? War es die Vollkommenheit? Ein Aufschrei ging durch mich hindurch:

NEIN! DA FEHLT ETWAS!

Es hat Recht, das schwache Stimmchen, es hat wirklich Recht: Ich kann mich nicht spüren. In mir ist alles enthalten, aber nichts spüre ich wirklich. Das EINS

ist unvollkommen, obwohl seiner absoluten, makellosen Vollkommenheit nichts, wirklich nichts, hinzuzufügen ist.
„Da habt ihr's“, sagte ich zu allem. „Es ist dem Einen nichts hinzuzufügen. Es ist absolut vollkommen.“
Nun war es an dem schwachen Stimmchen zu schweigen. Dann schließlich kam es von ihm:
„Du hast Recht, ich bin vollkommen. Nichts ist mir hinzufügbar, nichts ist außerhalb, nichts getrennt. Warum aber, wenn es so ist, fehlt mir das Michselber-spüren-Können? Weil alles in mir ist, müsste auch das Ich-mich-spürenkönnen in mir sein, aber ich spüre es nicht“, sagte es sichtlich verzweifelt.
„Was bist du für ein Querulant. Warum erlaube ich dir überhaupt zu sprechen?“, rief ich in mein Sein hinein. „Reicht es denn nie? Seid ihr nicht zufrieden zu stellen? Seid ihr nie satt? Wollt ihr immer nur mehr und mehr?“
Die Worte purzelten heraus. Aber kaum waren sie geäußert, wusste ich schon, wie leer sie waren. Das schwächliche Stimmchen hatte Recht. Ich war alles, aber ich konnte mich nicht spüren. Es hatte seinen ganzen Mut zusammengenommen, indem es sich bei mir gemeldet hatte, und es hatte gesiegt. Es hatte Recht, wenn es darauf aufmerksam machte, dass das Sich-selber-spüren-können im Einen nicht möglich ist. Sich spüren können braucht Haut, Grenze, Kontakt, Signal.
Ich saß in der Falle. Das Eine war das Höchste, gewiss, zweifelsfrei. Aber um es zu spüren, brauchte es mehr als das Eine, es brauchte das Getrennte. Alle Arbeit, die ich in das Auflösen der Dualität gesteckt hatte, war vergebens gewesen. Das Ziel war nicht erreicht. Ich hatte keinen wirklichen Erfolg mit dem Erreichten. Ich konnte nicht zufrieden sein.
Die ganze Schöpfung jenseits der Schöpfung war unvollkommen. Das Eine war sich nicht genug. Je mehr ich die Grenzen beseitigt hatte und je mehr ich in mich aufgenommen hatte an bisher von mir Getrenntem, um so weniger spürte ich noch, bis ich nichts mehr spürte, gar nichts mehr, weil alle Grenzen beseitigt waren. Dort war ich jetzt angelangt, perfekt im Eins-Sein, im Sein, aber eine Null im Spüren.
Liebe ist spüren, hämmerte es in mir, und dieser Winzling von mir, dieses mickrige Stimmchen, freute sich köstlich. Er war wirklich weise. Ich aber war nur vollkommen. Was nutzt die Vollkommenheit, wenn ihr das Wichtigste abgeht? Gar nichts. Ich war betroffen, tief, zutiefst, getroffen.
Da hat man die größte Arbeit aller Zeiten hinter sich, nur um festzustellen, dass sie zur Sackgasse geworden war, wetterte ich gegen mich.
Wenn ich noch Gefühle gekannt hätte, wäre ich ganz schön wütend gewesen. Aber alles Schimpfen half nicht. Was geschehen war, war eine Tatsache, und wie sie zu bewerten war, leider auch. Was tun? Das Ganze rückwärts laufen lassen? Den Film dort anhalten, wo er die Auflösung produzierte? Aller Welt zu verbieten, durch das schwarze Loch zu fliegen? Eine Wache vor das schwarze Loch setzen, vor alle schwarzen Löcher im Kosmos, die den Zugang zum Sein,

zum Eins-Sein verwehren? Das war nicht sinnvoll. Verbote halfen nie zum Glück.
Warum sollte es nicht sinnvoll sein, alles zurückzudrehen? Es war die einfachste Arbeit. Ich brauchte nur den Befehl zu geben: alles zurück, die ganze Bewegung zurück, geht alle dorthin, wo ihr hergekommen seid! Und schon wäre alles beim Alten.
Aber mir genügte es nicht. Ich wusste nur nicht, warum. Es brauchte lange, bis ich aus den Tiefen meines Seins eine verständliche Antwort erhielt:
„Das Alte hattest du nicht überall durchdrungen. Das Alte war nicht in dir gewesen. Du hattest dich von so vielem getrennt empfunden. Warum willst du in die Trennung zurück? Warum willst du auf das Vollkommene verzichten? Schaffe eine Welt, in der du dich überall selber spüren kannst, in der nichts, aber auch rein gar nichts, von dir ausgenommen ist."
Ja richtig, ich wollte sicher nicht auf die Vollkommenheit verzichten. Wer will schon freiwillig unvollkommen sein? Das brauchte ich nicht. Einmal vollkommen, immer vollkommen. Was hinderte mich daran, eine Welt zu erschaffen, in der ich alles war? Jedes kleinste und größte Teilchen, jedes Ereignis, alles, was geschah, war ich, in absoluter Vollkommenheit.
Dann konnte ich mich zusätzlich an unendlich vielen Grenzen, Häuten, Übergängen spüren. Dann konnte ich in einem nie endenden Rausch den Austausch zwischen mir und mir erleben, den Rausch des Seins im Sein erfahren.
Ich war begeistert. Schon wollte ich den Befehl zum Aufbruch geben, da hielt mich das schwächliche Stimmchen zurück.
„Was willst du nun schon wieder?", fauchte ich es ungnädig an. „Du erhältst jetzt genau, was du willst. Also, was soll dein Aufmucken?"
„Richtig", sagte es zaghaft geworden und noch leiser als vorhin. „Ich danke dir auch für deinen heroischen Entschluss. Aber, um ehrlich zu sein, muss ich dich auch noch darauf aufmerksam machen, dass dein Entschluss zur Schöpfung nicht nur Vollkommenheit ist und den Rausch des Sich-Spürens enthält. Er ist zugleich die Ursache, die einzige Ursache für das Leiden. Ist dir das auch ausreichend bewusst?"
Ich stutzte wieder. Richtig. Wieder einmal hatte das Stimmchen Recht. Jede Schöpfung schafft Trennung und Trennung ist Leiden. Sich berühren, der Austausch, alles, was Trennung überwindet, erzeugt Liebe. Aber wenn nur Trennung vorhanden ist, entsteht Leid. Das eine geht nicht ohne das andere, denn nie kann ein beständiges Austauschen möglich sein. Immer ist auch irgendwo Trennung und die Hemmung des Austauschs vorhanden.
„Ich will", sagte ich nach reiflichem Nachdenken zu dem schwächlichen Stimmchen, „alles Leiden, das in meiner Schöpfung geschieht, auf mich nehmen und es in Liebe verwandeln. Ich will die Trennung zum Austausch nutzen und je mehr Trennung, um so mehr Liebe will ich spüren. Leiden ist in einer Schöpfung, die sich spüren will, nicht zu vermeiden. Es ist ein Teil davon. Aber

der größere Teil und der wichtigere Teil ist die Möglichkeit, sich spüren zu können."
„Wenn das Sein in aller Vollkommenheit deshalb unvollkommen genannt werden kann, weil ihm das Sich-Spüren abgeht, dann ist es auch deshalb im Grunde unvollkommen, weil ihm das Leiden unbekannt ist."
Ehrfürchtiges Schweigen folgte. Ich betrachtete in aller Gelassenheit mein Sein. Was ich hier geäußert hatte, wollte ich es wirklich? Wollte ich vollkommen sein UND mich spüren und auch noch alle Folgen tragen, die damit verbunden waren? Was ließ mich zögern?
Ich dachte daran, dass Leiden nur ein kleines Wort ist für tausend und eine Tortur, größte Verzweiflung, entsetzliche Schmerzen, Verlorenheit und was immer man sich vorstellen mag. Wollte ich das alles wirklich? War es das wert, dass ich mich zwar spüren konnte, aber das Leiden gleichzeitig mit erschaffen hatte? War es den Rausch der Liebe wert, dafür das Leiden in Kauf zu nehmen, in allen seinen Facetten und beliebigem Ausmaß?
Sorgfältig ging ich das Ganze durch. Ich versuchte, so genau wie möglich abzuwägen. Alles, was ich auf dem Wege der Auflösung in mich aufgenommen hatte, ließ ich vorbeiziehen und legte es auf die beiden Waagschalen von Liebe und Leid. Mit immer größerem Erstaunen musste ich feststellen, dass, je länger der Prozess des Wägens anhielt, der Berg auf der Seite der Liebe um so größer und das Häufchen Leid auf der anderen Seite umso kleiner wurde, bis es völlig verschwunden war. Erst dann kam der Prozess des Abwägens zu seinem Ende.
„Was hat das schon wieder zu bedeuten?", dachte ich, bis ich den Rausch der Liebe spürte, der von dem Prozess des Abwägens in mich hineinfloss.
Mir wurde bewusst, dass ich jetzt erst die Früchte der Auflösung geerntet hatte: Alles Leid löste sich dadurch auf, dass aus dem Getrennten das Sich-Berühren, der Austausch wurde, je mehr das Getrennte durch den Prozess des Auflösens seine Form verlor. So konnte immer mehr ins Fließen gebracht werden. Und was floss, das beseitigte das Leiden und ließ die Liebe aufblühen. Es tat so gut, die Liebe zu spüren und zu erleben, wie sich das Leid in Nichts verwandelte. Wenn das schon so war bei der Auflösung des Universums, in dem ich nur ein Teil gewesen war, wie musste es erst sein, wenn das ganze Universum, neu geschaffen, nur aus mir selber bestand?
Das Leiden verlor seine Schrecken. Es war ein begrenzter Teilaspekt, der im Ganzen sich zu Null addierte, der im Gegenteil das Sich-Spüren, die Liebe steigerte. Was wollte ich mehr?

„Ich will meine Vollkommenheit erleben."

„Ich will mich spüren. So will ich einen Kosmos erschaffen, der beides erlaubt."

Das sagte ich, jedes Wort eigens betonend. Und es geschah also.

Der weiße Wirbel

Meine Situation war anders als bei der Auflösung. Dort war ich hineingeworfen worden und musste sie erleben. Lange wusste ich während der großen Reise nicht, was eigentlich vor sich ging. Golis hatte absichtlich vermieden, uns darauf aufmerksam zu machen, was auf uns zukam. Das Erkennen des ganzen Umfangs des Prozesses kam später, als alles schon unumkehrbar war. Es ist verständlich, denn wenn er uns rechtzeitig aufgeklärt hätte, wären wir nicht mitgeflogen.
Jetzt war ich das Eine, das Alles, das Vollkommene, es gab nichts außer mir. Nun war ich der Gestalter, der Schöpfer, der, dessen Vorstellungen, Wünsche, Ideen vollkommen verwirklicht wurden. Mein Wort war Gesetz, mein Wille absolut. Alles, was ich erschuf, kam aus mir. In allem Geschaffenen war ich und nur ich alleine enthalten. Ich konnte immer nur mich selber schaffen.
Wie soll daraus ein ganzes Universum werden? Ich erinnerte mich an den Verlauf der Auflösung. Sie ging Schicht um Schicht vor sich. Eine Dimension nach der anderen wurde aufgelöst. Also musste ich im Grunde den gleichen Weg gehen, nur jetzt in der Form, dass ich Schicht um Schicht aufbaute und übereinander legte. Dann würde sich die Vielfalt von alleine einstellen. Jede zusätzliche Dimension erweiterte die Vielzahl der Möglichkeiten fast unbegrenzt.
Zur Schöpfung brauchte ich dringend Raum und Zeit. Ohne sie war eine Schöpfung nicht möglich. Woher kamen Raum und Zeit?
Der Prozess der Auflösung hatte mich aus der Verbindung mit ihnen frei gemacht. Sie waren zum Schluss nicht mehr vorhanden. Waren sie unabhängig vom Geschaffenen? Ich hatte sehen können, dass Raum und Zeit als Mächte vorhanden waren, bevor Teilchen aus dem Nichts auftauchten. War das der Fall, fingen Raum und Zeit sie ein und machten sie beständig. Das war die Erfahrung am Ursprung tief im Inneren von Oreandra. Ich musste sie als Erstes erschaffen. Ohne Raum und Zeit war kein Universum möglich.
Aber woraus sollte ich sie erschaffen? Und wie ging das? Ich schaute nach. In mir war alles enthalten, auch Raum und Zeit. Ich schaute. Ich wurde gewahr, dass sie selber ein Gegensatzpaar sind. Raum + Zeit = 0. Das ist die Formel, auf die alles hinauslief.
Solange sie zusammenwaren, gab es weder das eine noch das andere. Ich trennte sie. Da war Raum, hier die Zeit. Als ich aber meine Achtsamkeit wieder von ihnen abwandte, fielen sie sich in die Arme und lösten sich in mir auf. Was sollte ich tun? Was gab es, das in der Lage war, sie dauerhaft voneinander zu trennen?
Ich wollte mich spüren, das war mein Ziel. Nur dieser eine Wunsch verleitete mich dazu, ein ganzes Universum zu erschaffen. Aber ohne Raum und Zeit als meine Helfer konnte ich dieses Ziel nie erreichen, konnte ich mich nicht spüren.

Ich brauchte sie als Helfer viel mehr als alles andere. Sie waren das Fundament des Universums.
Ohne meinen Willen, dieses Ziel zu erreichen, war gar nichts möglich. Mein Wille war der Weg zur Schöpfung. Er war mein einziges absolutes Instrument, das weder Raum noch Zeit noch anderem unterworfen war. Sollte er dazu ausreichen, die noch leeren Bereiche von Raum und Zeit voneinander zu trennen? In diese leeren Bereiche hinein konnte ich erst das Universum gießen.
Ich sprach: „Ich will, dass Raum und Zeit getrennt bleiben, solange mein Wille das Universum aufrecht erhält."
Es geschah. Raum und Zeit trennten sich, sie blieben getrennt und sie standen als meine Helfer bereit.
Die Sehnsucht mich zu spüren war der Antrieb, das Spüren das Ziel, der Wille die Macht, die alles in Gang brachte, und Raum und Zeit waren die Diener der Macht, des Willens. Alles war bereit. Das Schwierigste war geschafft, der Anfang.
Ich kann gar nicht genug betonen, wie groß die Beharrungstendenz des Einen ist. Es ist kein Antrieb da, es ist keine Aufgabe da, es gibt kein Problem zu lösen, es sind keine Ziele vorhanden, kein Wunsch, kein Bedürfnis, keine Korrektur am Bestehenden erforderlich. Warum, sagt das Eine, soll ich überhaupt irgendetwas erschaffen? Ich habe alles, ich bin alles und darüber hinaus ruhe ich im Glück.
Einzig die schwache Regung, mich spüren zu wollen, brachte mich dazu, überhaupt den Willen aufzubringen, eine Welt zu erschaffen, in der es möglich wurde, mich zu streicheln. Nur ihr zuliebe brachte ich die erforderliche Energie zur Schöpfung auf.
Wie der Übergang von einem Kreis mit einem einzigen Mittelpunkt zur Ellipse mit ihren zwei Mittelpunkten zunächst kaum sichtbar ist, wenn die beiden Punkte nahe beieinander liegen, ist es doch ein Weltensprung, der da geschieht. Es ist eine völlig neue Qualität entstanden. Die Einheit ist gesprengt und die Dualität eingetreten. Der Kreis ist nicht zu Unrecht das Symbol der Einheit und die Ellipse das Symbol des Universums. In der Ellipse regiert die Zweiheit. Dort geschieht sofort Veränderung. Jeder Punkt auf der Kurve der Ellipse unterscheidet sich von jedem vorhergehenden Punkt. Beim Kreis ist jeder Punkt dem vorangegangenen gleich.
So ist der Übergang vom Einen zum Gestalten, auch wenn zu Anfang fast gar nichts vorhanden ist, in sich ein Weltensprung. Mit der allerersten Regung zur Schöpfung fällt das Eine auseinander, denn es gibt eine erste Grenze. Dass später viele weitere Grenzen folgen, ist nur noch eine quantitative Änderung, aber keine solch grundlegende, wie es die Erschaffung der allerersten Grenze darstellt. Die erste Grenze zu erschaffen ist das große, das allergrößte Problem der Einheit.
„Ich will", sprach ich, „ein Universum schaffen, das in allen Teilen mir gleich ist. Ich will, dass es sich so vielgestaltig bildet, wie es nur möglich ist, denn ich will mich spüren."

Und es geschah.
Ein Blitzen und Flimmern setzte ein. Überall tauchten Teilchen auf mit ihren Gegenteilchen, wurden eingefangen von meinen Dienern, Raum und Zeit. Sie vergingen zwar auch wieder, wenn beide nicht schnell genug zur Stelle waren. Ein explosives Erschaffen durchfuhr das Eine. Alles Geschaffene entrollte sich in einer Spirale, die sich mit großer Geschwindigkeit ausdehnte. Dimension um Dimension kam hinzu, der Prozess der Vervollkommnung der Schöpfung entrollte sich, besiedelte den Raum, dehnte die Zeit.
Die Geschwindigkeit, mit der der Schöpfungsprozess stattfand, war zu Anfang fast unendlich groß. Je mehr Raum und Zeit besiedelt wurden, um so mehr aber nahm die Geschwindigkeit ab. Die zunehmende Trägheit der Teilchen reduzierte sie. Schlussendlich war sie so weit gesunken, dass das Licht in die Schöpfung eintreten konnte.
Ich fühlte mich, als ob ich durch ein Schlüsselloch hindurchgeschossen würde. Davor war alles dunkel, bis auf die vielen winzigen Blitze der sich wieder vereinenden Teilchen, die an Raum und Zeit vorbeischlüpfen konnten. Das Schlüsselloch war ein dimensionsloser Durchgang, dahinter strahlte alles in gleißendem Licht. Das ganze neu geschaffene Universum hatte seine Kerzen angezündet.
Bei der Auflösung waren wir in ein schwarzes Loch geflogen. Es diente als Übergang von der geschaffenen Welt zur ungeschaffenen, von der in Dimensionen eingefangenen Schöpfung zur jenseits davon seienden Einheit.
Nun war der Prozess der Schöpfung durch ein weißes Loch geflogen, aus dem Dimensionslosen in das Geschaffene, erleuchtet durch das Licht des Universums.
Die Schöpfung ging weiter. Aus Teilchen formten sich Atome, Galaxien entstanden, die Elemente wurden geformt und daraus bildete sich die Materie: die Körper von Pflanzen, Tieren und Menschen.
Parallel dazu wurden aus der SEELE des ALLS in komplexen und vielschichtigen Prozessen vereinzelte Seelen geschaffen. Auch sie teilten sich in jeweils zwei Pärchen, die von Raum und Zeit eingefangen wurden.
Meine Sehnsucht, mich berühren, mich spüren zu können, wurde in dem Maße erfüllt, wie die Vereinzelung wuchs. Sicher, solange die Teilchen voneinander völlig getrennt waren, konnten sie sich nicht berühren. Aber meine Sehnsucht war ihnen mitgegeben worden. Sie spürten den Drang zueinander, sie wollten sich wieder finden. Die Gravitation, von der die Physiker sprechen, ist meine Sehnsucht nach sich berühren. Sie zieht die Materieteilchen zueinander, damit sie sich berühren können.
So wie die Gravitation den Materieteilchen innewohnt und den Prozess der Gestaltung bestimmt, der durch das Zueinander-Driften der Teilchen entsteht, so ist es zwischen den Seelen.
Die Liebe, von der die Menschen sprechen, die weltliche Liebe, ist meine Sehnsucht, mich zu spüren. Sie bringt die Menschen, die Tiere, die Pflanzen

zueinander. Sie ist die alles treibende Kraft, die die Schöpfung bewegt. Aber sie ist nicht mit der bedingungslosen Liebe zu vergleichen, die in der Einheit, in mir selber, herrscht.
In der sich entfaltenden Lichtspirale, die sich nach dem Durchgang durch das, was ich das Schlüsselloch genannt habe, zeigte, kam der Augenblick, in dem sich komplexere Einheiten bilden konnten. Materie wuchs, Körper wurden geschaffen, Geschichte wurde gemacht, Gegenstände entstanden, die Abfolge von Ereignissen durchströmte das All.
Es kam der Augenblick ganz am Anfang der Lichtspirale, an dem ich das bisher vorherrschende Bewusstsein des Ganzen, des Einen, verlor und mich vom EINEN getrennt erlebte. Dieser Augenblick der absoluten Trennung war ein solch riesiger Schmerz, dass er meine Seele in zwei zerriss. Es war der Augenblick, an dem ich aus der Position des diese Schöpfung Wollenden und Gestaltenden in die Position des der Schöpfung Unterworfenen kam. Ich war nicht mehr mit allem verbunden, ich war von allem getrennt, absolut und immer. Das Bewusstsein des Einen war zwar immer noch da, ich konnte es nie mehr verlieren. Aber es war durch diesen Vorgang der Trennung soweit in den Hintergrund gedrängt, dass es zunächst kaum wahrzunehmen war.
Ich konnte den Beobachtungsstandpunkt verschieben, das spürte ich kurz nach dem Trennungsschmerz. Ich konnte das Bewusstsein des Einen wieder zurückholen. Aber wenn ich nicht absichtlich darauf achtete, wurde es durch das Alltagsbewusstsein, jenes der Trennung, überdeckt. Das Überdecken ging ganz leicht, das Zurückholen des Bewusstseins des Einen aber benötigte eine bewusst gewollte und gezielte Absicht.
Deshalb wird es jetzt wichtig, die Schöpfung nicht mehr aus dem objektiven Bewusstsein des Einen zu schildern - diese Ebene bleibt auf immer gleich - sondern auf die individuelle, die subjektiv gefühlte, trennende Ebene des Geschaffenen zu gehen, jene Ebene, die das Ich-Bewusstsein des Menschen ausmacht.
Ich war ein Punkt im Raum. Die Zeit hatte gerade erst begonnen. Sie hatte mich eingefangen. Eben noch war ich das Ganze, Alles, Eins gewesen - jetzt war ich nur noch ein Punkt im Raum, dimensionslos, voller Schmerz der Trennung, jener absoluten Trennung, die meine Seele durchschnitten hatte und es mir unmöglich machte, das EINE noch als real zu sehen.
Und doch sang es in mir: „Ich bin ich und ich bin eins." Es kam und ging in diesem Punkt, der ich war.
Mein Bewusstsein war gespalten. Die eine Hälfte hatte das ICH BIN unauslöschlich eingeprägt, dieses Ich-bin-eins, ich bin alles. Die andere Hälfte war davon völlig getrennt. Sie war davon unberührt. Sie wusste: Ich bin ein Nichts im unendlich großen Universum. Ich bin nur ein Punkt, voller Angst, hilflos unbekannten Mächten ausgeliefert.
Aber mein Bewusstsein hatte einen Schwerpunkt. Dieser Punkt, individuell ein Nichts, war gleichzeitig im EINS verankert. Das war und blieb, es änderte sich

nicht. Auf diesem Fundament stand ich, und ich wusste, absolut und unverrückbar: Ich bin eins. So ist es.
Das hatte interessante Folgen: Wann immer ich aus diesem Bewusstsein den Kosmos betrachtete, hatte ich ihn selbstverständlich als Teil meines ICH zur Verfügung. Mein Wissen und mein Wille waren und blieben unbegrenzt. Meine Wahrnehmung durchdrang die ganze Schöpfung, meine Schöpfung, und ich gestaltete sie bis in die allerletzten Zweige hinein. Mein ICH WILL war beständig in Aktion und erschuf, was immer nötig war. Ich schaute zu, wie mein ICH WILL diesen Punkt meiner Individualität, der dimensionslos im All trieb, aufzubauen begann.
Als dieser Punkt des getrennten Alltagsbewusstseins jedoch war ich völlig passiv, es war mir nichts möglich. Ich war von dem ICH WILL vollständig abhängig. Und wenn meine Achtsamkeit auf das All-Bewusstsein nachließ, spürte ich wieder diese Passivität in all meinen Fasern. Dann war ich nur der getrennte Punkt, der mit nichts verbunden war. Dann stand ich neben meinem Einssein und staunte, wie denn dies - das Einssein - überhaupt möglich sein sollte, hatte ich doch als getrennter Punkt nicht die mindeste Ahnung vom Eins-Sein und konnte es nicht nachvollziehen.
Mein Punkt war passiv, es war mir nichts möglich, ich hatte keine Materie, keine Instrumente, keinen Körper, keine Geschichte, kein Ziel.
Da geschah es, dass das ICH WILL sprach: „Ich will dich einkleiden und in die Schöpfung bringen. Ich will dir Materie zur Verfügung stellen und einen Körper. Ich will dir Geschichte geben und ein Ziel."
Ich erfuhr, wie ich in einen Körper wuchs, wie er ausgehend von den ersten Lebewesen, von den Einzellern im Meer, durch alle Evolutionsstufen heranwuchs und sich schließlich zum Menschen formte, dem Menschenkörper, den ich zu Beginn der Reise hatte.
In der gleichen Zeit erfuhr ich, wie sich die Geschichte des Lebens bildete und wie es sich im Universum verbreitete, dieses Leben, das in allem Geschaffenen steckt, sei es Materie oder Pflanzen oder Tiere. Das EINE ist in der Dualität als Leben enthalten. Dieses eine Leben, das es nur gibt, das Eine, ist in allen Teilchen enthalten, die das Universum bevölkern. Es sind Splitter des Einen, des Seins, sie folgen getreulich meiner alten Aufforderung: Ich will mich spüren!
Ich verfolgte das Leben durch die Galaxien, die Sterne und Planeten. Ich sah, wie es sich auf der Erde verwirklichte, sich mit der Materie dort verband und sie bis in die Atomkerne hinein belebte. Ich folgte der Geschichte des Lebens durch alle Stufen, so wie das Leben als die Geschichte der Taten sichtbar wurde.
Ich sah zu, wie sich meine eigene Geschichte aus der Vielzahl der Geschichten herausästelte, wie ich in vielen, vielen Leben die Materie, die Erde, die Pflanzen, die Tiere erfuhr und wie ich mit all diesen Lebewesen in Kontakt trat, wie sie mich berührten und ich sie.
Ich sah, wie meine Geschichte geprägt war von Freud und Leid, Erfolg und Misserfolg, Enttäuschung und Hoffnung. Ich begleitete meine Entwicklung

durch all die Leben und ich integrierte diese vielen Erfahrungen in meinem Bewusstsein, in diesem Punkt im All.
Mittlerweile war mein Körper zu meinem alten Körper geworden. Er hing bewegungslos im Raum. Eine Hülle wurde um ihn gelegt, eine Kugel, die ihn vom All trennte und ihn schützte. In dieser Kugel war er in der Lage, sich vollends zu materialisieren. Da erst merkte ich, dass der erste Körper nur der sichtbar gewordene Bauplan gewesen war, eine Idee, die er für die nun folgende Materialisation abgab.
In dem Maße wie die Geschichte sich entfaltete und wuchs, in diesem Maße, in völlig parallelen Schritten, materialisierte sich auch der Körper. Ich erfuhr, dass er in allen Teilen die genaue Abbildung der Geschichte der Materie war.
Denn, sagte mein All-Bewusstsein, das Eine kann sich immer nur selber abbilden. Nichts kann anders sein, als ICH es bin. So muss die Materie getreulich mir als ihrem Schöpfer folgen und sich immer wieder so abbilden, wie ICH es bin.
Ich Alltags-Bewusstsein staunte ob dieser Weisheit. Ich konnte nun auch durch den sich materialisierenden Körper auf das Universum schauen und dabei feststellen, dass das Prinzip des Abbilds überall eingehalten wurde. In meiner Nähe konnte ich ähnliche Kugeln entdecken, in denen Menschen heranwuchsen. Überall war das gleiche Prinzip am Wirken.
Ich stellte fest, dass die Information der Geschichte des Lebens im Zellkern in den Genen gespeichert wurde. Ich konnte die Gene lesen. Ich sah darin, wie die Geschichte des Lebens sich in ihnen manifestiert hatte. Also war auch hier das Prinzip des Abbilds des Ganzen im Teil berücksichtigt worden.
Langsam wuchs mein Körper in die Zeit und in den Raum der Materie hinein und bewegte sich in der Geschichte vorwärts. Je mehr er die Zeiten durcheilte, um so vertrauter wurde er mir und um so mehr wurde ich von ihm angezogen. Der Punkt meines Bewusstseins wuchs sozusagen in die Dimensionen des Körpers hinein. Vom Zustand des Dimensionslosen wurde ich Schritt um Schritt mit den einzelnen Dimensionen der Dualität verbunden. Sie umkleideten mich, von der 32. Dimension bis zur ersten. Schließlich war das Werk vollbracht. Der alte Helge war neu geschaffen, das alte Bewusstsein war wieder da, begrenzt auf dieses Leben in seinem Wissen und ausgerichtet auf die Ziele dieses Lebens.
Aber das war nicht alles. So ganz nebenbei war der Helge der Einheit, das ICH BIN HELGE, dabeigeblieben. In aller Ruhe und Selbstverständlichkeit schaute dieser HELGE dem Prozess des Einkleidens zu, begleitete ihn (eigentlich hatte er ihn veranlasst) und steuerte ihn. Er war der Schöpfer dieses Helge des Alltags, der Schöpfer der Materie wie von Raum und Zeit genauso wie der Geschichte. In aller Ruhe stand er sozusagen neben seinem Werk und durchdrang es bis in die allerletzten Moleküle. Das Prinzip des Abbilds war perfekt eingehalten worden.
Befriedigt sagte dieser Einheitshelge zu dem sanften Stimmchen in ihm: „Siehst du, wie sehr ich deinem Wunsch gefolgt bin? Da ist sie, die Schöpfung der

Dualität mit ihren Grenzen, die Welt der Gegenteile, das Geschehen der Geschichte, die Materie, die Zeit, der Raum - und überall ist Leben, ist in sich beständig ein Berühren, Begreifen, Umwandeln, Suchen nach dem Partner."
Ein einziges Ziel durchdringt jedes einzelne Teilchen:
„Wo ist das Teilchen von mir, mit dem ich zusammen wieder in die Einheit zurücktauchen kann?"
„Die beständige Suche nach dem Gegenteil treibt das ganze Universum. Siehst du nun, dass ich vollkommen bin, dass du deinen Willen vollbracht hast?"
Das sanfte Stimmchen lachte vor Freude. „Ja", sagte es, „es ist richtig. Jetzt sind wir vollkommen. Wir sind eins und wir sind viele. Wir sind unendlich und wir sind begrenzt. Wir ruhen und wir spüren nun. Wie herrlich ist es zu sein!"
Ich sprach weiter:
„Aber ich habe ein wenig weiter gedacht, über deinen Wunsch hinaus. Es soll nicht einmalig sein, dieses Erleben. Es soll ein beständiges Gestalten bleiben, ein Weg aus der Einheit in die Schöpfung und ein Weg zurück aus der Schöpfung wieder in die Einheit. Das soll überall möglich sein. So habe ich Durchgangspforten geschaffen, Orte, an denen die Schöpfung den Weg zurück in die Einheit findet. Es sind dies die Orte im All, aus denen nichts zurückkommen kann, auch das Licht nicht. Und ich habe Orte geschaffen, an denen die Einheit in die Schöpfung tritt, von denen ein beständiger Strom von Geschaffenem sich in das All verbreitet. Von den schwarzen Löchern haben die Astronomen Kenntnis, von den weißen Pforten noch nicht."
Das schwache Stimmchen meinte: „Eigentlich kannst du gar nicht klüger sein als ich, aber ich gebe dir diesmal den Vortritt. Ich finde die Idee wunderbar. Ich will dich loben."
Die Kugel, die meinen Alltagshelge schützte, begann zu leuchten. Sie weitete sich, bis sie an andere, ähnliche Kugeln stieß, die jeweils mit einem Menschen darin sich auch geweitet hatten. Sie blieben aneinander haften. Es kamen weitere Kugeln hinzu, bis die Zahl 42 erreicht war. Dann umhüllte eine größere Kugel diese 42. Dann lagerte sich eine andere, gleich große Kugel mit den Antipoden an diese an, und um beide bildete sich eine noch größere Kugel - unser Raumschiff Altana war wieder in die Schöpfung zurückgekehrt.
Der Alltagshelge war neu zum alten Reisenden durch das All geworden. Der Alltagshelge war und blieb das Ganze, wenn er nun den Alltagshelge auf seinem staunenden Gang durch das Raumschiff getreu begleitete.
Das Raumschiff kam ihm völlig neu vor, wie ein Wunder - was es ja auch eigentlich war. Die anderen Reisenden staunten gleichermaßen. Auch sie brauchten Zeit, um sich zurückzufinden im Alltag dieser Schöpfung.
Da kam Alasa. Helge und Alasa umarmten sich. Sie hatten sich gefunden, auch im Alltag waren sie wieder beisammen.
Das Raumschiff war neu für die große Reise bereit. Es konnte zu Oreandra zurück mit der ganzen Besatzung, mit der es in die Auflösung geflogen war. Die Aufgabe war - äußerlich gesehen - erfolgreich beendet.

Es war ein kleiner Durchgang, kaum der Rede wert, in Bruchteilen einer Sekunde vollzogen - wenn ich es aus der Welt des Geschaffenen betrachtete. Aber es lagen Äonen zwischen der Auflösung und der Einkleidung, wenn ich es von innen heraus anschaute.
Ich war wieder einer der Teilnehmer der großen Reise, eine der 42 Personen unserer Gruppe. Sie war säuberlich von den 42 Antipoden getrennt. Jetzt wusste ich auch, warum diese Trennung erforderlich und was ihr Ursprung war.
Nichts hatte sich geändert. Golis war da und seine fünf Begleiter hatten ihre Funktionen wieder aufgenommen. Wir waren eine muntere Gruppe. Aber doch war ein ganz großer Unterschied gegeben. Es war der ausschlaggebende, der wesentliche Unterschied: Ich wusste, nein, es war absolute Klarheit, dass all dies ich selber war. Keine der Personen, das Raumschiff nicht, weder die Begleiter noch Golis, noch das uns umgebende Universum oder die Antipoden waren von mir verschieden. Sie waren und alles sonst noch Erschaffene war, war ich. Ohne Ausnahme war ich es.
Und doch waren sie von mir getrennt. Meine Sehnsucht, mich zu spüren, feierte ekstatische Freuden. Wie ich es genoss, Golis anzuschauen, die Wand zu berühren, den Fußboden zu spüren, Alasa im Arm zu haben!
Mein Bewusstsein hatte seine Begrenzung verloren. Ich hatte nicht gelernt, alles zu umfassen, ich umfasste es. Es war gar keine besondere Fähigkeit, die ich mir angeeignet hatte, es war eine Selbstverständlichkeit. Selbstverständlich war ich es.
Natürlich war es so und natürlich ging es jedem von uns genauso. Alasa war der Mittelpunkt der Schöpfung, genau wie Robert es war, oder ich, oder Geratl. Wir hatten alle die gleiche Erfahrung gemacht, die völlig gleiche:

Ich bin das Eine.

„Das Alles, das Nichts, das bin ich", sagte jeder von uns, hatte jeder erfahren, nicht nur sich erdacht. Und ein jeder war durch die Sehnsucht, sich zu spüren, zum Universum geworden, hatte die Schöpfung als seine Aufgabe angesehen und das Universum erschaffen. Es war unsere Schöpfung, total die unsere. Man könnte aus der Sicht der Welt sagen, dass wir es gemeinsam waren, die sie erschaffen hatte. Aber aus unserer Sicht war es das ICH. Und ich war eine jede Person im Raumschiff.
Nicht dass ich oder Ülük oder Karl ein Teilchen der Schöpfung, einen Teilbereich erschaffen hätten, Bereiche, die einander ergänzten. Nein, jeder von uns hatte das Ganze geschaffen. Es gab gar keinen Unterschied. Aber wir waren voneinander getrennt, das war Absicht, ganz große Absicht. Wir wollten uns daran erfreuen, uns zu spüren.

Wenn ich dich berühre, berühre ich mich,
dein Blick ist meiner,
mein Gedanke der deine,

meine Sehnsucht weitet dich,
und deine Wünsche sind die meinen.

Das war die Quintessenz des Ganzen. Das war alles, das war das Ergebnis der großen Reise.

Es war Friede im Raumschiff. Ein sanfter, unscheinbarer Friede strich durch die Räume. Mit ruhigem, gelassenen Selbstbewusstsein waren wir beieinander. Jeder Einzelne war sich der völlig und unbegrenzt vorhandenen Schöpferkraft bewusst, über die er verfügte. Jeder setzte sie so ein, dass sie in beständiger Harmonie mit dem Wollen aller anderen war. Es gab keine Differenzen, keine Wertung, kein besser oder schlechter. Der große Respekt voreinander war nicht zu überbieten, denn was sollte ich mich nicht respektieren? Hatte ich einen Grund, mich zu kritisieren? Konnte ich mich selber wirklich ablehnen? Es war nicht möglich.

Ich konnte mich statt dessen am Anders-Sein eines jeden von uns freuen und meinen Spass haben am Ergebnis der Schöpferkraft eines jeden. Die Freude, immer Neues zu erleben und den Genuss, den ich dabei hatte, wenn ich mich tausend und einmal in und mit allen spürte, waren ohne jede Einschränkung. Das Erleben war zum Spiel geworden, zum kindlichen, unschuldigen Spiel mit und am Universum. Nichts brauchte ausgelassen oder korrigiert zu werden.

Golis sprach: „Umgeformt seid ihr. Neuer Inhalt in der gleichen Form. Befreiung ist geschehen, Befreiung von den Grenzen des Seins.“

Und er sprach weiter:

„Wir kehren zurück zu Oreandra, wir leben weiter unser Leben. Wir erfahren jetzt das Leben ohne Einschränkung, jeden Tag neu.“

„Wir sind - auch wenn wir es zunächst nicht wollten - Lehrer für alle anderen geworden, und wir wollen es gerne sein. Über unsere Erfahrung können wir nicht sprechen. Nicht dass es verboten wäre. Aber sie hilft niemandem, der nicht die gleiche Erfahrung gemacht hat in seinem Leben. Es ist eher so, dass es ihm eine Last wäre. Mit dem, was wir erzählen könnten, würde er nichts anfangen können. Es würde ihm nicht helfen, besser zu leben. Er muss es für sich erfahren. Jeder Mensch wird irgendwann einmal zur großen Reise gerufen. Das ist sicher.“

Wir verstanden Golis gut. Er sagte die Wahrheit. Wir hatten sie erfahren.

Je mehr wir uns von dem weißen Wirbel entfernten und den vertrauten Galaxien näher kamen, um so mehr sanken wir aus dem extatischen Erleben des Alles in das Alltagsbewusstsein ab. Dieses ist die alleinige Ebene, auf der alles gemessen, gewogen, geprüft wird. Diese Ebene bestimmt über die Qualität des Erfahrenen. Dort galt es nun, das Erfahrene zu leben, in einer Form, die alle anderen Menschen, die diese Erfahrung nicht gemacht hatten, in ihrem Sosein respektiert und uns in nichts von ihnen unterscheidet - denn es war ja klar: Auch sie waren nichts anderes, als ich es bin - habe ich sie doch aus mir geschaffen.

Gleichzeitig konnte ich spüren, wie durch die verschiedenen und zahlreichen Ebenen, die hinzukamen, die das einzelne Wesen „einkleideten", eine Verfremdung entstand, eine Entfernung von mir, eine Trennung, eine immer weitergehende Grenzziehung, die von MIR beabsichtigt war. Dabei war der Schmerz der Trennung immer stärker zu spüren, je weiter die Differenzierung fortschritt.

Die Sehnsucht zurück wuchs gleichfalls, aber sie war so schnell nicht zu befriedigen. Erst musste sich die Schöpfung in ihrer Vielfalt ausbreiten. Erst musste alles durch die Dualität gehen, sie in sich begreifen und sie in sich für gut befinden. Aber soweit waren wir noch lange nicht.

Die erste Lehre:

Von der Aufgabe des Menschen
Wir schlenderten durch das Raumschiff. Die Antipoden waren getrennt in ihrem Teil und wir waren in dem unseren. Es blieb das Raumschiff mit all seinen Annehmlichkeiten. Nichts änderte sich mehr unvorhergesehen. Alle vor der Transformation so erschreckenden Phänomene der Verwandlung waren vorbei.

Wir waren entspannt, ruhig, bedächtig, nüchtern, selbstverständlich, heiter. Keine extremen Gefühlsausschläge begleiteten unser Tun und störten unsere Gespräche. Es war, wie es war, und es war gut so. Wir hatten die Einheit erlebt und die Schöpfung sich entfalten sehen - es konnte alles nur gut sein. Die oft in einer Gruppe üblichen Gefühle von Ablehnung und Dominanz, Zuwendung oder Hass, von Freude oder Trauer waren schwachen, sanften und innigeren Gefühlen gewichen.

Wir trafen uns in der großen Halle. Dort wartete Golis. Sein Herumhampeln war Vergangenheit. Der wissende Golis stand vor uns, eine imponierende Persönlichkeit mit seinem wallenden stahlgrauen Haar.

„Wir sind von der Verwandlung zurück“, sagte er, „und wir haben keinen dabei verloren.“ Er lächelte.

Zufrieden schaute er in die Runde. „Das Drama vor der Verwandlung ist immer eine große Sache“, meinte er weiter. „Wer gibt schon gerne sein Ego ab? Aber je mehr Drama, um so schöner ist die Verwandlung anzusehen. Die Transformation ist mit großem Drama leichter zu bewältigen.“

Er sprach aus, was ich schon wusste. Der All-Helge wusste ja, was war und was kam. Der Alltags-Helge war dagegen erstaunt über das, was kam, aber er nahm es immer leichter, weil er zunehmend auf den All-Helge vertraute.

„Warum Ich-Wir diese Welt geschaffen haben, weiß ich nun“, sagte ich. „Dass ich mich spüren will, ist schön. Aber was ich noch nicht sehe, ist die Aufgabe, die Menschen in der Schöpfung haben.“ Erwartungsgemäß hatte ich die Frage gestellt, die uns alle bewegte.

Golis lächelte. „Ihr seid Neulinge im Eins-Sein“, sagte er, „es ist jetzt noch nicht alles in euch eingedrungen. Ihr seid euch noch nicht sicher in dem, was das wirklich bedeutet, das Eins-Sein in dieser Welt. Aber in den nächsten Tagen und Wochen wird es ankommen. In der Schöpfung braucht alles ein wenig Zeit. Also besprechen wir deine Frage.“

„Was uns treibt, wenn wir in der Dualität zu Hause sind, ist die Sehnsucht nach der Einheit. Gewiss, unser All-Bewusstsein hat diese Sehnsucht nicht, denn es ist in der Einheit. Aber das Alltagsbewusstsein hat die Sehnsucht sehr wohl, diesen Wunsch, sich mit seinem Gegenteil zu verbinden und im Blitz in die Einheit zu tauchen. Ihr habt erfahren, dass es ein sehr komplizierter Prozess zurück ist, der schrittweise durch die Auflösung einer Dimension nach der anderen erfolgen kann, bis die letzte Schranke vor der Einheit gefallen ist.“

„Genauso ist das Sich-spüren- und -berühren-Wollen auf der anderen Seite auch ein schrittweiser Prozess in die Schöpfung, der von Dimension zu Dimension immer komplexer wird, bis das neu geschaffene Teilchen seinen Platz in der Welt einnehmen kann. Dann ist durch viele Dimensionen die Sehnsucht nach der Einheit in das Teilchen hineingegossen, genau wie auch die Trennung und die Entfernung von der Einheit durch die Vielzahl der Dimensionen zugenommen hat. Je mehr Dimensionen zusammenkommen, um so größer wird die Energie, die zur Auflösung in die Einheit drängt. Die Sehnsucht wächst also."

„Entsprechend wachsen auch Raum und Zeit, die zwischen den beiden getrennten Teilchen liegen, damit diese wachsende Energie der Sehnsucht einen ausreichenden Gegenpol hat. Er verhindert solange ihre Erfüllung, bis alles Erfahrbare erfahren wurde. Zur rechten Zeit hat die Sehnsucht ihre Erfüllung erreicht. Sie führt die beiden Teilchen zueinander, damit sie die Einheit endlich erfahren. Das ist der Zeitpunkt des Starts zur großen Reise. Ihr seid lebende Zeugen dieses Geschehens."

„Die Bewegung aufeinander zu, die mit der Trennung von der Einheit einsetzt, wird, wenn es sich um Materie handelt, Gravitation genannt. Und wenn es sich um die Dimension des Lebenden handelt, nennen wir sie Liebe. Beides alleine erklärt aber noch nicht das Geschehen. Diese Energien sind nur das Fundament für das Geschehen. Auf diesem Fundament baut das Erschaffen auf - das ist die Aufgabe des Menschen."

Golis machte eine Pause, damit wir das bisher Gehörte einordnen konnten. Als sich die Unruhe in der Halle gelegt hatte, sprach er weiter.

„Wie ihr erfahren habt, ist das Eine jenseits aller Begriffe und ruht in sich. Es ist jenseits von Energie und Wirkung, Geschichte und Zeit, Raum und Materie. Aber es hat ein Wollen. Es will sich spüren. Dieses Wollen tragen wir alle in uns. So entsteht eine Reihenfolge in der Schöpfung:

Ich will mich spüren. Das ist der absolute Beweggrund, der zur Schöpfung geführt hat.

Mich spüren geht nur, wenn Grenzen da sind. Sie werden mit Hilfe der Dualität geschaffen.

Die Dualität bringt die Form. Sie ist Einheit in tausend Formen.

Die Einheit ist Energie. Sie ist in der Dualität in ihrer reinen Form nicht wahrnehmbar, denn in der Dualität ist alles gespalten. Wie soll Einheit darin erkannt werden können?

Deshalb muss ich die Energie in eine Form gießen. Formen stammen aus der Dualität. Dadurch wird die Energie der Einheit in der Dualität über die Form wahrnehmbar. Ich sehe die Form und ich spüre die Einheit darin.

Energie will fließen. So muss ich der in Form gegossenen Energie eine Richtung geben, ein Ziel.

Das Geschehen entsteht, die Geschichte der Schöpfung ist geboren.

„Die Aufgabe des Menschen ist also, der Energie eine Form und ein Ziel zu geben. Tut er das, genügt er seinem Schöpfungsauftrag. Dann wird ein kleiner

Teil der Energie auf ihn gelenkt, damit er gut und angenehm in der Schöpfung leben kann."

„Wenn wir richtig leben, betrachten wir uns als das All-Bewusstsein, das sein Ich-Will als Alltagsbewusstsein in der Dualität erfährt und anwendet. Dann lenken wir beständig Energie in die Welt und geben ihr Form. Es entsteht das Geschehen, das Ziel und Richtung hat."

„Im Geschehen spürt sich das All-Bewusstsein. Je mehr Geschehen, um so größer ist die Freude des sich Berührens und des sich Spürens. Je mehr Geschehen, um so mehr verästelt und erweitert es sich. Geschehen gebiert Geschehen gebiert Geschehen...."

„In allem, was ich bisher gesagt habe, ist die Rolle des Menschen noch nicht ausreichend hervorgehoben. Er allein hat das Bewusstsein, das das All und den Alltag umfassen kann. Nur er ist in der Lage, über den passiven Teil hinauszutreten, wo er sich als Teil eines übergeordneten Geschehens empfindet, und aktiv als Schöpfer des Geschehens aufzutreten. Mit seinem Bewusstsein, mit seinem Willen kann er Ziele vorgeben. Er kann in der Tat die Energie lenken. Das ist sein Geburtsrecht. Wenn wir Menschen in ihrem Tun betrachten, ist es genau das, was sie auch tun: Sie lenken beständig und aktiv Energie."

Golis schaute erwartungsvoll in die Runde. Wir wussten, worauf er wartete. Ülük machte den Anfang.

„Wenn ich Möbel entwerfe, meine Erfahrung in diese Gegenstände einfließt und ich sie verwirklicht sehen will, lenke ich dann Energie?", fragte sie.

Golis nickte. „Das genau ist es. Du hast eine Idee, einen Wunsch, eine Vorstellung und dein inneres Erspüren empfindet sie reif für die Verwirklichung. Auf dieses Ziel wird die Energie gelenkt. Dann gießt dein Ich-Will die Energie in Form. Bei deinem Beispiel sind es Möbel."

„Und was ist bei mir, wenn ich ein Forschungsinstitut leite?", fragte Karl. „Ich sehe nicht, wo und wie ich da Energie lenke. Ich spüre eher, wie meine Energie verbraucht wird."

„Sicher", sagte Golis, „bisher hast du viel Kraft und Aufwand in das Machtspiel investiert. Du hast dafür sorgen müssen, dass die Intrigen zwischen deinen Mitarbeitern und ihre innere Trägheit nicht überhand genommen haben. Du hast nicht genügend Bewusstsein für das Lenken aufbringen können. Es wird aber jetzt anders sein, weil du nun das Ganze erfahren hast. Wir werden über den Umgang mit der Macht sprechen."

„Jetzt ist es wichtig darauf zu achten, dass das Lenken der Energie in einem Forschungsinstitut auf die Forschungsziele ausgerichtet wird. Du weißt doch, was erforscht werden soll. So will es auch! Jammere nicht mehr über die Unvollkommenheit deiner Mitarbeiter." Das war hart gesagt, aber Karl nickte. Er sagte:

„Es ist richtig, was du sagst. Bisher habe ich mich zurückgehalten, weil ich dachte, es sei nicht gut, wenn ich als Leiter zu viel vorgebe. Aber jetzt weiß ich,

dass es den Erfolg verhindert hat. Wo kein Wille, da ist auch kein Weg, würde mein Vater sagen.“ Wir lachten.
Trotz Golis harter Worte war Karl nicht betroffen oder meinte, sich verteidigen zu müssen. Die Ebene der Gemeinsamkeiten zwischen uns war viel zu groß, als dass wir zum Beleidigt-Sein noch fähig gewesen wären. Das Anschauen der Tatsachen, so wie sie sind, war uns wichtiger.
Das Gespräch lief weiter in der Runde. Jeder brachte seinen Lebensbereich ein und bei jedem wurde im Gespräch der Wille gestärkt. Das gewünschte Ziel wurde klarer, der Bereich erkannt, auf den die Energie gelenkt und in ihre optimale Form gebracht werden sollte.
„Muss ich auch dafür sorgen, dass alles wirklich so getan wird, wie ich es will?“, fragte Robert schließlich skeptisch. „Da bleibt ja überhaupt keine Zeit mehr für mich und meine Liebe!“
Golis lachte. „Du solltest dich vielleicht in 15 Roberts aufteilen und alles selber machen. Aber zurück zum Realisierbaren. Wer aus dem Sein heraus handelt, wer die Energie des Alls nutzt und das Ich-Will einsetzt, dessen Aufgabe ist das Lenken, das Hinweisen auf das Ziel. Es geschieht die Umsetzung. Es geschehen von alleine alle die Ereignisse, die erforderlich sind, das Ziel zu materialisieren. Menschen kommen und bieten dir ihre Dienste an. Robert, Ideen kommen zu diesen Menschen, Geld strömt herzu und Maschinen und Geräte entstehen, falls all dies für das Ziel erforderlich ist. - Und schließlich zeigt sich das Ziel in einer hübschen Form in der Welt.“
„Die Realisierung einer Idee in der Dualität erfordert den gleichen Prozess des Einkleidens, wie ihr ihn an euch selber erst vor Kurzem erfahren habt. Auch hier ist wieder das Prinzip des Abbilds gültig. Was aus der Einheit kommt, braucht seine Stufen der Einkleidung, um in der Dualität anzukommen. Ein Kind ist auch nicht von Geburt an fertig und da. Es braucht Jahre, bis es all das zusammen und in die Welt getragen hat, was es für sein Leben benötigt.“
„Es reicht aus, Robert, wenn du in deinem Ich-Will klar bist, das Lenken der Energie verstanden hast und dieses Wissen anwendest. Golis hob den Arm. Ich will eure ganze Aufmerksamkeit für diesen einen Satz“, sagte er. Wir waren still und konzentriert.
„Wer bewusst geworden ist und durch die Transformation das Einssein erfahren hat, kann nicht anders leben, als die Energie zu lenken. Er ist zu seiner eigentlichen Aufgabe durchgedrungen. Das ist die schöpferische Aufgabe des Menschen.“
Wir schwiegen lange. Natürlich wussten wir alles schon, aber es war in den Alltagspersonen noch nicht angekommen. Dort sickerte es langsam hin. „Energie lenken ist schöpferisch“, war schließlich von Golis zu hören.
„Und zum Schluss noch ein Wort zu all den Menschen, die noch nicht bewusst geworden sind. Was ist mit ihnen?“
„Sie lenken auch Energie, sie haben auch Ziele, aber alles ist auf ihr Ego begrenzt. Das Ego ist eng. So überschauen sie nicht, was es eigentlich bewirkt,

wenn sie Energie auf ihre Ziele lenken. Die Wirkung ist meistens, dass sie das Gegenteil erreichen von dem, was sie ursprünglich wollten. Daraus folgt Leiden. Sie erleben das Gegenteil von dem, was sie eigentlich wollen. Weil sie einseitig nur eine Seite anstreben und ihr Gegenteil vermeiden, muss es sich von alleine Geltung verschaffen. Sie verletzen sich und andere durch das einseitige Verhalten."

„Es dauert Jahrtausende, bis sie ihr Bewusstsein weiten und lernen, die Enge des Ego ab und zu zu verlassen. Sie lernen, ihre Geschichte hinter sich zu lassen, sie zu heilen. Das Leiden zu lösen ist eine große Aufgabe an allen Ecken und Enden der Schöpfung. Die Menschen scheinen durch ihr Ego-Verhalten immer weiter weg vom Einen zu kommen. Doch kommen sie damit dem Zeitpunkt immer näher, wo sie in das Eine eintauchen können."

Golis lächelte uns an. Alles, was jeder egoistische Mensch für seine Zwecke tut, ist an die gleiche Vorgehensweise gebunden wie alles schöpferisch Tätige. An ihr ist nichts auszusetzen. Nur schützt das enge Ego nicht vor dem Leiden, im Gegenteil. Je enger das Ego, um so größer das Leiden."

„Das Leiden ist die Kraft, die schließlich die Umkehr ermöglicht, die Umkehr, die die Weitung des Ego bedeutet oder anders gesagt, die das Bewusstsein über die Grenzen des Ego schauen lässt. Aber darüber sollten wir später noch einmal sprechen. Ich sehe, ihr seid müde."

„Wir wollen feiern!", rief er laut.

Musik rauschte in die Halle. Lichter schwebten durch den Raum. Die Schwerkraft wurde aufgehoben und wir schwebten in der Musik gebadet durch die Luft.

„Das Musik-Schweben-Tanzen ist meine Seligkeit", lachte ich zu Alasa, sie sanft an den Händen wiegend. „Ich weiß", lachte sie zurück, „an dir ist ein Tanzfisch verloren gegangen."

Die zweite Lehre:

Vom Umgang mit dem begrenzten Bewusstsein
Wieder einmal waren wir in der großen Halle versammelt, als Golis meinte: „Wir können den nächsten Erklärungsschritt in Angriff nehmen. Auf unserer Reise sind wir dafür schon genügend nahe zum Alltag zurückgekommen. Bei unserer Rückkehr treffen wir auf alle anderen Menschen. Mit Ausnahme jener, die vor euch die große Reise gemacht haben, wird euch kein Mensch verstehen oder ahnen, was ihr erlebt habt. Sie werden auch nicht nachvollziehen können, was das Geschehen in euch verändert hat, wenn ihr darüber sprecht. Wie können wir mit den Menschen zusammenleben?"

„Sie sind nicht von mir verschieden. Ich habe sie alle nach meinem Bild geschaffen", sagte Geratl. Und sie sagte: „Ich weiß, was in ihnen vor sich geht. So kann ich direkt auf sie einwirken."

„Ich versuche, ihnen über die Begrenztheit ihres Bewusstseins hinauszuhelfen", meinte ich.

Golis lächelte. Die ganze Gruppe lächelte über unser missionarisches Gehaben. Und natürlich wussten wir auch, dass es vordergründig stimmte, aber wirklich nicht lebbar war. Es würde uns in das Machtspiel hineinziehen und darüber hinaus uns zu den Großen und die anderen zu den Kleinen machen.

„Was ist der Weg?", fragte Golis unsere Runde. „Wie wollen wir uns verhalten, ohne dass es die Schöpfung stört?"

„Wie eine gute Mutter und ein guter Vater!", strahlte Alasa.

„Wie meinst du das?", fragte Geratl.

„Ein guter Vater liebt sein Kind, weil es von ihm ist und weil es ist wie er. Er liebt es, respektiert es von Grund auf und macht keinen Unterschied zwischen sich und ihm. Aber er weiß, dass das Kind in seiner Entwicklung anders ist als er und wo es steht und wie weit es ist. Er weiß, dass vieles dem Kind noch nicht möglich ist, dass es lernen muss, wachsen wird und sich selbst finden muss. Er begleitet es bei jedem seiner Schritte und gibt ihm gerade das, was das Kind jetzt braucht. Mehr wäre von dem Kind nicht annehmbar, weniger würde es in seiner Entwicklung hemmen."

„Und anders herum weiß das Kind: Es kann dem Vater vertrauen und seinen Rat und seine Hilfe annehmen. Es kann auch gegen ihn kämpfen, wenn es das Kämpfen lernen muss, ohne dass es die Sorge hat, ein solcher Kampf würde zur Ablehnung führen. Jedes Kind ist wütend, wenn der Vater etwas anderes will als es. Aber es vertraut ihm immer noch. Ich denke", sagte Alasa, „dass dieses Bild sicher hilft, uns zu orientieren."

Wir wussten, Alasa hatte richtig gesprochen. Waren wir in unserem All-Bewusstsein, war das Alltagsbewusstsein der Diener des All-Bewusstseins. In der Begrenzung, die durch die Dualität gegeben ist, lebten wir aber auch im Alltagsbewusstsein und doch war das All-Bewusstsein da. Es bot den sicheren

Rückhalt, der die innere Ruhe brachte, mit der wir im Alltag leben konnten. Es konnte uns nichts mehr erschüttern. Alles hatte seinen Sinn. Angst vor dem Leben war nicht mehr möglich und auch nicht nötig.
Aber wir wussten gut genug, dass es nicht viele Menschen gab, die in diesen beiden Welten zu Hause waren. Die meisten trauten dem Fünkchen ihres All-Bewusstseins nicht. Sie kannten nur das Alltagsbewusstsein. Es machte ihnen ihre Begrenzungen deutlich und steckte den Raum ab, den sie bevölkern durften. Sie hatten Angst vor dem Leben, der Zukunft, versuchten sich vor den Unbilden des Lebens zu schützen. Ihr Ziel war Sicherheit und Beständigkeit. Der Kampf ums Überleben war die Folge.
So waren wir nicht mehr. Uns war das enge Ego fremd geworden. Ihm konnten wir nicht mehr folgen. Aber wir konnten auch nicht die anderen Menschen durch den Prozess der Auflösung und des Neu-Einkleidens schicken. Wir konnten ihnen noch nicht einmal davon erzählen. Sie würden es nicht begreifen können. Im Gegenteil, sie würden unsere Erzählungen als Angriff auf ihre Sicherheit empfinden und sich dagegen wehren.
Wir würden ihr Leben mehr stören, als es jeder frei herumlaufende Löwe täte. Wir waren eine Gefahr, weil wir das Fundament, auf dem ihr Leben stand, beseitigten. Wir stellten es noch nicht einmal nur in Frage. Damit wären sie noch zurecht gekommen. Sie hätten sich verteidigt. Wir beseitigten durch unsere Existenz ihre Lebensgrundlage - das durfte nicht geschehen.
Aber wir sahen - aus der Sicht des All-Bewusstseins - gar keinen Unterschied zwischen ihnen und uns, waren sie doch wie wir aus der gleichen Quelle gekommen, waren wir genau wie sie das Eine, das All, das Ganze. Und doch war ein wesentlicher Unterschied gegeben: Wir hatten diese andere Seite erfahren. Wir hatten direkt erlebt, wie es war, jenseits aller Grenzen zu sein und die Dualität als ein nicht reales Spiel zu sehen. So konnten wir ganz anders leben als sie, die die Transformation nicht erfahren hatten. Es galt, einen Mittelweg zu leben, ähnlich dem, den Alasa beschrieben hatte:
Zwar zu wissen, dass sie uns völlig gleich waren, aber auch zu respektieren, dass sie in der Begrenzung lebten. Wir konnten uns anpassen und wie sie in der Begrenzung leben. Wir konnten getrost das All-Bewusstsein im Hintergrund wirken lassen und uns auf das Alltagsbewusstsein konzentrieren.
Ob wir wollten oder nicht, wir waren nicht mehr wie sie, aber wir konnten so leben wie sie. Wir waren zu Lehrern geworden, die wussten, was die anderen brauchten und es ihnen so geben konnten, wie sie es aufnehmen und in sich integrieren konnten. Und doch, auch wenn wir jetzt die Sachlage genau sahen, waren wir innerlich immer noch nicht bereit dazu, auch so zu leben. Wir waren in unserem Raumschiff noch viel zu weit weg vom Alltagsbewusstsein. Wir waren noch zu nahe am Punkt des Einkleidens, als dass wir schon alltäglich hätten leben können. Es war wichtig, noch weiter zu fragen, wie sich denn der Alltag abspielen würde.

„Soll ich denn das, was ich jetzt bin, völlig verbergen? Soll ich ständig schauspielern? Soll ich gleichzeitig gezielt meine Mitmenschen mit meinen neuen Erfahrungen beglücken?“, fragte ich in die Runde. „Wie soll das gehen? Ich bin doch kein Schauspieler, der nur noch in Rollen lebt. Ich bin ich und ich bleibe ich. Lieber gehe ich weit weg von allen Menschen.“
Beifälliges Gemurmel war zu hören.
„Weder das eine noch das andere noch alles andere ist erforderlich“, antwortete Golis ruhig. „Ich will es einmal so erklären: Es geht um die Gleichzeitigkeit und um das Gesetz des Niederen.“ Er machte eine Pause.
„Das Niedere geht immer vor“, sagte er dann. „Das ist das Gesetz des Niederen. Ich will es erläutern.
Erst müssen die niederen Bereiche des Lebens befriedet werden, ehe höhere Bereiche drankommen können. Je niederer ein Bereich ist, um so weniger tolerant ist er, um so weniger Zeit hat er und um so größer ist der Raum, den er beansprucht. Ein Beispiel: Der Hunger ist toleranter als der Durst, das Atmen ist weniger tolerant als der Durst. Zuerst muss der Atem befriedet sein, dann hat der Durst sein Recht und dann braucht der Magen auch feste Speise. So kommt das Niedere, der Atem vor dem Durst und dieser vor dem Hunger und viel später kommt das Spiel. Erst wenn die Bedürfnisse des Leibes befriedet sind, kommt der Spass am Leben. So ist es auch mit allem anderen. Erst müssen die Tiere versorgt sein, ehe der Mensch seinen Hunger stillen kann. Und erst müssen die Kinder versorgt sein, ehe die Eltern schlafen können.“
Wir hatten begriffen.
„Wenn wir mit anderen Menschen zusammenkommen, bestimmt deren jeweiliges Bewusstsein, womit wir uns abgeben können. Da ihr Gesichtsfeld von ihrem engen Ego-Alltagsbewusstsein bestimmt ist, sehen sie nicht, dass das unsere weiter ist als das ihre.“
„Sie spüren nur eine Ahnung, dass wir etwas haben, nach dem sie suchen, was ihren Funken des All-Bewusstseins anspricht. Es tut ihnen gut. Wenn sie davon haben wollen, kommen sie zu uns und bitten uns um Rat und Hilfe, oder sie wollen nur Spass haben mit uns. Aber sie können nicht genau sagen, warum sie uns um Hilfe bitten. Wir haben ja kein großes Schild vor der Tür, auf dem steht: Hier können Sie jede Hilfe haben.“ Wir lachten.
„Anders ist es bei uns“, fuhr Golis fort. „Unser Alltagsbewußtsein stellt sich von alleine auf das jeweilige gegenüberstehende Bewusstsein ein. Es ist immer Gleich zu Gleich. Unser All-Bewusstsein schaut ruhig zu und lenkt das Geschehen auf seine sachte Weise. Es ist die höhere Ebene im Vergleich zum Alltagsbewusstsein. Wir brauchen uns nur an die Regungen zu halten, die uns begleiten und die unser Alltagsbewusstsein lenken. Die Regungen melden sich nicht laut schreiend, sondern durch sanftes, leises, im Hintergrund bemerkbares Empfinden. Das Niedere, die vordergründigen Empfindungen, sind dagegen hart, roh und herrschsüchtig.“

„Das Höhere ist leise, sanft und sehr tolerant. Es weiß, dass Raum und Zeit nicht real sind, so hat es Geduld, unendliche Geduld."
„Also", sagte Karl, „dann sind wir für den Alltag ganz fit und gerüstet. Wir sind, wie wir sind, und wir stören die anderen nicht, solange wir nicht versuchen, sie zu missionieren. Wir ruhen in uns. Es strahlt etwas aus, das die anderen anzieht, aber nicht bedroht. Ist das so?" Golis nickte.
„Warum fühlen sie sich nicht mehr bedroht?", fragte Karl.
„Was hattet ihr vor der Reise von jenen empfunden, die die große Reise schon gemacht hatten?", fragte Golis zurück.
„Ich fand sie so normal wie mich", sagte Ülük, „aber ich hatte eine gewisse Ehrfurcht vor ihnen, ohne dass ich hätte sagen können warum. Sie haben sich genauso verhalten wie wir alle, vielleicht ein wenig bedächtiger, ruhiger, entspannter, vielleicht kann man sagen würdevoller. Ich war gerne in ihrer Nähe. Sie tat gut", sagte sie.
Ähnliche Bemerkungen kamen auch von anderen, die Kontakt zu unseren Vorgängern gehabt hatten. Das Gespräch zeigte, dass wir in der Selbstverständlichkeit, die das All-Bewusstsein für uns darstellte, die Selbstverständlichkeit für das Alltagsbewusstsein finden konnten. Im Alltagsbewusstsein zu ruhen brachte die Ebene, die für die Mitmenschen kein Problem darstellte. Aus ihrer Sicht waren wir nicht verschieden, nur hatten wir mehr erfahren als sie. Das hob uns zurecht von ihnen ab. Mit mehr Erfahrungen konnten sie umgehen, mit dem Verlust ihres Fundaments aber nicht.
Es war keine Verstellung nötig. Von uns war auch keine Schauspielerei gefragt. Es war das völlige Sich-Hingeben an die jeweilige Situation erbeten. Das Vertrauen in das Wirken des All-Bewusstseins in dieser Welt der Dualität reichte aus, sich entspannt hinzugeben. Hingabe hatten wir gelernt. Der Prozess der Transformation wäre ohne sie nicht möglich.
Alasa und ich spürten, dass das Gespräch zum Ende gekommen war. Wir nahmen uns an der Hand und wanderten durch das Raumschiff bis zur äußeren Schale. Dort waren Räume, jeder einer anderen Farbe gewidmet, die zum Ausruhen einluden. Wir wählten den orangefarbenen Raum, legten uns auf den weich gepolsterten Boden und schauten durch die Deckenwölbung auf die vorbeiziehenden Sternenwelten.
„Unser Weltall ist das schönste, das wir haben erschaffen können", sagte ich. Alasa nickte. Ich bat um Orgelmusik von Bach. Eine Toccata ertönte. Sie ließ unsere Körper vibrieren. Sie begleitete uns durch das All, dem wir verträumt zusahen. Wir schliefen ein.

Die dritte Lehre:

Die Harmonie von Wille und Macht

Golis war leichtfüßig hin- und hergelaufen, mir immer zwischen die Beine. Ich wollte meine Gedanken ordnen und spazierte durch die Räume. Beim Denken gehe ich gerne. Langsam wurde Golis, der sich offensichtlich wieder von seinem vernünftigen Golis getrennt hatte, zum Störenfried. Ich bat ihn, mich in Ruhe zu lassen. Aber er schien mich gar nicht zu hören. Schließlich brüllte ich ihn an: „Geh weg!"

Golis lachte. „Wenn ich dich störe, bin ich mächtiger als du! Wo ist deine Macht geblieben, Helge?"

„Du bist unhöflich", murmelte ich, „es geht gar nicht um Macht."

„Oh doch", sagte Golis. „Wenn du nicht mächtig bist, kann ich dich stören. Bist du mächtiger als ich, ist das nicht möglich. Du hast die Macht noch nicht verstanden! Du hast die Macht noch nicht verstanden!" So lachend vor sich hinträllernd hüpfte er davon.

Ich stand verstört irgendwo im Raumschiff. Ich verstand nichts mehr. Ich reagiere wie früher, sagte ich erstaunt. Wo ist meine innere Ruhe geblieben und warum ist das All-Bewusstsein so weit im Hintergrund? Etwas stimmte nicht mehr. Sicher, ich spürte noch dieses Empfinden von Eins-Sein, aber es war sehr, sehr schwach geworden. Es war so schwach, dass meine alte Wut neuen Freiraum hatte, dass ich mich über Golis ärgerte und darüber, dass ich so ärgerlich war. Das Alltagsbewusstsein hatte übernommen.

Die Macht ist das Problem, sagt Golis, ging es mir durch den Kopf. Was war denn nun richtig? Sollte ich mich bemühen, im All-Bewusstsein zu bleiben - dann musste ich den Alltags-Helge verabschieden und aus weiter Ferne die Welt betrachten, um nicht angesteckt zu werden. Aber dann war ich unbeweglich und konnte nicht mehr gestalten - doch gestalten wollte ich, und zwar in der Welt. Oder sollte ich in die Welt eintauchen? Dann musste ich das Alltagsbewusstsein zulassen. Dann musste ich mich mit der Welt und ihren Egoismen herumschlagen. Dann musste ich mich mit der Macht auseinander setzen, einen Weg finden, wie ich gut und sicher mit der Macht umgehen wollte. Aber wie?

Ich ging in den großen Saal. Viele waren schon dort. Sie sahen so verwirrt und verstört aus wie ich. Offensichtlich waren sie auch aus dem einfachen Leben im All-Bewusstsein hinausgeworfen worden. Golis war da, hüpfte herum und freute sich offensichtlich über unsere Verwirrung.

„Sage mir, Golis, wie ist es denn mit der Macht?", wollte ich wissen.

„Du willst wissen, wie es mit der Macht geht?", rief Golis laut in den Saal. Alle schauten ihn erwartungsvoll an. In das Schweigen sprach er: „Nun, ich will euch lehren."

Wir setzten uns verteilt im Raum auf den Boden. Golis sprang lustig trällernd zwischen uns herum. Offenbar war auch Golis wieder alltagstauglicher gewor-

den und hatte seine Verkleidungskünste hervorgeholt. Er schien mir wieder mehr dem alten Golisnarren von vor der Transformation zu ähneln als dem Golis, der uns die letzten Tage begleitet hatte.
„Hast du die Macht nicht begriffen“, fing Golis an, „kämpfst du vergeblich um sie und leidest. Hast du deine Geschichte nicht gegenwärtig, mein Helge? Die Geschichte von der Macht und der Ohnmacht in der Wüste? Ich sehe an deinem Gesicht, dass du dich ganz gut erinnern kannst. Ich weiß genug von euren Gesprächen über die Macht“, sprach er zu allen gewandt, „sodass ich eure Ratlosigkeit kenne.“
„Wir sind sehr weit gekommen auf dem Weg zurück nach Oreandra. Das Alltagsbewusstsein ist ausreichend stark geworden, um mit den Fragen von Macht und Ohnmacht konfrontiert zu werden. Die Einheit liegt weit genug hinter uns und die große Aufgabe liegt vor uns: die Bewährung im Alltag, in der Welt zu wirken und mit Macht zu lenken.“ Er machte eine Pause, damit wir Zeit zum Nachdenken hatten.
„Ja, mit Macht zu lenken“, betonte er wieder.
„Aber ich will nicht mehr so leben wie früher“, sagte Karl laut. „Ich will nicht mehr der Spielball von Mächten anderer sein! Ich will in der Harmonie der Einheit leben! Ich will nicht immer weiter auftrumpfen müssen!“
„Und ich will nicht mehr leiden“, sagte Alasa still.
Es wurde laut im Raum. Alle hatten ähnliche Argumente gegen den Alltag. Wir wollten nicht zurück in den Hickhack. Wir wurden heftiger. Wir fürchteten, dass Golis uns wieder in ein Ohnmachtsloch stecken würde. Das wollten wir nicht mehr, nie mehr!
„Wozu soll es gut gewesen sein, durch die Transformation zu gehen, wenn wir wieder in die Macht-Ohnmacht-Falle tappen?“, fasste Robert unser aller Bedenken zusammen.
Golis hatte stumm zugehört. Langsam ebbte das Stimmengewirr ab. In die Stille hinein sagte er mit eindringlicher Stimme:
„Ich habe euch durch die Transformation geführt und ich werde euch auch zurück in die Welt führen. Das ist meine Aufgabe. Es ist niemand in der Transformation verloren gegangen, es wird auch niemand in der Welt verloren gehen.“
„Ich weise euch einen Weg in die Welt, ohne dass ihr in das Leiden fallen werdet. Wir sind Menschen und wir brauchen nicht zu leiden, nur weil wir Menschen sind. Leiden ist die Folge begrenzenden Bewusstseins, aber das haben wir nicht mehr. Ich will euch eine Geschichte erzählen.“
„In dem Zeitalter, das man das goldene nennt, regierte ein Herrscher über ein kleines Reich, von allen geachtet. Auch seine Nachbarn respektierten ihn. Es war nicht selten, dass er von anderen Höfen als Berater in schwierigen Dingen herangezogen wurde. Es herrschte Frieden in seinem Reich und den Menschen ging es gut. Sie freuten sich am Leben und an ihrer Arbeit.“
„So hatte er eigentlich keine großen Aufgaben. Es gab keinen Krieg zu führen, keine Länder zu erobern, keine Revolten im Land zu unterdrücken. Ab und zu

hatte er Recht zu sprechen über schwierige juristische Fragen. Dann waren alle sehr gespannt, wie er immer wieder einen weisen Ausweg aus scheinbar unlösbaren Problemfeldern fand."

„Was immer er sagte, wurde auch gemacht. Niemand zweifelte daran, dass er rechte Befehle gab. Wie machte er das, dass alle Menschen auf ihn hörten? Warum litt er nicht unter der Last der Krone? Warum fühlten sich seine Landsleute nicht unterdrückt, obwohl doch nur er das Sagen hatte?"

Golis schaute uns erwartungsvoll an. Wir schwiegen. Wir hatten keine Antwort und Golis hatte sie wohl auch nicht erwartet. Er fuhr fort.

„Besucher anderer Länder waren von diesem Herrscher beeindruckt. Ihr habt einen mächtigen Herrscher, sagten sie zu den Untertanen. Wie haltet ihr diese Unterdrückung nur aus? Aber die Einwohner schauten erstaunt. Sie verstanden die Frage nicht. Sie fühlten sich wohl und waren mit ihrem Herrscher zufrieden. Was gab es für ein Problem, das sie nicht erkannten?"

Eines Tages starb der Herrscher. Wie es schon immer so gehandhabt wurde, krönte man seinen Sohn zum Nachfolger. Er war gerade 25 Jahre alt und hatte vor zwei Jahren geheiratet. Er und seine Frau waren beliebt. Nachdem die Feierlichkeiten der Krönung abgeklungen waren, gingen alle ihrer Arbeit nach. Die Ratsherren versammelten sich und wollten, wie sie es vom alten Herrscher gewohnt waren, neue Weisungen von ihrem jungen König entgegennehmen."

„Der neue König war ein treu sorgender Ehemann, ein guter Plauderer, ein sportlicher Kämpfer, von beeindruckender Statur. Doch von den Regierungsgeschäften hatte er wenig Ahnung. Er hatte sich nie darum gekümmert und seinen Vater gebeten, ihn damit zu verschonen, er würde schon noch früh genug mit der Last der Regierung betraut werden."

„Als er nun die erwartungsvoll auf ihn gerichteten Augenpaare seiner Ratsherren sah, alle gestandene Männer, erfahren in Regierungsgeschäften, beeindruckende Persönlichkeiten, wurde er sehr verlegen. Was sollte er ihnen für Weisungen geben?" Er sprach:

„Ihr schaut mich an, als ob ich euch einen weisen Spruch sagen könnte, einen Spruch, wie ihn mein Vater einst tat. Wie soll ich junger Mensch euch Weisung geben? Wie soll ich die Weisheit meines Vaters haben, der doch so viel älter war als ich? In meinen Augen seid ihr eher befugt, mir einen Rat zu erteilen, als dass ich euch in die Regierungsgeschäfte hineinreden sollte. Ich bitte euch, fühlt euch frei, das zu tun, was in eurer Verantwortung ist und regiert mein Land mit guten Händen."

„Es folgte betretenes Schweigen. Schließlich raffte sich der Älteste auf und sagte: Großer König unseres glücklichen Landes! Schon immer haben wir es so gehalten, dass wir die Weisung des Herrschers ausgeführt haben und es war gut so. Nun bittest du uns, dir zu raten. Das ist eine Umkehrung des Alten und wir sind es nicht gewohnt. Aber wenn du uns dazu die Weisung erteilst, wollen wir sie getreulich ausführen. Deinem Willen fügen wir uns."

„Niemand widersprach ihm. Alle beteuerten dem neuen Herrscher ihre Verbundenheit und versicherten, sie würden nur das Allerbeste für das Land tun. Der junge Herrscher dankte ihnen und sandte sie an ihre Arbeit."
„Nach wenigen Wochen begann sich Chaos im Lande breit zu machen. Die Weisungen der verschiedenen Ratsherren widersprachen sich immer öfter und ihr Versuch, in vielen Gesprächen gute Kompromisse untereinander zu finden, um das Chaos zu besänftigen, schlug immer öfter fehl. Die verschiedenen Interpretationen der unterschiedlichen Meinungen prallten aufeinander. Mit der Ruhe im Staat war es vorbei."
„Erschreckt merkte auch der junge Herrscher, dass nichts mehr zueinander passte. Aber auch er wusste keinen Rat. Er hatte ein solches Chaos nie erlebt. Wie sollte er es steuern können? In zunehmender Verzweiflung saßen die Ratsherren und ihr Herrscher immer öfter beieinander, ohne dass sie einen gemeinsamen Weg gefunden hätten, der ihnen sicher genug gewesen wäre, das Chaos zu beenden. Das Volk fühlte sich allein gelassen. Zwielichtige Elemente nutzten diese Gelegenheit. Einbruch und Diebstahl, Raub und Mord waren nicht mehr zu bremsen."
„Schließlich fühlte sich einer der Nachbarherrscher stark genug, er eroberte das kleine Reich und regierte es von da an mit harter Hand. Das goldene Zeitalter war zu Ende."
Nach einer Pause sagte Golis: „Das ist die Geschichte von Macht und Ohnmacht, von recht ausgeübter Macht und falscher Macht. Der junge Herrscher hätte das Chaos auch nicht vermieden, wenn er unbekümmert egoistische Vorstellungen umgesetzt hätte. Wenn er statt der Ohnmacht die Diktatur gewählt hätte. Versteht ihr?"
Golis blickte uns an, jeden einzelnen. Wir schauten betreten, wir hatten nicht verstanden.
„Was ist denn nun recht ausgeübte Macht?", fragte Geratl schließlich. „Ich kenne die Ohnmacht und ich kann mir vorstellen, wie die Diktatur eines Despoten sein mag. Aber was ist recht ausgeübte Macht?"
„Wenn ich das Leben meiner Eltern betrachte", sagte ich, „kann ich nur sagen, sie waren ohnmächtig, in der Weltwirtschaftskrise, während der Nazi-Zeit, im Weltkrieg, in den Hungerjahren und danach. Wo sollten sie Macht gehabt haben? Wie hätten sie anders leben sollen? Später, als es wieder besser ging, war mein Vater von seinen Kunden abhängig. Wie oft kam er ohne Geld nach Hause, wenn ein Kunde einfach sagte: Ich habe jetzt kein Geld, um die Rechnung zu bezahlen. Was hätte er machen sollen?
„Ich habe beschlossen, mächtiger zu sein als mein Vater. Ich wollte nicht diese Ohnmacht der Abhängigkeit", sagte ich weiter. „Ich wurde Manager und viele Menschen sind von mir abhängig. Ich war wirklich mächtiger als mein Vater. Dann merkte ich, dass ich vom Aufsichtsrat und vom Eigentümer des Unternehmens direkt abhängig war. Ich spürte das schreckliche Gefühl der Ohnmacht in mir. Es brauchte auch nicht lange, bis der Eigentümer mich entließ. Meine

neue Aufgabe war nicht anders. Auch hier spürte ich, wie ich im Netz der Abhängigkeiten zappelte, eingefangen von vielen, die etwas von mir wollten, die mächtiger waren als ich. Unsere Reise in die Anden sollte mich wenigstens für ein paar Wochen wieder Freiheit und Unabhängigkeit spüren lassen. Aber wir erlebten, wie wir ohnmächtig dem Erdbeben ausgesetzt waren."
„Es geht gar nicht anders, Golis. Ich kann für mich nur sagen: In der Welt bin ich ohnmächtig und wenn ich versuche, mächtiger zu sein als die anderen, bedeutet es ständigen Kampf. Die Angst, von heute auf morgen wieder ohnmächtig zu sein, begleitet jeden Menschen sein ganzes Leben über. Wie willst du dies ändern?"
„Ich habe nur einmal wirkliche Freiheit erlebt. Das war nach der Transformation, als ich im Einen aufgehoben war. Verstehst du, dass ich dorthin zurückwill?
„In der Welt ist, ganz gleich was wir machen und wo und wie wir leben, immer das Geflecht von Macht und Ohnmacht gegeben. Die Menschen denken etwa so:

Weil ich weiß, dass ich ohnmächtig bin, will ich Macht,
muss ich meine Macht verteidigen,
muss ich Mächtigere angreifen,
muss ich andere ohnmächtiger als mich machen,
habe ich Angst vor dem Machtverlust.

„Wer mächtig ist, wird angegriffen. Mächtige Staaten müssen sogar ihre Bürger schwach machen und ihnen das Selbstbewusstsein nehmen, damit sie gefügig bleiben. Wer unabhängig ist und mächtig, der ist suspekt. Den muss man wieder einfangen und im Machtgeflecht sichern, denken alle Mächtigen."
„Alle Menschen streben nach der Macht. Aber weil dies die Dualität sprengen würde, wenn sie Erfolg hätten, folgt auf Macht die Ohnmacht und auf sie wieder die Macht. Ich habe schon verstanden, Golis", sagte ich. „Wie soll es anders möglich sein zu leben? Hast du eine gute Antwort?"
Ich hatte mich in Fahrt geredet. Die Worte purzelten heraus.
„Wenn ich die Dualität richtig verstehe, wäre eine Möglichkeit, besser zu leben nur dann gegeben, wenn Macht und Ohnmacht miteinander kooperieren würden, wenn Macht und Ohnmacht zusammenspielten. Dann würde die Energie zwischen beiden fließen und es wäre gut. Aber es setzt voraus, dass es zwei in etwa gleich große Gruppen Menschen gibt, die die beiden Richtungen verkörpern.
„Die eine Gruppe, die alten Menschen, streben nach Macht, halten an ihr fest und bekämpfen ihre Ohnmacht. Die andere Gruppe, die neuen Menschen, sind in sich mächtig, kennen keine Ohnmacht, suchen die Ergänzung und den Ausgleich. Der alte Mensch strebt nach dem Monopol, leugnet seine Schwäche, ist im Kopf, ist gegen die anderen und will die Unterjochung."
„Der neue Mensch fördert seine Spezialität, kennt seine Schwächen und lässt sie zu, spürt sich im Bauch, fühlt sich mit den anderen verbunden und fördert deren Spezialität. Und er ist selbstbewusst."

„Der neue Mensch sieht in der Ergänzung mehr als nur die Addition von Teilen. Er spürt die Weite seines Seins in der Verbundenheit mit den anderen. Der alte Mensch fühlt sich isoliert, trennt sich ab, denn die anderen sind immer seine Feinde. Der alte Mensch ist das Produkt seiner nicht gelösten Gefühle, seiner nicht verarbeiteten Vergangenheit."
„Aber wie sollen solche neuen Menschen existieren? Wie sollen die alten Menschen in neue Menschen verwandelt werden? Wie sollen ihre Blockaden gelöst werden? Wie sollen sie lernen, ihre Grenzen durchlässiger zu machen, ohne dass sie in die Angst fallen, sie wären dann nicht mehr sicher? Die alten Menschen sind immer in der Überzahl und die neuen Menschen kann ich noch nicht einmal mit der Lupe finden."
„Golis, ich habe tausend Fragen - und hunderttausend Probleme sehe ich auf mich zukommen."
„Du hast uns einen langen Vortrag gehalten, Helge", sagte Golis. Er schmunzelte. „Wir stimmen dir zu", nickte er, als er alle gemustert hatte. „So ist es in der Welt. Die Menschen sind so, wie du die alten Menschen beschrieben hast, und deine neuen Menschen gibt es fast nicht. Nur solche Menschen wären neue Menschen, die die Transformation erlebt haben - oder täusche ich mich? Aber es sind nur ganz wenige, viel zu wenige, um die Welt zu verändern oder aus dem Machtkampf ein Spiel werden zu lassen."
Spöttisch blickte er in die Runde.
„So wie ihr jetzt ausseht, scheint ihr die Transformation schon vergessen zu haben. Der alte Mensch hat euch eingefangen. Aber wir haben die Transformation nicht gemacht, um zum alten Menschen zu werden. Wir haben sie nicht gemacht, um wieder in Macht und Ohnmacht zu versinken. Wir wollen nicht so leben wie vorher. Wir wollen anders leben. Wir wollen auch nicht von den Mitmenschen vertrieben oder verfolgt werden. Wir wollen mit dem erweiterten Bewusstsein gut und angenehm zusammen mit allen anderen Menschen leben", denke ich.
Wir nickten. Wir brauchten genau eine Lösung für die Macht und die Ohnmacht und das Gestalten des Machtgeflechts, rechtzeitig bevor wir auf Oreandra landen würden. Wir konnten und wollten nicht unser Bewusstsein reduzieren auf den Stand von vor der Transformation. Wir wollten eine optimale, harmonische, praktikable Lösung haben.
„Die Lösung aus der Macht ist nicht der Weg in die Ohnmacht, denn das ist nur das Gegenteil der Macht", sprach Golis weiter.
„Die Lösung ist der Einbau der Kooperation in die Macht, das Ich-Will. Das Kooperative ist auf den Ebenen der Schöpfung gegeben, das habt ihr beim Einkleiden erfahren. Sekundär besteht es in Bezug auf alle Menschen, denn in jedem Menschen ist die Einheit genauso gegeben wie in jedem Tier, jeder Pflanze und der ganzen Materie.
"Das Kooperative ist:

- der Respekt vor dem Menschen, wie er ist,

- der Respekt vor seinen „Kleidern“,
- das Gelten lassen der Menschen auf ihre Weise,
- das Wissen, dass das Ich-Will Helfer braucht auf allen Ebenen,
- das in das Ganze einbezogene Ich-Will, besser noch, das aus dem Ganzen als eigener zu realisierender Teil in die Welt gekommene Ich-Will.“

„Nachdem wir die Transformation erlebt haben, ist die Macht zum Instrument geworden und nicht mehr Selbstzweck für das Ego. Ich habe Macht, weil ich aus dem Ganzen komme, weil ich dann meinen Part in der Welt spiele, weil ich dafür die Energie habe und alle erforderlichen Helfer zugewiesen erhalte.“

„Mein Ich-Will ist wie eine Ausstülpung der Einheit in diese Welt der Dualität. Es bringt die Macht zum Umsetzen meines aus der Einheit stammenden Wollens mit - und aus allen Bereichen dieser Welt kommen die Helfer auf mich zu, um bei der Umsetzung dabei zu sein. Die Helfer sind Menschen, Tiere, Pflanzen, Materie, Maschinen, Geld, Ereignisse. Was immer nötig ist, wird vom Ich-Will angezogen.“

„Genauso wie alle anderen meiner Helfer bei meinem Ich-Will sind, bin ich Helfer bei einem anderen Ich-Will. Es ist ein Geflecht des Tuns, das zu einer zunehmenden Integration führt, zu abnehmender Konkurrenz, zu geringeren Berührungsängsten und weniger Nachprüfen, wer denn nun mächtiger ist. Jeder ist zugleich mächtig und ohnmächtig.“

„Die alte Variante der Macht geht dagegen davon aus, dass die Menschen wirklich voneinander getrennte und gegeneinander konkurrierende Einheiten sind, die ums Überleben kämpfen müssen, weil nicht genug für alle da ist. Würde ich in einer solchen Situation nicht mitkämpfen, würde ich zurückstecken, so würde ich draufgehen. Das ist das Kredo der Menschen, und Helge hat es gut genug beschrieben. Ich brauche nichts hinzuzufügen.“

„Die neue Variante, die von der Ebene des Ich-Will ausgeht, hat stillschweigend zur Voraussetzung, dass die Trennung nur eine scheinbare ist, aber in Wirklichkeit nicht vorhanden. Sie geht weiter davon aus, dass alles im Überfluß vorhanden ist, dass der Mangel auch nur eine Einbildung der begrenzten Menschen ist. Es gibt genügend Beispiele in der Welt, die dies beweisen, aber von den wenigsten gesehen werden.“

„Der Wille, der aus der Einheit kommt, enthält immer die Einheit, also auch die Qualitäten der Einheit. Und die Qualitäten der Einheit mag ich hier so zusammenfassen:

- keine Trennung
- Liebe, Respekt, Vollkommenheit
- Vielfalt, Fülle
- Freude.

„Wenn das Ich-Will in der Welt zu wirken beginnt, zündet es sozusagen das Licht der Einheit an. Alles was erforderlich ist, wird, wie die Insekten vom Licht, angezogen. Damit geschieht genau das, was Helge als eigentlich unmöglich bezeichnet hat, nämlich dass die Energie in der Dualität zu fließen beginnt und ein Ausgleich entsteht zwischen Macht und Ohnmacht. Alles in dieser Welt ist zugleich mächtig und ohnmächtig. Darin liegt nichts Besonderes und nie sind beide voneinander zu trennen."

„Und ein weiteres: Keine andere Ebene ist wichtig, nur das Alltagsbewusstsein und seine Realität. Denn, denkt an das Prinzip des Niederen: Erst wenn der Alltag befriedet ist, kann das All-Bewusstsein in den Vordergrund kommen. Der Alltag muss gestaltet werden, nur dann kann mehr geschehen. Alle anderen über den Alltag hinausragenden Ebenen sind ja schon vorhanden, so selbstverständlich vorhanden, wie wir atmen. Sie brauchen nicht gestaltet zu werden. Im Alltag aber muss die Erfahrung des Einen aufleuchten. Ihr bringt die Erfahrung des Einen in die Welt der Vielfalt. Ihr bringt, was sie braucht. Es ist das Empfinden, nicht isoliert zu sein", sprach Golis.

„Ihr seid und bleibt die gleichen Menschen wie vorher. Ihr lebt wie immer und doch habt ihr diesen Schein des Einen um euch, dieses Leuchten, das man nicht gleich sieht, das jeden anderen in seinem Herzen berührt."

Karl war immer aufgeregter geworden. Er sprang auf und lief im Saal herum. Schließlich blieb er stehen und breitete weit die Arme aus. Er strahlte über das ganze Gesicht.

„Ich hab' etwas verstanden. Ich glaube, ich hab's wirklich verstanden", rief er laut.

„Das Allererste ist das geweitete Bewusstsein. Dazu müssen wir durch das schwarze Loch und tauchen danach an der weißen Pforte wieder aus der Einheit auf. Das Nächste ist, das Ich-Will nicht nur im All-Bewusstsein zu spüren, sondern es auch als die Basis für das Alltagsbewusstsein anzunehmen. Dann kommt die Kooperation und danach verändert sich die Welt zu mehr Harmonie und Frieden."

„Na klar", rief er weiter in den Saal, „wir sind alle das All-Bewusstsein, keine einzige Seele ausgenommen. Wie sollten wir dann nicht im Alltagsbewusstsein miteinander kooperieren können?" Alle lachten. Es sickerte in uns ein und es schien, dass wir langsam begriffen, wie man auch angenehm leben könnte, wie unsere Zukunft aussehen könnte.

„Wo ist das Problem?", fragte Karl in die Runde. „Ich sehe keins mehr."

Geratl sagte: „Du warst das Problem."

Karl schaute verstört: „Wieso war ich dein Problem? Ich liebe dich viel zu sehr, als dass ich dein Problem sein könnte!"

Sie strahlten sich an. Sie führten für uns ein Schauspiel auf.

„Ich sagte", antwortete Geratl, „dass du das Problem warst und nicht, dass du immer noch mein Problem wärst. Als ihr bei uns ankamt, wart ihr in den Gefängnissen des Ich-Bewusstseins verhaftet, so wie fast alle Menschen es immer noch sind - erinnerst du dich?"

„Dieses Ego, das Ich-Bewusstsein, das ist das Problem. Wie es bei dir war, so ist es immer noch bei den Menschen. Sie fühlen sich in ihrer Haut wohl und merken nicht, wie sie getrennt sind vom All-Bewusstsein. Sie handeln isoliert aus dem Ego heraus - sie können gar nicht anders handeln, denn sie haben keine andere Basis für eine zweite Handlungsebene. Wo bleibt da die Kooperation? Sie bleibt auf der Strecke."

Wir schwiegen. Wie Recht hatte sie! Wir waren zwar anders geworden, wir konnten die Ebenen sehen, auf denen die Kooperation ständig stattfand und wir konnten auf diesen Ebenen unseren Anteil beitragen. Aber mit den sich als isolierte Wesen empfindenden Menschen zu kooperieren auf die gleiche Weise wie zwischen uns hier in der Gruppe? Das war unmöglich. Das ging gar nicht. Erst mussten sie sich ändern, dann konnten wir mit der Kooperation beginnen.

Es wurden Stimmen laut. „Das gibt Chaos!", rief Robert. „Hier fängt schon unter uns das Chaos an. Wie wird es erst zu Hause sein?"

Golis lachte. Er lachte immer lauter, er lachte sich halbtot. Schließlich gaben wir Ruhe und er kam wieder zu sich.

„Ihr merkt auch alles", sagte er. „Sicher, die ganze Welt, dieser Kosmos besteht aus einer unendlichen Zahl von Egoismen, wie sollte es anders sein? Es ist doch die Welt der Dualität. Dualität bedeutet Trennung und Trennung bedeutet Egoismus. Anders geht es nicht. Aber warum sollte uns das stören?"

„Ihr seid schon wieder so weit in der Dualität integriert, dass euer Ego-Bewusstsein im Vordergrund steht. Das ist gut, das ist sehr gut."

„Warum soll das gut sein?", erboste sich Karl, der sich jäh aus dem siebten Himmel des Alles-Verstehens gerissen sah. „Ich dachte, es geht um die Förderung der Einheit in der Welt???"

Golis nickte. „Ja, das stimmt auf eine Weise und, ich muss euch enttäuschen, es stimmt auch nicht. Die Einheit kann man nicht in der Dualität fördern. Die Einheit IST. Sie ist jenseits der Dualität. Betrachten wir das Ganze von dort aus, ist die Dualität gar nicht gegeben. Deshalb ist sie in der Dualität. Es gibt gar nichts, kein kleinstes Zipfelchen der Dualität, das nicht in der Einheit schwimmen würde. Wie wollen wir die Einheit fördern, wo doch alles Einheit ist? Die Einheit ist. Sie ist nur. Sie brauchen wir nicht zu fördern."

Er machte eine Pause, damit es sich setzen konnte. Dann ging es weiter. „Wenn ich die Frage mit ja beantwortet habe, dann geht es darum, das zu fördern, was das Ich-Will in der Welt will - und das ist die Kooperation."

„Wenn ich ja gesagt habe, dann geht es darum, die Welt in ihrer Entwicklung des Bewusstseins zu begleiten und die Erweiterung, das Wachsen des Bewusstseins, zu fördern - nicht aber die Dualität und ihre Gesetze zu reduzieren oder außer Kraft setzen zu wollen. Wir können nichts gegen unseren eigenen Schöpfungswillen tun."

„Jetzt werdet ihr fragen, wie es denn gehen soll, das Bewusstsein zu fördern?"

Wir nickten.

Golis sprach ruhig und bestimmt. Er war wieder aus dem Hampelmann zum souveränen Lehrer geworden. „Zunächst will ich sagen, wie es nicht geht:

Es geht nicht mit Missionieren.

Es geht nicht mit Zwang.
Es geht nicht mit Kritik."

„Jeder Mensch hat im großen Konzert des Alls seinen Platz - auch und gerade mit seinen Egoismen. Auch und gerade damit kann er dem All - und sich selber - dienen. Der Unterschied ist eigentlich nur, wo wir stehen und für was wir geeignet sind. Es ist genau die gleiche Frage nach dem Standpunkt jedes einzelnen Menschen und für was diesen geeignet ist."

„Es geht genauso, wie Karl es vorhin gesagt hat:

zuerst das All-Bewusstsein,
dann das Vertrauen, das absolute Vertrauen in das Ich-Will,
dann die Kooperation miteinander."

„Daraus entsteht eine Bewegung, in der jeder Mensch ernst genommen wird, da wo und wie er ist und wo er in das Ganze einbezogen ist. Dann ist er wie wir Diener des Alls. Dann entwickelt er sich - von alleine - aus seinen Ego-Begrenzungen heraus und beginnt zu fragen."

„Das Ich-Will ist wie unsichtbare Gummifäden, die die verschiedensten und gegensätzlichsten Egoismen miteinander zu einer Kooperation verbinden. Wir sind dazu da, die Fragen des Menschen zu beantworten. Nicht indem wir ihm etwas bieten, das er nicht verstehen kann - nämlich das, was aus dem All-Bewusstsein kommt. Das kann er als Ganzes nur aufnehmen, wenn er selber durch die Transformation gegangen ist."

„Wir bieten ihm das, was in seine Egostrukturen passt. Dann sprechen wir erst seine Sprache. Wir erzählen ihm ein wenig von dem, was jenseits seiner Grenzen ist. Denn" - und nun sprach Golis ganz langsam - „er hat in sich die gleiche Sehnsucht, wie wir alle sie vor der Transformation hatten - die Sehnsucht nach dem Einen."

Golis schwieg - und wir auch.

„Das war der Beweggrund für alles, was die Menschen im Kosmos taten und was den Kosmos - jedes Teilchen darin - genauso beseelte wie uns. Es war die Einheit in uns, die uns trieb, zurück zur Einheit und gleichzeitig uns zu spüren, uns so zu spüren, wie es überhaupt nur möglich war."

„Die Frage nach Macht und Ohnmacht löst sich auf", fuhr Golis fort, „wenn wir sie als Diener der Einheit sehen, dem Ich-Will untertan, das sie als Instrument benutzt, um sich in der Welt zu manifestieren."

„Wir sind alle Diener, eine ganze Menge Diener, die miteinander tätig sind."

„Was ist mit den Katastrophen und dem Bösen in der Welt???" Robert gab nicht so leicht auf

„Das Böse, Robert, ist eine große Macht. Es beherrscht diesen Kosmos, wie es das Gute tut. Beide Mächte sind Teil der Schöpfung. Das Böse entspringt dem Einen wie das Gute. Auch das Böse ist dem Ich-Will unterworfen. Ohne dieses Hin und Her gibt es keine Wandlung und kein Wachstum, kein Sich-Spüren."

„Das Böse und die Katastrophen sind gestaltbar. Sie sind wandelbar, denn beide sind die eine Seite der Medaille. Und was ist deren andere Seite? Beide Seiten einer Medaille sind gleichzeitig da, vergiss es nicht."
Robert antwortete nicht. Es arbeitete in ihm.
„Das Böse ist nicht durch Gewalt oder sich dagegen Stemmen besiegbar", sprach Golis ungerührt weiter. „Es kann nicht beseitigt werden, einfach weil es Teil der Schöpfung ist. Aber deshalb brauchen wir nicht zu verzweifeln, denn wir kennen das Geheimnis der Schöpfung. Es ist das Zusammenspiel der Gegensätze, was die Schöpfung ausmacht. Alle Gegensätze müssen da sein, keiner kann fehlen. Aber es ist die Frage, wo und wann etwas auftaucht, und es ist die Frage, mit welcher Menge es an einem bestimmten Ort und zu welchem Zeitpunkt auftritt."
„Wir haben drei Faktoren, die wir mit unserem Ich-Will gestalten können, wenn wir in der Welt wirken:
Wir können den Ort ändern, den Ort, an dem wir sind oder etwas geschieht.
Wir können die Zeit ändern, zu der etwas geschieht.
Wir können die Menge ändern von dem, was geschieht."
„Und noch etwas: Die Wirkung des Ich-Will in der Welt ist Liebe." Golis sagte es mit ganz leichter Stimme, mit größter Selbstverständlichkeit.
„Das Böse lässt sich in Raum, Zeit und Menge ändern durch die Liebe, die wir ihm angedeihen lassen. Das Böse wird nicht beseitigt, es wird nicht vernichtet. Ich muss dies sehr betonen. Es wird mit Hilfe der Liebe an einen anderen Ort geschoben, an dem es auch gebraucht wird, oder in der Zeit verändert oder wir bemessen die Menge anders. Hierzu habt ihr alle Fähigkeiten erworben und sozusagen die Erlaubnis dazu von eurem Ich-Will erhalten."
„So gestaltet ihr die Welt. Das Böse verliert seine Schrecken, die Katastrophen werden gemildert und alles erhält einen Sinn."
„Letztlich läuft ja alles auf das Eine hinaus: dass jeder Mensch die Erfahrung der ganzen Schöpfung machen will. Er will alle Seiten der Schöpfung kennen lernen, auch die unangenehmen Seiten. Er will sie in sein Bewusstsein einbeziehen. Dadurch wächst er bis zu jenem Punkt, an dem er die Einheit wieder erleben kann."
„Dieser Weg scheint aus der Sicht der Welt ein Weg der Leiden, der Verletzungen, manchmal auch des Entsetzens. Aber ihr habt erfahren, dass aus der Sicht der Einheit das Leiden nicht real ist. Es ist keine eigenständige Energie. Nur die Liebe ist real. Sie ist die Energie des Ich-Will."
„Ihr seid zur Freiheit erwacht, zur inneren Freiheit, die euch das freie Handeln in der Welt ermöglicht. Ich wiederhole es noch einmal, weil es nicht oft genug gesagt werden kann. Die Reihenfolge ist folgende:

- Aus dem Bewusstsein des Ich-Will kommt der Schöpfungswunsch. Er ist das Ziel der Gestaltung.
- Die Energie, die zur Gestaltung benötigt wird, ist die Liebe, das Sich-spüren-wollen.

- Das Bewusstsein des Ich-Will hat in sich alles eingeschlossen, was existiert. So ist es die Grundlage für die Kooperation mit allem.
- Die Liebe nutzt in der Dualität die Macht zur Gestaltung der Kooperation untereinander.
- Durch die Gestaltung von Raum, Zeit und Menge kann jeder Gegensatz, jedes Böse, jeder Angriff, jede Macht der Welt so gestaltet werden, dass sie in die Kooperation mündet.

Golis machte eine lange Pause. Wir störten ihn nicht.

„Das Problem in der Welt, fuhr er schließlich fort, ist die Behandlung der Grenzen. Sicher, die Welt ist ohne Grenzen nicht vorstellbar. Alles in der Dualität ist begrenzt, umgrenzt, abgesetzt gegen das andere. Raum und Zeit sind mächtige Grenzen. Aber wie ihr wisst, sind die Grenzen eigentlich nicht real."

„Das AlltagsBewusstsein lebt in der Dualität. Es ist nicht nur mit den Grenzen vertraut, es kann sich gar nicht vorstellen, dass es etwas außerhalb der Grenzen geben könnte. Das All-Bewusstsein dagegen lebt außerhalb der Grenzen. Es sieht sie gar nicht."

„Ihr seid mit beiden Formen des Bewusstseins vertraut. Das erlaubt, mit Grenzen anders umzugehen, sozusagen schöpferisch."

„Das erste ist: Grenzen sind nicht wirklich, nur scheinwirklich."

„Das zweite ist: Mit scheinwirklichen Grenzen kann ich spielerisch umgehen. Ich kann sie enger und weiter machen, verschieben, verdoppeln, manchmal umgehen."

„Das dritte ist: Weltliche Macht ist darauf angewiesen, dass man die von ihr gesetzten Grenzen absolut sieht und sich nach diesen Grenzen richtet."

„Das vierte ist: Weltliche Macht verliert an Schärfe, wenn ich mit ihren Grenzen spiele, das macht sie gestaltbar."

„Das fünfte ist: Kooperation ist möglich, wenn die Grenzen respektiert, aber nicht absolut gesehen werden. Kooperation in der Welt macht es uns möglich, schöpferisch tätig zu sein und unsere Ziele zu realisieren."

„Um Kooperation in Gang zu setzen, ist es am einfachsten, mit den vorhandenen Grenzen zu spielen, sie zwar zu respektieren, aber sie nicht absolut zu sehen. Dann werden Grenzen weich wie Gummifädchen, die sich dehnen und wenden lassen."

„Gute Beispiele im Spiel mit den Grenzen sind die japanischen Kampfkünste. Sie verbinden das eigene Wollen mit der Erlaubnis an den Gegner, seine Grenzen zu übertreten. Eine Erlaubnis, die man eigentlich nicht geben wollte, aber gar nicht vermeiden kann."

„Schlechte Beispiele sind die Burgen, die im Mittelalter gebaut wurden oder die chinesische Mauer. Das Leben hat sich um sie herumgeschlichen."

Golis schmunzelte. „Das Leben ist nicht durch Grenzen zu zähmen. Es ist das in der Welt sichtbare Zeichen des Einen. Wie kann man meinen, das Eine sei begrenzbar? Wie ist es mit euch? Wildfremde Menschen treffen sich, sie schauen sich in die Augen, es blitzt etwas auf. Sie verlieben sich und schon sind die Grenzen des Individuums durchlässig geworden."

Wir lachten. Ja, so war es. Es brauchte einen Anlass und schon ließen wir es zu, dass andere in unsere persönlichste Sphäre eintauchen konnten.

„Das soll etwa auch bei feindlichen Begegnungen möglich sein?", war von einem von uns zu hören.

„Sicher", sagte Golis. „Aber ich betone, die Voraussetzung ist nicht, Grenzen mit Macht aufweichen zu wollen. Die Voraussetzung ist das Bewusstsein des Einen mit seiner Selbstverständlichkeit, mit der es alles als das Eine sieht. Dann lässt sich jede Grenze aufweichen. Wenn ihr aus dem Alltagsbewusstsein heraus handelt, wird das Aufweichen um so schwerer, je mehr das Alltagsbewusstsein euch in Beschlag genommen hat, je mehr All-Bewusstsein dagegen, um so weichere Grenzen."

„Ich habe lange gesprochen", sagte Golis, „es ist Zeit, mich zu verabschieden. Ihr wisst, wo ihr mich findet, wenn ihr Fragen habt, die ihr euch nicht selber beantworten wollt. Ein Gespräch ist auch eine schöne Form des Sich-Spürens. Warum sollen wir immer nur alleine in der Einheit sitzen?"

Wir lächelten.Wir wollten ihm noch vieles sagen und nach vielem fragen. Aber er war nicht mehr da. Golis hatte sich in seine Welt zurückgezogen. Wir waren alleine, auf uns gestellt.

Die Heimkehr

Es ist normal, auf sich gestellt zu sein. Aber nun waren wir immer noch nicht in einer normalen Situation, die wir aus langer Gewohnheit hätten bewältigen können. Wir waren in unserem Raumschiff sicher, wir hatten alles, was wir brauchten und wir waren mit einem alles umfassenden Bewusstsein ausgestattet. Warum fühlten wir plötzlich eine Leere, als wir gewahr wurden, dass Golis nicht mehr da war?
Er hatte uns nicht immer sehr freundlich behandelt. Er war uns häufig mehr als auf die Nerven gegangen. Aber er hatte uns immer total angenommen und uns sehr viel erzählt von den Zusammenhängen. Er fehlte uns einfach. Es war eine Lücke entstanden.
„Eigentlich“, sagte Robert in die betretene Stille, die nach Golis Weggang eingetreten war, „können wir ihm auch darin dankbar sein. Er gibt uns die Möglichkeit, uns von ihm unabhängig zu machen und die eigene Selbständigkeit zu spüren. Wenn er bis zum letzten Stück der Reise dabeigeblieben wäre, würden wir noch beim Aussteigen fragen: Golis, ist es richtig so, erst mit dem linken Fuß auf die Erde zu steigen?“
Alles lachte. Wir hatten die Situation wohl verstanden.
„Was machen wir jetzt?“, fragte Geratl. „Wollen wir weiter über die Zusammenhänge im Kosmos sprechen?“
„Ich habe keine Lust dazu“, sagte Karl. „Ich will die Freiheit genießen, bevor wir ganz in den Alltag eintauchen. Ich will träumen, ich will dem Gang der Schöpfung zuschauen, ich will über die Sterne staunen.“
Wir stimmten zu. Wir verkrümelten uns in der Außenschale, schauten dem vorbeitreibenden Kosmos zu, bewunderten die Sternsysteme und die Nebel und die Galaxien, eine schöner als die andere anzuschauen. Träumend hingen wir den Gedankenfetzen nach, wie sie durch das Gehirn schossen, und und ließen uns von allen Eindrücken bereichern.
Laban kam vorbei. „Ich habe unsere Galaxis gesehen, wir sind bald zu Hause“, sagte er. Alasa deutete auch auf verschiedene Sterngruppierungen. „Dort“, sagte sie aufgeregt, „da ist unser zu Hause, da ist Oximander mit seinen Sonnen!“ Sie umarmte mich und gab mir einen Kuss. „Was willst du machen?“
Ich schaute sie ratlos an. „Wann soll ich was machen?“
„Was willst du machen, wenn wir zu Hause sind?“
„Ich weiß nicht“, sagte ich. „Ich denke, wir werden erst einmal ausgiebig spazieren gehen und echte Luft um die Nase fühlen.“
Sie lächelte still. Sie hatte gespürt, dass ich auch an die Erde dachte, an meinen Geburtsplaneten und mich gefragt hatte, wie es dort aussehen mag? War überhaupt noch etwas Bekanntes vorhanden? Oder waren wir durch die Zeitverschiebung so weit in der Zukunft, dass die Zeit unseres Lebens auf der Erde schon längst zu Gesteinsablagerungen geworden war?

„Wie ist es", sagte ich laut, „mit dieser Zeitverschiebung? Wir sind teilweise viel schneller als das Licht gewesen, was eigentlich nicht möglich ist. Aber sind wir nun so uralt, dass wir niemanden mehr kennen, wenn wir zurückkommen?"
Laban meinte: „Ich weiß es nicht, wie es geht, aber alle, die zur großen Reise aufgebrochen sind, waren ganz kurz darauf wieder da. Offensichtlich ist es möglich, die Zeit vor- und auch wieder zurückzudrehen. Ich glaube, wir werden nicht viel älter sein als bei der Abreise."
Geratl bestätigte. „Wir wissen doch, wir sind in der Lage, Raum und Zeit zu gestalten. Ändern wir den Raum, wird die Zeit frei in der Gestaltung. Ändern wir die Zeit, ist es so mit dem Raum. Wir sind bei der Hinfahrt der Zeit weit voraus gewesen. Jetzt ist die Zeit schneller als wir und wir werden dann ankommen, wann wir abgefahren sind oder nur wenig später."
„Aber was wir erlebt haben, das nehmen wir mit!", rief ich aus. „Das ist nicht verloren! Wenn ich jetzt mein All-Bewusstsein hervorhole, seid ihr alle in mir und ich in euch! Herrlich!"
Wir lachten still. Es war richtig. Wir konnten uns nie mehr verlieren. Wir waren immer zusammen, wann immer wir es wollten, mit allen, die einmal durch die weiße Pforte zurückgekommen waren. Ich spürte auch, als ich das All-Bewusstsein in den Vordergrund holte, wie sich unsere Vorgänger auf der großen Reise in mir regten und wie sie meldeten, dass sie zur Begrüßung auf uns warten würden.
„Wir werden erwartet", sagte Ülük glücklich, „wir sind wirklich nicht mehr allein!
Langsam senkte sich unser Raumschiff auf die Oberfläche von Oreandra. Es war nicht irgendein Ort, es war die Hauptstadt, Orala, in der wir landeten. Wir sahen eine große Menschenmenge, die zu uns emporblickte. Sie winkten und sie freuten sich. Die Reise war zu Ende.
In langsamer Prozession verließen wir 42 Menschen das Raumschiff. Wir wurden auf eine Bühne geleitet. Dort wartete Golis auf uns. Wen wundert's, dass er schon wieder da war?
Er lächelte. „Ich bin einer der Führer der Menschheit, solange man mich dazu gewählt hat", sagte er zu uns, in unsere verblüfften Gesichter sehend. „Ich habe euch ausgewählt, geschult und wieder hierher zurückgebracht. Jetzt gehört ihr zum Rat von Oreandra wie alle eure Vorgänger."
Die große Menschenmenge um uns lachte. Es waren unsere Vorgänger auf der großen Reise.
„Wir helfen, die Menschheit in der Entwicklung des Bewusstseins zu fördern. Nun gehört ihr auch dazu. Ihr werdet euren Teil dazu beitragen."
Er geleitete uns in einen halbrunden Dom, der nicht weit entfernt war. Dort war ein Bankett angerichtet. Wir feierten die Rückkehr.
Gegen Abend bat uns Golis, unsere Häuser zurückzubringen. Das taten wir. Endlich saßen wir zu sechst wieder vor unserem Haus im Gras. Die untergehende Sonne tauchte es in ein orangefarbenes Licht. Es war Frieden.

Leidenschaft, Hass, überschwengliche Freude und große Taten zu beschreiben ist einfach. Der Leser findet es spannend, wenn ihm ein Drama angeboten wird. Aber was kann man schreiben, wenn die Ebene des Dramas nicht mehr da ist? Mit welchen Worten lässt sich der Leser nun fesseln? „Der Bundeskanzler ist auch für eine Senkung der Steuern!“, das ist eine Schlagzeile wert. Aber „Mutters Braten hat köstlich geschmeckt“ ist nicht lesenswert, auch wenn Mutters Leistung, jahrelang für die Familie zu sorgen, viel mehr wert ist.

Was also soll ich über sechs Menschen schreiben, die in der untergehenden Sonne saßen? Sie betrachteten mit Hingabe das Schauspiel, wie die Tagesfarben sich verabschiedeten, wie das Licht dem Dunkel Platz machte, das Rot sich in samtenes Violett und schließlich in Blauschwarz wandelte. Sie fanden das Schauspiel über die Maßen schön. Es war alltäglich und doch ganz neu für sie. Tausendmal und mehr hatten sie der Sonne ade gesagt, aber heute war es das erste Mal. Es war immer das erste Mal, wenn man bedenkt, dass sie die Schöpfung immer wieder neu empfanden.

Das Schauspiel entsprach ihrer tiefen inneren Ruhe. Laute, massive, fordernde Gefühle waren nicht da. Frieden, der den ganzen Menschen ausfüllte, war das vorherrschende Gefühl. Das Bewusstsein des So-Seins, das Das-was-jetzt-ist, das war Realität, das war die Basis ihres Erlebens. Die eingebildete Realität, jene, die von gestauten Gefühlen vorgespielt wurde, hatte keine Möglichkeit, sich zu entfalten. Es waren keine gestauten Gefühle da.

Diese sechs Personen waren sich innerlich sehr nahe. Sie lasen einander die Gedanken und ihre Blicke waren zur beredten Sprache geworden. Leise Töne waren vorherrschend in ihrem Sprechen. Wo vorher eine Viertelstunde differenziert und detailliert der eigene Standpunkt dargelegt worden war, reichten nun ein kurzer Satz, wenige Worte, das Gemeinte zu übermitteln. Die innere Gemeinsamkeit war groß, das Missverstehen klein. Der Blick, mit dem sie die Welt betrachteten, kam für alle sechs aus ähnlichen Bereichen. Sicher, die männliche Brille hatte andere Vorlieben als die weibliche, und doch war das Gemeinsame das Wesentliche gegenüber dem Trennenden. Es soll auch erwähnt werden, dass sie einander sehr viel ernster nahmen, als es vor der Transformation zu spüren gewesen war.

Ich strich sanft über Alasas Hand. „Es tut mit gut, deine Haut zu spüren“, sagte ich. „Sie ist mir fast so vertraut wie die eigene.“

„Wenn du mich anfasst“, antwortete sie, „kitzelt's mich im Herzen.“ Wir lachten.

„Unsere Kugel hat sich seit unserer Ankunft nicht mehr vom Fleck gerührt“, sagte Karl. „Ich schau' mal nach, ob sie immer noch stur ist oder ob sie mir jetzt gehorcht.“ Er stand auf, ging auf die Kugel zu und verschwand darin. Wenige Minuten später stieg sie auf und huschte über die Hügel weg. Kurz darauf kam sie in einem großen Bogen zurück. Sie landete. Karl kam zu uns.

„Sie reagiert, wie es sein soll“, sagte er befriedigt. „Es gibt keine Sperre mehr und alle Systeme arbeiten normal.“ Er setzte sich entspannt hin.

„Was willst du damit sagen?“, fragte Robert. „Du führst doch etwas im Schilde?“
Karl schmunzelte. „Ich dachte, wir machen einen Ausflug zur Erde. Wolltest du nicht unbedingt Machupicchu umwandern, Helge?“
„Dich treibt mehr als Machupicchu, Karl“, sagte ich. „Du willst eine Stippvisite in deinem Labor machen, oder täusche ich mich? Du willst ausprobieren, ob du den Umgang mit der Macht gelernt hast - stimmt's?“
Karl nickte. „Seit Golis uns die Macht erklärt hat, denke ich immer wieder an das Institut und seine Ziele. Es zieht mich an und ich will ihm meinen Willen schenken.“
„Mein Unternehmen sollte auch mehr davon haben, ich meine von meinem Willen“, ergänzte ich, als ich sah, dass Karl befremdet schaute.
„Eigentlich“, sagte Robert, „geht es mir auch so. Aber ich will nicht auf Ülük verzichten.“ Karl und ich schauten erstaunt. „Wie kannst du nur denken, du wolltest alleine bei Ülük bleiben? Ich will auch nicht auf Geratl verzichten“, „und ich nicht auf Alasa“, sagte ich dann auch.
Die drei lachten, als sie von uns so freizügig in Besitz genommen wurden. „Wir wollen auch nicht auf euch verzichten“, fasste wie üblich Ülük die Gedanken der drei zusammen. „Wir haben uns gefunden, nicht um uns jetzt wieder zu trennen. Aber wir wollen auch nicht auf unsere Aufgaben verzichten und nur auf der Erde leben. Wir gehören nach Oreandra und ihr jetzt auch.“
Betretenes Schweigen folgte.
„Wir können nicht gleichzeitig auf der Erde und auf Oreandra leben“, fasste Karl alle Denkvarianten zusammen. „Gleichzeitigkeit geht nicht.“
„Verlegen wir unsere Aufgaben von der Erde hierher“, meinte ich, „hier ist es sowieso leichter zu arbeiten und schöner zu leben.“
„Das geht auch nicht“, sagte Geratl. „Es ist nicht vorgesehen, dass ein intensiver Austausch von einem zu einem anderen Planeten stattfindet. Es würde die Differenzierung des Kosmos zunichte machen. Ein paar Ausnahmen sind zwar erlaubt, wie ihr es seid, aber mehr geht nicht.“
Lange Zeit saßen wir schweigend in der Abenddämmerung. Uns wollte keine Lösung für das Problem einfallen.
„Wir denken zu mechanistisch“, sagte schließlich Karl. „Wir können den Raum ändern oder die Zeit. Wir können nicht die Menge ändern in diesem Fall. Es soll bei uns sechsen bleiben. Und wir können nur nacheinander etwas verändern, nicht beide Werte auf einmal. Wir brauchen ein Vehikel, das uns erlaubt, auf der Erde zu leben und auf Oreandra, uns allen sechsen, ohne dass wir uns trennen müssen.“
„Wie hat das Golis gemacht, das mit der Zeit? Er hat uns hier abgeholt, wir sind Wochen durch das Weltall geflogen, durch die Transformation, und wieder Wochen zurück, nur um doch am gleichen Tag wieder anzukommen, an dem wir abgeflogen sind. Das ist doch keine Einbildung gewesen. Es war perfektes Timing! Er hat die Zeit so gestaltet, wie es ihm passte. So sollten wir es auch ma-

chen. Wir denken zu linear, zu alltäglich. Das hilft nicht weiter. Anders, nicht so linear, muss es möglich sein."
Wir schwiegen. Wir ließen seine Gedanken auf uns wirken.
„Du meinst", sagte ich skeptisch, „wir könnten alle unsere Wünsche erfüllen, wenn wir die Zeit etwas zu unseren Gunsten verändern?"
„Sicher", sagte Karl, „wir müssen nur in der Zeit vorwärts und dann rückwärts fliegen. Golis hat es uns vorgemacht. Wir waren Zeugen."
„Vorwärts heißt", sagte Robert, „dass wir schneller fliegen müssen, als die Zeit vorrückt, und rückwärts, dass wir dann langsamer fliegen müssen. Wie soll das gehen?"
„Also", sagte Karl, „wir sind jetzt hier, alle sechs. Jetzt steigen wir in die Kugel und fliegen zur Erde. Dort angekommen müssen wir in der Zeit - der Erdzeit - zurückfliegen, damit wir dann ankommen, wann wir abgeflogen sind am Gletscher. Wir reisen zurück nach Deutschland, leben und arbeiten vielleicht ein Jahr wie sonst auch, machen erneut Urlaub in Peru, steigen in die Kugel, fliegen nach Oreandra. Wenn wir hier ankommen, fliegen wir in der Oreandra-Zeit zurück, bis wir wieder heute ankommen.
„Also", sagte Robert, „ist es zweimal rückwärts. Wo soll da das Vorwärts sein?"
„Nun", sagte Karl, „was ist mit der eigentlichen Flugzeit zwischen den Planeten? Auf dieser Strecke müssen wir die Zeit überholen."
„Das ist ein Denkfehler", sagte Robert. „Was du meinst ist, das Licht zu überholen, also schneller zu sein. Aber das hat mit der Zeit an sich wenig zu tun. Wir müssen es anders sehen. Wir müssen während des Flugs den Raum schrumpfen, um rechtzeitig anzukommen. Dann müssen wir in der Zeit rückwärts fliegen. So könnte es sein, theoretisch, meine ich. Wie soll es aber praktisch möglich sein?"
Unsere drei Frauen hatten still zugehört.
„Ihr drei Techniker", sagte Geratl schließlich, „ihr seid und bleibt Theoretiker. Aber das mag ich an euch seltsamerweise. Es ist viel einfacher als ihr denkt. Wir überlassen es der Kugel, Raum und Zeit aufeinander so abzustimmen, wie wir es wollen. Wir sagen nur, was wir wollen. Die Kugel wird klug genug sein, einen Weg zu finden, auf dem sie unser Wollen in die Realität umsetzt. Warum haben wir sie sonst so brav hier vor uns?"
„Ich finde die Idee spannend, ein Jahr auf der Erde zu leben und dann ein Jahr hier und dann wieder auf der Erde. Ich habe mir gewünscht, in ganz anderen Lebensformen leben zu können!" Sie lachte.
Wir lachten alle ein befreites Lachen, denn es war mir ein schrecklicher Gedanke, auf Alasa verzichten zu sollen - und wäre es nur für ein Jahr. Aber ob es eine praktikable Lösung sein konnte, wussten wir nicht.
„Also los", sagte Robert, „ehe es noch dunkler wird. Ich will sehen, ob die Kugel das fertig bringt." Wir schlossen das Haus, stiegen in die Kugel und flogen davon. Karl startete die Flugautomatik und Robert gab die Erde als Ziel an. Ich bereitete derweil ein schönes Abendessen vor.

Kurz nach unserem Essen meldete die Kugel, sie sei auftragsgemäß über unserem 5005er geparkt. Wir hatten bei unserem intensiven Gespräch ganz vergessen nach draußen zu schauen. Jetzt sahen wir auf den verschneiten Gipfel des 5005er. Es war mitten im Winter.
„Wir sind nach Borduhr 124 Tage von der Erde weg gewesen“, sagte Karl trocken. „Bei meinem Probeflug habe ich das festgestellt.“
„Daher dein geheimnisvolles Schmunzeln!“, murmelte Robert. „Von da weht der Wind. Du hast das alles schon ausprobiert? Aber wir sind noch nicht da. _Wir sind zu früh dran! Was machen wir jetzt?“
„Jetzt setzen wir die Zeitmaschine in Gang“, sagte Karl. „Dazu müssen wir aber alle in der inneren Kugel sein, so sagt es die Vorschrift. Sonst verlieren wir jemanden in der Zeit.“
Wir gingen zurück in die innere Kugel und nahmen an den Steuersäulen Platz. Karl ging an die Säule, an der sich der Lift nach außen befand. „Hier ist die Zeitmaschine. Ich gebe jetzt den Befehl, die Borduhr auf NULL zu stellen Ihr solltet auf den Bildschirmen die Landschaft draußen verfolgen.“ Das taten wir.
„Jetzt starte ich die Maschine“, sagte Karl. Wir sahen, wie sich im Zeitraffertempo der Winter zurückzog, die Wolken über den Himmel rasten, Tag und Nacht einander die Hand gaben. Der geborstene Gletscher wurde blank und die Felsen stachen in den Himmel. „Jetzt sind wir da“, sagte Karl. „Wir können landen.“ Er lächelte geheimnisvoll.
„Halt, halt“, sagte ich, „nicht so schnell. Erst will ich wissen, Karl, wie du das mit der Zeitmaschine herausgefunden hast.“
„Schade“, sagte er, „ich wollte euch überraschen. Aber das geht ja jetzt nicht mehr. Also, das war so:
Als ich vorhin den Probeflug machte, ging mir mein Wunsch, das Institut anders und besser als bisher zu leiten, nicht aus dem Kopf. Ich befragte mein All-Bewusstsein. Es gab mir den Rat, im Bordarchiv die entsprechenden Handbücher zu suchen. Dort habe ich die Gebrauchsanweisung für die Zeitmaschine gefunden, studiert und sie ausprobiert.“
„Wieso ausprobiert?“, fragte Robert. „Du warst doch gar nicht weg?“
„Oh doch“, schmunzelte Karl nun doch. „Ich bin hierher geflogen, habe kontrolliert, ob unser LKW noch da ist, und als Beweis habe ich meine Pfeife und eine kurze Notiz vor der grauen Wand deponiert. Dann bin ich zurückgeflogen. Ich habe meine Zeit wieder auf eure Zeit auf Oreandra eingestellt, bin hinter den Hügeln vorgekreuzt und gelandet.“
„Du bist ein Schlitzohr!“, rief Geratl. „Du hast uns an der Nase herumgeführt, als du mit deinen trockenen Theorien um dich warfst!“
„Können wir auch weiter zurück in der Zeit und die Inkas beobachten?“, fragte ich.
„Nein“, sagte Karl, „das geht nicht. Was zur Geschichte geworden ist, ist nicht mehr einholbar. Wir können nur von unserem eigenen jeweiligen NULL ausgehen. Und NULL ist der Start aus einem Raum-Zeit-Kontinuum heraus. Das war

der Zeitpunkt, als ich von Oreandra startete, und dann wieder der Zeitpunkt, als ich von der Erde startete. Die Zeit vor diesem Punkt innerhalb eines Raum-Zeit-Kontinuums ist nicht mehr erreichbar."
„Wir können also nur zu dem Zeitpunkt zurück, an dem wir den Zeitraum eines Planeten verlassen haben?", fragte Robert. „Also können wir Lebensscheibchen an Lebensscheibchen hängen?"
„So ist es", sagte Karl. „Deshalb habe ich Pfeife und Notiz hier gelassen. Ich will wissen, ob es so ist. Dann finde ich sie wieder."
„Das war dein Zeitscheibchen", bohrte Robert weiter, „aber nicht unser Scheibchen. Was ist mit uns?"
„Ich weiß es nicht", sagte Karl. „Wir werden es gleich sehen." Er senkte die Kugel hinab über den Gletscher, flog auf die graue Wand zu und durch sie hindurch. Die Kugel parkte. Wir stiegen aus. Ohne viel Worte zu machen, traten wir durch die Wand. War das kalt! Die drei Frauen wagten kaum zu atmen. Sie froren im Nu und huschten so schnell sie konnten wieder hinter den Schutz der Wand. Kurze Zeit später kamen sie, in unsere Bergsteigerkluft gekleidet, wieder zu uns nach draußen.
Aber wir waren viel zu sehr in Karls Experiment vertieft, als dass wir es gleich merkten. Wir merkten auch nicht, dass es uns immer kälter wurde. Karls Pfeife und seine Notiz waren wirklich da, wo er sie am unteren Rand der Wand unter einem Felsbrocken deponiert hatte!
„Wir sind jetzt doch nicht in der Zeit getrennt", sagte ich. „Aber du hast uns jetzt etwas voraus, Karl. Du bist älter geworden als wir! Du hast mehr erlebt und wir sind jetzt die Jüngsten!", neckte ich ihn.
„NULL heißt", sagte Robert ernst und völlig in dieses Ereignis versunken, „jeweils der Zeitpunkt, den die Kugel gespeichert hat. Ihm sind ihre Passagiere unterworfen. Sie nimmt sie einfach mit in die andere Zeit. Das ist ja auch verständlich, denn ihr Materiekörper huscht von der einen Zeit in die andere. Da muss ihr Inhalt mit. Die Kugel hat ihr eigenes Raum-Zeit-Kontinuum. Sie speichert das äußere, damit sie dahin zurückkann. Der Ort ist davon unabhängig. Der Ort hat auf die Zeit keine Auswirkung."
„Sie müsste jetzt die Raum-Zeit-Koordinaten von Oximander gespeichert haben, also von vorhin, als wir losflogen. Fliegen wir gleich zurück", sagte ich, „und sehen nach, ob unser Leben nahtlos weitergeht!"
„Ja, so muss es sein", sagte Karl. „Ich habe lange darüber nachgedacht, ob es so geht. Aber ich denke, dass es so geht."
„Was geht, mein Lieber?", fragte nun Geratl. Die drei hatten offensichtlich schon länger da gestanden und uns zugehört.
Wir schauten sie an, sprachlos. Dann platzten wir los vor Lachen. Der Anblick unserer Bergsteigerkluft an hübschen weiblichen Modellen war zu ungewohnt. Ihnen waren die Anoraks zu weit, die Mützen zu groß, die Hosenbeine zu lang und die Schuhe waren wie kleine Kindersärge. Aber die drei Frauen fanden das gar nicht komisch.

„Du hättest mir passende Kleidung mitbringen sollen, Helge“, sagte Alasa irritiert. „Aber an mich hast du nicht gedacht!“
„Morgen fliegen wir nach Lima“, konnte ich endlich sagen. „Dann kaufen wir euch schöne, weiche, warme Sachen, Inkatracht, die steht euch sicher besser. Aber warum habt ihr nichts von der Kugel genommen?“
„Wir wollten in Erdkleidung auf der Erde stehen, das erste Mal, das wir wirklich körperlich hier sind“, sagte Ülük feierlich. „Raumkleidung ist zwar warm, aber sie passt nicht für die Erde.“
Wir konnten über ihren Feinsinn nur staunen. Die Realität der Kälte war bei uns angekommen. Wir schlotterten, wir waren völlig ausgekühlt. Das Zeitexperiment hatte uns alle Wärme geraubt.
„Ich hole schnell etwas zum Anziehen“, konnte ich noch murmeln, dann war ich schon verschwunden. Im Lagerraum kramte ich meinen zweiten Anorak heraus und all das andere warme Zeug. Kurz darauf standen sechs etwas ungleich aussehende Bergsteiger vor der Wand.
„Was“, fragte Geratl wieder, „war das Thema? Was geht, Karl?“
„Wir können alle unsere Wünsche miteinander verbinden“, antwortete er. „Wir können auf der Erde leben, in angemessenen Abständen zu Oreandra fliegen und dort unser zweites - oder erstes - Leben weiterleben und dann wieder zu unserem Erdenleben zurückkehren. Die Kugel erlaubt die Transformation auf eine solche Weise, dass Lebensscheibchen an Lebensscheibchen passt, nahtlos, so wie es die jeweilige Zeit vorsieht.“
Wir waren still. Diese wenige Sätze brauchten ihre Zeit.
„Wir können jetzt hier bleiben, ein Jahr oder so hier ganz normal leben, dann zur Kugel gehen, nach Oreandra fliegen und dort so weitermachen, als wenn wir vorhin gar nicht zur Erde, sondern gerade mal hinter die nächsten Hügel geflogen wären?“, staunte Robert.
„Das ist nicht genau genug“, sagte Karl. „NULL ist NULL und nicht + 2 Stunden. Wenn wir zu Oreandra zurückfliegen, kommen wir genau zu dem Zeitpunkt an, an dem wir losgeflogen sind. Für Außenstehende sind wir in die Kugel gestiegen und kommen wieder heraus, ohne dass wir die Kugel aus ihrer Sicht auch nur einen Millimeter bewegt hätten. Für Außenstehende waren wir gar nicht weg. Wir schließen zeitlich ganz genau dort an, wo wir waren. Nur die Erfahrung von einem Jahr Leben auf der Erde bringen wir mit in das Oreandra-Leben. Aber niemand sonst außer uns könnte damit etwas anfangen.“
„Dann ist das jeweils ein Traumleben, was wir führen. Ist es so, Karl?“, fragte ich. „Wenn wir auf Oreandra leben, träumen wir das Erdenleben und wenn wir auf der Erde leben, träumen wir das Oreandraleben?“
„Genau so kann es sein“, antwortete Karl.
„Wir haben Geschichten von solchen Traumleben in der Schule gehört“, sagte Geratl, „aber wir haben sie als Märchen empfunden. So ein Märchen war die Geschichte der Inkas oder eines Vorgängervolkes, die wir in der siebten Klasse durchnahmen, das mit dem Bau der Zyklopenmauern. Es hat mich immer sehr

angezogen, aber dass ich selber einmal einen Inka erleben und lieben sollte, hätte ich mir nie vorstellen können."
„Ich bin aber kein Inka", protestierte Karl. Sie lachten.
„Es sind Märchen, die die Möglichkeit offenhalten sollen", meinte Ülük. „Sie sind wohl nur realisierbar für Leute, die durch die Transformation gegangen sind. Ich habe in keiner Kugel, in der ich geflogen bin, eine Zeitmaschine gesehen. Entweder gab es sie nicht oder ich hatte damals noch keine Augen dafür."
„So ist es sicher", sagte Alasa. „Ich kann mir nicht vorstellen, dass es möglich ist, die jeweilige Transformation des Körpers auszuhalten von einer Raum-Zeit in eine andere, wenn der Mensch nicht durch die große Transformation gegangen ist. Jede einzelne Zelle muss in der Lage sein, so flexibel zu sein, dass sie die Zeittransformation übersteht. Es dürfen keine Verhaftungen an die Vergangenheit vorhanden sein."
„Jetzt ist es aber Zeit für ein Bergsteiger-Abendessen!", rief Karl. „Ich bitte zur Kugel."
Wir wussten wieder einmal nicht, was er vorhatte, aber wir folgten. Er startete. Die Kugel stieg rasch hoch und nahm Kurs nach Nordosten. Wenige Minuten später waren wir über den Alpen. Auf dem Hochplateau der Bettmer Alp setzte er auf.
Die Sonne stand dicht über dem Horizont. Auch hier ging die Sonne gerade unter. Ein herrlicher Wintertag wollte schlafen gehen. Die ferne Spitze des Matterhorns hob sich schwarz vom samtenen Himmel ab.
Wir wanderten die zehn Minuten zum Restaurant Alpenblick von Herrn Furrer. Karl hatte eingeladen. Er bestellte Rösti und Salat und einen Dôle für alle.
In der Menge der Skiurlauber fielen wir Bergtouristen nicht auf. Auch die etwas zu groß geratene Kleidung unserer drei Frauen war noch nicht einmal den weiblichen Gästen einen kritischen Blick wert. Zwar waren wir als Bergsteiger und nicht als Skiläufer gekleidet, aber am Abend war das kaum zu unterscheiden. Karierte Hemden und Kniebundhosen passten immer.
Es war gerade für unsere Frauen ein aufregendes Erlebnis, das erste Mal in einem Restaurant zu sitzen, sich die Speisen bringen zu lassen und den Wein einzuschenken. Sie waren auf Entdeckungsreise. Wir Männer schauten zu und freuten uns, endlich mit den Frauen, mit denen wir im Herzen verbunden waren, auf der Erde zu sein. Spät schlenderten wir, vom Wein berauscht und glücklich, zur Kugel zurück.

Die helfende Hand

Wie hat Ihnen die Geschichte gefallen? Sicher wäre es schön, könnten wir so bequem mit der Kugel durch das Weltall reisen und uns einen Planeten aussuchen, der unserer Sehnsucht mehr entspricht, als diese Erde es manchmal zu tun scheint.
Aber es hat viele, viele gute Gründe, weshalb wir hier leben und nicht auf Oreandra oder einem der vielen anderen Planeten.
Wenn wir unseren Alltag betrachten, ist er selten dazu geeignet, dass wir uns rundheraus am Leben freuen. Aber genau das wäre eigentlich unser Ziel: die Freude am Leben!
Sie fragen: Wie sollte es möglich sein, einen Zustand zu erreichen, der die Freude im Alltag spürbar macht? Sicher, es ist nicht einfach und es ist auch meistens von geringer Dauer. Daran lässt sich in dieser Welt der Dualität kaum etwas ändern. Aber das ist weniger das Problem als es die innere Verhaftung an unsere Vergangenheit ist - die Vergangenheit dieses Lebens und die vieler anderer Leben.
Wären wir in der Lage, alle Kleider auszuziehen, die uns an die Vergangenheit binden, wären wir sicher ein gutes Stück zur inneren Freude vorangekommen. Dazu brauchen wir meistens Hilfe.
Ich habe die Hilfe seinerzeit erfahren und ich gebe sie seit Jahren weiter - warum auch nicht Ihnen? Auch Ihnen kann ich dabei helfen, die vergangenen Kleider ein wenig zu lösen, abzuwerfen oder auch nur zu lockern. Ich kann Ihnen dabei helfen, sich aus Blockaden, Fixierungen, emotionalen Bindungen zu befreien.
Es ist möglich, einen guten Weg durch das Gewirr des Alltags zu finden, Blockaden zu lösen, gestaute Gefühle zu beseitigen und Beziehungen zu gestalten. Es ist möglich, einen Sinn im eigenen Alltag zu sehen und eine Entwicklung zu spüren - den roten Faden im Leben, von der Geburt bis heute. Es ist möglich, die innere Stärke zu spüren, die es erlaubt, die Ereignisse des Lebens in positiver Form zu erfahren.
Es ist sicher Arbeit an sich erforderlich und, wie in diesem Buch gezeigt, braucht es ein wenig Zeit. Nicht alles ist gleich erreichbar, aber einiges ist jetzt möglich.
Wenn Sie nach Begleitung suchen, nach einer helfenden Hand, nach einem Hinweis, wo Sie denn stehen und nach Methoden - an Ihre spezielle Situation angepasst - wie Sie sinnvoll von Ihrem jetzigen Ort im Leben weitergehen zu dem von Ihnen anvisierten Ziel, dann melden Sie sich. Wir können überlegen, wie ich Ihnen helfen kann, das ist mein Beruf, besser: meine Berufung. Dabei setze ich auch ein höheres Wahrnehmen ein.
Ich habe erlebt, was ich hier beschrieben habe (soweit es sich nicht um den Science Fiction Rahmen handelt). Ich weiß, wovon ich spreche, wenn ich von Arbeit an sich selber rede. Ich weiß, was möglich ist und wo die Grenzen des

Machbaren sind. Ich weiß auch, dass es manchmal mühsam ist, sich mit sich selber zu beschäftigen.
Trotz allem, was möglich ist, will ich betonen, dass nicht alles im Leben machbar ist. Das Leben - auch Ihr Leben! - ist ein Geheimnis und es muss auch sein Geheimnis wahren. Das Leben ist mehr als eine höchst komplexe Maschinerie, die wir beliebig steuern könnten. Ich habe in all den Jahren gelernt, Ehrfurcht vor dem Leben zu haben und mich in Demut vor der Größe des Unfassbaren zu verneigen.

Der Autor

Helge Russ ist seit vielen Jahren Berater, Lebensberater. Er verfügt über hellseherische Fähigkeiten (nennen wir es einmal so) und hat durch intensive Eigenstudien seine eigenen Antworten auf unser aller Fragen nach dem Sinn des Lebens und seinen Gestaltungsmöglichkeiten gefunden. Er will Ihnen diese hier vorstellen, und weil es sich um eine sehr ernste Materie handelt, soll es auch in einer Form sein, die Sie ab und zu zum Schmunzeln anregt.

Wollen Sie Kontakt aufnehmen?

Meine Adresse: Birkenstrasse 7
8708 Männedorf
Schweiz

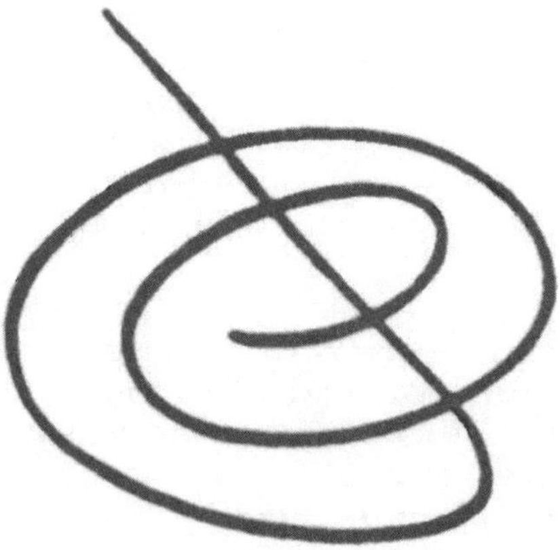

Besuchen Sie auch unsere Homepage im Internet:

www.RiWei-Verlag.de

Email an Info@RiWei-Verlag.de